Graham Dunstan Martin

Das Land im Spiegel

Graham Dunstan Martin

DAS LAND IM SPIEGEL

Deutsche
Erstausgabe

GOLDMANN VERLAG

Aus dem Englischen übertragen von
Dr. Edda Petri-Bean

Titel der Originalausgabe: The Soul Master
Originalverlag: George Allen & Unwin, London

Made in Germany · 10/85 · 1. Auflage

Umschlagentwurf: Design Team München
Umschlagillustration: Edward Burne Jones
»Das Schreckenshaupt« (Staatsgalerie Stuttgart)
Satz: IBV Satz- und Datentechnik GmbH, Berlin
Druck: Mohndruck Graphische Betriebe GmbH, Gütersloh
Verlagsnummer: 30050
Lektorat: Ingrid Petersen/Peter Wilfert
Herstellung: Peter Papenbrok
ISBN 3-442-30050-9

Das bedrängte Ich

Das bedrängte Ich

TEIL 1

Die einzigen Dinge, die unseren Sehnsüchten Grenzen setzen, sind materielle Notwendigkeit und die Tatsache, daß andere menschliche Wesen um uns herum existieren. Sich vorzustellen, daß diese Einschränkungen zurückgenommen oder ganz aufgehoben werden, ist eine äußerst angenehme Vorstellung. Wir sind deshalb über alles entzückt, was uns die Wirklichkeit solcher Hindernisse unseres Willens vergessen läßt. Aus diesem Grund sind Umwälzungen wie Kriege und Revolutionen so aufregend, weil sie das menschliche Leben seiner Wirklichkeit berauben und die Menschen zu Puppen umzuformen scheinen. Aus diesem Grund finden Sklavenhalter die Sklaverei so angenehm.

SIMONE WEIL

Es gab keinen Grund zur Eile. Hier oben auf den baumbestandenen Hängen der Bergkette, neunzig Meilen tief in den Wäldern, war der Bürgerkrieg in weiter Ferne. Der junge Mann und seine Begleiterin konnten die Zügel der Pferde lockern und langsam nach Norden traben. Das Laub und die Nadelpolster dämpften den Hufschlag. Vor ihnen winkte die Landesgrenze und damit die Sicherheit. In dieser Abgeschiedenheit, viertausend Fuß über der Ebene, hausten inmitten der Pinien und Steineichen nur Bären und Wölfe – Geschöpfe, die weit weniger gefährlich als der Mensch waren. Und überhaupt, wer hätte ihnen denn etwas anhaben sollen? Die seltsam geformten Behälter, die an ihren Sätteln hingen, wiesen sie als fahrende Musikanten aus. Die Köcher mit Bronzepfeilen, die Bogen und Jagdmesser gehörten zur gewöhnlichen Ausrüstung der Waldbewohner.

Das Verhältnis der beiden zueinander war etwas gespannt. Obwohl es nach Norden ging, dem Paß entgegen und in ihr Heimatland Westramond, war sie nicht zufrieden. Ihrer Meinung nach bedeutete sie ihm viel zu wenig. Was ihn betraf, so spürte er ein leichtes Schuldgefühl, Tethesta und die vielen Schwierigkeiten hinter sich zu lassen – schließich war es doch seine Heimat. War es richtig, gerade jetzt davonzulaufen? Am meisten verwünschte er die Schönheit ihrer Stimme; hätte er sich sonst auf so ein Mädchen eingelassen?

Von Zeit zu Zeit lichteten sich die Bäume und gaben den Blick frei auf den Mount Valalfa, der sich wie ein böses Omen pyramidenförmig und schneebedeckt vom blauen Himmel abhob. Aber meist ritten sie durch einen Pinienwald, der so dicht stand, daß unterhalb von fünfzig Fuß kein grünes Blatt zu sehen war und kein Sonnenstrahl den Waldboden erreichte. Da war kein Hauch von Grün. Im morgendlichen Dämmerlicht kamen sie sich zwischen den endlosen kahlen Baumstämmen und nackten Ästen wie eingeschlossen vor. Und obwohl es bereits Sommer war, spürte man hier oben die Kälte doppelt: zum einen wegen der Höhe, zum andern wegen des ausgesperrten Sonnenscheins.

Am späten Nachmittag geschah etwas, was ihnen wirklich Grund zur Furcht gab. Unvermittelt war die endlose Baumreihe zu Ende. Die Sonne hing direkt über dem Waldrand gleich einer goldenen Scheibe, deren gleißende Glut zwischen Fluten grünkalten Wassers versank. Der Kontrast zum Halbdunkel der Pinien blendete das Auge. Einen kurzen Augenblick lang hätten sie beinahe ein Dutzend grau-gelber Schatten übersehen, die auf der vor ihnen liegenden Lichtung schemenhaft herumhuschten.

Das Mädchen bewegte sich als erste. So selbstverständlich, als steckte es eine lose Haarsträhne fest, griff es nach hinten in den Köcher, zog einen Pfeil heraus, legte ihn an die Bogensehne – bereit für den ersten grauen Schatten, der es wagen würde, ihnen zu nahe zu kommen. Der Mann vollführte die gleichen Bewegungen, so daß augenblicklich zwei Pfeile auf das Wolfsrudel gerichtet waren. Zur gleichen Zeit stießen die beiden laute Schreie aus. Es war nicht nötig, Pfeile zu verschwenden. Der Haufen hungriger Schatten wich knurrend zurück und floh nach rechts und links ins schützende Unterholz. Ihre Bewegungen hatten etwas Verhaltenes, als würde sie etwas hemmen, das ihnen unsichtbar im Nacken säße. Der Klang der eigenen Schreie hatte die jungen Leute fast ebenso erschreckt wie die Wölfe:

Wie von einer Mauer abgeprallt, kehrte das Echo ihrer Stimmen zu ihnen zurück.

»Wie seltsam. Wir haben doch Sommer. Ich habe noch nie Wölfe gesehen...«

»Viel seltsamer ist das Echo«, sagte das Mädchen.

Dann atmete es tief ein und zeigte nach vorn.

Der Mann folgte der Hand, strich sich nachdenklich den roten Bart und schaute besorgt über die sonnenbeschienene Lichtung zum gegenüberliegenden Waldrand.

»Du hast recht«, murmelte er. »Dieser Ort ist viel zu symmetrisch. Vielleicht ist deshalb...« Er hob den Blick zu den Baumwipfeln über ihren Häuptern. In diesem Augenblick flatterte eine Ringeltaube durch die Zweige, zog im lichtübergossenen Rund eine Schleife und schwirrte dann zu ihrem Nest in einer allein stehenden Eiche zur Linken. Gleichzeitig vollführte eine andere Taube dasselbe Flugmanöver am entgegengesetzten Rand der Lichtung: zwei Tauben, zwei Steineichen, dieselben Bewegungen der Flügel und Blätter, dieselben Formen der Äste.

Im Dickicht hinter ihnen knackte etwas. Dasselbe Geräusch schallte als Echo von vorn zurück. Ein eisiger Schauer rann ihm über den Rücken.

Zur Linken stand eine kleine verkrüppelte Eiche, daneben ein blühender Busch – strahlendes Blau im hellen Sonnenlicht. Danach folgte eine Reihe schlanker Pinien wie aufgepflanzte Speere. Über ihren Köpfen wiegte sich ein Paar Pappeln mit ihren ineinander verschlungenen Wipfeln. Von Stürmen zerzaust standen sie sich wie Vogelscheuchen gegenüber, die einander die Augen auskratzen wollen. Rechts davon befand sich ein dichter Stand Ebereschen, wie eine ins Gespräch vertiefte Menschengruppe.

Und vor ihnen?

Links eine Eiche, dann ein leuchtend blauer Busch, dahinter eine Reihe Pinien, zwei verschlungene Pappeln und rechts davon eine Ebereschengruppe. Das Schema wiederholte sich und war völlig identisch.

Das Mädchen riß den Bogen in Schulterhöhe. Die Bewegung war so schnell, daß man sie erst einen Augenblick später wahrnehmen konnte. Dann verharrte es zum Glück kurz und zielte dann nach rechts, ein gutes Stück von der Taube entfernt. Mit einem einzigen, gekonnten Schnippen der Finger schoß das Mädchen dann, wie eine Harfenspielerin, die ihre Saiten perfekt zu spielen versteht.

Der Pfeil surrte über die Lichtung. Gleichzeitig war ein zweiter unterwegs, flog ihm entgegen und gurrte dabei wie die zweite Taube im Eschenhain zur Rechten. Als die beiden Pfeile aufeinandertrafen, gab es einen Ton, so fein und dünn wie der Klang ihrer Kithra, wenn sie diese in fröhlicher Runde in der Delvendal-Taverne stimmte und der E-Saite die Harmonien entlockte. Ein einziger Ton, der dort, wo die Pfeile aufeinandertrafen, in der Luft schwebte.

Mit einem Fluch schwang sich das Mädchen vom Pferd, um den zweiten Pfeil aufzuheben.

»Es ist meiner. Da sind meine Kerben am Schaft. Auf der Spitze ist mein Zeichen, ein wenig verdreht und nicht im Mittelpunkt.«

Er schaute finster drein und versuchte auf diese Weise, die aufsteigende Angst in Wut zu ertränken. »Ein Stein?«

Er nahm einen Stein aus dem kleinen Bach, der neben ihnen durch den Wald plätscherte, und ritzte mit der Spitze seines Bronzemessers sein Zeichen ein. Mit gekonntem Schwung warf er den Stein hoch, so daß dieser nach links auf den Wipfel der Eiche am anderen Ende der Lichtung zusegelte. Wie zuvor beim Pfeil kam auch jetzt ein zweiter Stein angeflogen, in Richtung auf den entgegengesetzten Baum. Mit einem klaren, schrillen Ton schlugen die Steine aufeinander. Wieder das gleiche hohe E, nur diesmal war es lauter. In Tethesta wurden die Noten der Tonleiter nach den Farben des Spektrums benannt: rot, gelb, grün... Dieser Ton hieß die ›schwarze Note‹ oder auch *Schwertleite.* Er merkte sich die Stelle, wo der Stein aufgeschlagen war.

Als er ihn aufhob, war es sein eigener, der sich mitten auf der Lichtung in der Luft umgedreht haben mußte.

Die beiden schauten sich an, machten das Zeichen zur Abwehr des Bösen und berührten ihren Talisman am Hals. Wie abgesprochen traten sie gleichzeitig aus dem Schutz der Bäume. Auf der gegenüberliegenden Seite der Lichtung kamen ebenfalls zwei Gestalten ins Sonnenlicht und schritten auf sie zu: Die gleiche Kleidung, Bogen in der Hand, Jagdmesser am Gürtel. Das männliche Gegenstück trug wie er einen roten Bart, das weibliche den gleichen weiten Hosenrock aus Leder und schwang im selben Rhythmus mit den Hüften.

»Ein Spiegel«, flüsterte er beschwörend zu sich selbst. »Eine Mauer aus versilbertem Glas.«

»Aber wie kann es so etwas geben?« fragte das Mädchen, machte eine Handbewegung und wiegte sich verführerisch in den Hüften, so als wollte sie eine Pantomime aufführen. Die Gestalt auf der Lichtung drüben tat dasselbe. »Spiegel wachsen doch nicht wie Bäume aus der Erde, hier achtzig Meilen tief in den Bergen, fünfzig Meilen von jeder menschlichen Behausung entfernt, zwischen Misteln und Schneegrenze?« Ihre Stimme wurde leiser. »Zauberei ...« Sie wandte sich ab, wackelte aber mit ihrem Hinterteil in Richtung des Spiegelbildes, das ihre Beleidigung sofort zurückgab.

»Zauberei könnte es sein«, sagte er zähneknirschend und überlegte, wie er mit männlicher Logik bessere Resultate erzielen könnte als ihr weiblicher Spott. »Ich werde mal sehen, was das alles zu bedeuten hat. Warte hier auf mich! Rühr dich nicht von der Stelle!«

Er schritt über die Lichtung. Sein Double machte jede seiner Bewegungen genau nach. Zielstrebig ließ es das Buschwerk am Rande der Lichtung hinter sich und kam ihm entgegen, wobei es die rechte Hand vorsichtig an den Griff des Jagdmessers gelegt hatte, so wie er die linke an seines. Tapferkeit heuchelnd schob er seinen roten Bart in die Luft. Prahlerisch verwegen ging er mit ausgestreckter Rechten weiter – warum sollte er dem Ding da, das ihn nachäffte und dessen völlige Ähnlichkeit in Aussehen und Bewegung eine nicht zu überbietende Beleidigung darstellte, nicht einfach die Hände schütteln?

So stürmte er voran, mit ausgestreckter Hand, bis seine offene Handfläche gegen die andere drückte – er drückte nach vorn, schob und drückte.

Es war, als ob er sich gegen den Körper eines Mannes stemmte, der von gleicher Größe und Gewicht war wie der eigene, gegen eine unsichtbare Mauer, die dem Druck mit exaktem Gegendruck begegnete. Er zog sich von der Mitte der Lichtung zurück und starrte mißtrauisch sein Ebenbild an. Dann warf er sich in einer plötzlichen Zornesanwandlung nach vorn, wurde aber wie von einem federnden Sprungbrett zurückgeschleudert. Da hockte es nun auf allen vieren im Gras und stierte auf seine ebenfalls kriechende Kopie auf der anderen Seite der unsichtbaren Barriere. Nein! Je stärker er anlief, desto heftiger wurde er zurückgeschleudert. Sollte er derart geschlagen zu seiner Schönen zurückkriechen? Alle Kräfte sammelnd, rannte er noch einmal gegen sein Spiegelbild, stieß mit dem Kopf flach gegen jene Stelle, die nicht nur sein Bild, sondern auch seine gesamte Wut wiedergab, und ihn wie eine Puppe in Menschengröße abfing...

»Narr!« rief ihm das Mädchen zu, ehe es ihn doch noch küßte. »Warum so sinnlos gegen ein Hindernis rennen?«

Es glich einem Kampf mit sich selbst. Die unsichtbare Mauer hatte ihn die gleiche Entfernung zurückgeschleudert, wie er Anlauf dafür genommen hatte. Dann lag er benommen im Gras, über sich die schattige Krone der Steineiche. Im Kopf hatte er ein Gefühl, als wären dort Riesenschwärme summender Mücken in der Hitze des sinkenden Tages.

»Was?« fragte er und versuchte mühsam, seine wirren Gedanken von den vier reflektierenden Ecken der Lichtung abzulenken.

»Nun ja«, begann das Mädchen nachdenklich, »es erinnert mich an unser Publikum. Du mußt es für dich gewinnen, mußt es auf deine Seite ziehen; wer wüßte das besser als du?«

Er stöhnte und wollte sich aufsetzen, hielt sich aber sogleich den schmerzenden Kopf und sank zurück. Alles um ihn herum war wie in einen dichten Nebelschleier getaucht. Ihm blieb nur die Hoffnung, daß die schwankende Welt wieder stillstehen und wieder ihr altes Aussehen annehmen möge. »Wie kannst du einen Spiegel begeistern?«

Als er dies sagte, kam von der anderen Seite der Lichtung das leise Echo seiner Worte. Mit der Rückkehr seiner klaren Sinne wuchs auch die Angst.

»Wo ist der restliche Weg? Der übrige Wald?«

Das Mädchen biß sich auf die Lippe. »Sag nicht solche Dinge!«

»Wo ist Westramond? – Dein Heimatland? Existiert es überhaupt noch?«

Bei dieser Frage erbleichte sie und holte zum Schlag aus. Doch die Furcht lähmte ihren Arm.

Wenn wir dem Unbekannten begegnen, suchen wir sofort nach einer rationalen Deutung. Wir erklären es durch die Bestandteile, die uns an bekannte Dinge erinnern. »Ein Spiegel im Wald!« sagte er. »Das ist einfach absurd! Eine Eigentümlichkeit dieser Lichtung, ein Zusammenwirken von Hitze und Licht, eine Art Luftspiegelung – nur fester – hält uns zum Narren. *Kwâ amra kweti!*« stieß er aufgeregt hervor. »Es ist so klar wie das Sonnenlicht!«

»Ja«, sagte das Mädchen, das sofort begriffen hatte. »Wenn es ein Spiegel ist, muß er einen Rand haben.«

»Geschenk der Sonne!« rief er. »Natürlich – so muß es sein. Warum sind wir nicht schon früher draufgekommen? Den Beweis, daß es sich um ein Trugbild handelt, wird ein Blick dahinter erbringen.«

Sie schwangen sich in den Sattel und ritten davon – ihre Ebenbilder auf der anderen Seite der Lichtung taten dies allerdings auch. Es war beängstigend das anzusehen, als ob jede Bewegung von der Gegenseite schon vorausgesagt werden konnte. Sie ritten dahin. Zurück in den düsteren, purpurnen Pinienwald, über sonnenbeschienene Lichtungen, durchs Unterholz. Immer spähten sie nach rechts, wo ihre Spiegelbilder neben ihnen ritten und jede Bewegung, jeden Wimpernschlag, die kleinste Korrektur am Zügel nachahmten. Links und rechts von ihnen glitten die identischen Bäume, die identischen Büsche und die identischen Felsgruppierungen an ihnen vorbei. Nach sieben Meilen brach die Dämmerung herein. Sie schlugen ihr Lager in einem dichten Gehölz auf, damit sie nicht von ihren ebenfalls lagernden Spiegelbildern genarrt wurden. Hier waren die Bäume und Farne um sie herum von beruhigender Verschiedenheit. In der Nacht gerieten sie in einen heftigen Streit. Als aber das Echo ihrer Stimmen von dem fast zweihundert Meter entfernten Spiegel zurückhallte, flüsterten sie aus Angst nur noch. Allmählich gingen sie zu der waffenlosen Kampfart über, die auch eine Form der Liebe ist.

Im Morgengrauen brachen sie immer noch verstimmt auf. Da jedes Wort eine Aufforderung zur Versöhnung gewesen wäre, sattelten sie schweigend ihre Pferde und ritten abermals nach Westen. Das Mädchen brach schließlich als erste das Schweigen.

»Du wirst sehen, wir werden bald das Ende erreichen.«

Aber dem war nicht so. Vierzig Meilen folgten sie der Linie, die sich fast unmerklich nach links, nach Südwesten, zog, als wäre sie der Bogen eines unvorstellbar großen Kreises, so groß wie das ganze Land – ja, vielleicht so groß wie Tethesta. Sie wagten diesen Gedanken nicht auszusprechen, obwohl er beiden mit Sicherheit gekommen war. Und die ganze Zeit hindurch ritten ihre Abbilder zwanzig Meter rechts von ihnen, alles ständig nachahmend.

Mit dem Einbruch der Nacht kam auch die Angst wieder. Jetzt ertappten sie einander, wie sie vorsichtig nach links spähten, ob nicht vielleicht auch dort so eine verdammte Spiegelung zwanzig Meter neben ihnen mit identischer Geschwindigkeit durch die Bäume trabte. Dann säßen sie ganz in der Falle.

Aber dort war alles in Ordnung. Ein Blick über die Schulter zeigte ihnen, daß ihre Abbilder ihnen zwar auch nach einem langen Tag vollkommenen Gehorsams willig alles nachmachten, jetzt aber auch abdrehten, als das junge Paar nach Süden ritt, hinein in den Wald, wo dankbarerweise Eichen, Eschen, Pinien, Erlen und Lärchen verschieden aussahen und sich keine Form wiederholte.

Auch ihr Lagerfeuer war einmalig. Nur eine Rauchwolke stieg daraus empor und verlor sich in der Schwärze der Baumkronen. Das erinnerte sie daran, daß auch sie einzigartig waren und nicht nur Kopien von Millionen anderer Männer und Frauen darstellten. Da nannten sie sich zum ersten Mal an diesem Tag bei ihren Namen: »Davanna.« »Lithran.«

»Frauen sind doch flatterhafte Geschöpfe«, sagte er und küßte sie. »Wenn das deine Meinung ist, wird es schon so sein.«

In dieser Nacht waren sie etwas liebevoller zueinander. *Sie* waren wenigstens keine Trugbilder. Dieses Bewußtsein verlieh ihnen die Stärke, sich ihre Angst einzugestehen – die Angst, das Ende dieser gläsernen Wand nie zu erreichen und auf ewig darin im Kreise herumzureiten.

Sie ritten sechs Tage lang nach Westen, ihre Doubles blieben immer neben ihnen. Es war eintönig, verwirrend und kräftezehrend. Am Abend des sechsten Tages, als sie wie jede Nacht ihr Lager aufschlugen, berieten sie, was sie tun sollten.

»Das Meer?«

»Das Meer liegt vierhundert Meilen südlich. Außerdem trennt uns davon noch der Bürgerkrieg. Zurück nach Delvendal?«

»Ich fühle mich dort wie in einer Falle. Bei dir ist das anders, du bist dort geboren.«

Lithran widersprach. »Es war doch bisher recht friedlich. Der Bürgerkrieg ist noch nicht so weit vorgedrungen. Vielleicht...«

»Einen Versuch könnten wir doch noch wagen!«

Sie beschlossen also als letzte Möglichkeit, einen Tunnel unter der Wand hindurchzugraben. Lithran kannte jeden Zoll der Wälder im Norden von Delvendal. Daher wußte er auch, daß etwas südlich von der Stelle, wo sie zuerst auf die Spiegelwand gestoßen waren, eine Jagdunterkunft stand. Sie durchquerten die Wälder in östlicher Richtung, wobei sie sich außer Sichtweite der Wand hielten. Das war weniger beunruhigend. Nach sechs Tagen ritten sie wieder den Waldweg entlang in Richtung Valalfa und der Grenze zu. Diesmal hingen aber zwei Hacken, ein Pickel und ein scharfer Bronzespaten an den Sattelknöpfen. Sie kamen den Pfad hinauf zum Paß, wo dem erfahrenen Waldbewohner jeder Stein vertraut war und jeder Baum seine eigene Persönlichkeit hatte. Als sie zu der Lichtung kamen, wo die Wölfe sie zwei Wochen zuvor angegriffen hatten, wo Lithran die Spiegelwand mit Steinen und baren Fäusten angegangen war, flatterten ihre Herzen wie kleine Vögel. Das war der Ort. Alles hatte sich ihnen so genau eingeprägt, daß ein Versehen unmöglich war. Aber die Wand war verschwunden! Es gab keine Abbilder von ihnen, die ihnen über die Lichtung entgegenritten, und keine falschen Bäume auf der anderen Seite der Lichtung. Der Pfad mündete in eine dunkle Öffnung zwischen zwei Eichengruppen und zog sich dann zum kegelförmigen Gipfel des Berges hinauf – so wie es sein sollte. Endgültig war jede Mißstimmung zwischen ihnen verflogen. Glücklich küßten sie einander und ritten singend weiter. Die Wand war ohne Grund aus heiterem Himmel gekommen und ebenso schnell wieder verschwunden.

Aber das stimmte nicht.

Sie waren schon zwei Meilen den dunklen Waldpfad entlanggeritten, als ein plötzlicher Sonnenstrahl durch die Blätter drang und vor ihnen etwas aufblitzen ließ, als ob er auf ein Fenster in der Ferne gefallen wäre. Schimmerte dort nicht blondes Haar? Lithran verengte die Augen und spähte durch den dämmrigen Wald. Ja, einen kurzen Augenblick lang vermeinte er den Hufschlag von zwei entgegenkommenden Reitern zu vernehmen. Geister auf grauen Geisterpferden. »Kaufleute aus Westramond?« murmelte Lithran. Dann hielt er sich aber sofort abergläubisch die Hand vor den Mund. Nur nichts verschreien! Angst stand in seinen Augen und schnürte ihm die Kehle zu.

Sie ritten weiter.

»Nein«, stieß Davanna hervor, den Tränen nahe.

»Reite weiter«, zischte ihr Lithran zu. »Vielleicht... vielleicht können wir an uns selbst vorbeireiten.«

Jetzt vernahmen sie den Hufschlag vor ihnen ganz deutlich. Mit leichter Verzögerung kam das Echo zurück. Der Abstand zwischen dem Klappern der Hufe ihrer Pferde und dem des Echos wurde immer kürzer, von Sekunde zu Sekunde, bis man es nicht mehr unterscheiden konnte. So wie die Sonnenstrahlen durch den dichten Blätterwald über sie hinhuschten, fielen sie auch auf die Gestalten vor ihnen: ein blondes Mädchen auf einem Braunen und ein rothaariger Mann auf einem Rappen. Es war ihr genaues Abbild. Ihnen entgegenzureiten war wie eine Warnung vor dem herannahenden Tod. Es bedeutete den Tod, gemäß der Überlieferung in Tethesta, wenn man seinem *Fetch*, seinem Doppelgänger, auf dem Weg begegnete.

Instinktiv griffen sie sich an den Hals. Dort trug jeder einen Talisman aus Bernstein, der durch die Berührung seit Generationen glattgeschliffen war. Jeder Knabe und jedes Mädchen erhielt ihn beim Manathma, dem Fest der Aufnahme in den Kreis der Erwachsenen. Jetzt suchten sie Trost bei dem vertrauten Gegenstand.

Ja, wieder standen sie sich selbst gegenüber. Lithran schwang sich aus dem Sattel und ging auf die unsichtbare Wand zu. Wie sein Abbild im Spiegel drückte er auch mit der Hand gegen die kalte, harte Oberfläche. Hart und kalt? Nein. Er sprang zurück, als hätte er versehentlich eine Schlange berührt. Der Spiegel fühlte sich nicht wie kaltes, irdisches Glas an, sondern war warm, schwammig, fast etwas feucht, so als ob man eine lebendige Hand berührte. Zitternd schlug er ein magisches Zeichen. Warum war ihm das nicht bei dem ersten Mal aufgefallen? Zweifellos, weil er sich mit solcher Gewalt dagegengeworfen hatte. Wenn er jetzt darüber nachdachte, war es ja auch wie ein Kampf mit sich selbst gewesen, so als ob eine Hand die andere berührte.

»Was hat das zu bedeuten?« fragte er Davanna verschreckt, nachdem sie sich etwas auf dem Waldweg vom Spiegel mit seinen Schreckbildern zurückgezogen hatten. »Die Wand ertönt von dem Klang deiner Lieder und scheint von dem Licht, das du ihm zeigst. Berührst du sie zart, fühlt sie sich an wie eine andere weiche Hand. Schlägst du sie, schlägt sie zurück.«

»Wenn wir noch einen Sinn hätten, einen, der über die fünf hinausginge«, sagte Davanna, »würde sie uns dann auch mit ihm antworten?«

»Oft habe ich schon gedacht, daß wir alle so sind. Um einen jeden von uns gibt es eine solche gläserne Wand. Wir können auf der Welt nur unser eigenes Spiegelbild sehen.«

Wie recht du hast, dachte sie und schaute ihn von der Seite an.

»Wenn du bis an die Grenze der Realität gehst«, sagte er mit Furcht in der Stimme, »schaut dir dein eigenes Gesicht entgegen.«

»Und warum sehen wir es meilenweit? Geben wir uns denn einer Illusion hin?«

»Aber dann ist es eine Illusion mal zwei«, sagte Davanna und griff zögernd nach seiner Hand.

»Wie lieb von dir«, sagte Lithran und küßte ihre Finger. »Denn deine Hand ist beinahe das Abbild von meiner, verschieden genug, um mich zu überraschen, aber ähnlich genug, daß ich es verstehe.«

»Ach ja«, sagte sie, »du glaubst also, daß du mich verstehst?«

An diesem Abend hatten sie weder die Zeit noch den Mut, den Angriff auf die Wurzeln der Wand zu beginnen. Sie schlugen ihr Lager auf, machten ein Feuer, aßen und sprachen miteinander. Erst in der Morgendämmerung des nächsten Tages näherten sie sich der Wand, um ihr Gewalt anzutun. Sie suchten eine Lichtung ohne viele Baumwurzeln und schwangen die Hacken – hinauf zu den Baumwipfeln, hinab ins verfilzte Erdreich. Das Blatt biß sich in die Steine und Wurzeln hinein. Es war schwere Arbeit und ging enttäuschend langsam voran. Und ständig konnte Lithran aus einem Augenwinkel heraus die Hacke seines Doppelgängers mit dem gleichen Rhythmus wie seine hinauf und hinunter fliegen sehen. Als er sich nach einer Weile zum ersten Mal aufrichtete, fiel ihm noch etwas auf. Da er seinen Augen nicht traute, ging er wieder ans Werk.

Nach weiteren zehn Minuten hatte er trotz Spitzhacke und Spaten lediglich eine flache Wunde in den Waldboden geschlagen. Aber jetzt gab es keinen Zweifel mehr, wenn er es auch kaum wagte, dem Augenschein zu glauben. Sein Abbild im ›Glas‹ war kleiner geworden als es vorher gewesen war; es war nicht mehr zwei Meter entfernt, sondern fünf. Es stützte sich auf seinen Spaten und starrte ihm mit dem gleichen verwirrten Gesichtsausdruck entgegen, den er trug.

Die reflektierende Wand bewegte sich ... bewegte sich langsam und kaum merkbar von ihnen weg.

Lithran fluchte. Davanna schlug den Abwehrzauber. Sie rückten vier Meter vor, so daß ihre Abbilder wieder die natürliche Größe hatten, und begannen aufs neue. Während Lithran nun ständig seinen Doppelgänger im Spiegel im Auge behielt, fühlte er, wie die Furcht des vergangenen Tages zurückkehrte. Beim Zuschlagen mit der Hacke konnte er sich des Gefühls nicht erwehren, wieder seinem Fetch gegenüberzustehen, der mit gleichem Rhythmus und Takt kaum zwei Meter von ihm zuschlug. Mit jedem Schlag entfernte sich Lithrans Doppelgänger ein winziges Stück.

Obwohl Lithran wußte, daß sein Abbild von der echten, wahren Erde abrückte, die er bearbeitete, kam es ihm doch so vor, als entfernte er sich selbst in beständigem Gleiten von der Realität, so als ob er auf einem Boot schweigend vom Strom der Zeit flußabwärts getragen werde, als ob die Erde selbst unter seinen Füßen sich löste und ihn weit weg von jeder Hoffnung auf Entkommen unaufhörlich dem Mittelpunkt Tethestas zutrieb. Er lehnte sich auf seinen Spaten, um dort Halt zu suchen. Doch schien dieser sich in eine lange Ruderstange zu verwandeln, mit deren Hilfe er durch träge Fluten dahinstakte. Dabei war der Waldboden unter seinen Füßen solide wie ein Fels.

Wer von den beiden war nun der echte, er oder sein Fetch? Und was *tat* eigentlich sein Abbild auf der anderen Seite der Lichtung? Seine Bewegungen waren zwar identisch, aber war auch sein Ziel das gleiche? Kein Spott ist schlimmer als übernatürlicher Spott. Ein Loch, drei Fuß tief und neun Fuß lang. Das eigene, flache Grab?

Auch kristalline Oberflächen sind nie ganz rein. Vielleicht gab es doch einen unsichtbaren Knacks in der Wand, einen Punkt, an dem sich die aneinanderliegenden Oberflächen minimal unterscheiden, wie Facetten eines Diamanten, Segmente von Raum, wo der Waldboden nicht im Spiegel reflektiert wurde. Ein übernatürliches Grauen hatte Lithran erfaßt. Er hatte gar nicht gemerkt, daß er schon einen Schritt zurückgetreten war von dem Loch, das er aushob. Plötzlich schien ihm sein Abbild im Spiegel ausgelöscht, eliminiert, so als wäre in der Tat seine eigene Zukunft nicht mehr in der Welt vorhanden, die ihm jetzt aus dem Spiegel entgegenstarrte.

Er warf seinen Spaten weg und stolperte zum Lager zurück.

Sie gaben ihren Versuch auf, unter dem beweglichen Spiegel einen Tunnel zu graben. Am nächsten Tag ritten sie mit hängenden Ohren wie begossene Pudel zurück nach Delvendal. Lithran war schweigsam, vielleicht auch ein wenig beschämt. Davanna war eher traurig. Sie vermied es, ihm (auch im Herzen) Feigheit und Ungeduld vorzuwerfen. Statt dessen tröstete sie ihn.

»Wir wären niemals durchgekommen, selbst wenn wir einen ganzen Monat gegraben hätten. Genausowenig kann man einen Tunnel in fließendes Wasser graben.«

Es war fast ein Tunnel im Wasser, in den sie am nächsten Abend bei ihrer Ankunft in Delvendal gerieten. Dichter Nebel war von den Bergen heruntergekommen und erfüllte den Wald. Überall um sie her hatten sich kalte, weiße Laubengänge gebildet. Etwas in der Luft verstärkte das Donnern des Flusses unten in der Schlucht und ließ den Nebelkorridor, durch den sie ritten, wie eine Höhle unter einem Wasserfall erscheinen.

Sie stiegen gleichsam in eine der tiefen, bodenlosen, trügerischen Abgründe des Flusses hinunter, als ihre Pferde den steilen Pfad zum Dorf hinab einschlugen. Als ob die beiden zu den legendären Vogelleuten des Nordens gehörten, die ihre Schwingen ausbreiten und aus einer tiefhängenden Wolke hinunterstoßen können, so lag plötzlich Delvendal offen unter ihnen.

Das Dorf schmiegte sich in die Schatten des Delvenlaas, einem schroffen, fünfhundert Fuß hohen Felsen. Unmittelbar zu ihren Füßen befand sich ein gefährlicher, schmaler, sechs Fuß breiter Felsvorsprung, über den sich der Pfad aus den Wäldern schlängelte. Links schroffer Fels, rechts nichts als weiche, einladende Luft. Sie konnten von hier aus das ganze Dorf überblicken: Die Brücke über der Schlucht, die runde Versammlungshalle, die verstreuten Hütten inmitten der Wiesen und Äcker, die Gruppe der Schmieden, die sich an die Felswand drückten, aus deren Schornsteinen Rauch aufstieg; im Herzen des Dorfes die offene Fläche um den Versammlungsfelsen, wo die Kaufleute aus anderen Gegenden ihre Waren zum Kaufe feilboten, oder wo an schönen Tagen die Oberhäupter der Familien sich versammelten, um über Gemeindeangelegenheiten zu beraten.

Nichts ist schlimmer, als wenn alles ganz normal aussieht, aber ein wichtiges Detail nicht stimmt oder am falschen Platz ist. Das junge Paar zügelte die Pferde und musterte mißtrauisch das Dorf zu seinen Füßen. Um den Ratsfelsen herum war die Wiese schwarz von Menschen. Wie die Fliegen hatten sich dort Männer, Frauen und Kinder versammelt. Das allein wäre noch kein Anlaß zur Beunruhigung gewesen. Aber da war über dem Felsen ein Banner aufgezogen, das sie noch nie zuvor gesehen hatten. Es war karmesinrot und trug in der Mitte ein goldenes Auge, das von Pfeilen wie von Strahlen umgeben war. War es das Feldzeichen eines Kriegsherrn aus der Ebene? Delvendal lag fünfzig Meilen tief im Wald – weiter als eine Tagesreise von der nächsten Stadt entfernt. Bis jetzt war es von den Kriegswirren verschont geblieben. Obwohl es so abgelegen war und unbedeutend ausschaute, war es doch möglich, daß eine der streitenden Parteien es für wichtig genug hielt, um dorthin einen Abstecher zu machen. Sorgfältig ließen sie ihre Blicke über die Szene unter ihnen gleiten.

Es beschlich sie dabei ein ähnlich beklemmendes Gefühl wie damals beim Anblick der Wand – das Gefühl des Eingesperrtseins, die Angst, daß womöglich nichts mehr vorhanden sein könnte außer dem, was sie sehen konnten, daß die ganze Welt hinter der Wand aus der Wirklichkeit verschwunden wäre. Und in gewisser Weise stimmte das ja auch. Was nützt es, wenn man von einem Ort behauptet, er existiere, wenn man nie zu ihm gelangen kann? Und dieser Anblick heute nachmittag verursachte ebenfalls Klaustrophobie. Delvendal lag unter einer bedrückenden Wolkendecke und war, wie es schien, vom Rest der Welt und des Raumes darüber abgeschnitten.

Bei Delvendal kam der Berg sozusagen in zwei Riesenschritten auf die Ebene zu. Im Norden überragte seine hohe Felswand das Dorf, das auf einer Kuppe stand. Nach Süden zu fiel er nochmals steil ab. Hier endeten die Wiesen des Dorfes plötzlich an einer tiefen Schlucht, durch die der kleine Delvingfluß gewaltig hinunterstürzt und sich dann ins Tal ergießt. Jedem der silbrigen Wasserfälle folgt die stille Dunkelheit von tiefen Becken, die die herabstürzenden Wassermassen ausgehöhlt haben. Die Talbewohner nennen das Wasser ihres Flusses gern scherzhafterweise *wedra akura* – das scharfe Wasser. Er hat sich so in den Granit gefressen, daß man am tiefsten Punkt zwischen den Felswänden nichts als dunklen, leeren Nebel hängen sieht, ein wabernder Raum von Nichts. Es ist nicht nur die Gischt, die aufsprüht, sondern es sind auch die beiden Wildbäche, die hier zu beiden Seiten durch ihre

Klamm fast vierhundert Meter tief herunterstürzen. Das ganze Dorf hallt wider von den ständig tosenden Wassermassen, die sich ihren Weg in die Ebene fressen. Es ist, als ob der Fels, auf dem es steht, nicht wirklich fest wäre, sondern nur von einem langsamen Erdbeben mitgetragen würde.

Heute sah man nichts außer dem kleinen Dorf Delvendal, eingezwängt zwischen zwei riesigen Felswänden, ein winziges Stückchen menschlicher Anwesenheit inmitten des allgegenwärtigen Sprühnebels. Ohne Sonne glichen die goldenen und grünen Äcker nur noch grauen und braunen Schatten. Der einzige Farbtupfer bei allem war der grelle karmesinrote Fleck des Banners mit dem goldenen Auge darin. Lithran hatte das beängstigende Gefühl, als wäre der ganze Erdball auf ein kleines Fleckchen mit Gras und Steinen zusammengeschrumpft, das in einem Universum aus weißem Nebel dahintrieb. Und auf diesem Fleckchen sollte sich nun etwas ereignen, gedämpft und in Rätseln gesprochen, dessen Bedeutung – besser gesagt, daß es sich um Rätsel handelte – erst Wochen später klar werden würde. Die beiden begannen einander Mut zuzusprechen. »Ich sehe keine Fremden.«

»Wenn eine Gefahr drohte, wären doch keine Frauen und Kinder am Ratsfelsen.«

Lithran suchte die Menge aufmerksam mit den Augen ab. Er konnte aber nirgendwo Soldaten in Uniform entdecken. Er war sich ganz sicher, daß sich kein Fremder im Dorf aufhielt mit Ausnahme eines kleinen, dunklen Mannes, der das farbenfrohe Gewand der Leute aus der Ebene trug. Er war um einen halben Kopf kleiner als der kleinste Mann in der Menge. Mit ausgebreiteten Armen stand er auf dem Ratsfelsen und bat um Ruhe.

Außer ihm kamen höchstens noch die beiden Männer in Lederpanzern, von der Art, die man Cuir-builli nennt, in Betracht. Sie standen mit Schwertern im Gürtel hinter dem Felsen – offensichtlich Gefolgsleute. Es sah alles sicher genug aus. Er mußte jetzt hinuntergehen und herausfinden, was dort geschah.

Der Ratsfelsen war zwölf Fuß hoch und befand sich, wie ich schon sagte, mitten auf dem grasbedeckten freien Platz vor der Versammlungshalle. Niemand kannte sein wahres Alter oder wußte, ob wirklich der Umriß eines Wolfes an seinem Vorsprung oben herausgehauen war. Wind und Regen von Jahrhunderten hatten bewirkt, daß man jetzt auch die ausgebreiteten Schwingen eines Adlers oder die Hörner eines Stieres darin erblicken konnte. Von dieser Stelle aus wurden alle wichtigen Nachrichten bekanntgegeben. Obwohl Lithran und Davanna nur Wortfetzen auffangen konnten, als sie sich dem Rand der Menge näherten, wurde ihnen sofort klar, um was für eine Erklärung es sich handelte.

»Seine Allerhöchste Majestät der König... Ende des Bürgerkrieges... Wohlstand, Frieden, Einigkeit... Ordnung... Fortschritt... landesweite Aussöhnung... der menschliche Geist... die schwerarbeitende Bauernschaft... wenn es Verräter gibt... Wiedergutmachung... Feinde des Volkes... Säuberung in den Reihen der Politiker... brüderliche Gerechtigkeit...«

An einem so abgeschiedenen Ort wie Delvendal, der in der Tiefe der Wälder versteckt war, hatten die Leute noch nie solche Reden vernommen. In den Ohren Lithrans und Davannas klang dies alles wie Worte aus einer merkwürdigen Sprache, die sie nur halb verstanden und deren hohles Wortgeklingel sie abstieß. Dem ersten Teil der Rede entnahmen sie einzig und allein die Tatsachen, daß der lange Bürgerkrieg vorbei war, und daß es in Tethesta einen neuen König gab, der Leuth hieß, »dessen Name sich auf ›treu‹ reimte«, wie der Gesandte ausführte.

Leuth war vor einem Jahr nach Tethesta zurückgekehrt, schilderte er beredt, »weit hinten aus dem westlichen Meer, wo die Inseln der Seligen sich erheben. Wie ich sehe, seid ihr darüber erstaunt. Die Menschen glauben, daß diese Inseln nur einem Wunschtraum angehören, weit draußen hinter dem fernen Horizont, so wie man andere ideale Länder in ferne Vergangenheit oder Zukunft versetzte. Sicher, wenn man auf diese hohen Berggipfel zusegelt, die über den Wolken thronen und höchstens fünfzig Meilen von der Küste weit entfernt zu liegen scheinen – ja dann, dann ist plötzlich nichts mehr von ihnen zu sehen! Aber Leuth su-Volsus kann ihre Wirklichkeit bezeugen: Er hat sie besucht, und er hat auch die Absicht, ihre Sitten hier einzuführen. Ein Paradies ist für euch alle geplant, in dem alle Menschen gleich sind, keiner mehr Macht hat als der andere, keiner mehr als der andere besitzt...«

Dann fing der Gesandte an, mit großer Ausführlichkeit einen lieblichen Staat zu beschreiben, wo in jedem Garten Springbrunnen plätscherten, wo schon zum Frühstück Wein getrunken wurde, wo die Frauen allen gehörten und sich die Weizenernte alle fünf Jahre verdoppelte.

»Komm weg hier!« flüsterte Davanna Lithran ins Ohr. »Ich trau' dem Mann nicht. Außerdem erzählt er bloß Märchen.«

»Und aus diesem Grunde«, sagte gerade der Gesandte, »sind die Inseln der Seligen vor den Augen der gewöhnlichen Sterblichen verborgen... würden diese sie sehen und die Wahrheit erkennen, würden sie dort eindringen und die Leute verderben und zugrunde richten. Deshalb haben sie einen gewaltigen Wolkenschutzwall um ihr Gebiet gelegt, einen Spiegel aus reflektierender Luft und Wasser, der sich zwischen ihnen und der Welt...«

Lithran schüttelte den Kopf. »Hast du das gehört? Das ist doch die genaue Beschreibung der gläsernen Wand!«

»Als nun Leuth nach Sulunna kam, der Metropole von Tethesta, hieß ihn der König mit einem großen Fest willkommen und küßte ihn auf beide Wangen. Dann flehte er ihn an, sich des Staates anzunehmen und die aufrührerischen Adligen niederzuwerfen. Als nun am Ende dieses Jahres gegen unseren geliebten König eine Verschwörung angezettelt und er auf hinterhältigste Weise meuchelmörderisch umgebracht wurde, in seinem eigenen Palast Kelwaruna – als seine Familie aus Angst um ihr Leben an einen unbekannten Ort floh –, da nahm Leuth su-Volsus unser Land wie der Hirte von Tethesta, in seine Obhut, so wie der sterbende König es mit eigenen Worten...«

»Hm«, meinte Davanna, »eins scheinen sie auf den Inseln der Seligen zu können – wie man eine Palastrevolution anzettelt.«

»Im Namen des Volkes griff Leuth die Kräfte der Unterdrükkung an und vernichtete sie. Jetzt regiert er in Sulunna als Wächter zum Wohl und nach dem Willen des Volkes. Bedeutet sein Name doch nicht nur ›treu‹, sondern auch ›Leute‹. Trägt er nicht auch die Titel Austar der Hirte, das Auge der Augen, der Strahlende, der Vertreiber, der Kybernete, der, für den die Welt in seinem Spiegel ist? Ist er nicht die Verkörperung des Jahrtausends? Ist er nicht die universale Inkarnation im Individuum? Ist dies Land wirklich das gelobte Land Atlan? Deshalb fordere ich euch auf, als loyale Bürger des Endreiches, euch dem Willen des Volkes zu unterwerfen, Brüder, den ihr hier in meiner Gestalt verkörpert vor euch seht. Ich bin zum *Phylak*, zum Wächter, bestellt, der von nun an im Namen des Volkes regieren wird. Applaus!«

Die Rede des Gesandten war am Höhepunkt angelangt. Nachdem er diese letzten Worte verkündet hatte, schwieg er eine Weile und wischte sich die Stirn.

Lithran hatte eine merkwürdige Vision. Der Gesandte stand im Zentrum des Dorfes. Da nur das Dorf in den wogenden Nebelschwaden deutlich sichtbar war, schien dieser Fremde einen kurzen Augenblick lang der Brennpunkt für alles Sichtbare auf der Welt zu sein – so als wäre er die zentrale Lichtquelle, als würde außerhalb des Kreises, den der Nebel um sie gelegt hatte, nichts existieren.

Von den Dorfbewohnern kam nur vereinzeltes Klatschen, das sehr bald verstummte. Sie traten von einem Fuß auf den anderen, wie es Leute tun, die zu lange auf einer Stelle gestanden haben. Ihr körperliches Unbehagen saß aber nicht in den Beinen, sondern in den Köpfen. Einige starrten unsicher zu Boden, andere schauten ihre Nachbarn an, um dort einen Abglanz ihrer eigenen Unruhe zu entdecken. Schließlich trat ein Mann an den Sockel des Felsens. Sein Bart war weiß und sein Gewand (wie das der übrigen Dorfbewohner) grau-braun. Allerdings trug er eine lange Robe in der gleichen Farbe darüber, die zobelverbrämt war und von Silberfibeln zusammengehalten wurde. Es war Kaskentar der Dorfälteste.

Er schaute zu dem kleinen Mann hinauf, der sich da so keck und anmaßend zwischen den Ohren des Wolfes aufgebaut hatte. Als er zu sprechen begann, waren das einzige Zeichen seiner Unruhe seine Finger, die mit dem Silberverschluß seiner Robe spielten.

Das Tal hätte sich immer unter eigenen Gesetzen selbst regiert, erklärte er. Diese Gesetze seien vom König selbst als unverbrüchliche Privilegien in den Delvenlaas eingeschnitten worden – hier in lebendigen Fels gehauen, vor zweihundert Jahren zur Zeit der Gleichmachung, als sich der König und sein Volk verbündeten, um die Macht der Erzpriester zu brechen. Der Wächter (falls das der Titel des geschätzten Besuchers sei) könne gern mit ihm zum Delvenlaas hinübergehen und sich von der Rechtmäßigkeit der Verfassung überzeugen, mit der die Talbewohner völlig glücklich wären, da sie ebenso fortschrittlich wie jede andere in Tethesta sei. Dem Rate gehörte jeweils das älteste Mitglied eines jeden Haushalts an, sei es Mann oder Frau. Er selbst sei der gewählte Sprecher des Dorfes, hätte aber – wovon man sich überzeugen könne – seine Amtsgewalt letztlich vom König verliehen bekommen. Er vertraute darauf, daß der Phylak sich der Schlüssigkeit seiner Rede nicht entziehen könne.

Für Lithran schien diese Rede ebenso voll von hochtrabenden Abstraktionen wie die vorige. Wer wüßte besser als er, der hier geboren und aufgewachsen war, daß Kaskentar su-Mazdan wegen seines Reichtums und Einflusses zum Dorfältesten gewählt worden war – und wie wenig die Stimme eines armen Arbeiters in den Zinnminen oder die eines Jägers ohne Grundbesitz im Rat des Dorfes zählte. Er fühlte sich von alledem nicht angesprochen ... höchstens insoweit, als er einen Zusammenhang zwischen dem neuen Monarchen und der Spiegelwand vermutete. Deshalb hörte er weiter zu.

Um ihn herum entstand ein großes Geschrei. Lieber noch den alten Kaskentar, trotz all seiner Schwächen, aber immerhin einer der ihrigen, als einen dahergelaufenen Fremden aus der Ebene.

Die Stimme des Gesandten übertönte den Lärm der Menge und brachte sie abermals zum Schweigen. »Verlangt ihr etwa Sonderrechte? Die alten Herrschaftsstrukturen und Privilegien sind abgeschafft. Wir sind jetzt alle nur noch Tethestaner.« Er biß sich auf die Lippe. Bei jedem anderen hätte man diese Geste als ein Zeichen der Verärgerung ausgelegt. In seinem Fall aber schien es ganz unbeteiligt, ganz losgelöst von seinen Worten zu geschehen. »Ich habe hier die königliche Verfügung. Wer von euch kann lesen?«

Um die Wahrheit zu sagen, in einer so blühenden (wenn auch

äußerst traditionsbewußten) Gemeinde wie Delvendal war das Lesen durchaus verbreitet. Aber diese Angelegenheit bedurfte einer wichtigen Persönlichkeit. Deshalb trat auch der *Hierak* vor, um die Urkunde in Augenschein zu nehmen. Er war ein Würdenträger, dessen Funktionen zwischen denen eines Priesters, Arztes und Weisen lagen. Wie die anderen Ältesten des Dorfes trug auch er eine lange Robe – aber in Weiß, der symbolischen Farbe seines Amtes. Trotz seines Alters färbte er sein volles Haar jugendlich rot. Er war hochgewachsen, ungebeugt, beeindruckend – nur sein Gesicht war so glatt und ohne Spuren, als habe ihn das Leben nichts gelehrt. Lithran schaute unsicher zu Boden, denn dies war sein Vater, Vannin sun-Antan. Äußerlich sehe ich ihm vielleicht ähnlich, dachte er, aber...

Inzwischen hatte Vannin den Ratsfelsen erreicht. Ohne dem Gesandten die Hand zu reichen, berührte er diese nur kurz, ehe er sich in die Schriftrolle vertiefte, die dieser ihm reichte. Die Dorfbewohner drängten sich unruhig und flüsternd in seine Nähe. Sie wogten hin und her, und manche schüttelten die Köpfe. Als ob die Erde unter ihnen bebte, dachte Davanna, obwohl sie das eigentlich gewohnt sein mußten, da sich der Boden ständig beim Tosen des Flusses in der Schlucht zu bewegen schien. Wie konnten die Einwohner von Delvendal trotzdem irgendeiner Sache so sicher sein? Der Dorfälteste stand inmitten einer Gruppe von Gleichgesinnten und sprach ernst und ruhig, wobei er mit der Hand die Bedeutung seiner Worte unterstrich. Sie denken doch nur an ihre eigene Macht, dachte Lithran. Aber wer bin ich, daß ich sie zu tadeln wage? Wäre ich an ihrer Stelle...

Der Hierak las das Dokument laut vor. Die etwas weiter weg standen, mußten sich sehr anstrengen, um ihn zu verstehen, denn seine Stimme versagte mehrmals, und er mußte sich räuspern. Der Dorfälteste bemühte sich, keinerlei Gefühle zu zeigen. Als aber die Lesung vorüber war, wandte er sich dem Gesandten zu und schaute ihm fest in die Augen. Er gab sich die größte Mühe, jeden Anschein von Wut aus seiner Stimme zu verbannen. Er sprach mit würdevoller Ruhe, aber seine Finger befaßten sich heftig mit der silbernen Fibel an seinem Gewand.

»Herr, es scheint, daß Ihr recht habt. Aber ich frage, ob ein König das Recht hat, ein Abkommen aufzuheben, das er mit seinem eigenen Volk geschlossen und besiegelt hatte?«

Der alte Fuchs! dachte Lithran. Wenn ich Kaskentar nicht kennen würde, könnte ich glauben, er ist ernsthaft gerührt.

Wiederum wandte sich der Dorfälteste an den Wächter und berief sich auf Begriffe, nach denen er sein ganzes Leben getrachtet habe – »Rechte, Pflichten, Verträge, Tradition, Freiheit unter dem Gesetz«. Wie sollte er je vorausgesehen haben, daß diese Begriffe und Vorstellungen bedeutungslos werden würden?

»Wenn der König uns die Gründe dafür darlegen könnte«, fuhr er fort, »würden wir natürlich als loyale Untertanen ... Mit Eurer Erlaubnis, Herr, wollen meine Ratsgenossen und ich in die königliche Residenzstadt Sulunna eilen, um unseren Fall persönlich vorzutragen ...« Der Rest dieser wohlgesetzten Rede ging im Jubel der Dorfbewohner unter. Sie warfen ihre wollenen Kappen in die Luft und riefen: »Kaskentar!« Die Männer in seiner nächsten Umgebung lächelten, schüttelten ihm die Hand und klopften ihm auf die Schulter. Man hätte denken können, sie hätten niemals einen Grund gehabt, ihn nicht zu mögen.

Lithran fühlte sich von alledem nicht betroffen. Die Begeisterung auch bei den gewöhnlichen Dorfbewohnern steckte ihn nicht an. Ihm war noch nicht klar geworden, daß es noch eine Möglichkeit gab außer der, leichtgläubig oder zynisch zu sein. Es waren seine Leute, aber wenn diese verdammte Wand nicht gewesen wäre, wäre er heute nicht hier. Er *wollte* gar nicht hier sein: Er war Musikant; das hier ging ihn nichts an.

Während alledem wartete der Mann auf dem Wolfsfelsen gelassen, bis der Lärm sich legte. Als es soweit war, sprach er:

»Euer Zögern ist unvernünftig, und ich kann es beim besten Willen nicht verstehen. Wahrheit ist Wahrheit, Worte sind Worte. Erst seit Leuth regiert und er das Volk ist, kann man von Freiheit sprechen. Ihr seid frei, wenn ihr es auch nicht zu wissen scheint, *durch Definition.* Was eure Reise betrifft – zweihundert Meilen durch die Wälder und Ebenen, um eine Eingabe beim Guten Hirten zu machen –, wie kann ich euch daran hindern?«

Daß in diesen Worten des Wächters etwas Zweideutiges steckte, wurde erst viel später offenbar. Die Versammlung nahm sie jetzt als Zustimmung und löste sich in kleine Grüppchen von Männern und Frauen auf. Lithran und Davanna ritten nahe bei dem Ratsfelsen vorbei, um einen genauen Blick auf den Gesandten werfen zu können, der unbeachtet und allein dort auf seiner Tribüne stand. Ihre Augen trafen sich.

Es ist schwer zu beschreiben, was sie sahen. Der Gesandte stand nur wenige Meter entfernt, aber seine Augen waren wie Schießscharten in einer Burgmauer – dunkel und leer. Es war eine Dunkelheit, die nicht in diese Gegend zu gehören schien. Sie schien wie ein Fenster hinaus in einen düsteren Raum zu führen, wo alles unendlich viel größer und gewaltiger war. Als sie ihn anblickten, war da in den Tiefen dieser Schwärze ein Flackern, wie von einer weit entfernten Flamme oder als ob jemand aus weiter Ferne sich herabbeugte und durch die leeren Höhlen im Schädel des Gesandten auf sie herabschaute.

Lithran riß seine Augen vom Gesicht des Wächters los, als hätte man ihn geblendet oder niedergestarrt. Als er gleich darauf nochmals hinschaute, war die Erscheinung verschwunden.

Auf dem ganzen Heimweg durch den Wald hatte Lithran behauptet, er würde seinen Vater nicht um Rat fragen, ja ihm nicht einmal von der Wand erzählen. Davanna hatte ihm nicht widersprochen, da sie ihm sowieso nicht geglaubt hatte: Sie würden in Vannins Haus wohnen. Sie mußten daher auch eine Erklärung für ihre Rückkehr nach Delvendal abgeben, wenn auch mit eingezogenem Schwanz. Außerdem redete Lithran fast von nichts anderem, als daß er nichts sagen wollte, so daß Davanna sicher war, er würde...

»Was könnte mein Vater denn schon machen?«

»Er ist ein...«

»Ein Hierak?« Lithran lachte. »In unserem aufgeklärten Zeitalter glaubt doch keiner mehr an solche Märchen.«

Da irrte er sich. Als skeptischer Sohn konnte er möglicherweise seinen Zweifel äußern; denn schließlich hatte er selbst gesehen, wie Vannin diese Tricks ausführte, mit denen er die Unwissenden tief beeindruckte. Für ihn war sein Vater nicht besser als ein Zauberkünstler, ein geschickter Taschenspieler.

Die meisten Leute in Delvendal achteten ihn. Das mußte schon ein Narr sein, der auf die Segenssprüche über die Ernte, über frischgeschmiedete Waffen, neugeborene Kälber und Kinder verzichtete oder keine Botschaften ans Tor hing, um die bösen Geister fernzuhalten. Man suchte ihn auf, weil er die Kräuter kannte und sich auf chirurgische Eingriffe verstand. Er konnte eine Puppe aus Wachs kneten, die dem Kranken so ähnlich sah, daß sich die Dämonen der Krankheit täuschen ließen. Sogar Lithran mußte zugeben, daß sein Vater gut im Heilen leichter Krankheiten war. Und wenn auch sein Verstand ihn zweifeln ließ, griff doch auch Lithran automatisch zum Amulett und sprach einen Segensspruch genau so schnell wie alle anderen.

In einem Punkt stimmten alle Bewohner von Tethesta überein – die Menschen konnten sich des Übernatürlichen nicht mehr so bedienen wie früher. Selbst dem gläubigsten Anhänger war klar, daß der moderne Hierak nur noch ein Abklatsch der weisen Männer von einst war. Oder konnte etwa heute noch jemand mittels eines Blitzes einen Mann im Kampf tot umfallen lassen? Konnte noch jemand in einem Wagen dahinjagen, den keine Pferde zogen? Wer konnte eine kleine Schachtel im Hause eines anderen Mannes verstecken und ihr befehlen, die Unterhaltungen von dort weiterzugeben? Wer konnte noch mit Freunden sprechen, die Hunderte von Meilen entfernt waren, oder hinter den verdunkelten Fenstern seiner Hütte in der Nacht strahlend helle Bilder über Ereignisse aus der Vergangenheit heraufbeschwören? Natürlich immer angenommen, daß man solchen Märchen Glauben schenkte.

Und eigentlich war es ja auch ganz gut (nach Meinung aller), daß heute keiner mehr solche Wunder vollbringen konnte. Denn damals, zweihundert Jahre vor der Gleichmachung, war das Land von einer Priesterschaft regiert worden, die alles Wissen eifersüchtig hütete und deren Grausamkeit legendär war. Nein, in die Tyrannei der Erzpriester wollte niemand zurück. Und wenn der Preis für ein zufriedenes Leben das Fehlen von Magie war, war das auch in Ordnung.

»Das sind doch alles Märchen, die für Frauen und Kinder erfunden wurden.«

»Und die Hohen Stätten?« fragte Davanna. Absichtlich erwähnte sie nicht die Wand, dennoch schlug sie ein Abwehrzeichen.

Obwohl Lithran von sich behauptete, ein Skeptiker zu sein, schloß er sich ihrer Wortwahl an. Es brachte Unglück, diesen Platz beim Namen zu nennen, selbst der Euphemismus ›Die Hohen Stätten‹ wurde soweit wie möglich vermieden. Unter keinen Umständen würde jemand die hohen, künstlichen Hügel hinaufsteigen, auf denen diese Tempel des Alten Glaubens standen, nicht einmal, um eine entlaufene Ziege zu fangen oder einem Wolf nachzusetzen. Man tat so, als gäbe es diese Plätze nicht, als wären sie unsichtbar und gehörten in eine andere Dimension, die außerhalb der festen, vertrauten Welt der Menschen und Tiere lag.

Offenbar hatten die alten Gleichmacher ebenso gefühlt, denn sie hatten dort nichts eingeebnet. Trotz ihres Namens hatten sie die heiligen Hügel und Ziggurats mit den kleinen Steintempeln darauf nicht zerstört. Die Revolution von damals hatte sie aus Aberglauben nicht angerührt, sondern ihren Verfall der Zeit überlassen. Die Pyramide, die einst zum Delvental gehört hatte, lag versteckt etwa eine halbe Meile hinter der Dorfgrenze oben im Wald. Aus der Entfernung sah sie so intakt aus wie immer. Erst beim Näherkommen sah man, daß das Dach eingestürzt war und die Wände unter Kletterpflanzen erstickten.

Lithran hatte auf Davannas Frage keine Antwort gegeben. Er klopfte den Hals seiner Stute und sprach beruhigend auf sie ein, als hätten Davannas taktlose Fragen das Tier beunruhigt. Statt einer Antwort ließ er seine Gedanken über seinen Vater weiterlaufen. Nur einmal hatte er mit Davanna über ihn gestritten:

»Warst du schon im Weißen Zimmer? Er besteht darauf, daß dort immer ein Feuer brennen muß, selbst im heißesten Sommer! Hast du gesehen, wie er eine Lanze brennt? Zuerst spricht er einen Zauberspruch über die Flammen, und dann hält er die Klinge ins Feuer, um die bösen Geister der Infektion zu verscheuchen! Soll ich dir sagen, wie er den Trick mit den Kerzen macht?«

»Du kannst dich aber auch ganz schön in Szene setzen«, sagte Davanna.

Beleidigt schaute Lithran sie an. »Was meinst du? Ich bin doch kein Scharlatan! Meine Musik ist echt, so echt wie das gute Silber, das mir die Leute dafür aufdrängen!«

Zu seinem Erstaunen bebte sie vor Wut.

Doch jetzt, an diesem Abend in Delvendal, nachdem er und Davanna sich von den Augen des Wächters losgerissen hatten, stieg Wut in Lithran auf, als er Vannin sun-Antan durch die Menge auf sie zukommen sah. Es war Wut über die mißliche Lage, in der er sich befand. Er mußte seinem Vater alles erzählen – was *konnte* er denn sonst sagen? Wie würde der alte Scharlatan es aufnehmen? Wenigstens war es etwas, das ihm Spaß machen würde.

»Aaah, zurückgekehrt! Und Davanna auch!« sagte Vannin. Sein rotgefärbter Bart strich über ihre Wangen, als er beide in die Arme schloß. »Habt ihr eure Absicht geändert? Kommt, laßt uns ein Fest feiern.«

»Die Welt hat sich geändert, nicht unsere Absicht!« sagte Lithran mit einer Schärfe, die der Wärme in der Stimme seines Vaters gleichkam.

Er fühlte sich auch noch nicht wohler, als er nach dem Abend im Weißen Zimmer am Feuer saß, das Vannin immer in Gang hielt wegen der Göttin Fortuna. Das Zimmer befand sich in der hinteren, linken Ecke des Hauses. Es war nicht getäfelt. Die rauhen Wände liefen in der Form eines Bienenkorbes nach oben hin. Dies war vor Jahrhunderten die Bauform der frühesten Behausungen in Tethesta gewesen, als man nur einen einzigen Raum als Haus kannte. Neben einem Abschnitt der runden Mauer stand ein verschlossener Schrank. Lithran wußte, daß er mit Schriftrollen und Büchern mit zerfledderten Kalbsledereinbänden vollgepfropft war. Daneben befand sich ein Schreibtisch mit frischem Pergament darauf und einigen Gänsefedern. Im Gebälk hingen Kräuter zum Trocknen, in den Regalen standen mächtige Steinkrüge, in denen man die Farben der Flüssigkeiten darin nicht sehen konnte. In einem anderen Kästchen waren Messer und Sägen verborgen, mit denen Vannin seine chirurgische Kunst ausübte. Manche dieser Klingen waren so groß, daß sie auch in einer Metzgerei nicht fehl am Platze gewesen wären. Obwohl man diesen Raum das Weiße Zimmer nannte, besaß er keine Fenster, da die ersten Häuser keine Glasscheiben hatten. Die einzigen Lichtquellen waren Kerzen und der Feuerschein. Der Raum war auch nicht eigentlich weiß zu nennen (wenn auch sauber und gekalkt). Wie es dem Heiligtum eines Nachfahren der Erzpriester – einem etwas wirkungslosen, weil wohlwollenden Nachfahren – entsprach, gab es viele farbige Schatten und Schemen an den Wänden. Trotzdem strahlte alles Ordnung und Kompetenz aus – das störte Lithran am meisten. Für ihn war es Täuschung, in kleinen Dingen kompetent zu sein, sich aber bei wichtigen Dingen unfähig zu verhalten.

Ob er sich selbst in dieser Hinsicht kannte... Nein, mit Sicherheit nicht.

Als er seine Geschichte erzählte, konnte Lithran sie kaum selbst glauben. Irrationales ließ sich nicht mit Worten erklären. Sie machten jeden Glauben daran zunichte. Er mußte noch einmal zur Wand gehen, um sich davon zu überzeugen, daß es sie nicht gab. Warum erzählte er solche Phantasiegeschichten (wo er doch gar nicht daran glaubte) einem Mann, der (aufgrund seines Berufs) vorgeben mußte, sie zu glauben? Er konnte sich auch nicht eingestehen, wie die Reaktion seines Vaters auf die Geschichte ihn verwirrte. Er konnte ihm nicht verzeihen, daß er verblüfft den Kopf geschüttelt und ihm ganz normale Fragen gestellt hatte:

»Hast du versucht, über die Wand zu schauen? Konntest du die Berggipfel dahinter sehen? Hast du versucht zu graben?«

»Ja. Aber sie bewegt sich, und das Graben dauert zu lange. Was den Blick auf die Gipfel des Valalfa betrifft, so kann ich nichts sagen. Es war diesiges Wetter. Der Hitzeschleier hat sich zehn Tage lang nicht gehoben.«

Als Vannin endlich mit dem Fragen aufhörte und ins Feuer starrte, als erwarte er von dort eine Antwort, konnte Lithran nicht widerstehen, seinerseits boshaft zu fragen:

»Was ratet Ihr mir, Herr? Als Hierak von Delvendal...«

»Ich weiß es nicht. Warum versuchst du es nicht übers Meer? Schließlich kann niemand auf bewegten Fluten eine Wand errichten.«

Das Naheliegende dieses Vorschlags war wieder aufreizend.

»Das Meer liegt vierzehn Tagesreisen südlich, mitten durch den Bürgerkrieg. Es wäre doch jammerschade, wenn du dich irrtest, und wir auf dem Weg erschlagen würden, nur um das zu beweisen.«

»Aber der Krieg ist doch vorbei, sagte der Wächter. Bei einem neuen König in Sulunna...«

»Dann glaubst du also meine Geschichte?« fragte Lithran aufgeregt.

»Ja, du etwa nicht?«

Lithran fühlte sich merkwürdig beunruhigt durch diese Frage, aber er sagte nichts.

»Eins mußt du wissen«, fuhr Vannin fort, »ich bin dir gegenüber im Vorteil. Ich habe einige der Werke der Erzpriester aus der Zeit vor der Gleichmachung gelesen. Damals hat man offensichtlich...«

»Aber Ihr glaubt doch diese alten Geschichten nicht, Herr?« sagte Davanna und sprach damit Lithrans geheimste Gedanken aus. Sie tat das in einem so liebreizenden, ganz und gar nicht boshaften Ton. »Wenn an denen irgend etwas dran gewesen ist, dann bestimmt nicht die Wahrheit, höchstens eine Entschuldigung für ihre scheußlichen Riten.«

»Ich gebe zu«, sagte Vannin, »daß ihre Riten widerwärtig waren. Aber müssen deshalb auch ihre Geschichten falsch sein? Wenn man an diese Wand denkt... es klingt wie ein Traum aus uralten Zeiten.«

»Wir werden etwas zu ernsthaft für meinen Geschmack«, sagte Lithran und lachte verkrampft – weil er befürchtete, mit seinem Vater in einen ernsthaften Streit zu geraten. Abrupt stand er auf.

»Ich gehe mal zur Versammlungshalle, um zu sehen, ob irgend jemand ein Lied hören will. Davanna?«

In der Versammlungshalle wurden die beiden mit freundlicher Überraschung willkommen geheißen. Man schüttelte ihnen die Hände und nannte sie respektvoll bei ihren Vatersnamen, »Lithran su-Vannin« und »Davanna tra-Sura«. Man forderte sie auf zu singen. Bier und Waldmet wurde ihnen in die Hand gedrückt. Selbst der Dorfälteste Kaskentar trat herzu, um sie zu begrüßen. Lithran spürte, wie seine Verärgerung von ihm wich. Das hier war seine Welt unter Leuten, die er von Kind auf kannte. Hier war er zu Hause. Was konnte anheimelnder sein als diese alte Rundhalle mit ihren zwölf Fuß hohen Steinwänden und darüber den Balken, die noch mal zwanzig Fuß hinaufreichten, rauchgeschwärzt, voll mit dem süßlichen Geruch von Bier, alles in einem Nebel aus Trunkenheit und Kerzenlicht, wo die Freundlichkeit der Menschen so voraussehbar war wie ihre Streitereien, wenn sie betrunken waren? Mein Reich, dachte er bei sich. Die Welt auf einen vollkommenen Kreis eingeengt, die Fenster schwarz, das Nichts draußen abwehrend, und ein noch vollkommener Kreis von Zuhörern um mich.

Vielleicht nicht ganz sein Reich. Während Lithran noch seine Fidel stimmte, trat der Dorfälteste wieder vor und lächelte mit dem Anspruch des Besitzers. Er legte die Hand auf Lithrans Schulter und ›sprach ein paar Worte‹: Hier haben wir den besten Sänger von Tethesta, und er ist einer der unseren; obwohl er in ganz Westramond bekannt und beliebt ist, ist er nach Hause gekommen, wo man ihn am meisten liebt. Je mehr Leute hereinkamen, desto mehr blähte sich Kaskentar wie der Frosch in der Fabel auf – jeder neue Ankömmling ließ seinen Bauchumfang um den Bruchteil eines Zolles anschwellen. Nun mußte man aber nicht befürchten, daß er wie der Frosch in der Fabel am Ende platzte – nein, sein Gewand war so weit, daß unmöglich so viele Menschen in die Halle gepaßt hätten. Die Fabel hat unrecht, denn der Frosch schwillt nicht aus sich selbst, sondern aus den anderen, die ihm erlauben, sich so zu blähen. Er macht sich auf Kosten der anderen so dick.

Wenn er nun die Halle besitzt und nicht ich, dachte Lithran, was hat es dann mit dieser kleinen schwarzen Gestalt auf sich, die gerade hereingekommen ist? Durch den Rauch in der Halle erhaschte er weit hinten ein Stückchen scharlachrot-blauen Gewandes. Es war die üppige Stickerei auf der südlichen Kleidung des Wächters. Der Mann schaute Kaskentar an und schenkte ihm eines seiner seltenen Lächeln.

Lithran trat vor und begrüßte sein Publikum: »*Dwena westra!* Guten Abend!« Als nur eine Handvoll *Dwena westras* zurückkamen, wandte er sich betont erstaunt an Davanna: »Kannst du jemand sehen?« Das Publikum brüllte vor Lachen. Die Luft war wirklich durch den Rauch ziemlich undurchdringlich.

Ah, jetzt habe ich sie wieder in der Hand. Er machte noch einen Scherz, den er so langsam vortrug, daß man ihn auf der Zunge zergehen lassen konnte. Dann klemmte er seine Fidel unter das Kinn und setzte mit einem wilden Glissando zu einem Klagelied an. Sein Publikum kannte ihn und stöhnte vor Zufriedenheit. Nur ein paar Kaufleute aus dem Süden staunten mit offenen Mäulern. Lithran war nicht nur ein Virtuose, sondern auch ein sehr einfühlsamer Musikant: Unter seinen Händen lebte und tanzte die Fidel, oder besser gesagt, er lebte durch sie. Es war, als ob seine Persönlichkeit bisher nicht abgerundet gewesen sei.

Die langsame Klage verwandelte sich in eine wilde Gigue, die nur zwei Minuten dauerte. Lithran lächelte und dankte mit einem Kopfnicken für den Applaus (später würden sie noch lauter rufen) und bat Davanna an seine Seite. »Jetzt das Lied«, sagte sie, als er seine Kithra stimmte. »Das habe ich gelernt, als ich sieben war. Meine Mutter hat mir gesagt, daß es zum Verführen bestimmt war. Natürlich wußte ich mit sieben noch nicht, was das bedeutete.«

»Gott sei Dank hat sich das geändert«, sagte Lithran und wurde mit lautem Gelächter belohnt.

Davanna sang.

Sie hatte eine Stimme (wie soll ich das schildern?), eine Stimme wie angelaufenes, mattes Silber. Wenn die Worte des Liedes nicht ausreichten, um den Schmerz und die Freude des Lebens auszudrücken, ihre Stimme drückte alles aus. Manchmal kam es vor, daß ein Vokal ein bißchen danebenging, was dem Lied aber – warum, konnte niemand sagen – eine Macht, eine Härte, so etwas wie Realität verlieh. Wenn ihre Stimme nach oben ging oder von Lithrans Begleitung abwich, lief es einem wie ein kalter Sturzbach über den Rücken.

Zuerst sang sie von Trauer, dann von Freude. Danach holte sie auch ihre Fidel heraus, und beide spielten zusammen und ließen die Töne tanzen, steppen und pfeifen, bis in der rauchgeschwängerten Halle kein Fuß mehr ruhig bleiben konnte.

Hiemal vom Tal saß an einem der vordersten Tische, neben ihm ein Kaufmann aus Aelvik. »Na, was hab' ich dir gesagt, Gwethron? Hast du jemals zwei Leute *so* spielen hören?«

Gwethron schüttelte den Kopf. »Nein, das habe ich nicht. Aber vielleicht war ich auch noch nie so besoffen wie heute.«

»Aber hör mal, du kannst hören...«

»Ich kann meine Phantasie hören.«

Und das stimmte auch. In manchen alten und flotten Fidelliedern scheinen die Töne um einen zentralen Punkt herum zu hüpfen und zu springen, als ob die Melodie einem huschenden Lichtstrahl folgt, der mit großer Geschwindigkeit um ein bewegliches Zentrum oszilliert. Es war, als ob die Vibrationen einer Saite – die Vibrationen, die wir Töne nennen – in Zeitlupe hörbar gemacht würden. Man könnte sich auch die Melodie veranschaulichen, wenn man an die Bewegungen denkt, die lange Bänder am Hut einer Reiterin in der Luft vollführen, die im vollen Galopp den Weg herunterstürmt. So war der Tanz, den Lithran und Davanna jetzt auf ihren Fideln anstimmten, in vollkommenem identischen Gleichklang. Nach einer Weile begann Lithran sich beim Spielen im Raum zu bewegen, was einen unglaublichen Effekt bewirkte.

Es war, als ob die beiden Fiedler durch ein Band verbunden waren, ein Band, das zu den Zickzackmustern der Noten tanzte. Entfernten sie sich voneinander, schien die Melodie genau in der Mitte zwischen ihnen stillzustehen. Sobald einer der Spieler leiser wurde und der andere lauter, glaubte man, daß die Melodie zwischen ihnen hin und her gleite. Die Töne schienen zwischen den beiden Spielern ein Eigenleben zu führen und wie eine vibrierende Scheibe an einem unsichtbaren Band hin und her zu flattern.

Lithrans Finger glitten über die Saiten wie ein fünffüßiges Insekt (ein lebendiges Insekt), das um ein Vielfaches schneller ist als jeder Mensch. Die Melodie schien über den Köpfen der Zecher zu schweben, Kapriolen zu schlagen und wie ein Vogel in den Auf- und Abwinden über einem Gebirgstal zu schwirren, bald hinauf, bald hinunter.

»Es passiert nur nach Mitternacht, hast du gesagt?« grölte Gwethron. Die Nummer war zu Ende. Die Spieler lächelten und verbeugten sich. Lithran ging, um sein Glas zu füllen, und Davanna kam herüber, um Hiemal zu begrüßen. Ihre schmale Hand verschwand fast in seiner riesigen Pfote. Er stellte ihr auch seinen Begleiter vor, dessen Hand feucht und schlaff war.

»Also, Mädel«, sagte Gwethron mit einer Mischung aus Bewunderung und Vorwurf. »Wenn man dich so singen hört, könnte man meinen, du kennst das Leben, hättest auch im Dreck gesteckt und im Krieg wie der Rest von uns.«

»Kümmere dich nicht um ihn«, sagte Hiemal. »Er ist nur so, wenn er einen Schluck zuviel getrunken hat.«

»Ach, macht mir nichts aus«, sagte Davanna. Sie war aber auf der Hut.

»War nicht bös gemeint, wollte dich nicht beleidigen«, sagte Gwethron. »Ist bloß, daß ich es nicht ganz kapiere. Du singst mit einer Stimme voll Leben und Tod, als ob du alles selbst gesehen hättest. *Er* hier – mit dem Finger auf Hiemal zeigend –, *er* weiß, wovon ich rede. Er war Varnas Vater, wußtest du das?«

Davanna wußte das sehr wohl und sagte: »Sind die Geschäfte dieses Jahr gut gelaufen?«

»Wechsle nicht das Thema, Mädel«, sagte Gwethron. »Ist Zauberei gewesen, was ihr gerade gemacht habt, oder?«

Davanna schaute ihn verständnislos an.

»Die Fidel so zu spielen, als ob die Melodie euch beide spielt. Schwarze Kunst!«

»Aber keineswegs! Eine Art Jonglieren mit Tönen, das ist alles!«

Gwethron schüttelte den Kopf und verkündete: »Falsch, Mädel, falsch! Perfekter Gleichklang ist nie ein Trick.«

Davanna sah durch den Rauch, wie Lithran sich zu einem Mädchen mit dichtem schwarzen Haar herunterbeugte. »Ich wünschte, er wäre hier!« Sie begann laut und schrill zu lachen.

»Nein, Mädel, nein! Jetzt hör mir mal zu.« Gwethron sprach mit der vollkommenen Gewißheit eines Betrunkenen, der glaubte, daß er recht hatte und man ihn nur nicht richtig verstanden hatte, wenn man ihm nicht zustimmte. »Du verstehst mich nicht! Das höre ich, wenn du spielst. Weißt du, was mit den Männern und Frauen nicht stimmt? Es ist die Einsamkeit, der schreckliche Abstand voneinander. Wenn ich einen Nagel in deine Hand schlage, kann ich ihn nicht fühlen, oder? Und das ist der Grund, warum die Leute Nägel in die Hände von anderen Leuten schlagen... und noch Schlimmeres, viel Schlimmeres.«

Hiemal versuchte, ihn zu beschwichtigen. Aber der Kaufmann fuhr mit lauter Stimme fort: »Hast du die wilden Schafe am Berg weiden sehen? Hast du je versucht, dich lautlos wie ein Jäger an sie anzuschleichen? Wenn du gegen einen Stein stößt oder zu laut atmest, und eines dreht sich um – drehen sich alle um, und sie sind sofort weg, laufen um ihr Leben, als ob sie nur einen Körper hätten, nicht dreißig. Liegt doch auf der Hand: Die sind nicht so wie wir verflucht einsamen menschlichen Geschöpfe. Die Vögel auch, die Zugvögel, die fliegen im Schwarm, als wären sie ein Drachen an einer Schnur und diese Schnur von einer Hand gesteuert.«

»Das ist das große Geheimnis, das wir verloren haben: die Gedanken voneinander zu lesen. Die arme, kleine Varna« – eine Träne rollte aus seinem Auge und vermischte sich mit den Schweißperlen seines Gesichts –, »verängstigt, zu atemlos, um zu schreien, rennt da im Schnee, den Tod auf den Fersen. Geteiltes Leid ist halbes Leid! Besser wär's gewesen, der Wolf hätte sie nie erwischt. Dann hätten die Leute ihre Angst in ihren Gedanken gespürt und hätten sie retten können.« Davanna schaute besorgt zu Hiemal hinüber. Sie befürchtete, daß das Gerede in ihm alte Wunden aufreißen könnte. Aber Hiemal meinte beschwichtigend: »Kümmere dich nicht um ihn! Es ist sein eigener Schmerz, der...«

»Isoliertheit«, beteuerte Gwethron lautstark, »ist die Quelle allen Übels. Wenn wir alle eins wären, gäbe es keine Kriege, keine Armut, keine Grausamkeit, keinen Verrat, niemand würde dem anderen weh tun. Menschen würden doch niemals *sich selbst* weh tun, oder?«

»Wirklich nicht?« sagte Davanna und dachte dabei an sich und Lithran.

»Wenn wir doch nur aus Glas wären«, lallte Gwethron, der immer betrunkener wurde. »Glas ist hart, man kann hindurchsehen, und es gibt es eigentlich gar nicht. Wenn es nicht mehr ertragen kann, zersplittert es, und dann ist es weg. Wenn wir alle nur Spiegelbilder in einem Spiegel wären – Abbilder des einen, der uns liebt, der sich um uns sorgt...«

Davanna mußte plötzlich an die Wand denken und warf ihm einen beruhigenden Blick zu.

Aber da kam endlich Lithran, leicht schwankend, gelegentlich stehenbleibend, um mit Freunden an den langen Schragentischen hier und da einen Scherz zu machen.

»Wir haben gerade darüber gesprochen, wie gut Davanna spielt«, sagte Hiemal und rief ihn herüber.

»Ach, das Ding mit den beiden Fideln ist bloß ein Trick«, sagte Lithran. Vielleicht wollte er nur falsche Bescheidenheit vortäuschen und merkte dabei gar nicht, daß er dadurch Davanna herabsetzte. Mit einem Finger rieb er den Rand seines Kruges, so daß dieser einen Klang wie eine Glocke von sich gab, der dann aber klagend wurde wie eine Eisflöte in weiter Ferne. Das brachte ihn auf einen anderen Trick, den er kannte. Er ging hinüber zum Tisch des Dorfältesten, beugte sich zu ihm hinunter und flüsterte einen Augenblick lang mit ihm. Dann nahm er das Weinglas, aus dem dieser getrunken hatte, und stellte es theatralisch ganz an die Tischkante. Er schaute umher, ob auch alle ihm zusahen, und winkte dann Davanna. Gehorsam stand sie auf und begann – erst ganz leise, dann mit zunehmender Stärke und Klangfülle – zu trällern. Das Weinglas nahm ihren Ton auf, sang im Gleichklang, schrie dann wie im Scherz auf und zersprang dann wie eine Samenkapsel. Erstaunlich! Wieder großer Applaus.

»Und das«, erklärte Lithran seiner Umgebung, »ist keine Zauberei. Ich könnte euch ein halbes Dutzend Musiker bringen, die dasselbe können. Es ist nur ziemlich sinnlos, außerdem ein ziemlich teurer Trick.«

»Komm, Davanna, was wollen wir jetzt spielen? Die Schwarze Hochzeit?«

Jedes Land kennt eine Version dieses Themas: Der junge Mann, den sein Vater dazu zwingt, eine andere zu heiraten; die Hochzeit, bei der die verratene Geliebte zum Tanz erscheint und viel schöner und würdiger ist als die Braut; den doppelten Selbstmord; Blutflecken auf dem Tanzboden; die Rosenbüsche, die eng verschlungen aus den Gräbern der Liebenden wachsen. In Tethesta singt man diese Geschichte zu einer Melodie, die anfangs so getragen ist, daß man vermeint, den Pulsschlag der Zeit zu vernehmen, die sich aber steigert und unerbittlich dem tragischen Höhepunkt zustrebt. Davanna sang es herzzerreißend.

In dieser Nacht kam Lithran nicht zu ihr ins Bett, sondern lag in den Armen Volvanas, des schwarzhaarigen Mädchens aus der Versammlungshalle.

Mehrere Tage lang sah man Lithran nicht. Endlich schickte Vannin jemand aus, der ihn suchen sollte. Er wollte ihm vorschlagen, daß er und Davanna mit der Gesandtschaft des Dorfältesten nach Süden ziehen sollten, damit sie wenigstens bis zur Hauptstadt Schutz hätten. Aber Lithran und Volvana waren nirgendwo zu finden. Erst nachdem Kaskentar und die anderen Ratsmitglieder in die Ebene gezogen waren, tauchte Lithran wieder auf – er kam aus den Wäldern. Dort hatte er, wie es durchsickerte, gejagt und nachgesehen, ob die Wand immer noch da war. Er sah nicht sehr glücklich aus. Seine

Stimmung war eine Mischung aus Selbstgefälligkeit und Enttäuschung. Davanna machte sich nichts vor: Sie war sicher, daß er zusammen mit Volvana draußen gewesen war und daß seine Enttäuschung daher kam, daß die Wand immer noch vorhanden war.

Nach der Abreise des Dorfältesten ruhten die Geschäfte des Dorfes in den Händen einer kleinen, alten Frau, namens Altha, die, wie Kaskentar, einer der reichsten Familien Delvendals angehörte. Der Wächter machte keinen Versuch, sich einzumischen. Er gab sich damit zufrieden, das Land auszukundschaften und sich mit dem Dorf und seinen Bewohnern vertraut zu machen. Er kletterte zum Gipfel des Delvenlaas hinauf und durchstreifte das Hochmoor dort oben und das kahle, steinige Gelände, das zwischen dem Felshang und den Wäldern lag. Mit seinen Stollen und Löchern sah es wie ein Schlachtfeld aus. In warme Pelze gehüllt, wie sie auch die Bergleute trugen, kletterte er die schwankenden Strickleitern hinunter, um sich in den Minen umzusehen. Dort lagen die Männer, mit einem Ellbogen auf ein Fell gestützt, und holten das blutrote Kupfer und das weiche, weiße Zinn aus dem Berg. Er besuchte die Hütten mit ihren hohen Schornsteinen, wo das Erz geschmolzen wurde. Das Dorf hatte zumindest während der letzten fünf Jahre ein Vermögen verdient, weil es als Hauptquelle der Bronze im Norden Tethestas die feindlichen Lager beliefert hatte.

Jeden Abend konnte man den Wächter sehen, wie er großzügig in der Versammlungshalle Ale ausgab. Besonders freundlich zeigte er sich den Familien gegenüber, die Kaskentars und Althas Rivalen waren. Aber er war bei allen recht gut angesehen. Die Leute (besonders die ärmeren, die im Dorf nicht viel zu sagen hatten) begannen zu glauben, daß er gar keinen so schlechten Dorfältesten abgeben würde. Außerdem, war er nicht die Wahl des Königs?

Noch ehe zehn Tage verstrichen waren, kamen aus dem Tal schlechte Nachrichten. Kaskentar und seine vier Begleiter waren von Räubern überfallen worden, die allen die Kehle durchgeschnitten hatten. Zweifellos war das auf den Korb mit Gold zurückzuführen, den sie als Geschenk (man nannte es nicht Bestechung) dem Guten Hirten und seinen Ministern hatten bringen wollen. Doch das tröstete die Anhänger Kaskentars nicht, die zum Zeichen der Trauer ihre Häupter mit Asche bestreuten. Kaskentars Witwe rannte weinend und schreiend mit einem Dolch zur Tür des Wächters. Als Nachbarn sie behutsam wegführten, tobte sie und schrie, daß der Phylak ihren Mann umgebracht, daß ihr Mann von einem Bullen aufgespießt und daß er auf den Hohen Stätten geopfert worden sei. Sie hatte offensichtlich den Verstand verloren.

Das Dorf trauerte um sein Oberhaupt, es mußte aber ein neues gewählt werden. Man nahm allgemein an, daß die Wahl der Familien auf Altha fallen würde. Doch am Morgen der Versammlung trat der Wächter vor und wies darauf hin, daß er der vom Hirten ernannte Verwalter des Tales sei. »Aber gut denn«, sagte er gnädig, »ich will mich euren Sitten beugen und mich der Wahl stellen.«

Zwei Wochen später gab es niemanden mehr, der zugab, für ihn gestimmt zu haben. Aber damals – als jeder Wähler den ersten Buchstaben eines Namens auf den weißen Kiesel gekratzt und in die Wahlurne geworfen hatte – als die Urne ausgeleert und die Stimmen gezählt wurden, indem man sie zu zwei Haufen neben dem Ratsfelsen aufschichtete – als der Wächter mit drei Stimmen Mehrheit gewann – damals hatte man auf vielen Gesichtern ein zufriedenes Lächeln gesehen, und viele schüttelten sich die Hände.

Aber noch ehe der Monat zu Ende war, bereuten sie es. Der Wächter verlängerte die Schichten der Minenarbeiter erst um eine, dann um zwei, schließlich um drei Stunden. Er sandte die Güter in die Ebene, aber weder Vorräte oder Zahlungen gingen ein, so daß das Dorf zum ersten Mal seit Menschengedenken hungern mußte. Die Begeisterung der Talbewohner schlug erst in Befremden, dann in Wut um. Der Ort brodelte. Alle waren sich einig, daß das Verhalten des Wächters äußerst merkwürdig und unklug war. Wie konnte er der wachsenden Unruhe so wenig Bedeutung beimessen?

Die ganze Zeit über drang Davanna in Lithran, endlich eine Entscheidung zu fällen: Entweder noch einmal, diesmal aber entschieden, die Wand in Angriff zu nehmen – oder nach Süden zum

Meer reiten – oder sich als Musikanten und Sänger in den Städten von Tethesta zu versuchen. Sollte wirklich Frieden im Lande herrschen, dann... Lithran lehnte jede Diskussion darüber ab. Vielleicht war es Volvana, die ihn in Delvendal zurückhielt, vielleicht aber auch eine gewisse Sturheit, eine Sehnsucht, daß die Wand doch nicht endgültig sei.

Dann geschahen mehrere Dinge auf einmal. Vannin ergriff ein heftiges Fieber, das wohl stärker war als all seine Kräuter. Lithran haßte seinen Vater, weil er ausgerechnet jetzt krank wurde. Er hatte den Verdacht, daß die Krankheit nichts weiter war als das Schuldgefühl über die eigene Machtlosigkeit. Als Hierak hatte Vannin dem Dorf gegenüber eine Verpflichtung. Er aber wußte nicht, wie er dieser nachkommen sollte – oder er hatte Angst davor. Lithran empfand die Krankheit seines Vaters als Herausforderung.

Gleichzeitig versetzte der selbsternannte Wächter die Bewohner in äußerste Wut. Er befahl, daß zwei Männer, hochgeachtete Familienoberhäupter, öffentlich ausgepeitscht wurden, weil sie seine Befehle in Frage gestellt hatten. Einer von ihnen war Celtan, ein reicher, aber großzügiger und beliebter Mann. Eine noch größere Rolle spielte es, daß er Volvanas Vater war.

Am Morgen der Ausführung des Urteils sammelten sich die Bewohner um die beiden Kreuze, die beim Wolfsfelsen errichtet worden waren. Sie murmelten drohend. Viele trugen Waffen, die sie auch keineswegs verbargen. Die Schergen des Wächters brachten die beiden Männer heraus und banden sie mit ausgebreiteten Armen ans Kreuz. Sie musterten dabei die Menge mit Unbehagen. Wehgeschrei wurde laut. Eine Gruppe Jugendlicher kletterte auf das Dach des Dorfältesten – der Wächter hatte diese Hütte beschlagnahmt – und fing an, den Torfbelag abzureißen und in den Schornstein zu stopfen. Hustend und mit tränenden Augen kam der Wächter heraus.

Die versammelte Menge wurde mit einem Schlag ruhig, als wäre sie oben im Tempel. Die einzige Bewegung war die der mehreren hundert Augen. Gebannt folgten sie der schmächtigen Gestalt des Wächters, als er über die Wiese stolzierte und auf den

Wolfsfelsen kletterte. Erstaunlicherweise – und das flößte der Menge unwillkürlich Respekt ein – zeigte er keine Spur von Angst.

Ehe er zu sprechen anfangen konnte, kam Bewegung in die Massen. Vran su-Celtan, Sohn eines der verurteilten Männer, trat vor. Mit ruhigen, diplomatischen Worten wandte er sich an den Wächter und baute ihm eine Brücke – einen Ausweg aus dieser Zwangslage, ohne sein Gesicht zu verlieren.

»Herr Wächter – ein Statthalter hat viele Privilegien. Es gehören auch Akte der Gnade und Barmherzigkeit dazu, mit deren Hilfe er sich den Platz in den Herzen seiner Untertanen festigt. Gleichzeitig beweist er damit seine Macht – er ist die höchste Instanz für Rechtsfragen.«

Der kleine, dunkle Mann auf dem Ratsfelsen bewegte keinen Muskel. »Falsche Milde kann auch Verrat sein. Das Gesetz darf nicht zum Gespött werden. Selbst der Hirte hat nicht das Recht, es zu brechen.«

Vrans Stimme wurde etwas lauter. »Herr Wächter – dieses Urteil verstößt gegen die Sitten unserer Vorfahren. Uns sind bisher keine neuen Gesetze vorgelegt worden. Woher sollen denn mein Vater und Semion sun-Evran wissen, was gegen das Gesetz verstößt und was erlaubt ist?«

»Es gibt einen Grund, warum das Gesetz geheim ist: So können die Feinde des Volkes sich nicht verstellen, sondern sie verraten sich durch ihre Taten, wie diese beiden Abtrünnigen hier.«

Etwa fünfzig Meter hinter ihm, am Ende des Versammlungsplatzes, standen an einem Haus im ersten Stock die Fensterläden einen Spaltweit offen. Dahinter kniete mit einem Bogen in der Hand Lithran.

»Aber, wenn das Gesetz nicht aufgeschrieben ist, wie können wir dann zwischen Gerechtigkeit und Tyrannei unterscheiden?«

»In meiner Person als Inkarnation des Willens des Volkes ...« sagte der Wächter. Sein buntbesticktes südliches Gewand zitterte. Das rührte aber nicht von Angst, sondern von einem plötzlichen Windstoß her.

Vrans jugendliche Ungeduld ging mit ihm durch. Er erhob die

Stimme und wandte sich an die Menge: »Wer ist denn das Volk, wenn nicht diese? Frag *sie*!«

»Du mußt noch viel lernen«, sagte der Wächter. »Das hier sind nur ein paar Einzelwesen. Die können sich irren.«

Er wandte sich seinen Leuten zu. Da schrie Vran laut über den Platz: »Herr Wächter – das ist eine Verspottung des Gesetzes. Um es klar auszusprechen – es ist Mord!«

Ob man wollte oder nicht, man mußte die Beherrschtheit des Wächters bewundern. Mit heiterer Zuversicht gab er seinen Schergen das Zeichen zu beginnen.

Vran stand vor der schweigenden Menge und hielt sich mit einer Hand die Kehle zu.

Lithran konnte von keinem in der Menge gesehen werden. Der Wächter erspähte ihn auf keinen Fall, da er ihm den Rücken zuwandte. Zwei dünne Töne, wie von einer Kithra, durchschnitten kurz aufeinanderfolgend die Luft. Der Wächter griff sich mit beiden Händen an die Brust, aus der plötzlich zwei Bronzespitzen herausragten. Er machte wie ein Betrunkener zwei Schritte nach vorn und stürzte kopfüber vom Wolfsfelsen ins Gras darunter. Aus seinen Schulterblättern wuchsen Federbüschel. Vran schaute ohne Mitleid hinunter auf ihn. »Die Flügel, die wir dir verpaßt haben, werden dich geradewegs in den Himmel tragen.«

»Nicht ihr«, stammelte der Wächter in seinem Blut. Merkwürdigerweise hatten seine Augen im Angesicht des Todes von Schwarz zu ganz hellem Blau gewechselt. »Nicht ihr, der Hirte hat mich umgebracht. Vergebt...«

Augen und Mund blieben offenstehen, so daß sich der kalte Himmel darin spiegelte.

Der Körper des Wächters wurde an einem geheimen Ort in den Wäldern begraben, den nur zwei Männer kannten. Seine Anhänger wurde festgenommen. Altha, als gewähltes Oberhaupt, rief alle Dorfbewohner zu einer Versammlung zusammen. Später bezeichnete man ihre Worte als Verrat.

»Es ist nicht nötig, dem König eine Nachricht zu senden«, sagte sie, »oder ihm den Tod seines Dieners zu melden. Vielleicht hat der Schurke auch auf eigene Faust gehandelt. Dann würde der König unsere Maßnahmen billigen. Wenn er aber davon erfahren sollte, wollen wir alle abstreiten, etwas über das Schicksal dieses Mannes zu wissen. Er ist verrückt geworden, in den Wald gelaufen, vielleicht von den Bären gefressen worden.

Friede sei mit euch!«

In dieser Nacht wurde im Tal noch wilder gefeiert als in der Nacht der rituellen Trunkenheit, dem letzten *Amrai Púrasa,* den Tagen des Feuers, wenn man auf die Wiedergeburt der Sonne bei der Wintersonnenwende trank. Hohe Freudenfeuer wurden entzündet. Die Leute versteckten ihre Gesichter hinter Masken aus Pelz und bemaltem Leder. Musik und Tanz währten bis zum frühen Morgen, und treue Ehemänner und Ehefrauen tranken, bis sie sich in fremden Betten wiederfanden. Lithran konnte sich später nur noch an den ersten Teil des Abends erinnern, als er und Davanna gesungen und auf der Fidel gespielt hatten. Zwei Stunden nach Einbruch der Dunkelheit hatte er einen zu großen Schluck *Purasna* genommen; im Feuerschein schien das Glas voller kleiner Flammen zu sein. Dann hatte Davanna ihre Maske heruntergerissen und weinte – ein schreckliches Bild, da sie die einzige in der Menge war, deren Gesicht man erkennen konnte. Es war, als ob sie das einzige menschliche Wesen unter all diesen Masken von Wölfen, Hirschen, Stieren, Adlern, Bären, Elchen und Füchsen sei. Seine Freunde standen um ihn herum und feuerten ihn an. Dann gab es eine Lücke in seiner Erinnerung. Irgend etwas mußte geschehen sein, aber sein Verstand blieb dunkel; er konnte nichts erkennen. Gegen Ende dieser Dunkelheit tauchte er plötzlich in einer merkwürdigen, beunruhigenden Gegend auf, die er allmählich als eine seiner Träume zu erkennen begann.

Er war ganz allein in der Mitte eines riesigen Kreises. Die Erde unter seinen Füßen war festgestampft, kein Grashalm wuchs dort. Das Rund schien leer zu sein, es war es aber nicht. Hier und da standen ein paar aufgestellte Felsplatten und blätterlose Bäume. Alle diese Gegenstände warfen den Schatten hinter sich, ganz gleich aus welcher Richtung er daraufschaute. Es war, als wäre er selbst die Lichtquelle, die sie bestrahlte. Bewegte er sich, bewegten sich die Schatten ebenfalls und versteckten sich hinter den Steinen und den Bäumen. Diese nicht sichtbaren Schatten waren verwirrend. Er war sicher, hätte er sie sehen können, würden sie ihn nicht mehr beunruhigen. Aber, wie weit er sich auch vom Ausgangspunkt entfernte, das Licht lag flach und starr auf den Gegenständen; kein bißchen Dunkelheit war dahinter.

Ohne Schatten sah alles so flach aus, nicht wirklich oder fest.

Eine hohe Mauer umgab diesen Raum. Auch sie war ein vollkommener Kreis und bewegte sich wie die unsichtbaren Schatten der Bäume und Steine mit ihm. Sie blieb immer im gleichen Abstand, ganz gleich, wohin oder wie schnell er rannte. Immer befand er sich im Zentrum und war daher der *Anlaß* der Wand. Es war völlig zwecklos umherzuirren. Wenn er den Abstand zu einer Seite verringern wollte, wich die Wand auch zurück (modern ausgedrückt, könnte man es mit einem Spotlight vergleichen, das über die Bühne gleitet). Und wohin er schaute – immer die gleichen Steine und Bäume. Es war, als verwandele die Grenzwand alles darin zu identischen Gegenständen.

Lithran kam der Gedanke, daß jenseits der Wand nichts war – gar nichts. Wie konnte es dort etwas geben, wenn er keine Möglichkeit hatte, es zu sehen? Als er mit seinen Überlegungen an diesem Punkt angelangt war, veränderte sich auf einmal die Beleuchtung an diesem Ort. Er schaute zum Himmel hinauf, der bis dahin dunkel und sternenlos gewesen war. Jetzt schien dort eine Sonne, die dem Auge auf dem Banner des Wächters glich. Alles Licht von Lithran (der bisher die einzige Lichtquelle gewesen war) wurde plötzlich abgezogen. Jetzt konnte er sich und die Gegenstände um sich herum nur noch im Licht des Sonnenauges sehen. Mit einem Schlag wurden Bäume und Steine wirklich. Das Sonnenauge bewegte sich (wie echte Sonnen auch) von Ost nach West über den Himmel. Langsam und verstohlen lugten auch die Schatten hinter den Bäumen und Steinen hervor. Als die Schatten noch unsichtbar, aber unter seiner Kontrolle waren, hatten sie Lithran Angst eingejagt; jetzt aber war es noch schlimmer.

Wie oft entsteht bei einem Alptraum aus einem Traumbild plötzlich Angst, obwohl es eigentlich keinen Grund dafür gibt. So war es auch jetzt: Lithran war von Angst wie gelähmt. Es war, als ob jemand hinter ihm stände, bereit, ihm die Kehle durchzuschneiden, und er konnte sich nicht von der Stelle bewegen. Während die Schatten immer länger wurden und ihre Finger nach ihm ausstreckten, kämpfte er mit seiner Ohnmacht.

Es gab nichts, konnte nichts jenseits der Wand geben. Doch in diesem Augenblick hörte man eine Stimme von draußen, die ein einziges Wort sprach. Lithran hatte keine Idee, was das Wort bedeutete. Eigentlich spricht man in Träumen nur zu sich selbst, aber das war eine weibliche Stimme. Mit einem Ruck wachte er auf. Sein Mund war wie ausgedörrt, sein Körper schweißüberströmt. Neben ihm lag ein schlafendes Mädchen, die Lippen geöffnet, als habe sie soeben das Wort ausgesprochen. Im fahlen Morgenlicht sah er, daß es Davanna war.

Er stand auf und ging zum Fenster. Am Himmel standen noch ein paar Sterne, deren Funkeln bald verlosch, während er hinaufschaute. Über den Delvenlaas reckte schon die Morgendämmerung ihre weißen Skelettfinger in die Höhe. Der riesige lohfarbene Schatten war der Abgrund zum Delvental. Darüber umklammerte das bleiche Morgenlicht wie die Hand eines Leprakranken den Gipfel über der Schlucht und krallte sich in die Baumwipfel, die sich den Sternen abweisend entgegenreckten.

Durch das zerbrochene Fenster fiel ein Lichtstrahl auf Davannas Wange, die weiß und pfeilscharf aussah, als sei das Fleisch herausgesogen und vom Knochen darunter abgezogen worden. Lithran fröstelte es. Auf Zehenspitzen schlich er sich in den kleinen Innengarten, der nach altem Brauch in der Mitte des viereckigen Gebäudes mit seinen acht Zimmern lag. Von hier aus schaute er über das Strohdach zum heller werdenden Himmel empor.

Da war nur die übliche Morgendämmerung zu sehen, lediglich in einiger Entfernung mischte sich eine andere Farbe in das vertraute Grauweiß; aber auch hier kein Zeichen, daß es für ihn Böses bedeutete. Er füllte sich an der Pumpe einen Becher mit Wasser und ging zurück zum Bett. Er blieb auf der Bettkante sitzen und grübelte, warum ihn der Traum so erschreckt hatte, daß er jetzt Angst hatte, wieder einzuschlafen.

Da er sich in seinem Alptraum auch um Davanna geängstigt hatte (wie er sich einredete), war er am nächsten Morgen unangenehm überrascht, als sie ihm den Rücken zudrehte und nicht mit ihm sprechen wollte. Als er sie nach dem Grund fragte, machte sie die Ahnungslosigkeit seiner Frage wütend.

»Erzpriester! Frevler! Besteiger der Pyramide!«

Lithran wußte nicht, was er sagen sollte. Hatte er in der vergangenen Nacht ein Tabu übertreten? Hatte er sie verletzt?

»Es ist doch ein alter Brauch, einen Sieg zu feiern«, setzte er vorsichtig an, da er sich nicht mehr daran erinnern konnte, was geschehen war.

»Du betrügst mich! Du nimmst mein Geld...«

»Aber es war doch beschlossen, daß ich für uns beide die Kasse verwalte.«

»Ach! Dann gehören wir wohl noch zusammen? Wie viele Frauen hast du diesen Monat gehabt?«

»Aber wir hatten doch ausgemacht, daß wir einander keinerlei Versprechungen machen, daß wir frei und unabhängig sind.«

»Klingt großartig! Aber wie sieht das Ganze aus? Wer zahlt den Preis für deine Freiheit? Du sitzt hier und rührst dich nicht von der Stelle, während ich fern meiner Heimat bin und meine Zukunft mir wegläuft. Du hältst mich ja hier wie eine Gefangene.«

»Blödsinn! In dem Augenblick, in dem du sagst, daß du nach Süden willst...«

»Geschenk der Sonne! Und was sagt Volvana dazu?«

»Volvana? Die hat damit nichts zu tun.«

»Richtig! *Sie* ist ja wohl derselben Meinung. Wo war sie denn gestern abend? Ich hätte sie für dankbarer gehalten! Schließlich hast du ihren Vater gerettet.«

»Was weiß denn ich?« brüllte Lithran zurück. »Was geht dich das an, du Höllenkatze?«

Das hat gesessen, dachte Davanna. Aber die Gewißheit, daß ihre Bemerkung ihn so getroffen hatte, schmerzte sie so, daß sie wünschte, sie hätte sie nicht ausgesprochen.

»Es war auch abgemacht«, sagte Lithran, »keine Eifersucht.«

»Abgemacht, abgemacht!« spottete sie. »Darüber kann man nicht einfach etwas abmachen.«

Sicher, damals hielt auch sie die Angelegenheit für unwichtig, jetzt aber ging es um ihre Gefühle.

Sie stritten sich immer wieder, den ganzen Tag lang. Gegen Abend sattelte Lithran sein Pferd, nahm seinen Bogen und seinen Speer und ritt in den Wald. Sie brauchten Proviant; aber der Hauptbeweggrund war wohl, daß er dem Streit aus dem Wege gehen wollte. Es war weniger, daß er Zeit brauchte, um alles in Ruhe zu durchdenken, als daß er wieder das dicke Fell nachwachsen lassen wollte, das Davannas Bemerkung einen Augenblick lang durchbohrt hatte. Nie auf Frauen hören, dann verliert man nur seine Freiheit! Und wenn er schon dabei war, konnte er gleich noch mal einen Blick auf die verdammte Wand werfen.

In der Zwischenzeit trocknete Davanna ihre Tränen und kümmerte sich wieder behutsam und tüchtig um Vannin, wie sie es schon den ganzen Monat über getan hatte. Er wenigstens brauchte sie, wie sie sich mit einem bitteren Lächeln eingestand.

Am Nordrand des Tales rauschten die Blätter und schlossen sich wieder hinter Lithrans Rücken. Auch im Süden, in der Richtung, aus der der Wächter vor sechs Wochen gekommen war, rührte sich kein Blatt.

Fünf Tage lang blieb es so still.

Beim ersten Mal hatte Leuth nur einen einzigen Phylak geschickt. Beim zweiten Mal marschierten zweihundert Soldaten den Weg von Aelvik herauf. Alle trugen die karmesinrote Uniform des Hirten und marschierten in einer Art, die man noch nie in Delvendal gesehen hatte. Ihre Füße waren im Gleichschritt, so daß das rhythmische Stampfen der Sohlen auf dem Felsen ihre Ankunft von weitem ankündigte. Es war, als ob ein Mann auf ein Gesicht träte.

Die Frauen versuchten nicht einmal, das Tor zur Palisade zu schließen. Die meisten standen wie hypnotisiert in den Türen ihrer Hütten und starrten ausdruckslos auf die Eindringlinge mit ihren Brustpanzern und Helmen mit den Stierhörnern darauf.

Tore hätten auch nicht viel genützt. Die Verteidigungsanlagen in Delvendal dienten dazu, die Wölfe abzuwehren, die sehr viel weniger gefährlich als Menschen sind. Die Dorfbewohner waren nicht darauf eingerichtet, sich zu verteidigen. Obwohl sie Waffen an jeden verkauften, der dafür bezahlen konnte, hatten sie kein eigenes stehendes Heer. Zumal waren heute, wie an jedem anderen Tag, die meisten Männer in den Minen beschäftigt.

Deshalb liefen auch einige der jüngeren Frauen den Pfad zu den Minen hinauf, allen voran Volvana, um die Männer zu warnen. Aus unerklärlichem Grund scheint es besser zu sein, vor dem herannahenden Tod gewarnt zu werden, als ihm unerwartet gegenübertreten zu müssen. Die roten Soldaten wechselten kein Wort miteinander. Sie führten, wie es aussah, einen vorher genau durchdachten Plan aus. Außerdem schienen sie über genaue Ortskenntnis zu verfügen und wußten, wem welche Hütte gehörte. Vier marschierten geradewegs zu Althas Behausung (sie war in die Hütte des Dorfältesten im Zentrum des Dorfes gezogen). Sie legten Feuer ans Dach und warteten, bis Altha herauskam.

Dann schlitzten sie der alten Dame sofort die Kehle auf.

Der Rest ihrer Familie, zwei erwachsene Töchter und drei Enkel, flohen durch die hölzerne Rückwand in die Wälder.

Acht Soldaten gingen zu den Häusern der beiden Männer, die

der Wächter zum Auspeitschen verurteilt hatte. Sie nahmen die Frauen und Kinder als Geiseln mit und standen mit gezückten Schwertern über ihnen. Die Kinder weinten, und die Frauen, mit Augen schwarz vor Angst, versuchten sie zu trösten.

Etwa hundert weitere Soldaten kletterten zu den Minen hinauf.

Als erstes erblickten die Frauen oben auf dem Delvenlaas das Paar Hörner des Helmes, das sich über die Kante des Felsvorsprungs schob. Volvana stand dem am nächsten. Sie schrie wie die leibhaftige Todesfee, worauf die Frauen und Kinder so schnell sie konnten in die Wälder flohen. Der armen Volvana dagegen versagten die Knie ihren Dienst. Sie fiel zu Boden, als die schwere bronzene Stiermaske sich über den Rand zu ihr heraufschob wie der Kopf eines Dämons aus der Unterwelt. Für Volvana schien er vier Augen zu haben, zwei am Hals und zwei in den Schädelhöhlen. Das kam daher, weil der Helm drei Fuß hoch war, wobei die obere Hälfte dem Kopf eines wilden Tieres nachgebildet war, mit Hauern und Hörnern und Augen aus Kristall, die in der Morgensonne funkelten – wohingegen die untere Hälfte (die dem Hals des Tieres entsprach) der Teil war, der das Gesicht des Trägers verbarg. Der Anblick war furchteinflößend: ein Minotaurus mit einem Visier an der Kehle, durch das ein zweites Paar Augen starrte.

Volvana sank ins Gras, als wäre es Wasser, und sie wollte sich dort versinken lassen. Eine Hand griff nach ihrem Arm und zog sie auf die Füße.

»Schau her«, sagte er und schob sie an die Kante des Vorsprungs. »Schau dort hinunter zu den Hütten im Dorf. Wir haben Geiseln, verstanden? Hol die Männer aus den Minen! Ruf alle herbei, Volvana, bis zum letzten Mann! Sonst müssen die Kinder sterben.«

Volvana war viel zu verängstigt, um sich zu wundern, woher der Stiermann ihren Namen kannte. Halb ohnmächtig schleppte sie sich zur Leiter in die Mine und rief die Männer herauf, wie ihr befohlen worden war.

Es war nicht leicht. Auf dem Moor gab es über dreißig Stollen. Obwohl einige Männer auftauchten und ins Tageslicht blinzelten, waren doch viele andere durch die gewundenen Geheimwege, die sich unter den Wurzeln der Wälder nach Norden und Osten zogen, geflohen. Es würde Stunden dauern, um sie alle wieder zusammenzurufen. Kesalfan, einer der ältesten Bergleute, bat die Soldaten, ihnen diese Zeit einzuräumen und den Kindern solange nichts anzutun.

Es dauerte den ganzen Tag und die halbe Nacht. Schließlich wurden auch Semion und Celtan, die beiden Männer, die zur Auspeitschung verurteilt worden waren, gefunden. Die Frauen und Kinder wurden zu einem Kreis um den Ratsfelsen zusammengetrieben und die beiden Gefangenen wieder an die Kreuze gebunden. Der Morgen zog herauf. Die Soldaten verkündigten ihr Ultimatum.

»*Esmeki Phylakes.* Wir sind die Wächter.« Der Anführer hatte sich auf dem gleichen Platz postiert, wo sein Vorgänger vor einer Woche erschossen worden war. »Und wir sind zahlreich. Wir sind die Ohren und Augen des Hirten, seine Münder, seine Hände und Füße. Amputation eines Gliedes des Volkes ist schlimmer als das Abhacken der Hände von kleinen Kindern. Was bedeutet schließlich das Leben eines einzigen Kindes im Vergleich zu dem des Volkes? Da die Zukunft aber dem Volk gehört, ist so ein Terrorist schuldig, sich gegen die Zukunft des Volkes vergangen zu haben, gegen das Schicksal der Menschheit und des Jahrtausends. Im Namen des Volkes fordern wir euch auf – wer ist der Mörder? Ist er unter euch? Wir fordern ihn auf, hervorzutreten und für sein Verbrechen zu sühnen. Wir warten, aber nicht lange.«

Das Schweigen zog sich und wurde immer gespannter. Fragend schauten die Dorfbewohner einander an und überlegten im stillen, wieviel ihre eigene Ehrlichkeit und die der anderen wert wäre. Unter diesen Umständen ... das wäre doch eine Entschuldigung ... aber niemand gab einen Laut von sich, mit Ausnahme der Kinder, die laut losweinten. Dieses Geschrei war so echt, daß auch die Wächter davon leicht aus der Ruhe gerieten. Aber niemand wagte es, sich zu bewegen.

Davanna stand da, blaß und entschlossen aussehend. An sie dachte niemand. Alle schauten auf den Ratsfelsen. Sie wußte nicht, ob Vran in der Menge war, aber sie spürte, wie die Dorfbewohner an Lithran dachten, an Althas Familie und die, die fehlten.

Kesalfan, einer der weißhaarigen Ältesten des Dorfes, trat vor. »Aber, Herr, das ist alles nicht wahr. Es war ein Wächter hier, aber er verschwand vor etwa fünf Tagen. Wir wissen nicht, wohin er gegangen ist...«

Der Soldat auf dem Felsen schnitt ihm das Wort ab. »Lügen! Keine Hand erhebt sich, kein Sperling fällt vom Dach, ohne daß wir Wächter es sehen. Als Beweis will ich dir nicht nur deinen Namen, sondern den eines jeden Bewohners dieses Dorfes nennen.« Und er spulte Vornamen und Vatersnamen herunter, wobei er auf jeden zeigte.

Die Dorfbewohner traten unruhig hin und her. Viele von ihnen schlugen ein Abwehrzeichen. Die Frauen versteckten ihre Gesichter. Lippen bewegten sich in schweigenden Gebeten gegen das Böse.

»Aber, Herr«, rief Kesalfan, als der Soldat eine Pause einlegte, »wenn ihr alles wißt, warum kennt ihr dann nicht auch den Namen dessen, der den Wächter getötet hat?«

Der Soldat auf dem Felsen bewegte sich nicht. Aber aus den Reihen der Phylaks neben ihm surrte eine Bogensehne. Kesalfan sank auf die Knie und betrachtete verwundert den Pfeil in seiner Schulter.

»Unverschämtheit«, sagte der Anführer. »Unser Wissen ist vollkommen.«

In diesem Augenblick ritt Lithran etwa eine halbe Meile entfernt aus dem Wald. Die Sonne stand schon hoch. Er schleifte einen erlegten wilden Eber hinter sich her – Proviant für die Familie. Als er die Menge und das karmesinrote Banner des Wächters sah, hielt er abrupt an. Wenn man aus dieser Richtung zum Dorf kam, sah man die Hütten erst im allerletzten Augenblick von der Kante des Delvenlaas aus, wo die Bäume auseinandertraten. Sogleich fielen ihm die vielen Soldaten in Rot auf, die überall postiert waren, an den Toren, neben der Versammlungshalle, auf dem Weg unter ihm und mindestens hundert, die auf die versammelten Dorfbewohner aufpaßten. Sofort ging Lithran wieder in Deckung. Unter den Bäumen versteckte er seine Jagdbeute und band seine Stute Skaya außer Sicht an. Dann arbeitete er sich so geräuschlos wie möglich durch das Unterholz auf den Teil vom Delvenlaas zu, der von Bäumen und Büschen bestanden war. Dabei mußte er vom obersten Wasserfall, der hier über hundert Fuß tief hinabstürzte, wegbleiben. Wenn auch das Tosen das Geräusch seiner Bewegungen übertönte, verhinderte es doch gleichzeitig, daß er jemand kommen hören konnte, falls auf der Anhöhe Wachen aufgestellt waren. Endlich erreichte er einen günstigen Aussichtspunkt auf halber Strecke zwischen Weg und Wasserfall, wo er sich im hohen Farnkraut und Gebüsch auf einer Felskante verstecken konnte.

Die Soldaten hatten sich unten im Tal Zeit gelassen, als ob sie die Situation genießen und so lange wie möglich in die Länge ziehen wollten. Freunde waren Kesalfan zu Hilfe gekommen. Einer von ihnen schaute auf und fragte: »Wenn wir den Schuldigen finden, haben wir dann Euer Wort, daß den anderen nichts geschieht?«

»Natürlich«, sagte der Soldat, aber es klang ausweichend. »Wenn der Feigling nicht bald hervortritt«, fügte er mit einer Stimme hinzu, die so ausdruckslos war, als spreche er über das Wetter, »werden wir anfangen, die Kinder umzubringen.«

Einer der Phylaks riß ein kleines Mädchen aus den Armen seiner Mutter und hielt es an den Haaren vor sich in die Luft. Dann zog er sein Bronzeschwert. Die Mutter warf sich zu Boden und raufte sich die Haare, während die Kleine aus Angst und Schrekken laut schrie.

Wenn die Soldaten noch lange gewartet hätten, dann hätte Vran (der hinten in der Menge stand) vielleicht etwas gesagt. So aber zögerte er... einen Freund zu verraten... Jetzt aber war alles so schnell gegangen. Nur eine Person hatte die Geistesgegenwart zu handeln.

»Wir zählen bis zehn«, sagte der Mann auf dem Wolfsfelsen. »Wenn sich der Schuldige bis dahin nicht gestellt hat, wird das Kind getötet. Dann nehmen wir wieder eine Geisel und zählen wieder bis zehn. Das werden wir so oft wiederholen wie nötig.« Und er begann langsam und leidenschaftslos zu zählen: »*Sem... dwo... tri... kwetwer... penkwe...*«

Die Frauen schrien und wehklagten so laut, daß ihr Geschrei das

Zählen des Soldaten fast übertönte. Oben auf dem Felsen kam Lithran langsam die Erkenntnis und damit eine große Wut.

»Kommt schon«, sagte der Soldat, »ich wende mich an eure Gefühle. Ihr alle seid verantwortlich, wenn das Kind stirbt. *Sweks... septam...* Schont die Gefühle der Mutter! Denkt an ihr Leid! *Okto...* Will denn keiner Erbarmen haben? *Neven...*«

»Ich war es«, sagte Davanna und trat vor. Tränen strömten über ihre Wangen. »Ich war es, der den Wächter getötet hat.«

Ein Unheil kann jederzeit eintreten. Bricht es aber herein, dann können wir es nicht fassen. So erging es auch Lithran, als er den Ereignissen zusah, die sich unten abspielten. Er saß in seinem Versteck in Sicherheit und schaute wie aus einer Loge auf die Bühne unter ihm. Ich will nicht sagen, daß er nicht glaubte, was er sah – einmal fiel er beinahe in Ohnmacht –, sondern daß das Geschehen so grausam war, als ob ein Naturgesetz verletzt würde – ein Gesetz, nach dem er und seine Freunde bisher eine helle heile Welt bewohnt hatten, einen Ort voll Freundlichkeit und Unsterblichkeit. Obwohl Lithran kein sehr gläubiger Mensch gewesen war, fing er jetzt in seiner Not und seinem Schrecken an zu beten. Er wandte sich an Sterros und Warúnos, die Götter der Nacht und des Tages, mit einer Qual, die dem Glauben recht nahe kam. Die Welt wackelte in ihren Fundamenten. Oh, wenn es doch nur Götter im Himmel gäbe!

Im allgemeinen machen die Menschen die Erfahrung, daß ihre Gebete nicht beantwortet werden. Keine göttliche oder magische Hilfe wurde den Einwohnern von Delvendal zuteil oder linderte sein Grauen. Endlich schwieg er. Seine Gebete waren echt gewesen, sein Gesicht war tränenüberströmt. Die Welt, dachte er, hatte eine Maske getragen – lächelnd und wohlwollend – über ihren wahren Zügen. Jetzt hatte sie die Maske abgenommen, und nicht die gütigen Götter, von denen die Hieraks sprachen, waren hervorgekommen, sondern das Gesicht eines Dämonen.

Am schlimmsten war wohl, daß nun auch er gezwungen wurde, sich neu zu sehen..., daß er den Verlust des Bildes, das er bisher von sich gehabt hatte, jetzt ebenso betrauern mußte wie die Ereignisse unten im Tal. Gegen Abend zerstreuten sich die Bewohner und suchten müde ihre Hütten auf. Da kroch er zurück. Nach kurzer Überlegung machte er sich in Richtung Wasserfall davon.

Die uralte Hohe Stätte von Delvendal war ein pyramidenförmiger Erdhügel auf der anderen Seite des Flusses, inmitten von Bäumen gelegen. Die steilen Seitenwände ragten in einem Winkel von etwa fünfundvierzig Grad auf. Sie waren so dicht bewachsen, daß der einzige Aufgang eine Steintreppe war, die auf der Ostseite direkt zu dem kleinen Gebäude auf der Spitze hinaufführte. Jede Stufe bestand aus einer Steinplatte, die etwa sechs Fuß breit war. Obwohl die Büsche zu beiden Seiten von dieser Treppe Besitz ergriffen hatten, blieb in der Mitte ein verhältnismäßig offener Pfad. Sicher war, daß kein menschlicher Fuß diese Stufen seit zweihundert Jahren betreten hatte, denn Tabus sind fast so wirksam wie Naturgesetze. Dieser ehrwürdige Ziggurat war so solide gebaut, daß noch jeder Stein an seiner Stelle lag: Selbst zweihundert Jahre nach den Gleichmachern bot der Pfad zur Spitze der Pyramide keine Schwierigkeit.

Zweihundert Jahre? Und die Büsche hatten die Stufen dennoch nicht ganz überwachsen? Aber so war es. Lithran spürte die grimmige Genugtuung, daß dies wieder mal ein Beweis für diesen namenlosen, blutrünstigen Gott der Erzpriester war. Obwohl er sich dagegen wehrte, hatte doch auch er immer den abergläubischen Schauder gefühlt, den alle vor diesem Ort empfanden. Auch er war ihm so weit wie möglich aus dem Weg gegangen, hatte Umwege in Kauf genommen und versucht, nie hinzusehen. Das war ein Reflex seiner Muskeln gewesen. Nach dem, was er heute auf dem Versammlungsplatz von Delvendal mit ansehen mußte, war diese automatische Furcht, dieser Muskelreflex, in sein Gehirn vorgedrungen und zu einer persönlichen Erinnerung geworden.

Ja, heute abend glaubte er, daß es diesen alten Gott der Furcht wirklich gab – nicht mehr verehrt, so daß sein Name verlorenging, da ihn niemand auszusprechen wagte.

War das nicht ein Beweis, daß man immer noch an ihn glaubte?

Lithran unternahm das Unmögliche – er erklomm die Stufen bis zur Spitze des Ziggurat. Die Sonne kam durch die Wolken am westlichen Horizont. Es war, als wollten die Wolken eine Wunde verbinden, eine Wunde, die wieder zu bluten begonnen hatte und den Himmel karmesinrot färbte. Es war ein vorsätzlicher Akt der Selbstzerstörung, das Tabu zu brechen und zum Tempel hinaufzusteigen.

Wie lange er zur Spitze brauchte, wußte er später nicht mehr. Es war, als müsse er die ganze Zeit über sich gegen ein Gewicht stemmen, das seinem eigenen entsprach. Endlich hatte er die letzte Stufe erreicht und war über den Wipfeln der höchsten Bäume angekommen. Er schaute über die bewaldeten Hänge hinweg, die sich zu den Bergspitzen im Norden hinzogen und allmählich wie erstarrte Wellen nach Süden verebbten. Zur Linken lag das Dorf, etwas dunkel und undeutlich, schwer auszumachen im Schatten des Delvenlaas. Lithran überlief ein Schauder, und er wandte sich ab.

Vor ihm erhob sich der Bogengang des kleinen Tempels. Es war merkwürdig: Von unten aus hatte er so ausgesehen, als hätten ihm die Jahrhunderte nichts anhaben können. Jetzt, von nahem betrachtet, sah man, daß das Dach eingestürzt war und innen und außen Steinplatten und Schutt lagen.

Der Gott wird mich töten, wenn ich eintrete, dachte Lithran. Er schaute sich um. Die ganze Welt war in das Karmesinrot des Sonnenuntergangs getaucht und schien beinahe von innen heraus zu leuchten. Die grauen Steine des Tempels waren auch gerötet, als ob das Blut, das einst hier vergossen worden war, nun wieder zum Vorschein kam. Er betrat den Tempel.

Der Innenraum war klein und hatte höchstens sechs Priestern und einem Opfer Platz geboten. In der Mitte stand ein primitiver Altar aus Stein, ein einfacher Block, der nicht behauen oder bearbeitet worden war – ein Naturstein aus den Bergen. Außer einem kleinen viereckigen Stein, der auf der gegenüberliegenden Seite von einer Ranke gehalten wurde, lag nur Schutt im Raum. Lithran trat näher und schob die Ranke beiseite. Er war sicher, daß er damit das größte Sakrileg beging und jeden Moment tot umfallen würde.

Aber nichts geschah. In Ruhe untersuchte er die kleine Statue, die er gefunden hatte. Sie ging ihm bis zur Brust und zeigte eine zwergenhafte Gestalt mit einem riesigen froschartigen Kopf auf einem Stein kauernd. Vielleicht war es auch eine Maske und nicht das Gesicht – es war schwer zu erkennen, weil die Arbeit des Bildhauers so unfertig war. Lithran schrak davor zurück. Der Kopf des Geschöpfes erinnerte ihn stark an die Helme, die die Wächter an dem Tag getragen hatten. Wieder sah er die Hauer und Hörner; die Abendsonne verlieh der Statue die Farbe der Uniformen. Lithran drehte sich um und setzte sich auf den Altar. Bewußt steigerte er sich in Panik hinein.

Dort oben auf seinem sicheren Felsvorsprung hatte er nichts getan. Er hatte nicht eingegriffen. Was hätte er auch tun können? Aber Lithran war nicht in der Verfassung, vernünftig nachzudenken. Er war es gewesen (sagte er sich), der Davanna umgebracht hatte. Das war so sicher, als wenn er mit eigener Hand die Axt geschwungen hätte. Er hatte es abgelehnt, mit ihr nach Süden zu ziehen; schlimmer noch, er hatte sie verlassen, war allein aus Starrsinn in den Wald geritten. Dann war sie gestorben. Er war erstaunt über die Gewalt seines schlechten Gewissens, das ihn hier heraufgetrieben hatte, um der Grausamkeit ins Gesicht zu sehen. Hierher, zu dem Ort, wo Jahr für Jahr am gleichen Tag jahrhundertelang im Namen der Macht ein menschliches Bewußtsein ausgelöscht worden war.

Die Dunkelheit sank hernieder. Und immer noch kam kein Blitzstrahl vom Himmel, um Lithran für die Verletzung des Tabus zu strafen. Es wurde Nacht wie immer. Allmählich dachte Lithran an den nächsten Morgen und dann an eine Woche voll Morgen. Ihm war die Zukunft wiedergeschenkt – zumindest die Hoffnung auf eine Zukunft. Damit kehrte aber auch der Schmerz zurück, ein schneidender, körperlicher Schmerz, so daß er sich überlegte, ob die alten Götter am Ende nicht doch einen Blitzstrahl in ihn geschickt hätten. Er berührte sein Gesicht und merkte, daß es naß war. Kein Blut, Tränen! Er blieb auf dem Stein sitzen, während ihm das Herz vernehmlich in der Brust schlug. Dann schaute er wieder hinüber ins Tal, wo sein Heimatdorf lag. Mit einem Stein versuchte er, der Statue das Gesicht zu zerstören, ihr die Eberhauer vom Mund und die Stierhörner von der Stirn zu schlagen. Die Statue aber war aus Granit. Seine heftigen Bemühungen richteten gar nichts aus.

Bald war es völlig dunkel geworden. Sein Schmerz hatte nicht nachgelassen, als er die Stufen der Pyramide wieder zum Wald hinunterschritt.

Hier unten war es um einiges dunkler. Schließlich gelangte er zum Fuß des Ratsfelsens und schaute in die Nacht... und sah das Haupt seiner Geliebten zwanzig Fuß entfernt auf einer spitzen Stange stecken. Das lange Blondhaar war verklebt. Die dunklen Flecken mußten Blut sein. Er schrak zurück. Die blicklosen Augen glitzerten wie die eines Fisches, als wären sie unendlich weit entfernt. Aber es war nur das Sternenlicht, das sich darin brach.

Er hatte mit ihr gestritten und war danach fröhlich zur Jagd geritten, als habe er nur einen alten Mantel zurückgelassen. Die Dunkelheit war jetzt in sein Inneres gedrungen.

Die Wächter hatten im Dorf Familien aus ihren Hütten geworfen und diese beschlagnahmt. Celtans Kinder Vran und Volvana waren auch darunter. Lithran fand sie jetzt im Haus seines Vaters vor. Vannin war zwar nicht mehr krank, er hatte aber all seine Kraft verloren. Er lag völlig erschöpft, wenn auch bei vollem Verstand, am Feuer. Lithran ergriff seine Hand und weinte. Einen Augenblick hatte er aufgehört seinen Vater zu hassen. Er überlegte, ob die Ereignisse des Tages seine Gefühle vereinfacht hätten.

Vran war wie versteinert, so daß Volvana es übernehmen mußte, ihm von Davannas Selbstaufopferung zu berichten. Sie war aus der Menge getreten und hatte ihren Bogen und Köcher vor dem Ratsfelsen zu Boden gelegt. Dann wandte sie sich den Kindern zu und hielt ihre Arme ausgebreitet, so als wolle sie sie umarmen. Diese Geste bedeutete ›Liebe‹. Die Wächter töteten sie. Dann schlugen sie ihr den Kopf ab. Als sie ihre kopflose Leiche wegtragen wollten, mußten sie zu ihrem Ärger feststellen, daß Davannas Arme immer noch starr ausgebreitet waren. Sie konnten sie nicht bewegen. Da warfen sie sie in die Schlucht des Delving, immer noch in der Stellung der Liebe.

Damit hatten sich die Phylaks aber noch nicht zufriedengegeben. Sie peitschten Semion und Celtan zu Tode und brachten zwei Älteste aus dem Dorf um, die dagegen Einspruch erhoben hatten. Der sechste Kopf (auf dem Versammlungsplatz waren nämlich sechs Fichtenstangen aufgepflanzt) gehörte Kesalfan, der später am Nachmittag gestorben war.

Lithran saß da und grübelte voll Schmerz über Davannas Motive. War es für die Kinder gewesen? So etwas hätte er nie fertiggebracht. Hatte er sie nicht nur benutzt – wie ein Musikant sich gern seines Instrumentes bedient, dazu noch als Gesangspartner und Bettgenossin? War sie für ihn gestorben? Dann mußte sie ihn geliebt haben. Aber das erklärte ihre Handlung noch nicht ganz. Wollte sie denn sterben, weil er sie nicht liebte ... oder wollte sie ihn schützen? Oder war es eine Art Rache, weil sie wußte, wie tief sie ihn mit ihrem Tod treffen würde? Aber bei dieser Frage hörte er wieder ihre hinreißende Stimme, wenn sie die Balladen von Verrat und verschmähter Liebe sang, und er fühlte, daß er selbst in einer dieser Balladen vorkommen könnte, weil er so häßlich von ihr zu denken gewagt hatte. Während er Volvana zuhörte, lauschte er auch auf seine eigenen Gedanken, und diese waren beinahe so grauenvoll wie ihr Bericht.

Vran war auch keine Hilfe. Wäre Lithran nicht so in seine eigenen Gedanken eingesponnen gewesen, hätte er bemerkt, daß Vran sich auch große Vorwürfe machte. Auch er hatte nichts getan. Aber wer von den Bewohnern Delvendals hatte denn etwas getan?

Lithran verbrachte also die Nacht in Reue, wobei er sich mehrere Schlucke *Purasna* einschenkte, um seinen Schmerz wegzuspülen.

Erst am folgenden Abend wurden Entscheidungen getroffen. Volvana war es, die darauf drängte. Vannin war so klug gewesen, sich nicht direkt an seinen Sohn zu wenden, da der auf *ihn* kaum hören würde. Man beschloß, daß Lithran, Vran und vielleicht noch ein vertrauenswürdiger Freund unter dem Schutz der Dunkelheit das Dorf verlassen und die nächste Stadt aufsuchen sollten. Dies war die Stadt Aelvik, die etwa fünfzig Meilen entfernt am Rande der Wälder lag. Es nützte ja nichts, gegen einen Feind zu kämpfen, von dem man nichts wußte. Sie mußten herausfinden, ob diese sogenannten ›Wächter‹ wirklich im Dienste des Königs standen, wie sie behaupteten, oder ob sie lediglich Werkzeuge einer der kriegführenden Parteien waren. Es war außerdem sehr wichtig, ob sie auch die Ebene besetzt hielten. Wenn sie wirklich Leute des Königs waren, würde das ein ausreichender Grund zum Bürgerkrieg sein. Da Vannin kein Fieber mehr hatte, konnte sich Volvana um ihn kümmern, bis er seine Kraft wiedergefunden hatte.

»Ehe ihr uns verlaßt, meine Freunde«, sagte Vannin zu Celtans Kindern, »muß ich meinem Sohn noch etwas sagen, ehe...« Seine Stimme versagte.

Lithran schaute mit Abscheu auf seinen Vater. Während der Krankheit hatte er es unterlassen, sein Haar zu färben, so daß sein Kopf jetzt von einem merkwürdigen Geflecht aus Rot und Weiß bedeckt war. Lithrans Haß auf seinen Vater war zurückgekehrt, er war stärker als vorher.

Als Vannin zu ihm sprach, nachdem Vran und Volvana den Raum verlassen hatten, machten seine ersten Worte alles noch schlimmer. »Mach dir keine Vorwürfe...«

Obwohl Lithran genau das getan hatte, stritt er es jetzt heftig ab.

»Schon gut«, sagte Vannin schnell, »brauchst du auch nicht.

Laß uns aber keine Zeit mit Gefühlen verschwenden. Schau her! Ich habe hier etwas äußerst Kostbares, das dir von, du weißt schon wem, gegeben wurde.« Aus der Tasche seines weiten Ärmels holte er einen kleinen runden, mattgoldenen Gegenstand.

Lithran streckte die Hand aus, wagte aber nicht, den Gegenstand zu berühren. Seine Haare stellten sich auf, und er wurde blaß. Das Bernsteinamulett war wie sein eigenes: honigfarben, durchsichtig und von den Fingern vieler Generationen glänzend geschliffen. Nur befand sich in der Mitte keine Libelle, sondern eine Larve in der Form eines winzigen Ammoniten oder zusammengerollten Farnsamens. Davanna hatte dies Amulett seit ihrem sechzehnten Geburtstag immer am Herzen getragen. Als er sich überwand und es berührte, traten Tränen in seine Augen.

»Nun höre mir gut zu«, sagte der Hierak. »Dieser Talisman bringt dir so viel Glück wie dein eigener. Aber ein Amulett kann bei einem Streit verlorengehen, auf die Straße fallen oder gestohlen werden. Du mußt dir ein gutes Versteck einfallen lassen.«

Er machte eine Pause, um Lithrans Reaktion zu sehen.

»Eigentlich ist es ganz einfach. Du hängst dir Davannas Amulett statt deines eigenen um den Hals. Du mußt aber deines als einen Teil von dir bewahren, damit kein Dieb es dir stehlen kann.«

»Schlägst du mir irgendeinen Zauber vor, Vater?« sagte Lithran, als würde der alte Mann ihn beleidigen.

»Ich *bin* der Hierak von Delvendal«, sagte Vannin. Wenn er verärgert war, zeigte er es nicht.

»Gestern habe ich gebetet. Das ist vielleicht nicht so ungewöhnlich. Aber ich habe wirklich ernsthaft gebetet. Und was ist geschehen?« Lithran dachte, daß er auch die Pyramide bestiegen hatte und daß das auch eine Enttäuschung gewesen war. Er zog es aber vor, dies seinem Vater nicht zu erzählen.

»Mir zuliebe.«

»Na schön, Vater«, sagte Lithran. Er konnte ihm aber nicht in die Augen sehen. »Was schlägst du also vor?«

»Ich sagte, daß du es zu einem Teil von dir machen mußt. Ganz einfach. Du trinkst es.«

»Trinken? Aber es ist hart wie ein Stein.«

»Nicht ganz. Ich werde es einfach darin auflösen.« Er schob ein Glas *Purasna* über den Tisch. Lithran betrachtete es mißmutig. Er selbst – für seinen Vater konnte er nicht sprechen – glaubte nicht an Magie. Der wahre Grund seiner Ablehnung war ein anderer. Er konnte sich selbst nicht eingestehen, daß er im Grunde *doch* an die Magie glaubte und jetzt Angst hatte, daß die Zerstörung seines Amuletts ihm noch größeres Unglück bringen würde.

Er versuchte, Zeit zu gewinnen. »Aber... so ein kostbares Stück zerstören! Es ist so wunderschön!« Er nahm seinen Bernsteintalisman vom Hals und hielt ihn gegen den Feuerschein. Der Panzer der kleinen Libelle schimmerte rot und grünlich.

»Die Zauberkraft beruht gerade auf dem Verlust von etwas Wertvollem.«

»Noch ein Opfer? Habe ich nicht schon genug verloren?«

»Hab doch nur einmal Vertrauen zu mir! Ich versichere...«

»Du redest, als ob es wirklich Magie gäbe, Vater. Hast du mir je einen Beweis dafür erbracht?« Lithran sprach vorwurfsvoll.

»Warum wirfst du mir mein Versagen vor, wenn es keine Magie gibt?«

»Ich kann diese Scharlatanerie nicht ertragen, diese Taschenspielertricks mit dem Aberglauben der Leute.«

»Und die Wand im Wald? Ist die auch ein Betrug? Was hast du gesehen, als du hineinschautest?«

Lithran war einen Augenblick lang ganz verwirrt. Was sollte diese Frage? Zögernd antwortete er: »Mich selbst.« Furcht befiel ihn. Wieviel verstand sein Vater? War er ihm so ähnlich?

Vannin fuhr fort, als habe er die Gedanken Lithrans gelesen. »Du und ich, wir sind sehr verschieden. Und wenn ich, wie du sagst, ein Versager bin...«

Lithran protestierte, aber Vannin sprach weiter. »Du mußt so handeln, wie ich es nicht fertiggebracht habe, mußt deinen Schmerz ablegen, so wie du jetzt das Amulett ablegst.«

»Das ist aber nur ein Gegenstand, nicht ich.«

»Du siehst es als einen Teil von dir an, sonst würde dir nicht so viel daran liegen.«

»Warum soll ich es zerstören, wenn es mir etwas bedeutet?«

»Du hast mir bereits die Antwort vorweggenommen. Es würde dir weh tun, und das wäre etwas Wirkliches.«

Lithran schwieg. Vannin fuhr fort: »Du siehst, es ist keine Frage der Magie. Du hattest recht. Wer wüßte das besser als ich? Seit der Gleichmachung haben wir keine Magie mehr.«

Ohne daß sein Sohn es sehen konnte, hielt Vannin seinen Zauberstab ins Feuer. Er fing wie ein gewöhnliches Stück Holz Feuer. Lithran war zu aufgeregt, um irgend etwas zu argwöhnen. Nach einer Weile sagte Vannin:

»Einen Schritt.«

»Was?«

»Mach einen Schritt!«

»Was weißt du schon?« sagte Lithran. »Du hast selbst zugegeben, daß du ein gescheiterter Magier bist und der Zauber von Tethesta nur eine Farce ist.« Überrascht stellte er fest, daß er laut schrie.

Vannin nickte zustimmend und schaute dann Lithran fest in die Augen. Sein Stab glühte und schwelte im Feuer.

»Warum soll ich deinen Rat annehmen? Du hast gesagt, daß Magie weh tun muß, wenn sie echt ist. Im nächsten Augenblick sagst du, daß es sie gar nicht gibt. Ich weiß überhaupt nicht, was du mir eigentlich sagen willst.«

Vannin lehnte sich in seinem Sessel zurück. Er hielt sich an den Armstützen fest, so als habe er Angst herunterzufallen. Er schwieg lange. Dann sprach er: »Wir leben in Symbolen. Sie verleihen den Menschen Mut. Obwohl sie keine Taten sind, tragen sie die Bedeutung von Taten in sich. Wenn du diesen Schritt machst, wirst du noch weitere machen. Im stillen hege ich auch die Hoffnung, daß diese Geste mehr bedeutet.«

Lithran machte eine ungeduldige Bewegung. Vannin sprach weiter: »Es stimmt, ich habe vernunftwidrig geredet. Handle wie ich, und du wirst wie ich werden. Ich will dir sagen, was ich in deinem Alter getan hätte: Ich hätte den Talisman nicht getrunken.«

»Gibt es jemals im Leben eine Situation, in der man nur zwei Möglichkeiten hat? Wann werde ich mich wieder in einer solchen befinden?«

»Sehr bald«, sagte Vannin, plötzlich todmüde. Er wankte in seinem Sessel. Lithran fing ihn auf. Da wurde ihm bewußt, daß er seinen Vater nicht nur haßte, sondern auch liebte. Während er Decken holte, um es dem alten Mann bequem zu machen, traf er seine Entscheidung.

»Ich will es für dich tun. Muß ich irgendwelche Worte sprechen, während ich es trinke?«

»Nein, tue es für dich! Ja, *kwitis siet mina.*«

Sein Vater seufzte und schloß die Augen. Lithran überlegte, ob er diese Worte zu sich selbst gesprochen hatte oder ob das der Zauberspruch war. Sollte er seinen Vater wecken und fragen? Behutsam zog er an dem schmutzigen weißen Gewand des Hieraks. Diese Geste hatte etwas Flehendes an sich. Doch dann zog er die Hand zurück. Er war mit seinem Vater schon hart genug umgesprungen. Schweigend legte er den Bernsteintalisman in das Glas und schaute zu, wie er sich zu goldenem Waldalkohol auflöste. Was immer dies Ritual auch bedeuten mochte, der Spruch tat seine Wirkung, als Lithran murmelte:

»*Kwitis siet mina.*«

Er setzte das Glas an die Lippen und wich zurück. Der Geruch war widerwärtig. Obwohl sich sein Magen dagegen wehrte, trank er seine eigene Treulosigkeit.

Jetzt erst entdeckte er den Stab seines Vaters im Feuer. Er war schon fast zur Hälfte verbrannt.

Lithran holte ihn heraus und versuchte, die Glut zu löschen. Das gelang ihm aber nicht. Funken und Flammen schossen durch den Raum. Als er sich schließlich die Hand verbrannte, warf er ihn ins Feuer zurück.

Er lutschte an seinen Fingern und schaute sich um. Das Gespräch hatte im Weißen Zimmer stattgefunden. Es war nur symbolisch weiß – die Reinheit der Absichten des Hierak darstellend. In Wirklichkeit aber waren seine gekalkten Wände vom Feuer rauchgeschwärzt. Der Raum war vollkommen rund. Lithran konnte sich plötzlich nicht mehr erinnern, wo die Tür war, obwohl er das Zimmer von Kind auf kannte – das kam wohl vom *Purasna,* den er getrunken hatte. Als er schließlich eine Tür öffnete, stand er vor Regalen mit chirurgischen Instrumenten. Dies war der Medizinschrank seines Vaters. Alle Messer waren scharf und glänzten wie Glassplitter. Im roten Feuerschein warf ein jedes ein winziges Abbild von ihm zurück. Er wich zurück. Hinter der zweiten Tür sah er nur Bücher. Erst beim dritten Mal fand er den richtigen Ausgang. Jetzt konnte er seinem Vater ins Bett helfen.

Fünfzig Meilen südlich von Delvendal endet der Wald ohne Vorwarnung. Zwei Tage befand man sich zwischen schroffen Felswänden und uralten Bäumen in dunkelgrünem Zwielicht zu beiden Seiten. Auf einmal sah man das Sonnenlicht in der Ferne, aber nicht von oben (das Laub in diesen niederen Teilen der Wälder ist sehr dicht), sondern geradewegs vor einem. Dann hören die Bäume so unvermittelt auf, als habe sie ein Erdrutsch mitgenommen. Vor einem liegt nur noch die freie Luft. Bald fallen einige Sonnenstrahlen auf den Weg, und dann scheint einem die Sonne direkt ins Gesicht. Plötzlich steht man auf einem Felsvorsprung wie am Ende des Festlandes, als ob vor einem nur das weite Meer läge. Am Fuße dieser Klippe branden aber keine Wellen; Kornfelder wogen im Morgenlicht. Kein blaues Meer erstreckt sich bis zum südlichen Horizont, sondern eine weite Ebene mit Äckern und lichten Hainen in verschiedenen Schattierungen von Grün und Gelb ist zu sehen. Jedem Bauern geht bei diesem Anblick das Herz auf. Die Talbewohner betrachten die Ebene wie eine Landratte den Ozean: mit einer Mischung aus tiefer Verachtung und offenem Mißtrauen.

Dieser Felsvorsprung war ein perfekter Aussichtspunkt. Lithran und seine beiden Begleiter banden ihre Pferde fest und traten an die Kante. Sie schauten auf das fruchtbare Land hinaus.

Direkt zu ihren Füßen lagen umgestürzte Baumstämme und

Felsbrocken herum. Dann kam ein Strich gelbes Korn, dann ein schmaler Fluß. Auf der anderen Seite des Flusses, vielleicht eine Meile entfernt, lag ein dichter, schwarzer Schatten, der sich lang und breit in der Morgensonne hinzog und von den Türmen, Dächern und Mauern einer befestigten Stadt herrührte: Aelvik, die Stadt, die sie erkunden wollten.

Sorgfältig betrachteten sie alles. Die Stadt sah recht unzerstört aus: Keine abgetragenen Dächer, keine Anzeichen einer Belagerung oder Erstürmung. Dennoch trauten sie diesem friedlichen Bild nicht. Die hohe Stadtmauer erlaubte keinen Blick ins Innere. Man konnte nicht einmal die Wachen auf den Wehrgängen erkennen (wenn es an diesem friedlichen Sommertag überhaupt welche gab), weil diese hölzernen Galerien oben geschlossen waren und nur Sehschlitze besaßen.

Alles wirkte ganz normal. Nach etwa einer halben Stunde tauchte am nächstgelegenen Tor eine Herde Mulis auf und verschwand um den nördlichen Mauerabschnitt. Dann zog sie weiter auf der Hauptstraße nach Osten. Später erschien eine Gruppe Bürger mit Werkzeugen auf den Schultern, um ihrem Tagewerk auf den Feldern nachzugehen. Dann kamen noch ein paar Packpferde und schließlich eine ganze Kamelkarawane aus dem Süden. (Man sah sie schon meilenweit, weil sie so viel Staub aufwirbelte.) Als sie näher kam, erkannte man die Kaufleute mit weiten Gewändern und Kapuzen. Sobald das letzte Kamel mit seinem wiegenden Gang durch den hohen Spitzbogen von Aelvik eingezogen war, meinte Vran lächelnd:

»Es muß Friede im Land herrschen. Die sind den ganzen Weg von Adhramat gekommen...«

»Laß uns noch warten«, meinte Lithran. »Wir haben ja noch den ganzen Tag vor uns.« Er war sich nicht sicher, ob er tief im Herzen wollte, daß alles in Ordnung war. Mit welchem Recht hier, wo doch in Delvendal...

Dann fiel ihm etwas ins Auge, das sie einfach übersehen hatten, weil ihnen der Anblick so vertraut war. Etwa eine Meile im Süden der Stadt, auf der anderen Seite, stand einer dieser Ziggurats oder Hohen Stätten, die es noch überall in Tethesta gab. Der untere Teil wurde von den Türmen und Mauern Aelviks verborgen. Ansonsten war diese Anlage wie die anderen. Auf den Erdhügel führte eine breite Steintreppe. Der Tempel auf der Spitze war von einer Mauer umgeben. Nur die Größe war außergewöhnlich. Der Tempel darauf war geräumig genug, um ein halbes Dutzend Versammlungshallen zu umfassen. Zweifellos war die Stadt Aelvik in den Jahren vor der Gleichmachung bedeutender als jetzt gewesen. Vielleicht war sie ein religiöses Zentrum gewesen, und man hatte hier mehr Opfer als woanders geschlachtet.

Irgendwie waren die Umrisse des Tempels verändert. Lithran kniff die Augen zusammen und schaute in die Morgensonne. Er war sich nicht sicher.

Seine Begleiter schauten ihn verwundert an. Auf ihre Fragen hin deutete er nur mit dem Finger in diese Richtung.

Hedrin und Vran schützten ihre Augen vor dem grellen Sonnenlicht mit den Händen und spähten lange zur Spitze des Ziggurat hinüber. Schließlich ließ Hedrin die Hand sinken und seufzte.

»Was soll ich denn dort eigentlich sehen?«

»Das Dach«, sagte Lithran. »Erinnert ihr euch, ob das Dach der Hohen Stätte instand war?«

»Natürlich nicht«, antwortete Vran. »Es ist in die Mitte gestürzt. Wir sind doch alle schon hier gewesen und wissen das. Der Tempel ähnelt drei Würfeln mit drei Dreiecken darum. Nur das zentrale Dreieck fehlt.«

»Dann schau noch einmal hin«, forderte ihn Lithran auf. »Ist das immer noch so?«

Vrans und Hedrins Schweigen zeigte, wie unsicher sie waren. Da bestätigten sich Lithrans Bedenken. Als alle drei unter vorgehaltener Hand – es brachte Unglück, wenn man zu aufmerksam hinübersah – hinschauten, geschah dort etwas Entscheidendes.

Aus zwei Meilen Entfernung konnte man zwar nicht alles ganz deutlich erkennen, aber es sah so aus, als ob aus der schwarzen Höhlung der Tempeltür karmesinrote Tropfen fließen würden. Die Jahrhunderte hatten die scharfen Fünfundvierzig-Grad-Kanten der Pyramide etwas abgerundet, so daß die weichen und glatten Umrisse eher einer Brust ähnelten. Man könnte sagen, daß aus dieser Brust jetzt keine Milch, sondern Blut heraussickerte. Es dauerte eine Weile, bis sie ihre Beobachtung richtig einordnen konnten, da sie niemals zuvor menschliche Wesen auf einem Tempelhügel gesehen hatten.

Als sie es aber verstanden, langten sie nach ihren Amuletten und bewegten die Lippen im Gebet.

»Es ist vorbei«, sagte Vran. »Reiten wir zurück nach Delvendal?«

»Du kannst gehen«, sagte Lithran. »Ich will zuerst in die Stadt und mich ein bißchen rächen.« Das war eigentlich nur Angabe, vielleicht gepaart mit etwas Schuldbewußtsein.

»Komm schon«, sagte Hedrin fröhlich, obwohl der Anblick der Wächter, die die Steintreppe der Hohen Stätte herabgeschritten waren, jeden Blutstropfen aus seinem Gesicht gesogen hatte. »Was soll das denn unseren Freunden nützen? Was wissen wir schon? Ich will dir einen Vorschlag machen: Erst gehen wir in die Stadt, und dann berichten wir unseren Freunden.«

Sie warteten auf ihrem Felsenausguck. Lithran war immer mehr von der Symmetrie des Ziggurat beeindruckt – die abgerundeten Seiten, die harmonische Verengung der Steinstufen nach oben, der Spitze zu, die vollkommenen geometrischen Figuren des Tempels und des Erdhügels, die sanfte Bewegung des Schattens, wenn sich die Sonne drehte. Hätte man auf dem Boden eine Skala eingetragen, wäre es eine Sonnenuhr gewesen. Im Gegensatz stand dazu das Bild der Stadt mit ihren winkeligen Gassen und Türmchen, die alle verschieden hoch waren, und die Vielfalt der bunten Platten, mit denen die Dächer gedeckt waren.

Am Nachmittag erscholl aus dem Wehrgang Trompetenklang. An einer langen Stange erschien eine Fahne, wie eine Blume mit einem einzigen hochroten Blütenblatt, die langsam durch den Spitzbogen des Wachhauses getragen wurde. Der Reiter, der sie trug, war von Kopf bis Fuß in eine karmesinrote Uniform gekleidet.

Ihm folgte eine Abteilung Soldaten. Auch ihre Waffenröcke leuchteten düsterrot im Sommersonnenschein. In ihrer Mitte fuhr ein geschlossener Wagen, der von acht Pferden gezogen wurde. Aus dieser Entfernung konnte man nur erkennen, daß er schwarz war. Die Hörner an den Helmen der Soldaten waren nicht auszumachen, doch es bestand kein Zweifel daran: Es waren Wächter. Die Fahne allein bestätigte diese Tatsache.

Hedrin versuchte einen kläglichen Scherz. »Wenigstens sind jetzt weniger rote Stiere in Aelvik als vorher.«

Hedrin hatte noch einen weiteren Beweggrund, in die Stadt zu gehen. Vor drei oder vier Jahren hatte er dort eine Geliebte, die ihm auch ein Kind geboren hatte. Ab und zu schaute er nach beiden. Jetzt machte er sich um ihre Sicherheit Sorgen.

Als sie sich abends Aelvik vorsichtig näherten, mußten sie feststellen, daß die alten Wachtposten am Tor (freundliche Männer mit dicken Bäuchen, die ihre Spieße mehr als Stützen denn als Waffen verwendeten) alle abgelöst worden waren. An ihrer Stelle standen jetzt mindestens doppelt so viele ›Rote Stiere‹, wie Hedrin sie nannte. Auch durch die Straßen patrouillierten viele Soldaten. Von den Bürgern der Stadt sah man weniger als gewöhnlich. Bei vielen der schmalbrüstigen Häuser waren die Fenster eingeschlagen oder mit Brettern vernagelt. Die drei gaben sich so unauffällig wie möglich. Die karmesinroten Soldaten würden sie zwar nicht wiedererkennen, aber die Angst der Bürger in der Stadt steckte an. Sie verbargen ihre Gesichter unter den Kapuzen und hielten die Augen tief auf das Kopfsteinpflaster gerichtet. Hedrin führte sie durch allerlei dunkle Gassen auf Schleichwegen zu einer Herberge, die er kannte, weil er dort immer abstieg, wenn er mit der Bronze nach Süden zog.

»Wartet, bis ihr Tukassa seht«, versprach er lächelnd. »Das ist ein Bett voll Frau!«

Hedrin ist optimistischer als es für ihn gut war ... oder für einen von ihnen, dachte Lithran.

Doch die ›Stufen zum Himmel‹ waren dunkel und still. Später erfuhren sie, daß es in der Stadt kein Ale mehr gab. Doch jetzt schlüpften sie in den Hof und klopften an die Hintertür.

Hedrin pochte zuerst ganz leise und dann (als keine Antwort kam) immer lauter an die Holztür. Vran und Lithran griffen nach ihren Messern. Man wußte ja nicht, ob Tukassa immer noch die

Herberge hatte oder ob sie jetzt ein Fremder besaß. Es war unangenehm, in diesem engen Hinterhof zu stecken, rundherum Steinmauern und nur zwei schmale Ausgänge, die ein einzelner Mann mit Leichtigkeit verteidigen konnte. Ein sinnloses Unternehmen.

Hinter der Tür hörte man schlurfende Schritte, dann nichts mehr. Anschließend wurde ungeschickt mit dem Riegel hantiert. Endlich öffnete sie sich einen Spalt. Dahinter war (zu dieser späten Abendstunde) nur undurchdringliche Schwärze zu entdecken.

Dann beugte sich Hedrin mit einem Freudenruf hinunter. Vran und Lithran hatten viel zu hoch gesucht. Die Person, die die Tür geöffnet hatte, war kaum einen Meter groß. Man sah von ihr nur einen hellen Fleck statt eines Gesichts; ob es aus Überraschung oder Angst so weiß war, wußten sie nicht.

Schweigen. Da kam von dem Kind in der Tür ein Freudenschrei: *Pítara!* – die Koseform für ›Vater‹.

Hedrin riß die Kleine in seine Arme und drückte sie an seine Brust. Zuerst drehte sie das Gesicht beiseite, ehe sie sich von ihm küssen ließ. Die Spannung in Lithran ließ etwas nach, aber nicht so sehr, daß er hätte lächeln können, und er ließ sein Messer nicht los.

In dem Augenblick hörte man eine Frauenstimme im Haus. Ihre schrille Tonlage verriet Angst. Das kleine Mädchen rief zurück, daß die Trommelfelle beinahe platzten. Ohne jede Vorsicht verkündete es, daß der Vater aus Delvendal gekommen sei: »*Pítar Dalthen esti!*«

Wir hätten niemals hierherkommen dürfen, dachte Lithran. Ihre eigenen Vorsichtsmaßnahmen waren schon dürftig; aber mit der lautstarken Sorglosigkeit dieses Kindes...

Im Haus war alles still, dann hörten sie Schritte. Wieder erschien ein weißes Gesicht in der dunklen Tür. Erschrocken zog es sich zurück, als es die beiden Gestalten hinter Hedrin erblickte.

Die erste Reaktion der Frau war wohl, Hedrin nicht erkennen zu wollen und alle drei wegzuschicken. Aber dann änderte sie ihre Absicht, lächelte und bat sie herein. Es war zu dunkel, um die Art ihres Lächelns zu erkennen. Hedrin versicherte seinen Gefährten, daß alles bestens sei. Er umarmte die Frau vertrauensvoll. In ihrer Erwiderung lagen Härte und Weichheit. Vran trat mutig ein, und Lithran mußte ihm folgen.

Eigentlich war es recht wahrscheinlich, daß die Frau inzwischen einen anderen Liebhaber hatte. Das war die einfachste Erklärung. Trotzdem traute er diesem Haus, diesem lichtlosen Gang oder dem dunklen Hinterhof nicht. Plötzlich stand vor ihm das Bild der Wölfe vor der Wand, die in die Falle geraten waren. Es war Wahnsinn gewesen, in die Stadt zu gehen.

Tukassa geleitete sie in ein gemütliches Zimmer im Erdgeschoß. Es lag gleich rechts vom Gang. Ein Feuer brannte im Kamin. Sie schien einen Augenblick lang zu zögern, ehe sie die Kerzen entzündete. Dann aber drehte sie sich um, lächelte ihnen zu und strich sich die Schürze glatt. Lithran sah sie jetzt erst richtig. Sie war eine blonde Frau Anfang dreißig, bei der sich im Gesicht eine gewisse Hagerkeit andeutete. Er erschrak zutiefst, als mit ihrem Lächeln auch ihre Schönheit dahinschwand. Jetzt stand nackte Angst in ihren Zügen.

Als er wieder hinschaute, glaubte er, sich getäuscht zu haben. Tukassa war lediglich über diesen überraschenden Besuch etwas verärgert, zumal ihre Beziehung zu Hedrin auch nicht problemlos war. Als Hedrin den Arm um sie legte, schob sie ihn freundlich beiseite, schaute zur Tür hin und sagte: »Nein, nein, nicht jetzt. Hast du Hunger? Willst du zuerst etwas trinken? In der ganzen Stadt gibt es kein Ale mehr, aber ich habe noch eine Flasche *Purasna* versteckt. Was ist?«

»Liebster«, sagte sie zu Hedrin, als er sie wieder umarmen wollte und ihr etwas ins Ohr flüsterte. »Ja, natürlich will ich.« Ihr Protest wurde schwächer, während sie sich zur Tür schlängelte. Sie wich nach rechts und links aus. Als sie endlich den Gang erreicht hatte, verschwand sie mit einer Eile, die alle möglichen Schlüsse zuließ. Das Kind Miranna blieb im Zimmer. Es saß auf einem harten hölzernen Stuhl, schlenkerte mit den Beinen und schaute Hedrin so unverhohlen ins Gesicht, daß der sonst so großsprecherische Mann verlegen seine Augen senkte und den Fußboden anstarrte. Das Schweigen war ungemütlich.

Schließlich brach Miranna selbst die Stille. »Warum kommst du überhaupt nicht mehr?« fragte sie.

Die offene Frage verwirrte Hedrin. »Na ja... ich war vor gar nicht so langer Zeit hier... vor drei Monaten«, erklärte er seinen Gefährten.

»Ich wollte dich morgen«, sagte das Kind.

Lithran verstand (nach anfänglicher Verwirrung), daß die Kleine ›gestern‹ meinen mußte. Oder meinte sie vorige Woche? Wie sollte man sich mit Kindern auskennen? Er schaute Miranna forschend an, als wolle er ihre Gedanken lesen.

»Auf der Treppe ist ein großer Mann«, sagte das Mädchen.

Hedrin verzog das Gesicht. »Welche Treppe? Wie sieht er aus?«

»Meine Mami mag ihn nicht«, verkündete Miranna stolz. »Er geht nur hinauf und kommt wieder herunter, und dann ruft die Trompete.«

»Ist er rot angezogen?« fragte Hedrin finster.

»Ich mag ihn auch nicht«, sagte Miranna, als ob damit die Sache abgeschlossen sei. »Meine Freundin Venda ist hingefallen.«

Da niemand etwas sagte, ergriff Lithran die Initiative. »Und was ist dann geschehen?«

»Alle Leute sind herumgelaufen und haben geschrien. Ich habe mir die Ohren zugehalten. Dann ist der rote Mann gekommen und hat sie weggebracht.«

Schweigen.

»Meine Freundin Asra ist auch hingefallen.«

»Und der rote Mann hat sie auch weggebracht?« fragte Lithran und schaute Miranna fest an. Die Augen des kleinen Mädchens waren groß und zeigten einen Ausdruck, den man bei Erwachsenen für Überraschung halten würde. Aber kleine Kinder sehen oft so aus. Vielleicht übertrug er nur die Maßstäbe der Erwachsenen. Miranna hatte rosige Lippen, die sich bei ihren Worten öffneten und schlossen. Mit großem Nachdruck sagte sie: *»Natürlich!«* Dann herrschte wieder Schweigen.

»Und hat er so ein komisches Ding auf dem Kopf gehabt?« fragte Lithran.

»Natürlich!« sagte Miranna mit dem gleichen vorwurfsvollen

Ton wie zuvor. »Als er zur Tür gekommen ist, konnte man ihn nicht mehr sehen.«

»Was meinst du damit, Miranna?« fragte Hedrin. »Ist er hineingegangen und hat die Tür zugemacht?«

Entschieden schüttelte sie den Kopf. »Er ist unsi-, unsi-« Sie hatte mit diesem Wort Schwierigkeiten. »Unsichtbar«, kam es endlich triumphierend.

Die Männer blickten sich verständnislos an. Miranna schaute jetzt wieder Hedrin streng an. »Hast du mir etwas mitgebracht?«

Hedrin wühlte schuldbewußt und fahrig in seiner Tasche. Lithran überlegte, ob er wirklich etwas für das kleine Mädchen dabei hatte. Eigentlich steckten in diesem Hedrin mit seinen großen Händen und seiner lauten Stimme zwei verschiedene Menschen, dachte er. »Macht nichts, wenn du nichts hast«, sagte Miranna mit schneidender Härte. »Ich bekomme jede Menge Spielsachen.«

»Wer schenkt dir denn die Spielsachen?« erkundigte sich Lithran und wünschte, daß er tausend Meilen weit weg wäre.

»Sie sind alle eigentlich dieselbe Person«, antwortete Miranna. »Macht nichts, wenn du es nicht findest«, sagte sie mitfühlend zu Hedrin, der gerade seine ganze Tasche auf dem Boden ausleerte.

Mit einem Seufzer der Erleichterung holte er das gesuchte Stück heraus. Es war eine etwa dreißig Zentimeter große Holzpuppe in typischer Delvendal-Tracht. Lithran betrachtete das Ding mit Unbehagen. War sein Verdacht gerechtfertigt oder nur die Ausgeburt der Ereignisse der letzten Tage? Auf alle Fälle war es ungeschickt, seiner Tochter etwas mitzubringen, und vor allem eine Puppe im traditionellen Grün und Gelb des Tales.

Miranna war von ihrem Geschenk begeistert und zeigte es stolz ihrer Mutter, als diese mit einer grünen Flasche und kleinen Zinnbechern hereinkam. Tukassas Miene verdüsterte sich, als sie Mirannas neue Puppe sah. Sie schob das kleine Mädchen schnell aus dem Zimmer, wobei sie den Männern erklärte: »Kinder haben große Ohren. Ich könnte nicht offen reden, wenn ...« Sie brach ab und schenkte den *Purasna* ein. »Ich habe angeordnet, daß euch eine Mahlzeit zubereitet wird«, sagte sie. »Ihr müßt nach eurer Reise hungrig und müde sein.«

Hedrin stand auf und übergab sein zweites Geschenk. Es war ein Armband. Bewundernd holte Tukassa tief Luft. Es war ganz aus Silber, an den Kanten mit einer Zickzacklinie versehen. Dazwischen waren stilisierte Füchse, Hirsche und Reiher kunstvoll eingraviert.

Tukassa standen Tränen in den Augen, als sie es anlegte. Als aber Hedrin sie küssen wollte, schob sie ihn zitternd zurück. Lithran fühlte sich noch unbehaglicher. Er schaute über die Schulter zum Fenster hin, das auf die Gasse hinausführte. Es war Nacht. Im schwarzen Glas spiegelten sich nur der düstere Schein des Feuers und die drei Kerzen. Es war, als sei die Außenwelt verschwunden und durch ein entstelltes Heiligtum ersetzt worden, durch den Raum, in dem sie gefangen saßen.

»Sie hätte nie die Tür öffnen dürfen«, sagte Tukassa leise. »Sie versteht es nicht.«

»Was versteht sie nicht?« wollte Hedrin wissen.

Es war alles so offensichtlich, dachte Lithran. Er stellte seinen leeren Becher ab und stand auf. »Wir müssen weiter«, sagte er. »Es war sehr unbesonnen von uns... auch in eurem Interesse...«

Überrascht schaute Hedrin zu ihm auf. Tukassa fragte: »Wo wollt ihr hingehen? Es ist schon längst Ausgangssperre. Die Tore sind verschlossen.«

Die Männer schauten sie verständnislos an. »Ausgangssperre? Was ist das? Wer sind eigentlich die karmesinroten Söldner? In wessen Namen regieren sie hier? Gibt es in Sulunna noch einen König? Und wo...«

»Zeit zu gehen«, sagte Lithran, blieb aber unentschlossen stehen. »Es gibt einen neuen König, der Leuth, der Hirte, heißt. Dringen denn die Neuigkeiten so langsam nach Delvendal? Wo seid ihr die letzten beiden Monate gewesen, wenn ihr den Wächtern noch nicht begegnet seid?«

»Also, das ist so...« Hedrin berichtete alles, was in Delvendal seit dem Eintreffen des ersten Wächters bis zu der Hinrichtung vor vier Tagen geschehen war. Tukassa hörte schweigend zu und nickte nur ab und zu. Selbst bei den grausigsten Einzelheiten zeigte sie keine Überraschung.

»Wie ich sehe, erstaunt dich nicht, was wir erzählen«, meinte Lithran zum Schluß. »Das ist ein schlechtes Zeichen. Ist es hier denn auch so?« Tukassa zog ihren Stuhl näher, strich sich ihr Kleid zurecht und begann zu flüstern. Die Männer mußten sich vorbeugen, um ihre Worte zu verstehen. Es fiel Lithran aber auf, daß die Frau ihnen nicht in die Augen schauen konnte. Er spürte, daß das nicht daher kam, weil sie die Unwahrheit sagte, sondern aus einem anderen Grund. Er hatte sich auf einen Stuhl etwas abseits von den anderen gesetzt, genau zwischen Tür und Fenster.

»Ihr müßt sehr vorsichtig sein«, sagte Tukassa. »Aelvik ist ein Hornissennest, voll mit Wächtern und Fremden. Es sind beinahe mehr als unsere eigenen Leute. Der ehrbare Bürger schlägt die Augen nieder, wenn er einem von ihnen auf der Straße begegnet, als ob er nicht zugeben wolle, sie zu sehen. Alles ist normal, und es geht den Leuten besser als – als je zuvor. Aber haltet eure Zungen im Zaum, das ist der beste Rat, den ich euch geben kann. Und seid vorsichtig, mit wem ihr sprecht.«

»Aber das ist doch Irrsinn«, sagte Hedrin und lachte laut. »Welche Macht der Erde könnte einen Mann davon abhalten, das zu sagen, was er meint?«

»Nicht so laut!« beschwor ihn Tukassa. »Als die Wächter zuerst kamen – nur eine Handvoll – ein königlicher Gesandter – neue Gesetze, verstehst du – einige unserer Bürger – der Bürgermeister.« Sie stammelte und verlor den Faden.

»Die Protestierer, die Rebellen, meine ich – warfen sie ins Gefängnis. Es war gut... dann andere... wenn die gewußt hätten, was wir jetzt wissen! Verrat – der Stellvertreter des Königs.« Jetzt verweigerten die Lippen ihren Dienst.

»Laß mich raten, was geschehen ist«, sagte Lithran. »Als erster kam der Mann des Hirten, fast allein. Der redete fein daher und handelte unmenschlich grausam. Da empörten sich die Bürger gegen ihn und... was haben sie gemacht? Haben sie ihn umgebracht oder nur ins Gefängnis geworfen?«

»Verrat«, murmelte Tukassa fast unhörbar.

»Aber das ist doch völlig unsinnig«, sagte Vran. »Uns zum Widerstand zu provozieren, damit...«

»Verstehst du denn nicht?« sagte Lithran. »Das ist doch die beste Art, um herauszufinden, welchen Charakter und welche Meinung die Leute haben. Dann runter mit dem Kopf, der irgendwie über die anderen herausragt!«

»Vor einem Monat war ein Mann hier«, sagte Tukassa, »der Gerüchte gegen sie verbreitete. Er behauptete, sie wären nichts als Abschaum von Verbrechern aus den Wäldern im Westen und daß einige versucht hätten, über die Grenze zu kommen. Ich weiß aber nicht, was sie sich in Westramond erwarteten ... Aber das war ein Lügner! Er hat irgend etwas von einer Wand – ich weiß nicht was –, einem Ding aus Glas und Luft gefaselt, das sie nicht durchgelassen habe. Reine Phantastereien, wenn ihr *mich* fragt.«

»Und trotzdem«, sagte Vran niedergeschlagen, »vielleicht sollten wir uns ihnen doch anschließen?«

Verblüfft schaute Tukassa ihn an. »Hast du denn nichts verstanden? Weißt du, wie Leuth, der Hirte, sich heute gebärdet? Kosmion, Herr der runden Welt, nennt er sich.«

»Was ist schon ein Wort? Könige haben schon immer Titel geliebt.«

»Ha! Du weißt aber nicht, was der Name bedeutet. Die Welt, ja, aber noch mehr.«

Hedrin runzelte die Stirn. »*Ko* ist ›zusammen‹ und *smion* bedeutet ›eins‹. Und deshalb wird es wohl Welt heißen.«

Tukassa machte den Mund auf, um etwas zu erklären.

Mit einem Windstoß ging die Tür auf, und die kleinen Flämmchen im Kamin loderten hoch auf. Die Tür war mit einem lauten Schlag gegen die Wand gedonnert. Hedrin sprang auf und griff nach seinem Schwert. Doch Tukassa hing sich an seinen Arm und hinderte ihn, die Klinge aus der Scheide zu ziehen.

Im Türrahmen tauchten zwei Gesichter auf, in denen sich zwei saubere und freundliche Gebisse zeigten. Größe und Gesichter der Männer waren unbedeutend, mit einer Ausnahme: Ihre Haare waren braun und blond. Die Augen des Blonden waren aber so dunkel wie die des Dunklen.

»Wir haben uns gedacht: warum nicht ein bißchen Kameradschaft pflegen?« sagte der eine. »Wenn ihr nichts dagegen habt.«

»Wir wären sehr dafür«, sagte der andere. »Wir hätten auch gegen einen Schluck *Purasna* nichts einzuwenden.«

Gehörten sie zu den Wächtern? Sie trugen nicht die Uniform des Hirten, sondern die normale gestickte Kleidung der Leute in den Städten im Süden. Aber so war auch Rigmar gekleidet gewesen, der erste Wächter, der nach Delvendal gekommen war. Wenn sie nicht Wächter waren, wäre es unsinnig zu fliehen. Wenn sie aber Wächter waren, würde das noch unsinniger sein. Die Freunde hätten sich gern beraten. Aber das war nicht möglich. Sie blieben unentschlossen sitzen.

»Setzt euch!« forderte Tukassa die beiden auf. Ihre Stimme klang unbeteiligt. Ihre nächsten Worte wirkten beruhigend. »Unsere Freunde hier sind Gäste des Hauses.«

»Auf Brüderschaft!« sagte der dunklere der beiden Männer und hob sein Glas.

»Hm, Frau Wirtin«, sagte der blonde Mann, »muß schon sagen, Ihr führt ein gastfreundliches Haus!« Dann wandte er sich an die drei Männer aus Delvendal. »Seid ihr Kaufleute oder Bürger dieser Stadt?«

»Und ihr?« erkundigte sich Hedrin.

»Wir«, sagte der Fremde, »sind einfache Bürger von Aelvik. Wir gehören zu denen, die verstanden haben.«

»Verstanden?«

»Verstanden«, wiederholte der dunkle Mann. »Bei einigen unserer Mitbürger liegt der Fall etwas anders. Als ein Akt brüderlicher Gerechtigkeit praktiziert wurde, haben sie sich beim Stellvertreter des Hirten beschwert.«

»Diese Beschwerdeführer«, sagte der blonde Mann, »sind nie wieder gesehen worden. Und wenn es keine Beschwerdeführer gibt, kann es auch keine Beschwerden geben.«

»Manche Leute«, sagte der dunkle Mann, »haben ihre Freunde und Verwandten im Gefängnis besucht, ihnen etwas zum Essen gebracht oder sich für ihre Freilassung eingesetzt.«

»Diese sind auch nie zurückgekommen«, sagte sein Freund. »Und wenn niemand einen Gefangenen sehen kann, kann auch niemand behaupten, daß Gefangene existieren.«

Sie schwiegen. Aus unerfindlichem Grund wiederholte der dunkle Mann das Wort ›existieren‹ noch einmal.

»Welche Eigenschaft haltet ihr für die vornehmste?« fragte der Blonde. Er schaute alle der Reihe nach an; aber keiner antwortete. Lithran fragte sich, warum sie nicht aufsprangen und einen Fluchtversuch wagten. Aber er kannte den Grund: Auch er war vor Angst wie gelähmt. Tukassa hatte ihren Stuhl in eine dunkle Ecke geschoben. Ihr Gesicht lag im Schatten.

Als er sah, daß niemand etwas sagen wollte, beantwortete der Fremde selbst seine Frage: »Unschuld«.

»Unschuld«, wiederholte sein Freund. »Kinder haben einen untrüglichen Sinn für die Wahrheit. Sie sind uns allen ein Beispiel.«

»Es wäre eigentlich an der Zeit«, sagte der blonde Mann, »daß ihr uns auch offen sagt, woher ihr kommt, Kameraden.«

»Wir sind Kaufleute«, sagte Hedrin finster entschlossen. Trotz der versteckten Warnung, die er gerade erhalten hatte, und trotz seiner wachsenden Furcht wollte er bei der Geschichte bleiben, die sie sich ausgedacht hatten, ehe sie herkamen. Delvendal würde es büßen müssen, wenn herauskäme, daß man jemand gesandt hatte, um Nachforschungen anzustellen. Hedrin nannte deshalb Sastavik, einen kleinen Ort am Rande der Wälder, etwa fünfzig Meilen entfernt – einen Ort, den er zufällig kannte; falls man ihm Fragen stellen würde, konnte er sie beantworten.

»Sastavik?« sagte der Dunkle, ohne zu erkennen zu geben, ob er ihm das glaubte oder nicht. »Kennen wir gut.«

»Kennen wir«, mischte sich der blonde Mann ein, »wie den Rükken unserer ...« Seine Stimme stockte unerklärlicherweise bei dem Wort ›unserer‹. »Hand«, führte der andere den Satz zu Ende. »Ich sehe es direkt vor mir! Das Freudenfeuer auf dem Marktplatz!«

»Ja, dieses Jahr feiern sie Amrai Púrasa außerplanmäßig.«

»So ein schönes Feuer, rot und gold, knackend und knisternd.«

»Zieht an seiner Leine unter dem schwarzen Nachthimmel wie ein Boot an seinem Anker im Sturm.«

»Oder wie ein scharlachrotes Gewand.«

»Wie es brutzelt! Man könnte meinen, sie braten dort einen Ochsen.«

Hedrins Blicke waren noch finsterer geworden. »Sagt mal, wann wart ihr das letzte Mal dort?«

»In diesem Augenblick«, sagte der blonde Mann. Er warf ihm einen flüchtigen Blick zu und schaute gleich wieder weg. »Ihr glaubt uns nicht?« Er setzte seinen Becher auf dem Holztisch ab.

»Vielleicht sollten wir es euch zeigen«, sagte der dunkle Mann und stellte seinen Becher ebenfalls ab.

»Aber zuerst«, sagte sein Freund, »müssen wir uns vorstellen. Theril und Acharn«, sagte er, und beide standen auf.

Die Männer aus Delvendal mußten nun auch aufstehen. Sie murmelten die falschen Namen, die sie sich zugelegt hatten. Lithran und Vran machten eine tiefe Verbeugung. Da Hedrin ihnen am nächsten stand, schüttelten ihm die beiden Fremden freundlich die Hände; einer nahm seine rechte, einer seine linke Hand.

»Willkommen in der Brüderschaft, Kamerad!« Sie lächelten. »Willkommen in Einheit!«

Tukassas Reaktion auf diese Worte war befremdlich. Sie hielt sich die Hände vors Gesicht. Lithran konnte trotzdem sehen, daß sie die Augen fest geschlossen hielt.

Er hatte oft Menschen in Furcht gesehen, aber noch nie ein so ausgeprägtes Gefühl reinen Schreckens. Dies Bild ist aber irgendwo in den Gehirnwindungen des Menschen vorhanden, denn er erkannte sofort die Bedeutung dieser hilflosen Zuckungen der Gesichtsmuskeln. Hedrins Haar stand wie ein Stoppelfeld hoch. Seine Lider schoben sich hoch, bis nur noch die weißen, blutunterlaufenen Augen zu sehen waren, die Lippen wurden schlaff, der Mund öffnete sich zitternd, und die Schultern sanken herab. Seine Gesichtszüge schienen halb geschmolzen, nicht mehr aus Fleisch, sondern aus einer Flüssigkeit zu bestehen, wie ein Teich, der von einem seitlichen Windstoß erfaßt wird. Die Quelle dieser Furcht schien hinter Hedrin zu liegen, denn er drehte den Kopf, um über die Schulter zu sehen. Aber dort war nichts, außer den Schatten in der Zimmerecke, zu erkennen. Hedrin machte keine Anstrengung, um sein Schwert zu ziehen, sondern fiel auf die Knie, klammerte sich an die Tischkante und versteckte sein Gesicht. Einer der kleinen Zinnbecher fiel vom Tisch und rollte über den Boden.

Die Blässe in Hedrins Gesicht verschwand ebenso schnell wie sie gekommen war. Seine hohen Backenknochen, hart und braun über dem schwarzen Bart, nahmen wieder ihre Farbe an. Er fuhr sich mit der Hand über die Augen. Als er wieder aufstand und sich mit seinem Brustkasten – so breit wie ein Stier – Vran und Lithran zuwandte, hatte er sich mit den beiden Fremden verbündet. Hedrins helle und strahlend blaue Augen hatten sich geändert. Ihr Glanz war erloschen. Matt reflektierten sie die Dunkelheit des Zimmers mit dem Schein des Feuers. Lithran trat einen Schritt zurück. Mit der Schulter stieß er gegen den Fensterrahmen.

Die dunkeläugigen Männer – es waren ja nun drei – traten auf Vran und Lithran zu und streckten ihnen herzlich die Hände entgegen. Die jungen Männer schauten sich an. Sie konnten im Gesicht des anderen eine übernatürliche Angst lesen. Lithran, der in der Fensternische eingezwängt war, schaute sich nach einem harten Gegenstand um.

Dann packte er einen von Tukassas Holzstühlen und warf ihn in hohem Bogen gegen Theril, so daß dieser beiseite springen mußte. Der Schlag zertrümmerte das Fenster samt dem Rahmen. Glas- und Holzsplitter flogen hinaus in die Nacht und klirrten über das Kopfsteinpflaster der Gasse. Vran stieß seine Schuhsohle in Hedrins Magengrube und schickte ihn zu den beiden anderen zurück. Lithran war bereits durchs offene Fenster gesprungen. Vran setzte mit einem Schwung ihm nach.

Jetzt waren sie wieder draußen in der dunklen Gasse, die sich zwischen den Rückseiten der Häuser dahinzog – links war die Herberge, rechts nur kahle Wände. Wie ein Mann rannten die beiden jungen Männer die Gasse hinaus, weg von der Tür zur Herberge. Glas knirschte unter ihren Füßen.

Die Gasse endete an einem dunklen Bogengang, der den ersten und zweiten Stock eines Hauses stützte. Ohne zu überlegen, stürzten Vran und Lithran durch den Gang. Je schneller sie aus dieser Stadt herauskämen, desto besser! Sie schauten nicht rechts noch links, sie liefen nur die Straße hinunter. Sie wußten nicht, wohin sie sich wenden sollten; denn nur Hedrin kannte sich in Aelvik aus. Aber die Stadt war ziemlich klein. Wenn sie nur immer weiterliefen, mußten sie ja an die Stadtmauer kommen. Vielleicht würde es aber weniger Aufsehen erregen, wenn sie ruhig dahinschlenderten.

In diesem Augenblick tauchten vor ihnen zwei gehörnte Silhouetten mit hohen Helmen auf. Etwa in der Mitte jeder dieser Gestalten glitzerte etwas wie Wasser im Mondlicht. Ein gezogenes Schwert!

»Pech gehabt!« fluchte Lithran leise. Sie drehten sofort um und tauchten in eine dunkle Seitengasse zur Linken. Nun setzten sich auch die maskierten Soldaten in Bewegung. Schweigend, als ob keine Verständigung zwischen ihnen nötig sei, bogen sie ebenfalls in die Gasse ein. Lithran und Vran huschten auf ihren Schuhen aus Rehleder lautlos über das Pflaster. Wie die Kaninchen aus ihrem Bau tauchten sie im Bogengang auf. Dabei stießen sie um ein Haar mit zwei Soldaten zusammen, die ebenfalls gerade in die Gasse einbiegen wollten.

Kein Ton, kein Befehl oder ein Laut der Überraschung kam von den Lippen dieser Soldaten. Als er vorbeiging, hieb einer von ihnen nach Vrans Knöchel. Geschickt sprang Vran über die Klinge, so daß diese ohne Schaden anzurichten unter ihm durchsauste. Als Lithran und sein Freund sich nun einer dritten Gasse zuwandten, dachte Lithran, daß es schien, als hätten die Soldaten genau gewußt, wo sie sich befanden, als könnten sie in der Dunkelheit sehen, als hätten sie Augen, die durch feste Mauern dringen. Langsam kamen ihm Bedenken, ob sie je die Stadttore erreichen würden.

Wie Lithran und Vran früher am Abend bemerken konnten, war die Stadt von einer Unzahl winkliger Straßen und Gäßchen durchzogen, die sich gabelten und wieder trafen. In diesem wirren

Spinnennetz schien es nur ein Gesetz zu geben: Zwischen allen Straßen gab es Verbindungsgassen und Schleichwege über die Hinterhöfe. Jedenfalls hatten sie das geglaubt, als sie in den dritten Durchgang eingebogen waren.

Aber dies war eine Sackgasse. Sie führte geradewegs auf eine große verriegelte Tür zu, die einen Bogengang so abschloß, als ob ein reicher Kaufmann diesen Teil der Gasse gekauft und in seine private Burg umgewandelt hätte. Vran rüttelte fluchend an der Tür. Lithran schaute nach rechts und links und legte dann beruhigend seine Hand auf Vrans Schulter.

»Über die Mauer!« flüsterte er.

Über dem geschlossenen Tor vor ihnen erhob sich ein dreistökkiger Turm. Seine Mauern sahen im Mondlicht aus, als habe sie jemand schwarz gestrichen; bis oben hin waren aber als Verzierung kleine Dächer, Kamine und Büsche aufgemalt. Hinter ihnen stand eine acht Fuß hohe Mauer, über die Baumwipfel reglos in die Nacht schauten. Das Mondlicht warf die Schatten dieser Bäume auf die andere Seite, so daß sie auf der weißen Oberfläche wie ein Fries standen. Auch da gab es keine Möglichkeit, zu entkommen. Aber auf der Seite, wo die Bäume standen, wo das Licht herkam – da gab es vielleicht einen Fluchtweg über die Mauer.

Vran zögerte, aber da hörte man bereits schwere Stiefelschritte vom Eingang der Gasse her. »Schnell!« flüsterte Lithran. »Ich geb' dir Hilfestellung.« An den Wänden des Bogenganges tanzten und hüpften lange, gehörnte Schatten.

»Nein, *du*!« zischte Vran. »Ich halte sie auf.« Als Lithran widersprechen wollte, schnitt er ihm das Wort ab. »Verstehst du nicht? Ich verdiene es nicht zu leben.«

Lithran brauchte einen Augenblick lang, um zu verstehen, daß sein Freund von der mißglückten Rettung Davannas sprach. Aber da war es zu spät: Vran rannte bereits den Verfolgern entgegen. Aus der Dunkelheit des Bogengangs tönte Kampflärm. Eine Waffe klirrte auf das Pflaster. Ein Tableau dreier Schatten, schweigend, wie Marionetten an einer einzigen Schnur. Dann kamen vier sehr lebhafte Schatten, die sich mit voller Kraft auf Lithran stürzten.

Er drehte sich um und sprang die Mauer an. Angst verlieh ihm außergewöhnliche Kraft. Er fand Halt und konnte sich hinaufziehen. Im einfarbigen Licht saß er auf dem Mauerkranz wie ein Mann auf einem schwarzen Pferd – als ihn etwas zwischen die Schulterblätter traf. Er verlor den Halt und stürzte zum Fuß der Mauer herunter, wobei er sich am Knie verletzte. Vor Schmerz blieb ihm die Luft weg.

Zu spät. Dieser winzige Augenblick des Zauderns hatte seine Fluchtchancen vereitelt.

Die vier maskierten Soldaten, schweigend wie immer, waren jetzt über ihm und starrten ihn an.

»Lithran«, sagte einer. Es war keine Frage, sondern eine Feststellung. Da man solche Momente besonders intensiv erlebt, fand Lithran noch die Zeit, sich zu wundern, woher sie seinen Namen kannten und woher sie sofort von seiner und Vrans Flucht aus der Herberge erfahren hatten. »Zauberei«, murmelte er zu sich. Doch wußte er, daß das keine Erklärung war.

Er hatte auch noch Zeit, sich Gedanken zu machen, was wohl mit Vran geschehen sei. Die drei Schatten am Eingang waren verschwunden. Die Soldaten hatten wohl ihren Gefangenen weggeführt. Oder war er wie Hedrin...?

Überlegungen waren ihm gestattet, nicht aber Gefühle. Lithran schob sich hoch, riß sein Schwert aus der Scheide und lehnte sich mit dem Rücken gegen die Gartenmauer. In der Linken hielt er sein Jagdmesser, weil er keinen Schild hatte und auch seinen Umhang nicht mehr herunterreißen konnte. Sterben an sich wäre nicht so tragisch, aber zu sterben, ohne einen von ihnen mitzunehmen, das wäre schlimm. Davanna hatte wenigstens das verdient.

Sie schienen aber gar nicht begierig, ihn anzugreifen. Sie standen nur wachsam in einem Halbkreis mit gezückten Schwertern und gingen weder vor noch zurück. Einer schob sein Visier hoch und sprach ganz freundlich zu ihm:

»Lithran su-Vannin Sencwar, Lithran der Sänger, wir heißen dich willkommen.«

Warum griffen sie ihn nicht an? Lithran antwortete; er war aber immer noch auf der Hut. »Nun, vielleicht willst du uns heute nacht etwas vorsingen.«

»Wir sehen«, sagte der Anführer, »daß du die Spielregeln des Kampfes kennst. Aber wer spricht denn von Töten? Hat jemand auch nur einen Finger gegen dich gerührt?«

»Ich bin Jäger«, sagte Lithran, »ich habe gesehen, wie Wolfsrudel jagen.«

»Du verstehst uns völlig falsch«, sagte der andere ruhig. »Da wir dich bei unserem ersten Besuch in Delvendal nicht erblicken konnten, sind wir jetzt froh, dich wiedergefunden zu haben, aber auch überrascht. Was tust du hier... Wir wollen gar nicht fragen, solche Sachen können wir einfach übersehen.«

Inzwischen (hätte man meinen können) müßte doch auch Lithran längst erraten haben, wieso die Wächter so viel wußten. Aber es war einfacher zu glauben, daß sie über ein kompliziertes Spionagesystem verfügten.

»Genug der Worte«, sagte Lithran. »Bringt es hinter euch und tötet mich!«

»Wir haben nicht die leiseste Absicht, dir ein Leid zuzufügen«, sagte der Soldat. »Schließlich bist du eine wertvolle Erwerbung. Der beste Sänger des Nordens. Wie solch ein Talent in Delvendal entstehen kann, am Ende der Welt... Du bist zu schade für ein Publikum von Bauern und Jägern. Kultiviertere Ohren warten auf dich. Du bist eingeladen, den Hirten selbst und eine ausgewählte Schar seiner Gäste zu unterhalten. Es ist eine Ernennung, die man unmöglich ablehnen kann – Hofmusikant Seiner Majestät.«

Lithrans Schwert zitterte in der Luft. Er wollte eigentlich laut lachen, traute sich aber nicht.

»Absurd!« sagte er. »Selbst Lügen sollten doch ein bißchen überzeugender klingen. Eine überstürzte Flucht aus den ›Stufen zum Himmel‹, eine Verfolgungsjagd durch die dunklen Gassen... warum hat mich denn niemand höflich gefragt? Und was ist mit meinen Freunden geschehen?«

»Aber nicht doch, Lithran!« sagte der andere lächelnd. »Du bist zu mißtrauisch! Hat dir irgend jemand ein Leid zugefügt? Und bist du nicht überstürzt aus der Herberge weggelaufen? Wir waren doch gerade dabei, dir die Sache friedlich und taktvoll zu unterbreiten ... und was hast du getan? Gerätst in Panik und schlägst der armen Wirtin das Fenster ein. Dafür wird sie dir kaum dankbar sein.«

Lithran umfaßte sein Schwert fester. »Woher wißt ihr denn, was in der Herberge geschehen ist?« fragte er. Da er es immer noch nicht verstand, hielt er alles für Verrat.

»Das ist eine lange Geschichte, Lithran. Warum läßt du sie dir nicht gemütlich im Rathaus, unserem Hauptquartier, erzählen? Dein zweites Glas *Purasna* wurde durch deine eigene Hast so jäh unterbrochen ...«

»Und Davanna«, sagte Lithran, obwohl er ihren Namen kaum über die Lippen brachte. Einen Augenblick lang blieb ihm das Wort im Halse stecken, und er konnte nicht weitersprechen. »Wißt ihr auch über sie Bescheid?«

»Also schön«, sagte der Wächter und seufzte. »Ich sehe, daß wir nicht hoffen können, daß du deinen Widerstand aufgibst. Nun hör mir mal zu!«

Er begann so leise zu sprechen, daß Lithran die Ohren spitzen mußte, um ihn überhaupt zu verstehen. Was er sagte, ergab keinerlei Sinn und hatte auch nichts mit seinen Fragen zu tun. Offensichtlich spielten sie nur mit ihm. Er hielt seine Waffen fest in der Hand und schaute ständig nach rechts und links, ob sich doch noch eine Fluchtmöglichkeit böte. Den Worten des Soldaten schenkte er kaum noch Aufmerksamkeit.

»Hast du je das Meer gesehen, Lithran? Nein, du bist ein Waldbewohner durch und durch. Aber du kannst es dir doch vorstellen – endlose Wasserfläche mit Booten, soweit das Auge erkennen kann. Es ist wie eine Ebene, wenn du an riesige Kornfelder denkst, die im Winde wogen. Nur ist es natürlich nicht gelb, sondern blau.«

»Und nun stell dir das Meer in der Nacht vor; eine mondlose Nacht, wenn der Himmel wolkenverhangen ist, wenn Luft und Wasser so schwarz wie die Verliese von Sulunna sind. Und da liegen nun alle diese Boote und schaukeln sanft auf den Wellen, unsichtbar in der Dunkelheit. Es gibt nur eine Lichtquelle: Vom Dach der Kajüte eines der Boote – und nur von einem einzigen –

hängt eine Laterne, die das Innere des Bootes erleuchtet und gleichzeitig durch die Bullaugen auf die Wellen draußen scheint, so daß man das Wasser sehen kann, das Glitzern von springenden Fischen und natürlich auch die Boote in der Nähe, die sanft vorbeigleiten, vorbei an einem Felsen, oder weiter draußen vor Anker gehen. Du kannst das alles aber nur durch das einzige Licht am Dach deiner Kajüte sehen. Nur mit Hilfe dieser Laterne kannst du überhaupt etwas sehen.«

»Was soll das ganze Geschwätz über Boote und Laternen?« fragte Lithran ärgerlich.

Der Soldat schenkte seinem Einwand keinerlei Beachtung, sondern fuhr fort: »All diese anderen Boote sehen genau wie deines aus. Du kannst sogar manchmal durch die Bullaugen erkennen, daß auch bei ihnen vom Dach Laternen schwingen. Wenn aber von diesen Laternen auch ein Lichtschein ausgehen sollte, wie von deiner – und wenn die Besitzer dieser Boote dich dann im Schein ihrer Laternen ebenso erkennen können, wie du sie, nur beim Licht der eigenen Laterne –, dann kannst du das nur durch ihr Benehmen schließen, *sehen* kannst du ihr Licht nicht, ebensowenig wie irgend etwas anderes im dunklen Universum ohne deine eigene Laterne...«

Lithran verlor die Geduld. Er glaubte zwischen den Wächtern zu seiner Rechten eine Lücke zu entdecken, einen Augenblick der Unaufmerksamkeit. Mit einem Sprung stürzte er sich mit gezogenem Schwert auf die nächste Gestalt. Doch diese parierte und machte einen Schritt zurück, als habe sie genau diese Bewegung von Lithran erwartet. Dann kamen alle gleichzeitig.

Es sah so einstudiert, so gekonnt und elegant wie eine Ballettaufführung aus, oder vielleicht wie die Bewegungen dieser vielarmigen Götter, die man in Bildern über den Orient sieht. Als der erste Soldat zurücktrat, um aus Lithrans Reichweite zu kommen, trat der zweite vor, ergriff Lithrans rechte Hand und drehte sie so schnell, daß das Schwert klirrend zu Boden fiel. Gleichzeitig hatte ein anderer maskierter Mann Lithrans linken Arm ergriffen, während der vierte hinter ihn geschlüpft war und ihm seine Schwertspitze gegen die Rippen hielt. Hilflos stand der junge Mann da.

Die stierhäuptigen Helme umringten ihn wie die vierfache Reflektion eines Alptraumes.

»Lithran su-Vannin, was fällt dir ein?« flüsterte der Anführer. »Hast du immer noch nicht verstanden?«

Man brachte Lithran noch am gleichen Abend, entwaffnet und mit Eskorte, in das alte Rathaus (jetzt Hauptquartier der Truppen des Hirten in Aelvik). Nachdem man ihn großzügig mit Essen und Trinken versorgt hatte, geleitete man ihn in die Privaträume des Bürgermeisters. Dort gab es weiche Sessel, herrliche Bilder an den Wänden, und an der bunt bemalten Decke hing ein prächtiger Kronleuchter. In einem der Alkoven wartete ein weiches Bett. Man hatte auch irgendwo im Haus eine Fidel aufgetrieben, die man nun als ein Zeichen guten Willens in seine Hände legte. Dennoch war er immer noch verängstigt und wütend. Das beherrschende Gefühl war jedoch Verwirrung. Als der Wächter, der ihn hergebracht hatte, Anstalten traf, ihn allein zurückzulassen, protestierte er lautstark.

»Aber hört mal, mein Herr, Ihr scheint davon auszugehen, daß ich einverstanden bin. Ich habe noch keineswegs zugestimmt. Vielleicht habe ich ganz andere Pläne. Und überhaupt, welche Bedingungen will Euer Herr, der Hirte, mir denn anbieten?«

Ihm war durchaus klar, daß er im Augenblick gar nichts anderes tun konnte, als Zeit zu gewinnen und mitzumachen. Und vielleicht (wie erleichtert wäre sein Gewissen, wenn man alles so günstig sehen könnte!) war der König gar nicht verantwortlich für die Taten seiner Männer in Delvendal. Vielleicht konnte man ihn auch dazu überreden, das Unrecht wieder gutzumachen. Wenn er so darauf aus war, Lithran an seinen Hof zu ziehen, daß er seine Leute bis Aelvik ausschickte, um ihn zu holen, müßte Lithran doch auch etwas Einfluß auf ihn nehmen können – wenn er ihm gut diente. Lithran fühlte sich unwillkürlich geschmeichelt. Man ist immer gern bereit, Gutes von denen anzunehmen, die einen schätzen. Ja, dachte er, vielleicht haben sich die Dinge doch noch zum Guten gewendet und sind nicht so schlimm geworden. Seine Laune wurde noch besser, als er dem Wächter zuhörte:

»Wie könntest du ablehnen? Ich kann dir versichern, daß es sehr schwer ist, dem Hirten etwas abzuschlagen. Auf die Alternativen möchte ich gar nicht eingehen, sondern dir unsere großzügigen, verlockenden und großherzigen Bedingungen nennen. Dir steht der Palast in Sulunna zur Verfügung mit üppigen Gastmählern, ausschweifenden Gelagen und lüsternen und willfährigen Frauen. Du kannst eine vierspännige Kutsche erhalten, ein elegantes kleines Lustschloß, vielleicht sogar, wenn du die Erwartungen erfüllst, einen kleinen Harem für deine persönliche Entspannung. Alles, was man sich von einem Leben auf den Inseln der Seligen erwarten kann!«

»Klingt sehr großzügig«, sagte Lithran und biß sich auf die Lippe. In der Tat war das Angebot so großartig, daß er nicht belohnt, sondern gekauft wurde. Aber wo lag denn da der Unterschied? Er würde zum Palast des Königs nach Sulunna gehen... dann würde man weitersehen.

Vorher wollte er aber noch wissen, was mit Hedrin und Vran geschehen war. Er erkundigte sich deshalb sogleich nach ihnen. Obwohl dieser Wächter nicht derselbe Mann war, der mit ihm bei seiner Gefangennahme gesprochen hatte, war es, als würde das belanglose Gespräch von damals nahtlos weitergeführt. Der Wächter lächelte ihn an und versicherte ihm, daß Vran und Hedrin ›vollkommen in Sicherheit‹ seien. Als Lithran Einzelheiten wissen wollte, wechselte er das Thema:

»Hast du dich in der Liebe – ja, in der Liebe – manchmal mit dem Bewußtsein deiner Geliebten verbunden gefühlt? So, daß du fühlen konntest, was sie fühlte, daß du dich durch ihre Augen sehen konntest? Das ist nur eine Illusion, wie man weiß. Es gibt keinen Weg von einem Bewußtsein zu einem anderen, nicht einmal bei Menschen, die sich lieben. Dabei ist die Liebe wohl der ernsthafteste Versuch der Menschheit, die Barriere zu überwinden, das Licht der Laterne zu sehen, die in der Kajüte eines anderen brennt.«

Lithran wurde von seinen Gefühlen hin- und hergerissen. Einerseits wurden in ihm Schuldgefühle und die Pflicht zur Rache wachgerufen, andererseits stiegen in ihm Wut und Angst auf, als er diesen Mann hier, wie den Wächter vor zwei Stunden, von Booten und Laternen sprechen hörte. All das verwirrte ihn so sehr, daß er nicht wußte, was er tun sollte.

Heiser sagte er: »Ich weiß. Ich weiß das. Ich bin auch von dieser Illusion verlockt worden.« Sofort wurde er wütend auf sich selbst, weil er diese warme menschliche Geste dieser zurückhaltenden und unpersönlichen Gestalt gegenüber gemacht hatte.

Der Wächter lächelte, nicht so sehr aus Anerkennung für allgemeine Menschlichkeit als aus Vergnügen über diesen Beweis seiner Macht über die Gefühle seines Gefangenen. Wiederum folgte eine nebensächliche Geschichte:

»Sieh, vor zwei Monaten marschierten wir in Sastavik ein. Tausend bewaffnete Männer, alles Untertanen des alten Königs, die entschlossen waren, seinen Mord zu rächen, stellten sich uns entgegen. Ströme von Blut wären vergossen worden, hätten wir nicht einen Weg gefunden. Und was für einen Weg! Wir haben einfach unsere Waffen weggeworfen und lächelnd die Hand eines jeden Mannes ergriffen. Alle verschmolzen in Einheit, Brüderschaft und Frieden! Als Musikant, Lithran, kennst du ja die Bedeutung von Harmonie.«

Lithran schwieg und dachte daran, wie sie vor ein paar Stunden Hedrins Hände geschüttelt hatten.

»Ein endgültiges Ende der Dissonanz. Wahre Gemeinschaft der Menschen. Das ist es, was wir bieten.«

»Das sind sehr schöne Worte«, sagte Lithran. »Ich habe mich aber nach meinen Freunden erkundigt. Ich hoffe, daß diese Verheißungen ein gutes Vorzeichen für ihr Befinden sind.«

Der Wächter klang gönnerhaft. »Ihr Isolierten! Ihr könnt die Wahrheit einfach nicht ertragen! Immer müßt ihr auf irgendein Individuum zurückkommen. Wir haben doch über deine Freunde die ganze Zeit gesprochen.«

»Und übrigens, es wird Zeit, daß du aufhörst, uns in der Einzahl anzusprechen.«

»In der Einzahl?« fragte Lithran erstaunt. Plötzlich fiel ihm auf, daß keiner der Wächter, weder der auf der Straße noch der hier in seinem Quartier, jemals das Wort *acam* ausgesprochen hatte, was ›ich‹ bedeutet. Immer hatten sie von sich als ›wir‹ geredet.

»Ja, der Plural ist nicht nur höflich, sondern auch buchstäblich richtig. Verstehst du?« Lithran konnte nichts erwidern.

»Na ja«, sagte der Wächter mit lächelnder Verachtung. »Es gibt noch viel, was dich verwirrt, nicht wahr? Daß wir dich sofort als Lithran su-Vannin erkannt haben, daß wir alles über Delvendal wissen und daß wir sofort von deiner Flucht aus den ›Stufen zum Himmel‹ erfuhren.«

Lithran nickte schweigend. Die Katze hatte nun lange genug mit der Maus gespielt. Jetzt kam sie zur Sache.

»Die Antwort liegt doch auf der Hand: Unsere unbedeutenden Willen sind hinabgesunken – oder besser gesagt hinaufgeführt worden – zum Einen Großen Ziel, verschmolzen mit dem Willen des Hirten. Durch seine Augen sehen wir, wie es wirklich ist.«

»Aber natürlich«, sagte Lithran, »die Einheit von Tethesta, ich verstehe das. Aber...«

»Du verstehst überhaupt nichts«, sagte der Wächter und beugte sich vor. »›Brüderlichkeit, Nation‹ und andere Worte mehr – wozu dienen sie denn? Leere Floskeln, die den Leuten ein warmes Gefühl der Rührung geben, wenn sie abends in der Taverne sitzen und patriotische Balladen singen.«

»Denke aber nicht, daß wir die hochherzigen Gefühle des Volkes verspotten. Die Leute sprechen ja nicht in Metaphern, sondern sie meinen es echt. Ihre einzige Sehnsucht ist es doch, *Einer* zu sein – eine trunkene, tobende, mörderische Einheit. Eine liebende, schluchzende, sentimentale Einheit. Hast du gesehen, wie sie in den Krieg ziehen – brüllend und triumphierend! Selbst ein Zauberer kann in die verschlossene Burg des Verstandes eines Menschen nur dann eindringen, wenn er darin einen Komplizen hat, der Einsamkeit heißt.«

»Du mußt endlich einsehen, daß wir nicht mehr in einer Welt

von Wunschträumen leben. Wenn wir sagen Eins, meinen wir das buchstäblich und völlig, in der gesamten Bedeutung des Wortes. Das Eine Große Bewußtsein schaut dich durch meine Augen in diesem Augenblick an, so wie es durch die Augen eines jeden Wächters in Tethesta schaut. Du irrst dich auch, wenn du unsere Augen für dunkel hältst. Sie leuchten, Freund, sie leuchten aus dem Licht eines Verstehens, das um ein Vielfaches größer ist als alles, was du dir in deiner erbärmlichen, kleinen Existenz vorstellen kannst. Das Licht erscheint nur dunkel, weil es so hell ist, daß es den Verstand blendet.«

»Wir sind jetzt schon zweihunderttausend. Stell dir den Glanz eines solchen Bewußtseins vor! Während wir in dieser Minute hier mit dir in diesem warmen, kerzenerleuchteten Raum sitzen und über Musik und den Willen des Hirten sprechen, sind wir zwei Wächter in der Versammlungshalle in Delvendal und spüren den Verrat in den Herzen der Leute (ja, da ist ein Mädchen, die Volvana heißt, die muß beobachtet werden). Gleichzeitig sind wir aber auch vierhundert Wachtposten auf den Dächern von Sulunna und bewachen die mondbeschienenen Wälder und Felder. Wir sehen vierhundert Stellen auf einmal. Gleichzeitig sind wir auch achtzigtausend Wächter, die überall in Tethesta an langen Tischen schmausen und trinken. Geschenk der Sonne! Welch eine Mischung verschiedenster Geschmäcker! Wie ein Regenbogen mit Farben, die man auf dieser Welt noch nie gesehen hat! Und gleichzeitig sind wir drei- oder viertausend Wächter, darunter auch der königliche Körper des Hirten, die mit drei- oder viertausend verschiedenen Frauen im Bette liegen und...«

Lithran hielt sich die Schläfen. In seinem Kopf drehte sich alles.

»Allwissenheit! Wo auch immer ein Wächter sich befindet, da sind auch die Augen des Hirten. Nichts kann Kosmion, dem Hirten, entgehen. Jede Kleinigkeit, die ein Wächter aufnimmt, ist sofort allen von uns bekannt. Wir sind viele in einem, dem Einen in vielen. Wir sind das Volk, und das Volk ist Kosmion. Hat jemals ein Gott so viel gewußt?« Lithran schlug ein Abwehrzeichen gegen diese Gotteslästerung. Der Wächter fuhr fort. Er schien von seinen eigenen Worten ganz berauscht zu sein:

»Deshalb wußten wir, daß du in den ›Stufen zum Himmel‹ warst. Die beiden, die dir ihre Hand in Freundschaft boten und Rigmar, den Davanna in Delvendal erschlug – sie waren alle wir; deshalb haben wir dich auch sofort erkannt. Es ist wie beim Spiel der Könige. Du beherrschst es. Wir haben dich an einem Schachbrett in der Versammlungshalle in Delvendal spielen sehen.

So spielen wir mit euch – mit euch allen. Ihr seid die weißen, wir die roten Figuren. Nur auf eurer Seite *ist kein Spieler.* Das ist die komische Seite des Spieles. Eure Figuren bewegen sich aus ihrem eigenen Willen und haben keine Ahnung von Strategie oder was die anderen Figuren vorhaben. Ihre Motive sind nur selbstsüchtig. Wenn der Sieg davon abhängt, daß sich ein weißer Bauer opfert, wird er es niemals tun, sondern lieber die Sicherheit aller weißen Figuren auf dem Brett riskieren. Wir dagegen werfen unser Leben gern weg für das Ziel. Wir beherrschen das *Gambit.* Wir sind *Spieler.* Wir alle, Kosmion, überschauen das Brett und haben in unserem unendlich weiten Bewußtsein alle unsere eigenen Züge und die unserer Feinde gegenwärtig. Wir planen, bewegen, fangen und vernichten, weil wir einen Hauptplan haben. Euer Spiel ist schon verloren, ehe ihr es begonnen habt, weil ihr Isolierte seid, winzige Bewußtseinssplitter, die auf dem Meer der Spaltung dahintreiben, ohne Chance, weil ihr euren Kompaß verloren habt.

Wir wetten, daß ihr nicht einmal erkannt habt, daß es ein Spiel ist!

Ferner sind unsere Figuren allesamt Erzpriester! Eure dagegen – manche sind Springer, manche Türme, manche nur Bauern. Selbst eure Hieraks sehen nicht weiter als ihre Augen reichen. Ihr seid Ameisen, für die die nächste Furche ein unüberwindlicher Abgrund ist. Wir... *überspringen* solche Hindernisse. Wir sind Giganten. Während ihr euch in euren kleinen Häuschen verkriecht und in Sicherheit wähnt, haben wir im Nu das Dach weggerissen und holen euch heraus, um euch das Herz aufzuschneiden, damit wir die Farbe des Verrats sehen können.

Wenn ihr eine Figur verliert, nehmen wir sie sofort auf und setzen sie gegen euch ein. Infolgedessen werden wir immer stärker und stärker.

Weiterhin gibt es keinen Tod.

Da wir alle in einem sind und einer in vielen ist, ist der Tod eines der Glieder aus der Einheit unbedeutend. Was macht schon ein einzelner Tod hier oder da aus? Warum sollte er wichtig sein? Ja, selbst der Tod von Millionen? Wir füllen unsere Reihen mit starken, frischen Armen und Körpern und werden stärker als je zuvor. Die Hieraks reden von Unsterblichkeit..., ihre aber ist nur ein Traum, unsere ist Wirklichkeit. Ein einziges unsterbliches Bewußtsein überlebt die sterblichen Körper von vielen. Die Angst vor dem Tode, die den Menschen gequält hat, seit er Mensch wurde, ist nun selbst tot – auf immer gebannt.«

Lithran fühlte sich eingeschüchtert und überwältigt. Wie wenig hatte sein Vater gewußt, als er ihn hierherschickte, um eine schwache Stelle im Panzer des Hirten herauszufinden.

»Herr... Herren«, sagte er voll Respekt, »würdet Ihr mir noch eine Frage beantworten? Da ich es noch nicht selbst erlebt habe... was geschieht, wenn... als Hedrin einer von Euch wurde? Was geschah mit ihm... mit seinem Ich?«

»Aber das ist doch ganz einfach!« rief der Wächter. »Einer von uns nimmt die rechte Hand des Bevorzugten (Hedrin ist ein regelrechter Bulle und wird einen feinen Soldaten abgeben!), ein anderer seine linke. Das ist der größte Augenblick! Jetzt betritt man etwas Unbekanntes, schreitet zurück in eine andere Welt. Welch ein Freudenstrom, welch ein Schauer der Erfüllung! Einheit wird als eine Verzückung der Erleuchtung empfunden, gegen die Sexualität gar nichts ist. Der Mensch, der bis dahin mit Scheuklappen durch die Welt ging (das Ich sind die Scheuklappen vor der Realität), taucht ein in die Woge der Einheit, taucht ein in die Liebe, die über das Verstehen hinausgeht. Und *wir*...

Wir haben uns vergrößert!«

Lithran rutschte auf seinem Sessel hin und her. Die Begeisterung des Wächters war etwas furchteinflößend.

»Gut! Aber das ist es nicht, was ich gemeint habe«, sagte er. »Hedrin, mein Freund, ein hitziger, aber gütiger Mann. Wo ist er jetzt? Ich nehme an, er... schaut mich an... durch Eure Augen, mit der gleichen Freundschaft, die...« Verlegen brach er ab.

Die Begeisterung des Wächters verschwand und machte einer überlegenen Kälte Platz. »Hast du denn gar nichts verstanden? Diese Gefühle, von denen du sprichst – die kommen nur daher, daß man ein Isolierter ist! Alles sieht ganz anders aus, wenn man ein Teil des Einen ist.«

Lithran lief es bei diesen Worten kalt über den Rücken. Ihm kam der Gedanke, daß die Behauptungen des Wächters zu gewagt waren. Er schien doch anzunehmen, daß es wirklich Davanna war, die Rigmar getötet hatte. Und mit diesem Gedanken kamen ihm noch andere – die Gewaltherrschaft in Aelvik und in Delvendal. Er erinnerte sich an die Schatten an der Wand, als man ihn vor drei Stunden gefangen hatte. Die Behauptungen des Wächters waren wie das Mondlicht, das auf der weißen Wand nichts Festes abgebildet hatte, sondern nur Bilder, die nicht zur menschlichen Welt gehörten. Die Türmchen, die Wasserspeier und Bäume der Stadt Aelvik waren nur als Schatten auf die Wand projiziert worden – als Scherenschnitte mit Löchern. Und Löcher waren auch in den beredten Worten des Wächters.

Man konnte die Form dessen erkennen, was er ausgelassen hatte.

Es war eine Erleichterung, als ein paar Tage später in der Morgendämmerung die Pferde gesattelt wurden und Lithrans Leibwache sich auf dem Kopfsteinpflaster vor dem Rathaus aufstellte, um ihn nach Sulunna zu bringen. Die Pferde stampften ungeduldig. Funken sprühten im kalten, blauen Morgenlicht. Lithran war froh, wieder an der frischen Luft zu sein und aus dem Gefängnis des Rathauses herauszukommen, das ihm Platzangst gemacht hatte. Er war ebenso ungeduldig wie die Pferde. Man hatte ihm gesagt, daß im

Palast des Hirten noch andere Isolierte seien. Es würde schön sein, mit Leuten zu sprechen, die (so verschieden sie auch aussahen) alle gleich sprachen und dachten.

Wenn sie überhaupt etwas sagten! Bei den Mahlzeiten im Rathaus kamen zwar an die hundert Wächter zum Essen, aber keine Zunge bewegte sich. Nichts als das Geräusch von hundert im Gleichklang schmatzenden Mäulern. Er hatte auch schon Hemmungen, das Schweigen zu brechen und damit seine niedere Stellung zu offenbaren und zuzugeben, daß er nur mit Hilfe von Gestammel einzelner Silben Verbindung aufnehmen konnte. Und selbst dann, wenn er etwas sagte, legten alle Wächter im Saal die Messer nieder und starrten ihn lange an, ehe sich einer herabließ, ihm zu antworten. Ihre völlige Einstimmigkeit besaß eine ungeheure Macht – auch wenn diese Macht vor allem auf Terror zurückzuführen war. Lithran aß dann lieber schweigend.

Der Gedanke ließ ihn nicht los, daß die Sprache aussterben würde, wenn Kosmion sich auf der ganzen Welt durchgesetzt hätte – wenn kein Mann mehr am Leben wäre außer tausend Millionen Facetten dieses Einen. Wer würde dann noch Märchen erzählen oder ein Lied anstimmen? Geschenk der Sonne! Allein zu leben, für immer in Schweigen, gefangen auf ewig in einem Spiegelsaal, in dem man nichts außer dem eigenen Gesicht erblickte, unendlich oft wiederholt!

In diesem Augenblick gefiel Lithran sein eigenes Gesicht nicht besonders. Von den Wächtern eingekerkert (wenn auch sehr rücksichtsvoll), hatte er ausreichend Zeit nachzudenken, wie er sich der Einladung des Hirten gegenüber verhalten sollte. Ihm war klar geworden, daß er die Hoffnung aufgeben konnte, Einfluß auf Kosmion nehmen zu können, so daß dieser das Unrecht in Delvendal wieder gutmachen oder Davannas Tod rächen würde. Bei den meisten Wald-und-Wiesen-Tyrannen (die Sorte, von denen der Großteil der Geschichte handelt) kann man auf einen Wichtigtuer zeigen, einen übereifrigen Narren, der seine Kompetenzen überschritten hat. Aber in diesem Fall war die Verantwortung unmittelbar und ausschließlich. Hier war ein einziger Marionettenspieler, der an jeder einzelnen Schnur zog. Einzelpersonen können auch gütig sein, Regierungen sind immer unmenschlich. Wenn es aber keine Individuen mehr gibt, wo bleibt dann die Menschlichkeit?

Es war wirklich quälend. Obwohl ihn Pflicht und Schuld zur Rache trieben, wollte er doch nicht sterben. Wenn er an die freigebigen Angebote des Hirten dachte, konnte er die leise innere Stimme nicht zum Schweigen bringen, die immer in seinem Hinterkopf ihm zuflüsterte: Du wirst dich daran gewöhnen, Lithran, keine Angst! Schuldig und arm zu sein, nein, daran wirst du dich nie gewöhnen! Aber reich? Dafür kann man auch Schuld auf sich nehmen! Unruhig rutschte er im Sattel hin und her, so als hätte er körperliche und keine geistigen Beschwerden.

Da ritten sie nun in die verschwommene Morgendämmerung hinaus. Das hohe Stadttor von Aelvik lief nach oben hin so spitz wie der Kriegsschild eines Wilden zu. Die Fanfaren klangen vom Rathausturm wie Wespen aus Bronze. Jetzt waren sie draußen in der grünen Freiheit des Landes, wo die wilden Tiere Kosmion keinerlei Gehorsam schuldeten. Es war tröstlich, daß man ihm seine eigene Stute gegeben hatte. Lithrans Stimmung hob sich etwas, als er liebevoll Skayas Mähne streichelte.

Das ganze Gerede von Einheit war schön und gut, aber Freundschaft lebte vom Unterschied.

Der Ritt nach Sulunna, der Hauptstadt von Tethesta, dauerte fünf Tage, fünf ›Reisen‹, wie sie es in dieser Welt nannten. So sehr sich Lithran auch aus Aelvik fortgesehnt hatte, diese Tage waren nicht die angenehmsten. Das fing schon damit an, daß die Abteilung mit einem dieser schwarzen, fensterlosen, schweigenden Wagen reiste, die sie zum ersten Mal von dem Felsenvorsprung aus gesehen hatten, ehe sie in die Stadt gekommen waren. Jetzt begann er zu ahnen, welche Fracht damit befördert wurde. Als man am dritten Tag eine Rast, meilenweit vom nächsten Dorf entfernt, einlegte, sah er, wie ein Wächter auf das Dach des Wagens kletterte und durch eine Klappe einige Laibe Brot hineinwarf. Aus dem Inneren drang ein Schrei wie von Vieh heraus, der sogleich verstummte, als man die Luke wieder schloß. Danach achtete Lithran darauf, an der Spitze zu reiten, wo er den schwarzen Wagen nicht sehen konnte.

Die Wächter machten in mehreren Dörfern halt, stiegen ab und begrüßten einige kräftige Bauern. Ehe diese wußten, wie ihnen geschah, schüttelten sie ihnen freundlich die Hände. Für den neuen Rekruten wurde ein Pferd herbeigerufen, und dieser ritt mit ihnen dann weiter, als wäre er sein ganzes Leben lang ein Kavallerist gewesen. An die zurückbleibende Familie verschwendete er kein Wort.

Meist waren die Leute zu verängstigt, um auf diese Art des Menschenraubs zu reagieren. Nur einmal liefen zwei Mädchen weinend den Soldaten nach und flehten die Wächter an, die Männer freizulassen. Die Wächter wurden darüber so wütend, wie Lithran es nie bei menschlichen Wesen erlebt hatte. Sie banden sie hinter die Pferde und schleiften sie in vollem Galopp die Straße hinunter, bis jeder Knochen in ihren Körpern gebrochen war.

Lithran bemerkte auch, daß das Land weitgehend unbestellt war. Hafer oder Weizen war auf den Äckern nicht zu sehen; das Unkraut wucherte. Bald würde die Gegend wieder zu der Wildnis werden, die man vor hundert Jahren urbar gemacht hatte. Die Bauernhäuser waren oft niedergebrannt; die Hälfte der Dörfer, durch die sie kamen, waren verlassen – es sei denn, daß sich die Bewohner versteckt hatten, als sie die rote Soldateska kommen sahen. Ihre Pferde wirbelten eine solch gewaltige Staubwolke auf, daß sie nicht den Boden zu berühren schienen, sondern als ob sie auf einem fliegenden Teppich eines Zauberers dahinglitten.

Am Abend des vierten Tages kamen sie wieder in eines dieser armseligen Dörfer, um dort ihr Nachtquartier aufzuschlagen. Während sie noch dabei waren, die Pferde abzusatteln und Essen zu kochen, prasselte auf einmal ein Steinhagel auf sie nieder. Hinter ihnen stand eine Horde wilder Kinder. Keines war älter als vierzehn, manche höchstens neun oder zehn..., die sich wohl mit Betteln und Stehlen durchs Leben brachten, wie man aus ihrer Kleidung und ihren Manieren schließen konnte. Die Wächter sprangen in den Sattel, als ob man zur Jagd geblasen hätte, und jagten ihre Angreifer mit Freudenschreien und Pfeilen erbarmungslos, einen nach dem anderen.

Diesmal protestierte Lithran – nicht das erste Mal – sehr heftig.

Über eine Sache mußte er sich aber wundern: Drei oder vier Kinder waren ans Ende der Straße gelaufen, als der Angriff begann, und standen dort regungslos am Anfang einer Seitengasse. Obwohl sie deutlich zu sehen waren, schenkten die Wächter den Bälgern keinerlei Beachtung. Es war, als könnten sie sie gar nicht sehen. Und Lithran hütete sich, ihre Aufmerksamkeit darauf zu lenken.

Auf seinen Protest hin riefen ihm die Wächter nur zu: »Abschaum! Und die Kinder von Abschaum! Waisen von denen, die Kosmion erschlagen oder in seine Einheit aufgenommen hat.«

Lithran war jetzt noch mehr verwirrt. Waren die Kinder der Wächter ›Abschaum‹? Verloren denn die Männer, die in Kosmions Einheit aufgesogen wurden, alle natürlichen Gefühle?

Als sie sich der Festung näherten, machte sich Lithran über seine Stellung als Kosmions Hofmusikant Gedanken. Es war das Recht eines jeden Königs, seine Hofsänger zu haben. Aber traf das auch auf *diesen* König zu? Auf *diesen* Hof? Warum mußten ihn fünfzig bewaffnete Männer zweihundert Meilen aus Aelvik nach Sulunna schleppen, damit er den Hirten unterhielt? Es war so unsinnig, als ginge man zweihundert Meilen im Kreise herum. Wenn Kosmion allgegenwärtig war, was ja offensichtlich der Fall war, dann konnte er doch auch Lithrans Lieder in Delvendal genauso gut wie in Sulunna hören, in einer eingefallenen Hütte oder in einem Palast.

Die Wächter nickten nur anerkennend, als er ihnen diese Frage stellte. »Du fängst an zu lernen, Spielmann. Die Antwort ist einfach. Der königliche Palast in Sulunna ist das symbolische Zentrum des Reiches. Hierher kommen die Gesandten anderer Nationen. Und diese müssen durch Kosmions Reichtum, unsere Zivilisation in Tethesta und die Güter unserer Kultur beeindruckt werden.« Der Wächter machte eine Pause. »Solange noch welche kommen.«

»Aber dieser Zeitpunkt ist ja noch nicht gekommen«, fuhr er fort. »Selbst wenn sie später nicht mehr zum Mittelpunkt der Welt kommen, müssen die Frauen in unserem Harem unterhalten werden und die Söhne, die wir in die Welt setzen.«

Lithran wollte noch weitere Fragen stellen. Die *Meiraks* im Harem? Wenn der König überall war, warum mußte dann alles in Sulunna konzentriert werden? Warum zeigten die Wächter solche Verachtung für die ›Kinder von Abschaum‹ und kümmerten sich um die königlichen Nachkommen? Was sollte das heißen, daß eines Tages die Gesandten aus anderen Ländern ›nicht mehr kommen würden‹?

Für weitere Gespräche blieb keine Zeit. Der Mann rechts von Lithran hob den Arm und deutete triumphierend nach vorn. Sie waren oben auf einem Hügel angekommen. Vor ihnen schlängelte sich der Fluß Atasna durch das Tal. Auf dem diesseitigen Ufer lag eine große Stadt. Sie glänzte im milden Schein der Abendsonne wie Gold. Über den Dächern erhoben sich maiskolbenförmige Türme, hundert Fuß hoch und aus gelbem Stein erbaut. Sechs Minarette standen auf ihren Spitzen, schmal und schlank wie Grashalme. Rings um die Stadt lief eine dicke Mauer, glatter und steiler als die Felsen in Delvendal. Alle hundert Meter stand ein Wehrturm mit Pechnasen und einem spitzen Dach, um die Verteidiger vor Schnee und Regen zu schützen.

Lithran beeindruckte nicht so sehr die Größe der Stadt – ihr Umfang mußte wenigstens zehn Meilen betragen –, sondern das riesige Gebäude, das sich aus ihrer Mitte wie ein von Menschenhand geschaffener Berg erhob. Wie eine Stufenpyramide erhob es sich dreihundert Fuß in die Luft. Zwölf bedrohliche Stufen führten zu den Wolken des rötlichen Abendhimmels empor. Palast und Festung waren aus schwarzem Vulkangestein gebaut. Es war offensichtlich, wozu es einst gedient hatte: Es war eine dieser verfluchten Opferstätten aus der Zeit vor der Gleichmachung. Von einem Monarchen, der in solcher Umgebung hauste, war keine Hoffnung zu erwarten.

Lithran versetzte aber etwas anderes noch mehr in Unruhe: Die sechs spitzen Minarette, die sich über der Stadt wie steinerne Nadeln erhoben, trugen an ihrer Spitze wie auf einem Pflanzenstengel goldene Kugeln. Es war, als wollten Sonnenblumen die Sonne nachmachen. Als sie näher an Sulunna heranritten, sah er, daß jede Kugel wie ein menschlicher Kopf geformt war, mit herausgetriebenen Augen und offenem, höhnisch grinsendem Maul. Außen herum standen flammenförmige Gebilde – Sonnenstrahlen, nahm Lithran an –, die ihn an zu Berge stehende Haare erinnerten.

Er griff nach dem Talisman an seinem Hals, aber der spendete ihm keinerlei Trost, da er ja Davanna gehört hatte. Die Stimme des Wächters neben ihm unterbrach seinen Gedankenstrom.

»Na, Spielmann, das ist ein Anblick! Der Palast Kosmions, der steinerne Angelpunkt der Welt. Kelwaruna heißt er, die Stufen zum Himmel.

Vielleicht wäre es doch besser, zu sterben. Diese sechs goldenen Sonnenblumen, die auf den Spitzen der Minarette glänzten, waren die abgeschlagenen Köpfe auf den Stangen in Delvendal. Die Abendsonne glitt über die goldenen Fratzen hinunter zu den Säulen der Minarette. Sechs dunkle Krallen zerfetzten das blutige Gesicht des Abends.

Es dauerte einige Tage, ehe der hohe Herr nach Lithran schickte. Der erste Anblick des Hirten bot eine Überraschung für ihn. Er saß auf seinem Thron, flankiert von zwei zusammenlaufenden Reihen von Wächtern, und war wachsam wie eine Schlange – aber mit geschlossenen Augen.

Lithran wußte, daß die Doppelreihe der bewaffneten Männer ihn hinter ihren geschlossenen Visieren scharf beobachtete. Trotzdem war es unangenehm, nicht ein offenes Auge zu sehen. In dem Schweigen des Thronsaales kamen Lithran plötzlich Zweifel, ob er selbst wirklich war ... als ob die Wirklichkeit irgendwie hinter den geschlossenen Lidern des Hirten und hinter den metallenen Visieren dieser Helme lag. Man konnte auch unmöglich sagen, welche Art Mann Leuth war – schließlich liegt ja so viel Ausdruck in den Augen und der Art, wie ein Mann einen anschaut. Sein erster Eindruck beschränkte sich daher auf die Kleidung des Hirten: eine lange, weiße, bodenlange Brokatrobe, ein Stab, wie ihn Schafhirten tragen – nur war dieser aus reinem Elfenbein –, und auf dem Haupt eine goldene Krone. Diese Kopfbedeckung sollte beim Betrachter Furcht vor dem Träger hervorrufen. Sie war in der Form eines Tabus gearbeitet – der Pyramide, die Leuth bewohnte. Lithrans Augen blieben schließlich auf dem Gesicht des Mannes haften. Es erschien ihm mit den geschlossenen Augen wie ein weißer Fleck, der zwischen Krone und Robe schwebte. Der König war aus sich herausgetreten, um intensiver in den Gehirnen seiner Anhänger zu weilen.

Jetzt öffnete der Hirte die Augen und erhob sich. Mit langsamen Schritten kam er die Stufen des Hochsitzes herab. Zum ersten Mal konnte Lithran sehen, was für ein Mensch er war. Sein Gesicht – mit den nach unten gezogenen Linien an Augen, Mund und Nase – erweckte den Eindruck, als ob er sogleich vor Wut explodiere. Seine Augen glitzerten feindlich. Die Muskeln in ihren Winkeln waren so gespannt, daß die Lider wie Kapuzen halb darübergezogen waren. Die Kopfhaltung verriet äußerste Wachsamkeit. Seine Größe lag unter dem Durchschnitt. Das Lächeln, das er jetzt auflegte, schien für jubelnde Massen in fünfhundert Metern Entfernung entworfen zu sein. So sorgfältig war es einstudiert.

Leuth ging nur bis zum Fuß des Hochsitzes. Hatte er etwa Angst, daß Lithran eine Waffe bei sich trüge? Wie dem auch war, als Lithran unter dem Vorwand, freundlich zu sein, einen Schritt auf ihn zumachte, fuhr der Hirte sofort zurück. Aus den Reihen der sechzehn Soldaten traten zwei vor und hielten ihre gekreuzten Speere wie ein Gatter vor seine Brust. Er durfte nicht näher heran. Wie anders war das als bei den Wächtern, denen ihre persönliche Sicherheit völlig unwichtig war!

»Heil Euch, Lithran!« sagte Leuth und nahm wieder auf seinem Thron Platz. »Wir fühlen uns geschmeichelt durch Eure Einwilligung, uns zu besuchen, *O arca sencwarôn*, Prinz aller Sänger. Wir hoffen, Ihr findet Eure Unterkunft zu Eurer Zufriedenheit und auch die Instrumente? Ausgezeichnet. Wir benötigen Eure Anwesenheit zusammen mit einigen anderen Künstlern heute abend beim Mahle. Ihr sollt für uns singen und spielen. Vielleicht könnt Ihr uns auch einige Eurer geistreichen Geschichten erzählen.«

Als Lithran immer noch schwieg, fuhr er fort: »Wir hoffen, Ihr habt keine Klagen. Haben Euch Eure Diener, die Isolierten, auch mit gebotenem Respekt behandelt?«

Die Stimme klang merkwürdig, so als käme sie nicht aus einem Körper. Es fehlten auch die tieferen und menschlicheren Töne, mit denen die Wächter bisher die Worte Kosmions übermittelt hatten.

»Haben sie, Euer Gnaden«, antwortete Lithran. »Ich bin wahrhaft großartig aufgenommen worden.« (Schmeicheln kann nichts schaden, dachte er, vor allem, wenn man ihm eine unangenehme Überraschung bereiten will. Auch wenn man das *nicht* will, flüsterte die andere Hälfte seines Verstandes boshaft.)

Der Hirte mischte sich nun selbst in die innere Diskussion Lithrans ein. Mit immer noch sorgfältig aufgesetztem Lächeln meinte er: »Das Problem bei euch Isolierten ist, daß man immer noch *fragen* muß und die Antworten nicht schon *weiß*.«

Obwohl Lithran durch diese Bemerkung beunruhigt war, glaubte er zuerst, daß der Hirte meinte, daß er ihm Fragen stellen müsse, weil er noch nicht in seinen Verstand eingedrungen war. Als dieser aber fortfuhr, erkannte er, daß das Gegenteil stimmte – daß die Isolierten keine Gewißheit kannten und deshalb so leicht zu lenken waren. »Es ist nicht schwer«, sagte der Hirte, »einen Isolierten zu überreden. Wenn man allein ist, hängt man von der Meinung anderer ab. Man hat keine Stärke und hält nur unsicher und schwankend an Prinzipien fest. Man ist sich der Qual der Einsamkeit nur allzu sehr bewußt – oder wie quälend sie sein kann«, fügte er kalt hinzu. »Wir haben die Erfahrung gemacht, daß eure Prahlerei mit der Moral nur leeres Gerede ist.«

Er hatte seine Augen wieder geschlossen, aber Lithran hatte das unbehagliche Gefühl, daß der Hirte ihn durch die sechzehn Augenpaare der Wächter von beiden Seiten genau beobachtete. Gerade als er sich mit seinem Verrat abzufinden begann... wurde ihm seine Haltung mit eiskaltem Sadismus vorgehalten.

»Letzten Endes versucht doch jeder, seine eigene Haut zu retten.«

Leuth beugte sich vor und wartete mit immer noch geschlossenen Augen darauf, daß Lithran etwas sagte.

Lithran machte zwar den Mund auf, aber es kamen keine Worte heraus. Ihm graute vor sich selbst. Er war aber auch empört, daß man ihm seine Feigheit so hingerieben hatte. Übermächtig spürte er, daß Kosmions Macht über ihn absolut würde, wenn er jetzt gehorsam nachgäbe – denn dann beruhte sie auf Selbstverachtung.

Leuth lächelte freundlich. »Nun, auf alle Fälle fühlen wir uns geschmeichelt. Findet Euch mit unserer Hinrichtung Eurer geliebten – na ja, vielleicht nicht so sehr geliebten – Davanna ab. Ich habe immer Realitätssinn bewundert.«

Lithran vergaß, daß der Hirte genau das wollte – daß er entweder unterwürfig oder wütend würde. Er dachte auch nicht wirklich an Davanna – seine eigenen verletzten Gefühle trieben ihn an. Je tiefer die Schuld, desto größer die Wut. Er sprang nach rechts und riß dem nächsten Wächter das Schwert aus der Scheide. Dann schoß er vor, direkt auf die Gestalt auf dem Thron zu. Fünf Schritte brauchte er nur. Fünf große Schritte und einen Sprung auf den Hochsitz.

Aber gerade als er die erste Stufe erreichte, machte es einen fürchterlichen Schlag. Etwas Schweres stolperte von rechts in ihn hinein – es war, als würde sein Körper hochgehoben und mit der Schulter gegen etwas Hartes geschlagen. Wie ein riesiger weicher Schild griffen zwei Zentner Fleisch und Knochen nach der Schwertspitze und richteten diese mit Absicht auf das eigene Herz. Die Hände glitten bis zum Griff und zerschnitten und zerfetzten sich dabei die Finger bis auf die Knochen. Der Kehle des Eigentümers entrang sich ein Schrei – es war Erstaunen, gepaart mit Schmerz. Lithran wurde von hinten gepackt, seine Arme mit einem Ruck nach hinten gerissen und gefesselt. Das nasse scharlachrote Schwert fiel zu Boden.

Schreiend und fluchend wehrte er sich. Das war natürlich völlig sinnlos. Blitzschnell war er entwaffnet, wie er es im Grunde seines Herzens auch erwartet hatte.

In jedem normalen Palast hätten die Schreie Scharen von Bewaffneten herbeigerufen, aber nicht hier. Alle bewaffneten Männer waren Phylaks. Leuth sah durch die Augen eines jeden. Sie wußten, daß im Thronsaal alles in Ordnung war und die versuchte Ermordung fehlgeschlagen war. Die Wachen vor der Tür verhielten kaum den Schritt.

Doch dann fiel die blinde Raserei von Lithran ab. Der sterbende Wächter, der sich ihm in den Weg geworfen hatte, zeigte mit dem zitternden Finger auf den Hirten auf dem Thron. *»Leutom, kweinom!«* stieß er hervor. »Unrat!«

Da erinnerte sich Lithran an Rigmar auf dem Versammlungsplatz in Delvendal. Was hatte der gestammelt?

»Nicht du, sondern der Hirte hat mich getötet.«

Es blieb ihm aber keine Zeit, weiter darüber nachzudenken. Der Wächter lag tot auf dem Boden, und Leuth – der voll Interesse seine Augen aufgemacht hatte, als Lithrans Schwert in die Brust des Wächters drang – stand auf, wischte sich ein Stäubchen von seinem Gewand und sagte:

»Dafür verdienst du zu sterben, Spielmann. Wir wollen dennoch Mitleid mit dir haben. Wir werden dir noch eine Chance geben. Du wirst die Nacht unter der tiefsten Stufe der Dunkelheit verbringen. Du wirst hören ... was du hören wirst. Dir selbst soll kein Haar gekrümmt werden. Diesmal nicht. Wenn du aber morgen immer noch nicht zustimmst, wenn wir dich holen kommen, *wird dir das gleiche widerfahren.* Das schwören wir dir.«

Es war nicht nötig, die Befehle auszusprechen. Jeder Wächter war eins mit Kosmion. In vollkommenem Schweigen wurde Lithran aus dem Saal gebracht und eine Wendeltreppe hinuntergeführt, tiefer und tiefer, rund und rund, hinunter bis in die Eingeweide der Erde. Innerhalb des strahlenden Kelwaruna, inmitten dieser konzentrischen Kreise aus Kristallglas, dieser blitzenden Scheiben, durch die das Sonnenlicht aus allen Himmelsrichtungen dringen konnte, steht ein Felsenkern, in den kein Licht außer dem der Öfen und Fackeln, der Kohlenpfannen und des glühendheißen Metalls dringt. An die Tür, die zum tiefsten Schacht in die Schwärze hinunterführte, war die Haut eines Menschen genagelt.

Ein Schrei aus der Tiefe hätte selbst das Gras auf der Wiese senkrecht hochgejagt, so wie die Haare auf dem Kopf vor Angst und Schrecken zu Berge stehen.

Als sie ihn am nächsten Morgen holten, kauerte Lithran in einer Ecke seiner Zelle und hatte die Finger in die Ohren gesteckt – nicht, daß das viel half. Er war aschgrau, hohläugig und zitterte am ganzen Leib, wie von einem heftigen Fieber geschüttelt. Als sie ihn fragten, ob er nachgebe, nickte er nur stumm, denn er konnte nicht sprechen.

Sie brachten ihn die endlose Wendeltreppe nach oben in sein Gemach und warfen ihn aufs Bett. Dort konnte er mit sich ins reine kommen, wenn das möglich war, und sich einreden, in welche Katastrophe ihn Tapferkeit geführt hätte.

Dennoch schmerzte ihn seine Schuld, als ob in seinem Kopf ein kleines Tier säße, das ständig an seinem Gehirn nagte. Zweifellos würde das von nun an immer bei ihm bleiben.

Früher Nachmittag, eine Woche später. Vom neunten Stock des Kelwaruna schaut ein riesiges, dreieckiges Fenster nach Norden über die Ebene von Tethesta. Das Fenster ist wie eine zweidimensionale Kopie der Pyramide aus Kristall geformt. Zwei Männer und eine Frau stehen davor und schauen nach Norden hin.

»Wo sind die Berge?« fragte Lithran. »Man müßte doch wenigstens den Gipfel von Valalfa sehen.«

Obwohl er sich nie ganz von seinem Erlebnis im Verlies erholen würde, hatte er sich entschlossen, nachzugeben, und Kosmions bezahlter Unterhalter zu sein. Ihm war klar geworden, daß er zur Selbstopferung kein Talent besaß. Jetzt mußte er mit seinem neuen Selbstbild als Veräter und Feigling leben lernen.

Salsan, der Cembalist, zuckte mit den Achseln. »Hitzeschleier.«

»Nein, Lithran hat recht«, sagte die Frau. (Lathme war hochgewachsen, hatte lange Finger und meergrüne Augen. Sie trug eine farbenverschmierte Schürze.) »Das ist mein Zimmer, und es ist immer so. Selbst an ganz klaren Tagen...«

»Du willst doch damit nicht sagen, daß...« Lithran brach ab und runzelte die Stirn. »*Was* willst du eigentlich sagen?«

»Was sie immer behauptet«, sagte Salsan. »Sie wird dir erzählen, daß alles nur eine Frage der Perspektive ist.« Er gab ein glucksendes Lachen von sich, wie ein Ferkel, das sich erkältet hat – obwohl seine Bemerkung keineswegs komisch war.

»Bestimmt nicht«, sagte Lithran. »Die Gesetze des Lichtes. Realität *ist* schließlich wirklich. Aber irgend etwas stimmt mit diesem Fenster nicht«, fügte er nachdenklich hinzu.

»Genau«, sagte Salsan. »Die Fenster von Malern sind nicht wie die bei normalen Menschen.«

»Aber das ist nicht mein Fenster«, sagte Lathme. »Es ist Kosmions. Ich kann viel zu wenig hindurchsehen.«

»Tatsächlich«, sagte Lithran. »Von hier aus ist die Stadt unsichtbar.« Das stimmte. Die Stufen der sich nach oben hin verjüngenden Pyramide verhinderten den Blick auf die Straßen, ja selbst auf die unmittelbar darunter liegenden Dächer. Nur ein Minarett und ein Stück der Stadtmauer konnte man in einiger Entfernung erkennen. Es war, als ob der Ausblick von Kelwaruna mit Absicht so angelegt war, daß nichts den König von der Betrachtung seiner einsamen Majestät abhielt. »Ist egal«, meinte Salsan. »Kosmion hält dich nicht davon ab, die Stadt zu durchstreifen. Da er dich ja von einem Auge ans nächste weitergibt, besteht auch keine Gefahr, dich aus den Augen zu verlieren.«

»Hast du versucht, durch die Stadttore zu gehen?« fragte Lathme. »Dazu brauchst du sein Siegel auf Pergament und eine Eskorte von sechs Bewaffneten.«

»Wir sind so schrecklich wertvoll«, kicherte Salsan. »Er will uns nicht aufessen.«

Bisher hatte Lithran noch keine Zeit gehabt, die anderen Isolierten im Palast näher kennenzulernen. Außerdem mußte man vorsichtig herausfinden, wem man trauen konnte und wer gleich zu den Wächtern rannte, um alles auszuplaudern. Diese letzte Bemerkung Salsans klang vielversprechend. Es sah so aus, als könnte man offen mit ihm sprechen.

»Meinst du, wir gehören zu seinen Milchkühen?«

»Ausgezeichnet, Lithran! Ich sehe, daß unter deinem roten Haarschopf sich auch ein klein bißchen Verstand verborgen hat«, rief Salsan anerkennend. »O ja, und wie regelmäßig man die Musik aus uns herausmelkt!«

Dann fügte er hinzu: »Schau nicht so finster drein! Lerne zu lächeln, dann wirst du vielleicht überleben.«

»Da hat er recht«, sagte Lathme und bot ihm ihre Hand. »Wenn Salsan auch der Meinung ist, daß das Lachen wie das Skalpell eines Chirurgen ist: Je tiefer es schneidet, desto besser!«

»Leider werden dir diese Privilegien nie zuteil werden«, sagte Salsan zu ihr. »Bruderschaft schließt anscheinend Schwesternschaft aus. In Kosmions großer Gemeinschaft gibt es keine Frauen – obwohl in der Bassanissa, im Harem, jede Menge sind. Und was für Frauen!« seufzte er und verdrehte verzückt die Augen zur Decke hin.

»Warum ist das so?« fragte Lithran. »Überhaupt, warum werden nur die Privilegierten ›gegessen‹, wie du das ausgedrückt hast?«

»›Privilegiert‹?« sagte Lathme. »Ich habe gehört, daß Kosmion anfangs, vor einigen Monaten, seine zahllosen Ichs auf die Marktplätze der Städte geschickt hat, wo sie ihre Buden wie Marktschreier aufstellten und riefen: ›Kommt her, hierher, ihr guten Leute von Tethesta, werdet eins mit dem Geist der Welt! Werft Einsamkeit und Leid von euch ab! Eine nie wiederkehrende Gelegenheit! Kosmions Universalkur! Niemals wieder so günstig! Umarmt den Einen!‹«

»Aber niemand wollte«, sagte Salsan.

»Nun, ›niemand‹ ist eine Übertreibung. Einige idealistische Seelen vielleicht doch. Jedenfalls ging er sehr schnell zur Zwangsrekrutierung über.«

»Ist dir aufgefallen«, fragte Salsan, »daß die meisten Leute in Sulunna sich nicht mehr die Hände schütteln? Riecht nach der falschen Sorte Gemeinschaft.«

»Aber warum ist die richtige Art der Gemeinschaft, der Einheit, so selten?« fragte Lithran. »Warum keine Bauern, keine Leibeigenen, keine Bergleute, keine Kaufleute, keine Fischer oder Arbeiter?«

»Schwere Arbeit liegt ihm nicht«, sagte Salsan.

»Keine niederen Klassen, keine schwere Arbeit, keine Frauen«, warf Lathme ein und zeigte ihre herrlichen weißen Zähne.

»Und wir Musikanten...«

»Wir sind anders«, sagte Lathme. »Es scheint so, als brauche er gewissermaßen Andersartigkeit, Salsan, so wie du auch ein Publikum brauchst. Was nützt es, wenn man sich in dreihundertfacher Ausfertigung selbst applaudiert? Würde dich das zufriedenstellen? Ich glaube, seine Verachtung für uns Isolierte ist zwiespältig – eine Mischung aus Eifersucht und Furcht spielt auch herein. Er braucht uns, um sich selbst als... wirklich zu empfinden. Sonst würde er in einem luftleeren Raum leben, nur umgeben von den Reflexionen von sich selbst.«

»Still, Lathme!« sagte Salsan und verdrehte die Augen, als ob ihn das Licht ihrer Worte blende. »Wir sind Scharlatane, Clowns, Gaukler, Akrobaten, Hanswurste, Jonglierer, Komiker und Possenreißer. Vergiß das nie! Wenn du schon mit einer fundamentalen Wahrheit nicht hinter dem Berg halten kannst, äußere sie nur in der Form eines Witzes!«

Als Lithran während der nächsten Tage den Kelwaruna von oben bis unten erforschte und sich auch in die Stadt hineinwagte, fiel ihm auf, daß die Dinge von draußen nicht immer so aussahen wie aus dem Inneren des Ziggurats. Die Taurodhura, zum Beispiel, das große südliche Eingangstor zur Stadt, mit der Stierstatue darauf – aus der Nähe sah es halbzerfallen, vernachlässigt aus. Steine waren herausgefallen, und ein häßlicher Spalt zog sich der Länge nach hindurch. Doch vom Palastfenster aus, eine Meile weit entfernt, glänzte es mit der goldenen Frische neu behauener Steine. Lithran konnte sich lange nicht entscheiden, welches Aussehen der Wirklichkeit entsprach.

Der Kelwaruna gab ihm noch größere Rätsel auf. Lithran bestieg eines Nachmittags die südliche Stadtmauer und ließ sich auf einem Vorsprung nieder, von dem aus er im Norden die steinerne Masse des Palastes betrachten konnte. Die tausend Fenster glänzten im Sonnenlicht. Die dreieckigen Kristalle schienen wie in einer steinernen Krone gefaßt zu sein. Die Sonne brannte ihm auf den Rücken, und er fühlte sich schläfrig. Gelangweilt fing er an, die Fenster im neunten Stock zu zählen, wo er wohnte. Im Geiste ordnete er sie den Zimmern zu, die er kannte. Da seine Scharlatan-Gefährten, wie Salsan immer sagte, auch dort wohnten, war er beinahe schon in jedem Zimmer gewesen. Es müßte nun ein Fenster immer einem Zimmer entsprechen. Er machte sein und auch Salsans Zimmer sogleich aus, dann das von Vathron, dem Kithraspieler... und so weiter. Zu seiner Überraschung zählte er aber dreizehn keilförmige Glassplitter, die zum Himmel emporzeigten.

Es sollten aber nur zwölf sein, da doch alle Zimmer die gleiche Größe hatten (er war zwar noch nicht in allen gewesen). Nun ist es aber schwer, aus solcher Entfernung, ohne Anhaltspunkt für das Auge, genau zu zählen. Er versuchte es noch mehrere Male. Immer dreizehn. Gab es nach draußen mehr Räume als innen? Was sollte das bedeuten? Vielleicht war ein Zimmer doppelt so groß wie die anderen? Er stand auf und schlenderte durch die Straßen von Sulunna zurück.

Sobald er die innere Treppe im Kelwaruna geschafft hatte, ging er sofort zu dem Gang, an dem sein Zimmer lag, und zählte dort die Türen. Dabei berechnete er die Zwischenräume. Dann ging er zur Nordseite des Ziggurat und klopfte an Lathmes Tür. Die Malerin öffnete und begrüßte ihn herzlich. Wie üblich war auch Salsan dort.

»Vergiß nicht«, sagte Salsan, »du unterhältst heute abend unseren Herrn und Meister. Ob wir wieder das Klirren der Gläser und die Lustschreie der Konkubinen hören werden?«

Er spielte auf den Abend an, als Lithran nach seinem ersten ›Auftritt‹ das Konzert damit beendet hatte, daß er einen zarten Glaskelch zerspringen ließ. Zum Entzücken der zwölf Frauen Kosmions war auch noch eine Fensterscheibe kaputtgegangen.

»Ich werde das tun, was der Hirte von mir verlangt«, sagte Lithran.

»Der Hirte?« sagte Salsan und verzog das Gesicht. »Leuth su-Volsus, der Sohn eines Wolfes. Mir wäre es lieber, du würdest ihn nicht so nennen.«

»Warum nicht?« fragte Lathme. »Der Name paßt doch sehr gut zu ihm. ›Der Hirte seines Volkes‹. Er schert seine Schafe, züchtet sie, kastriert sie, ißt sie und verkauft sie dem Metzger. Nein, Hirte ist der beste seiner Titel.«

Salsan maulte. »Wenn ich das gesagt hätte, hätten es die Leute für witzig gehalten.«

»Ich sehe, du hast ein Bild fertig«, sagte Lithran und ging auf die Staffelei zu, die vor dem Fenster stand. Ein alter Fetzen verbarg teilweise die Leinwand.

»Ja, aber es ist nicht für Leuths Augen bestimmt«, sagte Lathme, »nur für eure. Wenn du es gesehen hast, könntest du für uns die Fidel spielen und es wie Glas zerspringen lassen.«

»Bei Leinwand geht das nicht«, sagte Lithran und schaute neugierig nach dem Teil, den er sehen konnte.

»Hol trotzdem deine Fidel. Wenn ihr es beide gesehen habt, werde ich die Leinwand in Stücke zerschneiden, und wir tun so, als ob die Musik das Messer wäre. Nein, nein! Du siehst es erst, wenn du die Fidel in der Hand hast.«

Als Lithran zurückkam, nahm Lathme das Tuch weg, holte ein Messer und trat zurück. »Ein Bild für die Erinnerung, nicht für die Augen! Vielleicht wird es später jemand noch einmal malen.«

Und weiter: »Es ist viel zu leicht zu verstehen.«

Die Maler in Lathmes Welt pflegten für gewöhnlich nicht das zu malen, was sie sahen, sondern wie die Dinge in ihrem Kopf sich darstellten. Diesmal waren die Freunde völlig überrascht von der genauen Nachbildung der Wirklichkeit, die ihnen von der Leinwand entgegenleuchtete. Bäume, Gras, ein sich schlängelnder Bach, in der Ferne ein blauer Berg, weiße Wolken glitten über einen klaren, blauen Himmel. Alles war beunruhigend ›realistisch‹. Lithran war verwirrt, als wäre das Bild wirklich ein Fragment der Welt da draußen, eine wirkliche Landschaft, die man durch ein richtiges Fenster betrachtete. Aber Lathmes Kunstwerk barg noch weitere beunruhigende Überraschungen. Es war nicht nur ein Bild: Es war ein Bild in einem Bild.

Durch einen Fensterrahmen schaute man auf eine ländliche Gegend. Vor dem Fenster stand eine Staffelei mit einem Bild, auf dem die Szene gemalt war, die das Bild in der Landschaft verdeckte. Das Bild im Bild schnitt nämlich die linke Seite des Fensters ab, so daß ein Teil der dahinterliegenden Landschaft nicht zu sehen war. Auf dem Bild im Bild aber erkannte man genau den Ausschnitt, den das Bild dem Betrachter am Fenster verbarg. Es verbarg und enthüllte gleichzeitig. Man konnte aber nicht sagen, ob es das Dahinterliegende auch wirklichkeitsgetreu abbildete. Der Betrachter nahm den gleichen Blickwinkel ein wie der Maler des Bildes im Bild. Während man im wirklichen Leben einfach um die Staffelei herumgehen und nachschauen kann, ob die Natur mit dem Bild des Malers übereinstimmt, war dies hier unmöglich. Die Natur konnte nur durch die Augen des Künstlers gesehen werden.

In gleicher Weise ist jeder auf seinen eigenen Blick beschränkt. Man kann nicht einfach einen anderen Kopf auf die Schultern setzen. Man kann nicht aus den Augen heraustreten, mit denen man sieht.

Lithran dachte an das Paradoxon, das er nachmittags entdeckt hatte – an das überzählige Fenster im Kelwaruna –, und sagte: »Ist Kosmion auch so? Kelwaruna ist in sich geschlossen: Palast und Gefängnis. Wie ich höre, verläßt er ihn nie.«

»Da spricht der Künstler«, spottete Salsan. »Kannst du dir denken, wie Kosmions Antwort darauf lauten würde?« Er deutete auf Lathmes Dolch.

»Symmetrie«, murmelte die Malerin. »Je vollkommener der Kreis, desto höher erhebt sich die Pyramide vom Boden. Aber, um ein wirkliches Kunstwerk zu schaffen, muß irgendwo ein Fehler in der Symmetrie sein. Alles, was vollkommen symmetrisch ist, ist tot. Es bewegt sich nicht, in keiner Hinsicht. Um die Zukunft wieder in Gang zu setzen, ein Umkippen in Zeit und Aktion, muß es eine winzige Unvollkommenheit geben.«

»Ich hatte mal eine Frau«, sagte Salsan...

Lathme warf das Tuch wieder über das Bild. »Vielleicht zerschneide ich es doch nicht, sondern übermale es.« Sie versank in konzentrierter Betrachtung der Farbkleckse auf dem Tuch, das das Bild verhüllte.

Drei heftige Schläge hämmerten gegen die Tür. Ein Wächter trat zu ihnen.

Man wollte Salsan wegen irgendeiner musikalischen Sache sprechen. Nachdem er die Aufforderung des Wächters gehört hatte, ließ er sich auf Hände und Knie nieder, schlug mit dem Kopf gegen den Fußboden und stammelte unterwürfig:

»Aber ja, meine Herren, sofort, meine Herren, Euer immer gehorsamer, unterwürfiger Diener.«

Dem Phylak schien diese komische Nummer nichts auszumachen. Kosmions Haustiere wurden mit einer gewissen Nachsicht verwöhnt.

Die Phylaks an den Wänden der großen Halle des Hirten hatten alle ihre Visiere geschlossen, so daß man nicht erkennen konnte, wohin ihre Augen schauten. In der Mitte der Halle stand ein langer Tisch, an dem Leuth mit einer Gruppe von Wächtern Platz genommen hatte. Jeder hatte eine Frau aus der Bassanissa an seiner Seite. Jede eine Schönheit, dachte Lithran wehmütig, als er seine Blicke über die Runde schweifen ließ. Auch sein Platz war an dieser Tafel. Er schlürfte die Weine des Hirten und stopfte sich voll mit Artischokkenherzen, Tapénade, Zitronenhühnchen, Schweinefleisch mit Wacholder, Wachteln mit Trauben gefüllt, Rind... kurz, ein Schlemmermahl, wie es sich Leuth offenbar jeden Abend seines Lebens einverleibte. Wieder machte sich Lithran Gedanken. Die Einheit des Einen? Warum aber spielte Leuth so sehr den konventionellen Monarchen, den ausgesuchten Mittelpunkt seines eigenen großen Kreises?

Die Frauen heute abend glichen Bildern aus einem Kostümbuch: Jede Meirak sollte die ideale Schönheit der Provinz darstellen, aus der sie kam: blond und stupsnasig aus der Gegend von Valalfa, warme, braune Haut und Adlernase aus Adhramat, pechschwarzes Haar über blütenweißer Haut aus Ithysca, zierlich und mit hohen Backenknochen aus den Grenzgebieten zu Westramond und so weiter... Jede trug die Tracht ihrer Provinz: den kurzen, knielangen Rock des Nordens, die bestickte Mantilla des Ostens, die blauen und roten aufgemalten Spiralen auf den nackten Brüsten der Mädchen aus dem Süden.

Lithrans Stimmung wurde auch nicht besser, als das dunkelhaarige Mädchen neben ihm ihm zuflüsterte, wie sie in Kosmions Harem gekommen war.

Sie machte einen Abendspaziergang mit ihrem Mann über die Felder, und nichts Auffälliges war zu bemerken. Er sagte ihr, daß er nicht mehr ihr Mann sei. (Mondschein, der Gesang des Ziegenmelkers, Zikaden im Olivenhain). Der übliche Kuß unter der Haustür. Schmeckte der Kuß anders? Ihre Haustür, sie war ganz sicher, ihre eigene Tür – kein Versehen war möglich – mit dem Bronzeriegel, der etwas nach links verbogen war, mit den Kratzern in der Mitte, wo Großvater immer mit dem Stock dagegenschlug, wenn er übellaunig seine Enkelin aufforderte, ihn zu begrüßen. Ja, es war tatsächlich ihr Haus. Aber was dann kam, war ein Alptraum. Die Tür öffnete sich und führte in ein kleines, schwankendes Zimmer – kein Feuer brannte, keine vertrauten Gesichter –, das der Aufbau einer Kutsche war. Sechs Stunden Schaukeln und

Stoßen durch die Nacht dem Harem von Sulunna entgegen, die Türen fest geschlossen. In den Fensterscheiben nichts – außer ihrem eigenen Gesicht, während sie gegen das dunkle Glas ihres Gefängnisses hämmerte.

Als Lithran aufgefordert wurde anzufangen, stellte er fest, daß er zuviel getrunken hatte. Er wußte nicht mehr, ob der Applaus innerhalb oder außerhalb seines Kopfes ertönte. Er wußte aber, daß er sie alle eine Stunde lang fest in der Hand halten konnte. Mit dieser Zuversicht erhob er sich und ging aufs Podium. Ohne Pause trug er einen mitreißenden Tanz, eine traurige Ballade und eine Reihe Reels auf seiner Fidel vor.

Der Applaus ließ seine Stimmung gefährlich hochschlagen. Er schaute sich in der Halle um und erblickte das Mädchen, mit dem er sich unterhalten hatte. Nun, der Hofnarr und der Spielmann haben gewisse Vorrechte, dachte er... der Alkohol hatte seine Vorsicht hinweggespült und seine Wut freigesetzt... und dahinter waren Verzweiflung und Selbstzerstörung. Es war Zeit für eine Geschichte. Er stimmte die langvertraute Einleitung an.

Die Menschen haben zwei Ohren. Und wißt ihr, warum? Eines, um die Wahrheiten zu hören, die falsch sind, und eines, um die Lügen zu hören, die wahr sind. Wer aber weiß, welches Ohr was hört? Vielleicht ist meine Geschichte das eine, vielleicht das andere. Wenn ihr ganz sichergehen wollt, müßt ihr mal mit dem einen, mal mit dem anderen Ohr zuhören, am besten mit dreien. Denn dies ist eine Geschichte aus einer uralten Zeit, ehe man erfunden hatte, zu denken. Wenn ihr denkt, daß ihr mit euren beiden Ohren das hört, was *sie* gehört haben, geht zurück und findet es heraus! Mit Sicherheit werdet ihr euch selbst entgegenkommen und begegnen.

Es war einmal, es war auch eigentlich nicht, doch es könnte... ein Prinz gewesen sein, der älteste von drei Söhnen. Er ging hinaus, um bei dem salzig-süßen See Himmelstief zu jagen. Dort erspähte er neun Schwäne, die wie Blütenblätter im Wind über die Wellen glitten. Der junge Prinz hatte den Bogen schon erhoben, legte ihn aber sofort wieder nieder, als er sah, um welche Art Vögel es sich handelte. Als diese nämlich ans Ufer kamen, legten sie ihr Gefieder ab und verwandelten sich in neun wunderschöne Mädchen, weiß wie das schneeige Federkleid von Immerschnee und siebzigmal so warm. Sie sprangen in den See und lachten und planschten fröhlich, bis der Abendstern aufging. Dann suchten sie wieder ihre Kleider.

Der Prinz faßte einen Plan. Er stahl eines der Federkleider und versteckte es unter seinem Wams. Dann wartete er, bis die Eigentümerin aus dem See auftauchte.

Acht der Schwanenjungfrauen legten ihr Gefieder an und schwangen sich in die Abendröte. Aber die neunte, das arme Mädchen, wanderte händeringend und weinend am See auf und ab, bis der Prinz aus den gelben Iris vervortrat und sich ihr zeigte. Sie warf sich ihm zu Füßen und flehte ihn an, ihr das schützende Federkleid zurückzugeben. »O nein«, antwortete dieser, »ich werde dich bei mir behalten, weil ich dich liebe.« Obwohl sie ihn weiterhin anflehte und sogar anbot, ihm auf den weichen grünen Moospolstern zu Willen zu sein, ließ er nicht von seinem Wunsche ab, daß sie mit ihm auf sein Schloß kommen und ihn heiraten sollte.

Not treibt den Hund an die Kette, wie ein Sprichwort sagt. Sie ging also mit ihm und heiratete ihn. Voll Sehnsucht nach ihrer Heimat in den Wäldern hinter den Bergen trieb es sie ruhelos umher. Eines Tages ritt der Prinz wieder einmal zur Jagd, und da entdeckte sie ihr Federkleid in einer eisernen Kiste. Sie schlüpfte hinein und wurde damit wieder zum Schwan. Mit festem Flügelschlag schwang sie sich durchs Fenster, zurück zu den Ihren.

Der Prinz war ganz gebrochen. Er liebte sie von ganzem Herzen, mehr als alle Reichtümer seines Königreiches, mehr als seine Armeen, selbst mehr als die Krone. Er ging hinaus in die Welt, um sie zu suchen. Eines Abends kam er an eine armselige Hütte am

Rande des Baumwipfelwaldes. Es war bitterkalt, und da er kein Dach über dem Kopf hatte, klopfte er. Und was glaubt ihr, wer ihm da öffnete? Es war eine bucklige alte Frau, verschrumpelt wie ein Winterapfel und weise wie der Verstand der Menschheit. Sie gab ihm zu essen, bis es ihm wärmer ums Herz war, und zu trinken, bis sich seine Zunge löste und er ihr seine Geschichte erzählte. Dann gab sie ihm ihren Rat.

Am folgenden Morgen war der Prinz früh auf und wieder im Wald. Er ritt durch den dunklen Tann, wo man nicht weiß, ob es Tag oder Nacht ist, bis er zu der ältesten Eiche gelangte, die es je in der Wildnis dieser Welt gegeben hat. Dort stieg er ab und klopfte dreimal an deren Stamm. Mit einem Schmerzensschrei öffnete sich der Baum. In dessen Innern sah er eine Treppe, die in den Himmel führte. Er bekreuzigte sich und stieg hinauf. Er ging den ganzen Tag hinauf, bis er auf eine Plattform aus Blättern und Ästen gelangte, die vier Meilen hoch über der Erde lag. Auf den Wolken um ihn her war eine Wiese, auf der Schäfchen weideten, die von weißen Hunden bewacht wurden. Gänseblümchen wuchsen wie die Sterne aus dem tiefblauen Gras. Da war auch ein Dorf mit Häuschen, von denen jedes einen Herd hatte, um Regentropfen zu verbrennen, und einen Kamin, um die Wolken zu machen, die über den Himmel ziehen. Und da war seine Prinzessin, um ihn zu begrüßen.

Alle ihre Nachbarn und Verwandten nahmen den jungen Mann freundlich auf und überschütteten ihn mit Geschenken. Er ließ sich mit seiner Frau auf dieser Himmelswiese häuslich nieder und lebte glücklich. Doch dann sehnte er sich wieder nach seinem Königreich. Aber so sehr er auch danach suchte, er konnte die Tür im Baumstamm nicht mehr finden. Er fühlte sich nicht als Gefangener, sondern war glücklich, aber nicht ganz. Er dachte an die Worte der alten Frau und wartete ab.

Und richtig! Eines Tages ging seine Frau wieder in ihrem Federkleid auf und davon, um im See Himmelstief ein Bad zu nehmen. Als sie zurückkehrte, war sie so müde, daß sie zu ihm sagte: »Mein Lieb, hänge doch mein Gefieder in den Schrank und komm ins Bett.« Er nahm ihren Umhang, lachte und sagte: »Endlich! Jetzt werden wir immer glücklich sein.« Dann warf er das wunderschöne schneeweiße Federkleid, das wie die Sonne im Winter glänzte, in das Feuer aus Wasser, wo es augenblicklich zu völliger Vergessenheit verbrannte.

Sie erwachten am nächsten Morgen in inniger Umarmung und lagen in ihrem Bett im Schloß des Prinzen. Und sie ging niemals wieder schwimmen oder fliegen, sondern war ihm ein treues Weib bis an das Ende ihrer Tage.

Und lebten sie glücklich bis an ihr selig Ende? Still, was für eine Frage ist denn das?

Der jüngere Bruder des Prinzen (wie das in Märchen so ist) handelte ebenso.

Aber da war noch der jüngste Prinz. Auch ihm erging es wie seinen Brüdern, er jagte, stahl, heiratete, paßte auf, verlor sie und wanderte los, bis er zu der elenden Hütte im Wald kam (ob es dieselbe war, kann ich nicht sagen), klopfte an die Tür und bat um ein Nachtlager. Und wer sonst öffnete, als die alte bucklige Frau, verrunzelt wie eine Walnuß und weise wie das Herz aller Frauen. Sie gab ihm zu essen, bis es ihm wärmer ums Herz war, und zu trinken, bis sich seine Zunge löste und er ihr seine Geschichte erzählte. Dann gab sie ihm ihren Rat.

Er sagte: »Madame, ich danke Euch für Euren Rat, ich bin Euch wirklich sehr dankbar. Aber...« Dann erklärte er ihr, was er zu tun gedachte.

Sie lachte und gab ihm einen ganz anderen Ratschlag mit auf den Weg.

Am nächsten Tag kam er zu einer Eiche, die so hoch war, daß es ihm Tränen in die Augen trieb, als er zu ihrer Spitze hinaufschaute. Klopfte er dreimal an? Nein. Er tastete herum, bis er den Riegel fand. Dann öffnete er die Tür behutsam, so behutsam, daß sie vor Vergnügen stöhnte. Dann kletterte er den Baum hinauf und kletterte den ganzen Tag. Oben warteten sie schon auf ihn und empfingen ihn mit Schlägen und Vorwürfen. Sie waren auf ihn wütend, weil seine beiden Brüder ihre Töchter entführt hatten. Er aber sagte zu seiner Frau: »Mein Lieb, ich bin nicht gekommen, um dein Gefieder zu stehlen und es ins Feuer zu werfen, sondern dich um ein zweites Paar Flügel zu bitten.« Da klatschte sie in die Hände und sang wie ein Vogel.

Doch die sechs schwarzen Hüter des Waldes in ihren prächtigen Uniformen aus strahlend schwarzem Gefieder und mit ihren scharfen Schnäbeln und Krallen brachten die Prinzessin weg. Den Prinz sperrten sie ein und sagten ihm, er müsse im Morgengrauen sterben, wenn er nicht das tue, was sie von ihm verlangten – allen Vögeln, die er je als Jäger erlegt hatte, das Leben wiederzugeben.

Glaubt mir, da war er ganz schön verzweifelt! Er war nur ein Mensch und verfügte über keinerlei Zauber. Er hätte auch keinen mehr in der kurzen Zeit vor dem Morgen lernen können. Da warf er sich beim Feuer aus Wasser nieder und weinte bitterlich. Da reckte und streckte sich der Stuhl neben dem Feuer wie eine junge Frau, die gähnt, und stellte sich auf die Hinterbeine. Und siehe da! Es war die Prinzessin. Sie fragte: »Warum weinst du?«

Er erzählte ihr von der Aufgabe, die man ihm gestellt hatte, und schloß mit den Worten: »Ich bin so froh, daß du gekommen bist, ob als Geist oder in Person. So können wir wenigstens noch Abschied voneinander nehmen.«

»Nein«, sagte sie. »Solange wir leben, so lange gibt es noch Hoffnung. Nimm mein Halstuch (sie löste es von ihrem Hals und gab es ihm), und wenn sie morgen kommen, um dich zu holen, dann schüttele es aus dem Fenster. Du wirst sehen, was du sehen wirst.« Mit diesen Worten wurde sie steif und verwandelte sich wieder in den Stuhl zurück. Der Prinz aber stand mit großen Augen und offenem Mund da und hielt das Tuch in der Hand.

Als sie ihn am nächsten Morgen holen kamen, schüttelte er das Tuch aus dem Fenster, wie die Prinzessin es ihm aufgetragen hatte. Tausend Vögel flogen heraus: Lerchen, Wachteln, Tauben und Rebhühner. Ihr Flügelschlag klang in der Morgenluft wie tausend Fahnen. Die sechs dunklen Hüter klapperten mit den Schnäbeln und meinten: »Jemand muß dir geholfen haben. Kein Sterblicher bringt so etwas fertig.« Und sie stellten ihm eine zweite Aufgabe.

An diesem Abend kam Wind auf. Die Tür sprang auf, doch niemand trat ein. Als der Prinz sie schließen wollte und sich umdrehte, stand die Prinzessin neben ihm am Feuer. Lachend sagte er zu ihr: »Diesmal benötige ich deine Hilfe nicht. Sie haben mir eine ganz leichte Aufgabe gestellt. Ich brauche dich nur aus deinen Schwestern herauszusuchen. Wie sollte ich die Frau nicht erkennen, die ich liebe?«

Sie aber schüttelte den Kopf und schnalzte mit der Zunge.

»O nein, Geliebter, diese Aufgabe ist schwieriger als die letzte. Ich habe noch sechs Schwestern. Wir sehen einander so ähnlich wie siebenundsiebzig Blätter am selben Baum. Aber hab keine Angst, ich will dir ein Zeichen geben.«

Am nächsten Morgen führten sie ihm die sieben Mädchen vor. Sie waren in der Tat wie sieben Funken aus demselben Holzstoß. Aber in den Augen von sechs von ihnen konnte er Schnäbel und Klauen sehen, in den Augen der siebten dagegen Daunen. So erkannte er sie.

Da glänzten die Federn der Hüter wie der Nachthimmel im Winter, und ihre Augen trugen die Farbe der Wut. Sie schrien auf ihn ein, als wären sie ein Chor von Adlern: »Die Prinzessin! Sie hat dir geholfen. Aber diesmal wirst du uns nicht entkommen. Deine nächste Aufgabe ist es, zum Berg Graustengel zu gehen, hundertfünfzig Meilen entfernt, um dort die Edelsteine aus Eis zu holen, die in dem Felsen auf der höchsten Spitze verborgen sind. Das ist aber in dieser kurzen Zeit unmöglich. Dazu würdest du Flügel brauchen, denn selbst wenn du rechtzeitig am Felsen wärest, würden die Eisjuwelen schmelzen, ehe du zurück bist.«

Sie gingen mit den sieben Prinzessinnen fort. Als es Nacht wurde und die Dunkelheit das Fenster des Prinzen in einen Spiegel verwandelt hatte, schaute er hinein, konnte sich aber nicht darin sehen. Das Glas hatte sich in Luft aufgelöst, der Rahmen war zu einer offenen Tür geworden. Statt seines Spiegelbildes sah er die Prinzessin durch den Korridor der Nacht auf ihn zukommen und eintreten. Er sprach zu ihr: »Mein Lieb, du mußt für mich gehen. Es ist nicht möglich, daß ich jetzt noch die Flügel bekomme, die ich nicht besitze.«

Liebevoll lächelte sie ihm zu: »Wie kommst du darauf, daß du keine Flügel hast? Schau dich doch in meinem Fenster an.«

Es war wahr. Als beide vom Bergesgipfel zurückkehrten, waren die Edelsteine noch nicht geschmolzen. Als sie diese aber den sechs Hütern zeigten, zersprangen sie in tausend Stücke, so daß ihr Glanz übermächtig wurde. Seit diesem Augenblick sah die normale Welt für die Hüter fremdartig aus.

Ich bin mit meiner Geschichte fast am Ende. Von diesem Paar stammen alle die Leute in Akmendrú ab, die sechs Gliedmaßen haben; denn auch sie tragen Flügel wie Engel und leben bis zum heutigen Tag zwischen Farnen und Adlern in den hohen Eichen des Kaptales.

Wenn ihr wissen wollt, was die Moral von dieser Geschichte ist, dann fragt ein anderes Paar Ohren. Kurz über lang werdet ihr weitere Ohren befragen. Denn zwei und zwei ergibt sechs, dann neunzehn, dann fünfundsiebzig und so weiter bis ans Ende der Zeit. Wenn es die sechs nicht gäbe, hätte niemand von der zwei gehört. Das ist natürlich noch nicht das Ende meiner Geschichte, aber hier will ich enden. Den Rest könnt ihr euch selbst denken.

Eine Hand bewegte sich, und kein Laut war zu hören. Die anderen Musikanten auf der Plattform beobachteten Leuth. Auch die Mädchen am Tisch. Eines von ihnen, die kleine Schwarze aus dem Westen, mit der Lithran gesprochen hatte, hielt ihren Schal vor das Gesicht, so daß er ihre Augen nicht sehen konnte. Lithran schaute auf und sah, daß zwei Wächter über ihm standen. Die Dunkelheit schien sich in ihre leeren Augenhöhlen ergossen zu haben. Wie bei manchen Tieren war keine Spur von Weiß in ihren Augen zu entdecken.

Sie ergriffen Lithrans rechte und linke Hand und rissen ihn auf die Füße. Er hing zwischen ihnen wie eine Marionette an den Fäden seiner ausgestreckten Arme.

Der Sturmwind des Grauens kam über Lithran, wie er über Hedrin vor einigen Wochen in der Herberge in Aelvik hereingebrochen war. Alle Wächter entlang den Wänden hatten ihre Visiere ihm zugewandt und starrten ihn an. Wo man sonst nur Dunkelheit zwischen den Stäben der Visiere erkennen konnte, schienen jetzt Flammen herauszulodern, so daß sie wie die Eisenstangen eines Grills wirkten. Jeder einzelne Mann sah aus wie glühende Kohlenpfannen, aus denen schwarzer und karmesinroter Rauch aufstieg und einen Helm formte, der statt eines Kopfes auf den Schultern saß. Vierzig lebende, atmende Feuer starrten ihn an.

Schlimmer noch als dieser Anblick war etwas, was Lithran nicht sehen konnte: Das Ding, das jetzt hinter ihm stand und ihm über die Schulter schaute. Er hatte Angst, den Kopf zu drehen, denn er wußte, er würde (wie Hedrin) herausfinden, daß da nichts war, gleichzeitig aber fühlen, daß etwas so nah, so unendlich nah war, wie sein Hinterkopf.

Es war, als ob sich eine schwarze Blende vor seine Augen schob und plötzlich und unvermittelt klickte.

Und er spürte, daß er und die namenlose Dunkelheit hinter ihm in einem Sekundenbruchteil die Plätze gewechselt hatten.

Es war, als befändest du dich in einem hellerleuchteten Raum und lachst und schwätzt mit anderen Leuten wie immer. Aber dann spürst du plötzlich einen Stich, eine Warnung, den Lauscher im Rücken am Fenster, der aus der Nacht von draußen hereinlugt. Im Augenblick dieses Bewußtwerdens verändert sich der gesamte Blickwinkel – mit einem Schlag neigt sich die Erde unter den Füßen, du bist nicht mehr im Raum, sondern draußen und schaust aus der Dunkelheit durch dasselbe erleuchtete Fenster... während die Person, die du gewesen bist – die immer noch dein Gesicht, deine Stimme und Gesten besitzt –, im Gespräch fortfährt, ohne auch nur eine Sekunde lang zu stocken. Du selbst aber bist nicht mehr Herr über die Worte oder Gedanken, sondern lediglich ein hilfloser Betrachter des Fremden, der du gewesen bist und der da lachend im hellen Raum steht.

Du willst ihn anschreien, daß das nicht deine Gedanken sind, daß du das nicht sagen willst. Aber wie laut du auch schreist und gegen das Fenster hämmerst, es dringt kein Laut durch das milde, glatte Glas. Das Gespräch da drinnen wird ruhig fortgesetzt, als ob nichts geschehen sei, nur sagt dein Mund jetzt das Gegenteil von dem, was dein Wille sagen will.

Oder als ob du als Schauspieler auf der Bühne stehst. Im grellen Rampenlicht sprichst du deinen Text wie immer...

Und plötzlich befindest du dich zu deinem Erstaunen nicht mehr auf der Bühne, sondern dreihundert Fuß entfernt im dunklen Zuschauerraum und schaust hinunter auf das strahlend helle Viereck, das aus dem Dunkel herausgeschnitten ist. Ein Viereck, das nicht mehr der Größe deiner Realität entspricht, sondern nur noch eine gerahmte Miniatur der Wirklichkeit darstellt, die man dir auf Armeslänge vor Augen hält.

Du überlegst dir, was geschehen ist. Vor allem aber wehrst du dich mit aller Kraft dagegen. Du willst unbedingt wieder als Schauspieler auf der Bühne stehen, nicht aus dir selbst verbannt in irgendeiner anonymen Dunkelheit sein, du kämpfst darum, daß du über den Körper, der dir gehört, wieder Macht gewinnst, nicht nur ein hilfloser Betrachter seiner Bewegungen bist...

Nein! Schrei nur! Nein! Spring von deinem Stuhl auf, wenn du diese Figur, dein eigenes wirkliches Ich, die Hand ins Feuer legen siehst...

Alles sinnlos. Obwohl du alles klar (wenn auch nicht in allen Einzelheiten) erkennen kannst, hast du keine Kontrolle mehr...

Obwohl du den Schmerz spürst...

Aber dieses Gleichnis ist nicht ganz richtig, weil die Schauspieler auf der Bühne nicht ihre eigenen, sondern die Worte sprechen, die ein Autor für sie geschrieben hat. Vielleicht kommt es der Sache näher, sich vorzustellen, daß man ein lebendiges, sprechendes, gehendes menschliches Wesen ist, das plötzlich feststellen muß, daß es nur ein Schauspieler auf einer Bühne ist.

Ein Schauspieler, der wie ein Sklave eines dekadenten Herrschers jederzeit zur Belustigung der Zuschauer gekreuzigt werden kann. Und dies nicht nur zum Schein, sondern grauenvoll echt.

Hilflos einer willkürlichen Macht ausgeliefert zu sein, hin- und hergeschickt zu werden wie ein Roboter, aber (im Gegensatz zum Roboter) alles zu fühlen und zu wissen. Und diese Macht ist so tief eingedrungen, daß man sie nicht aus dem Herzen reißen kann. Schwer wie ein Felsbrocken liegt die Selbstverachtung zwischen dir und deinem Willen.

Lithran machte den Mund auf, um zu bitten, zu protestieren. Er dachte, daß er sagte: »Erbarmen, Euer Gnaden, Erbarmen! Nur einen Augenblick, dann will ich das richtige Ende der Geschichte erzählen. Nur eine Minute!« Aber da wurde er gewahr, daß aus seinem Mund kein Laut drang und seine Lippen immer noch geschlossen waren. Was ist denn mit mir los, dachte er, und er bückte sich, um seine Kithra aufzuheben. Die Bewegung war auch irgendwie merkwürdig, denn er hatte sie bereits einen Bruchteil früher ausgeführt, als er dies seinen Muskeln aufgetragen hatte. Er spürte, wie er schwitzte, und er wischte sich mit dem linken Ärmel die Stirn. Nein, das tat er nicht. Seine Hand hatte den Befehl nicht ausgeführt, sondern half der rechten, die Kithra hoch in die Luft zu schwingen und sie mit einem Knall an die Kante der Bühne zu schmettern. Mit Entsetzen starrte er auf die Holzsplitter und auf die gerissenen Saiten. Dieses Zeugnis liebevoller Handwerkskunst war zerstört. Ein böswilliger Akt der Zerstörung – der für seinen Verursacher ebenfalls Zerstörung bedeutet. Er versuchte einen Abwehrzauber zu sprechen und faßte nach dem Talisman. Aber wieder kam kein Laut über seine Lippen.

Lithran befand sich in dem Gefängnis seines eigenen Verstandes, war unfähig, selbständig zu handeln oder zu sprechen, nur ein beobachtendes Bewußtsein, das an das Fensterkreuz seiner Sinne gebunden war und seinem Körper hilflos zusah, wie er sich respektvoll vor seinem Herrn Leuth verbeugte (in Wahrheit war es natürlich Leuth selbst, der sich vor sich selbst verbeugte). Dieser stieß die zerbrochene Kithra mit dem Fuß weg, ging die Stufen der Bühne hinunter und schritt durch die Tür, ohne rechts oder links zu schauen. Die Frauen warfen ihm verängstigte Blicke zu, und sein Freund Salsan stand stocksteif auf dem Podium. In seinem Gesicht zeigte sich keine Regung.

Die folgenden Wochen waren für Lithran wie einer dieser Alpträume, in denen man sich krampfhaft darum bemüht aufzuwachen, es aber doch nicht schafft. Sein Bewußtsein war in seinem Gehirn eingemauert. Er war wie ein Gefangener an Händen und Füßen gebunden und geknebelt und hatte dabei aber Augen und Ohren und alle anderen Sinnesorgane offen. Sein Wille war von seinen Handlungen völlig getrennt worden. Diese lenkte jetzt ein anderer. Dennoch konnte er sehen, fühlen, hören, verstehen und denken. Er kostete Vergnügungen, die er nicht wollte, kostete Schmerz, den er nicht vermeiden konnte, sah den Schmerz und den Tod, den seine eigene Hand gegen seinen Willen anderen zufügte. Jetzt fand Lithran heraus, daß Kosmion wirklich gelogen hatte. All dies Gerede von ›Einssein‹ und dem ›Großen Bewußtsein‹ war reine Lüge. Es gab nicht die freudige Vereinigung vieler zu einer Einheit, auch nicht die Verschmelzung vieler Seelen in ein weiteres, einzelnes Selbst, sondern nur völlige Knechtschaft, in der der Einzelne weniger mit anderen vereinigt war als vorher in seinem ›isolierten‹ Zustand. Leuth hatte sich aller Möglichkeiten menschlicher Kommunikation bemächtigt: Gesichtsausdruck, Stimme, Gefühle und Willen. Lithran konnte sich niemand mehr mit einem anderen Bewußtsein mitteilen. Er war ein Gefangener, dessen Existenz niemand ahnte – schlimmer noch, die niemand entdecken konnte! Die gesamte Kommunikation lief nur in eine Richtung – von außen nach innen. Die Welt war aktiv geworden, das Bewußtsein aber völlig passiv.

Leuth vergrößerte sich natürlich mit jeder Seele, die er zusätzlich in sein Bewußtsein aufnahm. Er schwoll an wie der Frosch in der Fabel. Doch für seine Opfer gab es nur Einsamkeit, Ohnmacht, Verzweiflung...

Und Langeweile. Ja, so merkwürdig das klingen mag, tödliche Langeweile. Wenn man nichts mehr selbst entscheiden kann, bleibt nicht mehr viel Interesse am Leben. Man kann nicht einmal mehr Pläne für die Zeit machen, wenn die mühsamen militärischen Aufgaben erledigt sind. *Du* kannst nämlich gar nichts machen, nur der fremde Wille, der in dir haust. Du kannst dich auch nicht auf morgen freuen. Es lohnt sich auch nicht, an gestern zu denken. Mit einem Schlag liegt die Welt öde da. Wenn du deinem Leben keinerlei Ziel geben kannst, ändert sich die Melodie des Lebens gewaltig – ob überschäumend schön oder durch Dunkelheit und Brutalität überschattet (wie es unter Leuths Kontrolle war), blieb es doch immer vollkommen leer, ausgeblutet, ohne Bedeutung.

Nur ein Grundton blieb die ganze Zeit über bestehen: Furcht. Zwei Wochen, nachdem Lithran von Kosmion vereinnahmt worden war, wurde er eines nachts mit einer Gruppe anderer Gefangener in die Stadt geschickt. Die Wächter waren nämlich alle Gefangene, wie er jetzt wußte. Warum würden sie auch sonst die Gitter vor den Augen tragen?

Er hatte keine Ahnung, zu welchem Zweck sie ausgesandt worden waren. Das Wissen und die Pläne dessen, der seinen Körper beherrschte, ergossen sich nie auf Lithrans Gehirn. Nur durch Beobachten begann er langsam Kosmions Ziel zu ahnen – aber auch nicht genauer, als man die Ziele von jemand ahnt, den man – pfui! – intim kennt. So stand er also um drei Uhr morgens mitten unter vierzig Wächtern auf der dunklen Straße und hämmerte gegen das Tor eines reichen Bürgers. Kosmion kannte sehr wohl die Wirkung von vierzig maskierten Gestalten, die schwärzer als die Nacht waren und die plötzlich mitten in der Nacht an die Tür eines ahnungslosen Kaufmanns schlugen. Wenn dieser dann verängstigt ins Dunkel hinausspähte...

Aber diesmal kam niemand an die Tür. Es ging ein Fenster auf, aber kein menschliches Klagegeschrei kam heraus, sondern der Bolzen einer Armbrust.

Als drei von Lithrans Kameraden tot auf der Erde lagen, hatten die Phylaks begonnen, die Tür aufzubrechen. Lithran machte sich

Sorgen. Er wußte, daß Kosmion sich um die Sicherheit seiner Diener keinerlei Gedanken machte. Schließlich waren sie nur Rädchen im Großen Ganzen und verdienten keinerlei Beachtung. Kosmions Wille trieb Lithran vorwärts und warf ihn mit der Schulter voran gegen die Tür. Dann hatte er eine bessere Idee und ließ durch einen anderen Wächter nach etwas suchen, das als Rammbock besser geeignet war als er. Lithran rieb sich die Schulter – oder anders ausgedrückt, er ließ sie sich von dem Ding, das ihn bewohnte, reiben. Er war froh, daß er sich nicht das Schlüsselbein gebrochen hatte.

Es kam noch schlimmer! Als sie endlich das Haus gestürmt hatten (vier weitere von ihnen blieben von Pfeilen durchbohrt auf der Straße liegen), bemerkte Lithran, daß er die schön geschwungene, geschnitzte Treppe des Kaufmanns mit gezücktem Schwert und geschlossenem Visier hinaufstürmte. Da tauchte vor ihm der Kaufmann auf. Er war ein freundlich aussehender, grauhaariger Mann, dessen Augen viel zu milde waren, um zu der Armbrust zu passen, mit der er genau auf Lithrans Herz zielte.

Lithran konnte überhaupt nichts dagegen machen. Sein Körper rannte automatisch die Stufen hinauf. Es war, als habe ihm sein Herr Kosmion Selbstmord befohlen. So stürmte er mit gezogenem Schwert, zwei Stufen auf einmal nehmend, wie ein Berserker empor. Lithrans Verstand aber krümmte sich ganz hinten im Kopf; er fühlte hilflosen Schrecken. Er konnte nicht einmal die Augen von dem Bolzen abwenden, der auf ihn gerichtet war, da Kosmions Wille sie auf den alten Kaufmann gerichtet hielt. Er wußte, daß hinter den hellblauen Augen dieses Fremden, nur wenige Schritte entfernt, der Henker stand.

Aber da änderte der Mann plötzlich seine Zielrichtung und sagte: »Nein, Leuth! Da du diesen Mann vorschickst, willst du, daß ich ihn umbringe. Bist du auch da, Leuth? Versteckst du dich hinter deinen Truppen?«

Da spürte Lithran, daß das Ding, das ihn beherrschte, dem Kaufmann an die Kehle sprang. Gleichzeitig sauste der Bolzen aus der Armbrust wie ein Windstoß vorbei und schlug irgendwo hinter ihm ein.

Jetzt verstand er, warum der Wächter, der sich im Thronsaal ins Schwert gestürzt hatte, im Sterben den Seelenherrscher verflucht hatte. Wenn einer seiner Diener niedergestreckt wurde, kroch Kosmion aus dessen Körper wie ein Dieb heraus, und wenn im Haus Alarm geschlagen wird, ließ er den armen Teufel in seiner Todesangst allein. Er verstand jetzt auch, warum der Wächter in Delvendal – der, dem er ›Flügel‹ verpaßt hatte – die Bewohner um Verzeihung gebeten hatte. Wieder senkte sich die Schraube der Schuld eine Umdrehung tiefer. Es war abwegig – schließlich war er lediglich Zuschauer bei seinen Handlungen –, aber er konnte sich nicht helfen: Er fühlte fürchterliche Gewissensbisse, weil er den alten Kaufmann getötet hatte. Als ob er etwas dagegen hätte tun können, als sein Arm zum Schlag ausholte! Aber dennoch!

Er erkannte, daß das eines der Ziele von Kosmions Grausamkeit war – daß er seine Marionetten um so fester an sich band, je mehr er sie unfreiwillig in diese widerwärtigen Handlungen verstrickte. Dadurch verstärkte sich der Abscheu vor sich selbst in ihnen so, daß sie gern der Wirklichkeit den Rücken kehrten und sich in ihr geistiges Gefängnis sinken ließen.

Lithran erfuhr nie den Namen von Kosmions letztem Opfer. Wie sollte er auch? Kosmion kannte ihn; aber sein Wissen vermischte sich nicht mit dem Verstand seiner Marionetten. Die ganze Unternehmung war schweigend ausgeführt worden. Das war ein Teil des Terrors, den der Gott-König ausübte. Niemals wurde mit den Opfern ein Wort gewechselt. Es gab keine Möglichkeit, den Namen des Kaufmanns zu erfahren.

Wochen und Monate vergingen. Lithran sprach zu sich selbst: Früher war mein Körper meine Marionette. Jetzt zieht ein anderer an der Schnur. Infolgedessen besitze ich gar nichts mehr. Die Welt ist mir gestohlen worden. Mir gehört dieser Körper nicht mehr, in dem ich nicht wohne; ich lebe auch nicht in diesen Zimmern oder Korridoren, durch die ich gehe, ich gehöre auch nicht mehr in die Täler und Wälder meines Heimatlandes. Der einzige Aufenthaltsort, der mir geblieben ist, ist mein Verstand. Er hatte einmal von einem Gefangenen gehört, der, an Händen und Füßen gebunden, mit einem Knebel und einer Augenbinde in Einzelhaft gehalten wurde. Trotzdem wurde der Mann nicht wahnsinnig. Er hatte sich in sich selbst zurückgezogen, sich an alles erinnert, was er erlebt hatte, die Lieder, die er gehört hatte, und alle Gesichter heraufbeschworen, die er gekannt hatte.

Aber ja! Ich könnte sogar neue Lieder mit neuen Texten machen – die niemals jemand hören wird.

Von nun an wandte sich Lithran ganz bewußt von dem ab, was um ihn herum vorging, und meditierte im Eiskeller seines Verstandes. Nach einiger Zeit begann er sich zu wundern (so unterhaltsam waren seine Phantasien), wie er jemals Zeit vorher gefunden hatte, um zu essen, zu leben, zu lieben und alltäglichen Beschäftigungen nachzugehen. Er empfand Leuth gegenüber fast Dankbarkeit, daß er ihm diese ganzen Sorgen abgenommen hatte.

Manchmal wurde seine Aufmerksamkeit aber wieder mit Gewalt auf die Außenwelt gelenkt. Eines Morgens erwachte er aus seinen Tagträumen und stellte fest, daß er die innerste Wendeltreppe der Pyramide hinunterstieg. Mit einem Schlag war er wach. Hier war er an dem Tag hinuntergeschleppt worden, als er Leuth zum ersten Mal gegenübergestanden und versucht hatte, ihn so stümperhaft zu ermorden. Es war die Treppe, die zu den Folterkammern führte, die das Herz des Palastes waren, so wie das heilige Feuer in manchen alten Städten in grauer Vorzeit, von dem man glaubte, wenn es ausgehe, würde auch das Leben in der Stadt erlöschen.

Es sind *meine* Hände, die Kosmion für seine Greueltaten verwenden will! Als Bestätigung kam ihm ein Mann die Treppe entgegen, der eine Maske trug und bis zur Mitte nackt war. Bis zu den Ellenbogen waren seine Arme von menschlichem Blut rot gefärbt.

Da nahm Lithran seine ganze innere Kraft zusammen.

Die banalsten Dinge bergen oft die größten Geheimnisse. Wir fragen uns nie, woher es kommt, daß sich unsere rechte Hand öffnet, wenn wir sagen »auf«, oder unser Fuß einen Schritt macht, wenn wir sagen »geh«! Wir haben keine Ahnung, wie dieser Trick funktioniert. Wir sprechen vom Wort ›Wille‹, kennen dabei aber nicht einmal den Unterschied zwischen der Absicht, die Hand auf die Tischplatte zu legen, und es auszuführen. Lithran war genau wie wir: Er wußte nicht, was in ihm geschah, als ihm die Kontrolle über seinen Körper entzogen wurde, als ein unsichtbares Messer sich zwischen Willen und Wunsch schob. Er kämpfte daher in völliger Unkenntnis gegen jemand, Kosmion, der vielleicht die Antwort auf solche Fragen kannte. Erstaunlich aber war, daß dieser Kampf unentschieden ausging.

Lithran sank ohnmächtig zu Boden.

Als er wieder zu sich kam und sich in diesem schwindligen Zustand befand, der einer Ohnmacht folgt, dauerte es ein paar Minuten, ehe er sich wieder bewegen konnte – besser gesagt, ehe Kosmion ihn bewegen konnte. Dann aber zeigte es sich, daß der Herrscher den Kampf aufgegeben hatte, denn er lenkte Lithrans Schritte nach oben dem Tageslicht entgegen.

Ansonsten aber war er immer noch (außer dieser einmaligen und etwas fragwürdigen Flucht in die Ohnmacht) Kosmions Marionette.

Einen Monat später hatte er nochmal ein ähnlich merkwürdiges Erlebnis. Er war mit einer großen Abteilung Soldaten in das Land nördlich von Sulunna geschickt worden. Nach ein oder zwei Tagen stellte er fest, daß sie in Richtung Aelvik ritten. Es war dieselbe Straße, auf der er unter Bewachung vor zwei Monaten hierhergekommen war.

Aber jetzt war es kühler, die Bäume herbstlich, und aus den Schornsteinen der Häuser am Wegrand stiegen kleine Rauchwölkchen auf. Je näher sie Aelvik kamen, desto mehr wurde Lithrans Aufmerksamkeit auf seine unmittelbare Umgebung gelenkt. Er wurde immer unruhiger. Als sie am sechsten Tag mit lautem Hufschlag und Trompetenklang Aelvik verließen und den Bergweg in die Wälder einschlugen, wurden die Qualen in seinem Verstand fast unerträglich.

Wohin ritten sie? Bestimmt nach Delvendal. Was war das Ziel ihrer Mission? Sollte er als Delvendaler in seinem eigenen Ort Polizist spielen? Was erwartete ihn dort? Wen sollte er dort umbringen?

Der Weg bildete die Grenze zwischen den Wäldern zur Linken und dem steinigen Berghang zur Rechten. Er war wie eine Flutlinie, so weit brandeten die Wälder an den Berg. Dort leuchteten die Ahornbäume in ihren Staatsfarben Rot und Gold. Rechts ragten die Zacken und Felsen auf, ein Chaos aus gewachsenen Steinen und herabgestürzten Felsen – Stenthorf hieß dieser Platz, Steindorf, weil er an die Ruinen einer alten Stadt erinnerte. Der Weg führte hier so nahe am Berghang entlang, daß die Morgensonne dunkle Schatten warf. Diese Schatten waren so tief, daß man den Eindruck hatte, Teile des Weges fehlten. Immer wieder ritten sie aus den Schatten in die Sonne und wieder in den Schatten.

Ja, wen sollte er denn in Delvendal umbringen? Volvana? Hiemal? Seinen eigenen Vater?

Jede Krümmung des Weges kannte Lithran wie seine eigene Handfläche.

Jetzt würde gleich rechts der berühmte Petra Galáru kommen, der Felsen des Zauberers, ein riesiger Felsblock, bei dem die Bewohner von Delvendal vor zweihundert Jahren angeblich ihr Abkommen mit den Gleichmachern geschlossen hatten. Der Fels war wenigstens fünfzig Fuß hoch. Keine menschliche Hand hätte ihn hier aufstellen können. Trotzdem ähnelte er sehr einem riesigen steinernen Bär, der am Wegrand saß und nachdenklich auf die Ebene hinausschaute.

Mit am schlimmsten empfand Lithran die Tatsache, daß er als Gefangener in Kosmions Gemeinschaft sein Sehen nicht mehr dirigieren konnte. Wenn er mit einem Augenwinkel etwas für ihn Interessantes einfing, konnte er den Kopf nicht drehen, um dies näher zu betrachten. Er mußte warten, bis Kosmion zufällig auch in diese Richtung schauen wollte, was er selten tat. Es war, als vermeide er es, Dinge zu betrachten, die anderen wichtig sein könnten.

Lithran kam es so vor, als reise er durch die Zeit in einer winzigen, geschlossenen Kutsche mit nur einem stereoskopischen Fensterchen. Durch dieses sah man immer wieder die gleichen Bilder: galoppierende Pferde, karmesinrote Uniformen im Gleichschritt, wehende Fahnen, Plünderung und Vergewaltigung.

Heute war es schöner als sonst: Bäume, so rot wie brennende

Holzstöße, Berge über grünen Wogen, Licht- und Schattenspiele auf dem Weg, ein dahinsegelnder Turmfalke in der Ferne.

Eine ungewohnt ruhige Pause. Hatte Kosmion Lithrans Kopf nicht im richtigen Augenblick nach rechts gewendet, um den Petra Galáru zu sehen? Oder stand der nicht mehr dort?

Lithran kannte jeden Zoll dieses Weges. Er wußte, daß nach der Krümmung hinter Stenthorf zuerst die Steinhalde und dann das verwitterte Profil des Bärenfelsens kamen.

Da stand aber kein Felsen. Es stimmte zwar, daß plötzlich seine Augen nach links auf die rot-goldenen Bäume dirigiert wurden.

Aber nach der nächsten Kurve mußte der Stein wieder auftauchen. Er mußte sich dort oben in einem gefährlichen Winkel über dem Weg befinden, als ob er wie der Stab eines Hieraks auf jeden herabstürzen konnte, der sich Delvendal feindlich näherte. Man hatte Lithran weder einen ersten noch einen zweiten Blick auf den Felsen gegönnt.

War er wieder – wie so oft in diesen Tagen – in einen seiner Tagträume versunken? Hatte er sich – aber das war unmöglich! – mit dem Standort des Felsens vertan?

Nein, er hatte recht gehabt! Vor ihm lag die Landschaft, die nach zwei Biegungen kommen mußte – der Wasserfall unter Delvendal – der unterste und tiefste –, das schwarze Massiv des Delvenlaas und die Rauchfahnen in der Herbstluft aus den Schornsteinen der Häuser im Tal.

Lithran fühlte in sich eine zweifache, widersprüchliche Gewißheit. Einerseits wußte er, daß sein Vater bereits tot war. Irgendwie hatte das Nichtvorhandensein des Bärenfelsens das bewiesen. Gleichzeitig wußte er aber auch, daß er, wenn er dort hinging, seinen Vater töten müßte. Er ließ die Zügel locker, so daß sein Pferd vom Weg abkam. Einen Augenblick später kehrte Kosmions Stärke wieder in seine Hände zurück: Skaya wurde zur Ordnung gerufen.

Jetzt begann ein Tauziehen. Lithran zog sein Pferd nach links, zurück nach Aelvik, weg vom Tal und weg von seinen Leuten. Dann wurde der Zug nach links durch die Kraft nach rechts ausgeglichen, so daß die Stute fast zum Stehen kam. Dann löste sich die

Spannung, als Kosmion seine Kraft gegen Lithrans Willen einsetzte, und das Pferd ging wieder vorwärts. Daraufhin zog Lithran wieder auf eine Seite, weil er vermutete, daß er die Kraft des Herrschers brechen konnte.

Es war, wie wenn man an einem Gummiseil zöge, das immer länger und länger wurde, als es sich dehnte, immer unsicherer und schwieriger unter Kontrolle zu halten, so daß alles dem Zufall und der Balance anheimgestellt war. Lithran war sich plötzlich bewußt, daß er nicht nur aus Reue Widerstand leistete, sondern auch aus Angst vor zukünftigen Taten, vor einem Mord, für den er gar nicht verantwortlich war.

Es war paradox! Wenn er nicht verantwortlich war, warum kämpfte er dann gegen seinen Herrn? Woher kam dieser Gedanke? War es sein eigener oder der des Meisters?

Ist man wirklich hilflos, wenn man die Zukunft kennt? Sie nicht zu kennen, hatte nichts verändert. Geschenk der Sonne! Das muß anders werden! Es spielte keine Rolle, wem diese Stimme gehörte.

Fünf graue Schornsteine ragten aus den Schmelzhütten, senkrecht wie Wasserhosen, nur etwa eine Meile vor ihm am Eingang zum Tal. Der Wasserfall, lauter und lauter werdend. Bienenstockförmige Hütten, Maulwurfshügel auf den Vorsprüngen der Wasserkaskaden. Immer näher kam Delvendal.

Jetzt änderte sich das Tauziehen. Lithran erkannte, daß er sich immer weiter vom Zentrum der Welt Kosmions entfernte. Vielleicht könnte er sich freimachen, wenn er weiterritt. Noch hundert Meter, mein Feind, und du mußt nachgeben. Das Seil wird reißen! Er trieb seine Stute vorwärts – Skaya! Skaya! –, Kosmions Wille zog ihn zurück.

Ein heftiger Ruck, als ob die Schultern sich teilten. Eine Sehne reißt. Das Gewand platzte.

Die Stute sitzt auf dem Boden, und die Welt dreht sich. In Lithrans Kopf dreht sich auch alles. Auf einmal sitzt er auf einem anderen Pferd und ist auf dem Weg zurück nach Aelvik. Kosmion ritt ihn immer noch, so wie er die Stute ritt.

Als er den Berg nach Süden hinunter trabte, wurde sein Gefühl für die Außenwelt allmählich schwächer. Es war, als ob die Wirklichkeit hier im Norden wäre, in den Waldschluchten von Delving und jenseits der Berge in Westramond. Erst sehr viel später dämmerte ihm die Erkenntnis, daß nicht Kosmion diesen Kampf gewonnen hatte, sondern in gewissem Sinne er selbst.

Jetzt war ihm auch nicht bewußt, daß die Entfernung vom Zentrum nicht entscheidend war, um Kosmions Macht zu schwächen, denn näher als auf der Wendeltreppe im Inneren der Pyramide konnte man gar nicht am Zentrum sein. Und dort hatte er zum ersten Mal Kosmion besiegt.

Aber vielleicht hatte Kosmion andere Gründe (gleichfalls meßbar und leicht zu erraten). Er behielt Lithran nicht in Aelvik, wo seine Phylaks einen Aufstand niederschlugen, sondern schickte ihn so weit wie möglich von Delvendal als Wächter in den Süden, hinter die Mauern der Seestadt Pyrgoma. Lithran verbrachte dort die Zeit wie zuvor, eingesponnen in seine Phantasien – lautlose Musik, lebhafte Gedanken, die reizvolle Aufgabe, sich *nicht* zu erinnern ... All das reichte aus, um ihn ein Leben lang zu beschäftigen. Er schritt auf dem engen, gewundenen Pfad zwischen der unerträglichen Welt draußen und der unerträglichen Welt im Inneren, wo Erinnerungen an Davanna versteckt waren, dazu seine Verachtung für seinen Vater und ... aber genau daran durfte er niemals denken.

So wäre es vielleicht für alle Zeiten geblieben. Allmählich hätte er sich wohl so weit von der Realität entfernt, daß Lithran seinen Verstand auch abgewendet hätte, wenn Leuth ihn als Folterknecht einsetzte. Er hätte das Messer, das er durch den Willen Kosmions in der Hand hielt, gar nicht mehr gesehen.

Wenn das Band zwischen Willen und körperlicher Tätigkeit zerrissen ist (wie im Schlaf), steigen die Formen und Farben der Fantasie mit solcher Intensität auf, daß sie die lebendigen Farben und Überzeugungen der Wirklichkeit annehmen.

Die Träume ersetzen das Leben und füllen die Räume des Verstandes aus.

Auch bei Lithran war die Verbindung zwischen Wille und Handlung unterbrochen. Er lernte, in seinem Verstand Bilder heraufzubeschwören, die alle beunruhigenden Nachrichten der Sinne verdrängten. Er träumte auch in wachem Zustand. Wenn sein Körper auf der Stadtmauer Kosmions Wache hielt, wanderte seine Aufmerksamkeit anderswohin. Er spielte für ein Publikum aus Erinnerungen, liebte ein willfähriges Phantom.

In diesem abgeschiedenen Land seines Verstandes wäre er wohl immer geblieben, wäre nicht die Gesandtschaft aus Westramond gekommen.

Das erweiterte Ich

TEIL 2

Es ist nun in Wahrheit ganz richtig,
diese als vollkommene Wächter zu bezeichnen,
welche sowohl über die Feinde von außen
als auch über die Befreundeten innen wachen,
damit diese nicht Lust, jene nicht Macht
bekommen, Schlechtes zu tun.

Plato: STAAT (414 B)

In diesem Sommer, nur etwas früher, standen dreihundert Meilen westlich, auf der anderen Seite der Wand, die das Land Tethesta einschloß, vier Männer und eine Frau auf einem Turm aus rohen Steinen und schauten über die Ebene in die Morgensonne. Einer von ihnen war ein Mann um die fünfzig mit einem finsteren, wettergegerbten Gesicht, der die einfache Lederkleidung eines Bauern trug und leise vor sich hin fluchte. »Habt ihr genug gesehen? Es ist, als schaue man dem Tod ins Auge.«

Man hätte sich kaum einen größeren Kontrast zu ihm vorstellen können als die junge Frau neben ihm. Sie hatte zwar die platte Nase und die hohen Backenknochen und den dunklen Teint der unteren Schichten, sie trug jedoch ein reich besticktes, hellgrünes Brokatkleid mit einer goldenen Kette als Gürtel, dazu Perlen, goldene Armbänder und elegante, spitze Schuhe, die dieser Herkunft widersprachen.

»Es ist nicht wie der Tod«, sagte sie. »Denn das hier sieht man kommen.«

Der Turm, auf dem sie standen, erhob sich fünfzig Fuß hoch über die Wehrmauer um einen Bauernhof. Kéryndom hieß er, das Haus des Maiskolbens. Der Hof war auf der Spitze eines Felsenhügels errichtet. Er lag in der Grenzmark von Westramond an der Grenze zu Tethesta, wo die Bauern ihre Felder nur im Lederpanzer pflügten, mit einem Helm auf dem Kopf und einem Schwert an der Seite. Jeder Hof im Umkreis von fünfzig Meilen hatte sein verriegeltes Tor, seine Fallgatter und Wehrmauern ... oder wenigstens, wenn der Bauer arm war, einen viereckigen Wehrbau, zu dem man die Leiter aufziehen konnte und bei dem keine Fensteröffnung niedriger als zwanzig Fuß war.

Jetzt hatte man aber nicht vor plündernden Banden Angst, sondern vor etwas noch nie Dagewesenem, vor etwas Grauenvollem.

Obwohl es noch früh am Morgen war, war der Blick nach Osten verdunkelt und wie von einem lichtlosen Vorhang abgeschnitten.

Die Wand des Turmes fiel unter ihnen fünfzig Fuß ab, die steile Felswand darunter, auf der der Turm stand, nochmals vier- oder fünfhundert weitere Fuß, ehe sie die Ebene berührte. Wenn man nach Süden und Westen hinausschaute, sah man eine Landschaft, die einem gelben Meer glich. Das Getreide war reif. Die Felder von Westramond verliefen in der Entfernung in einem Schleier, blaß und weich wie ein Sandstrand. Daraus ragten in Abständen große runde Steine heraus, weiß wegen des Quarzes und grün wegen der Büsche und Bäume. Auf jedem dieser Hügel stand ein burgartiges Herrenhaus. Vielleicht verlief auch da ganz weit weg im Süden die blaue Linie des Meeres.

Am Fuße des Felsens zogen sich die gelben Getreidefelder hinunter zu einem schmalen weidengesäumten Bach und stiegen dann wieder eine halbe Meile nach Osten an. Dann kamen ein Feldweg, eine grüne Hecke und ein noch größeres Feld. Es maß wenigstens eine Meile. Die Köpfe auf den Maisstielen ließen es wie eine rauhe Tapete oder Brotrinde aussehen. Wie ein Gobelin wehte es sacht im Winde.

Aber an der anderen Seite...

Dort war es, als ob die Welt endete.

Das Gold des Maisfeldes erstreckte sich ruhig und heiter nach Osten hin. Das Gold des Sonnenlichts lag ruhig und heiter darauf. Doch hörte das Feld nicht mit einer grünen Erlenreihe auf, sondern brach plötzlich wie abgeschnitten ab. Ein dunkler Abgrund, eine glatte tiefschwarze Wand stand dort und wölbte sich leicht nach Norden und Süden, so weit das Auge reichte. Ein großer dunkler Kreis war aus der Welt herausgeschnitten. Der Schatten des Nichts lag über dem Land im Osten, eine Dunkelheit, die eine unsichtbare Scheibe mit Hunderten von Meilen Durchmesser darüber warf. Und der Schatten war so dicht, daß man nicht hindurchsehen konnte.

Neben dem Mädchen stand ein Mann in mittleren Jahren, der offensichtlich auch ihrem Stand angehörte, denn er war reich gekleidet. Auf dem Wams war mit Goldfäden ein Wappen aufgestickt. An den Fingern trug er goldene Ringe. Er wirkte vielleicht etwas geziert, da sein Bart gekräuselt und schwarz gefärbt war. Wer sich aber in Westramond auskannte, wußte sogleich, daß es sich um den König handelte. Aus Aberglauben und Tradition war es Sitte, alle Zeichen des Alterns bei den Monarchen sorgsam zu verbergen.

»Du hast nur zu recht, Arenkos«, sagte er. »Es ist, als ob hier in Westramond Tag und Nacht sich abwechseln, in Tethesta aber nur noch eine Zeit herrsche. Ja, ja, wer hätte damals den ersten Nachrichten geglaubt? Selbst wenn man es sieht, ist es unmöglich. Eine übergestülpte Schüssel voll Nacht.«

»Euer Cousin, der König, ist Optimist«, sagte der älteste der vier Männer zu dem Mädchen. »Er hatte noch seine Zweifel, nachdem sogar die Hieraks...« Seine Stimme wurde unhörbar. Aufgeregt strich er seinen weißen Bart. Er trug selbst das Gewand eines Hieraks. Offensichtlich nahm er eine wichtige Stellung ein, denn der Stab, auf den er sich stützte, war goldbeschlagen und kostbar gearbeitet. Eine Schlange ringelte sich darauf um einen Zweig. Der Kopf der Schlange trug Rubine als Augen, die zwischen den Fingern des alten Mannes hervorleuchteten. Dies waren die Insignien des Ethnarch, des Prinzen unter den Hieraks.

»Dunkelheit wächst manchmal beim Reden«, sagte der König.

»Sie wächst, ob man darüber spricht oder nicht«, sagte Arenkos, der Bauer. »Sagt, Herr, wollen wir hinuntergehen und es uns näher ansehen?«

»Bist du auch sicher, daß es für den König nicht gefährlich ist, näher heranzugehen?« fragte der Ethnarch.

»Ja«, antwortete der Bauer. »Solange er nicht versucht, es zu berühren.«

Eine halbe Stunde später standen sie alle auf dem Feld, bis zu den Hüften im gelben, wogenden Mais, kaum fünf Schritt von der Dunkelheit entfernt. Sie ragte vor ihnen auf wie ein Berg aus schwarzer, schweigender Luft. Jetzt, wo sie ihr so nahe waren, hatten sie nicht mehr den Eindruck, ins Schwarze zu schauen, eher in ein Nichts, oder in das Wissen um den eigenen Tod, das niemand hat, weil es absolute und reine Abwesenheit ist. Es war schwierig, sich der Wand der Schatten zu nähern, weil es so war, als trete man an den Rand eines Abgrundes..., der aber nicht nur in eine endlose, schwindelerregende Tiefe führte, sondern auch senkrecht hinauf in eine sternlose Nacht. Wenn die Welt nicht rund, sondern kantig wäre, würde sie so aussehen.

»Wir können noch näher heran«, sagte der Bauer. »Die Ernte ist sowieso verloren.«

Wie sie jetzt sahen, war die Kante der Dunkelheit nicht so fest, sondern waberte, fast wie dichter Rauch, als ob der ganze Osten brannte und eine düstere, undurchdringliche Finsternis ausschickte, die wie schwarze Strahlen den Himmel zu berühren schien.

»Wie Ihr seht«, sagte der Bauer, »hat es etwas von einem Nebel an sich. Als es anfing, hielten wir es für einen Dunstschleier. Dann wurde es aber immer dichter, bis es so wurde, wie Ihr es jetzt vor Euch habt. Je dunkler es wurde, desto schärfer wurde es auch. Ich glaube nicht, daß es noch schärfer wird.«

»Sollen wir es deshalb nicht berühren?« fragte die junge Frau. Man merkte, daß sie gewohnt war, zu befehlen. Bei ihrer Frage schaute sie über den Kopf des Bauern hinweg.

»Sicher doch, kleines Fräulein«, sagte Arenkos, der sich auch nicht von der Cousine des Königs einschüchtern ließ. »Wenn ich sage, es wurde schärfer, weiß ich schon warum.« Dann schwieg er.

Das Mädchen kannte die Art der Bauern und drang weiter in ihn.

»Na ja, das war so«, begann Arenkos. »Damals, als der erste Dunst auftauchte – nein, schon etwas später, als er sich dunkel färbte und das Summen stärker wurde, da ging mein Knecht Breon hinaus aufs Feld. Dort hinaus«, sagte er und deutete nach Osten, »das war vor einer Woche. Da gab es dort noch mein Gemüsefeld, so etwa eine Meile weit, gerade am Rand der Dunkelheit. Dieser Narr Breon pflügt dort und kommt immer näher an die schwarzen Zähne heran...«

»Die schwarzen Zähne?«

»Die schwarze Wand«, sagte Arenkos und spuckte auf den Boden. Konnten denn diese Leute vom Hof keine Metapher verstehen, wenn sie eine hörten! »Also, dieser Breon – ich habe es genau gesehen, ich war ja nur fünf Schritte weit weg, auch beim Pflügen –, also, ich drehe einen Augenblick lang den Kopf zur Seite und schaue zum Himmel, wie es sich für einen Bauern gehört, da...«

Die Pause war Absicht. Alle schauten Arenkos an und fragten: »Und dann?«

»Langsam«, sagte Arenkos, »soweit sind wir noch nicht. Als erstes sehe ich, wie Breon, dieser Dummkopf, seinen Pflug mit aufgerissenen Augen und offenem Maul durch die Luft schwingt und sagt: ›He! Was ist denn das? Gib ihn mir zurück, du...‹ Ich will das Wort jetzt nicht aussprechen, das er verwendete.« Dabei schaute Arenkos das Mädchen an. »Ihr Adligen kennt keine so rauhen Ausdrücke wie wir Bauern.«

Talismans Lippen zuckten. Arenkos gefiel sich immer mehr in seiner Rolle. Er fuhr fort: »Ja, der Pflug war glatt abgeschnitten. Einen Fuß von der Schneide. Die Pflugschar war weg, beste Bronze. Er hatte sie einfach verloren, dieser Schwachkopf, nur weil er sie in die Dunkelheit gesteckt hat. Als ob hinter diesem Vorhang etwas sitzen würde«, sagte er nachdenklich, »das das Metall abgebissen und verschlungen hat.«

»Dann hab' ich ihm gesagt« – Arenkos sprach jetzt so leise, daß sie ihm genau zuhören mußten –, »dann hab' ich ihm gesagt – und ich hatte Angst um ihn –, nein, eigentlich hab' ich ihn angebrüllt. ›Beweg dich nicht! Komm zurück! Es ist hungrig. Du hast es schon genug gefüttert, mehr als genug.‹ Als ich sah, was er vorhatte, habe ich meine Hacke fallen lassen und bin vier Schritte auf ihn zugegangen. Dabei hab' ich mich aber in einem Bohnenbusch verfangen und bin der Länge nach auf die nasse, schwarze Erde gefallen.«

Das Mädchen hörte mit beiden Ohren der Geschichte zu. Dabei waren ihre Augen fest auf den Rand des Maisfeldes gerichtet. Es stimmte. Die Dunkelheit bewegte sich langsam und unerbittlich auf sie zu. In regelmäßigen Abständen verbrannte die nächste Reihe Mais. Sie ging nicht in Flammen auf, wie ein gewöhnliches Feuer, sondern färbte sich wie beim Getreidebrand schwarz und verschwand dann hinter dem Vorhang, durch den kein Lichtstrahl drang.

»Da lag ich nun«, fuhr Arenkos fort, »das Maul voll Unkraut und zwei Hände voll Erde. Und was muß ich sehen? Streckt doch dieser Breon, der natürlich auch ziemlich verwirrt war, seine Hand in die Dunkelheit, um nach seiner Pflugschar zu greifen. Ja, ja! Er hat seine rechte Hand hineingestreckt!«

Schweigen.

»Also, der faßt da hinein, und die Hand war hell. Er hat sie bis zum Ellenbogen hineingesteckt. Als der Arm wieder herauskam, war da nur noch ein roter Fleck mit einem weißen Zapfen, abgebissen bis zum Ellenbogen, wegrasiert!

Ich nehme meinen Gürtel zum Abbinden. Höre auf den Herzschlag. Stroh. Heb' ihn hoch, bis mir fast das Kreuz bricht. Auf den Wagen. Alle Segenssprüche, die heilen und mir einfallen. Zurück nach Kéryndom. Breon ist schwach wie ein sterbendes Kind, aber er lebt. Mein Bett auf dem Hof. Wird aber nie mehr richtig arbeiten können«, sagte Arenkos bedauernd.

Alle hingen wie gebannt an seinen Lippen. Arenkos war mit dem Eindruck, den er gemacht hatte, überaus zufrieden. Aber was wußten denn diese Adligen schon vom richtigen Leben?

Der König kniete sich etwa zwei Handbreit von der Kante der Dunkelheit hin und untersuchte den Boden.

Es war, als befände man sich an der Schwelle zu einem riesigen Raum mit blauer Decke, einer Kuppel aus Licht, ohne andere Wände, ja eigentlich ohne irgendeine Wand zwischen dem Horizont auf drei Seiten, hinten, rechts oder links. Das goldene Maisfeld erstreckte sich in alle Ewigkeit in alle drei Richtungen. Der blasse Himmel warf ab und zu Falten aus weißen Wölkchen, ging aber auch über seinem Kopf hinauf in die Ewigkeit. Keine Wände. Nur auf der Seite unmittelbar vor ihm. Hier gähnte eine tiefe Schwärze aus der Erde empor, kaum zwei Handbreit vor ihm. Sie war nicht fest, obwohl man bei solch tiefer Schwärze den Unterschied zwischen fest und fließend nicht feststellen konnte. Sie war einfach da, ragte hinauf zum Himmel und ging hinab wie eine tiefe Schlucht.

Talisman kniete sich neben ihrem Cousin nieder. »Vorsichtig«, sagte sie und berührte ihn kurz an der Schulter.

»Schau dir den Stein da an«, sagte er.

Der Stein, den er meinte, war ein Stück Flint, den der Pflug eines Bauern vor langer Zeit gespalten hatte. Jetzt lag er zwischen zwei gelbgrünen Maisstengeln hinter einer Vogelmiere, etwa zwei Zentimeter von der Schwelle zur Dunkelheit entfernt.

Die Dunkelheit bewegte sich. Bewegte sie sich wirklich?

Es war, als schaue man an einem ruhigen Tag der Flut zu, wie sie sich zwischen den Steinen langsam den Strand hinaufarbeitet. Wie das Wasser um jede Erhöhung herumkriecht und jede winzige Muschel erzittern läßt und schaukelt, sich einen Fingerbreit vorschiebt, dann plötzlich eine Handbreit, widerwillig zurücksinkt, weiter nach oben beißt, alles im Bruchteil der Sekunden, die man gerade nicht hingeschaut hat. Verschlagen, zögernd, listig schiebt sich die Flut hinauf, mühelos. So schob sich jetzt auch die Dunkelheit in das Maisfeld. Sie gab sich den Anschein, nur ein Stückchen Schatten zu sein, doch die Sichel der Leere schmiegte sich an einen Kiesel und die weiche, feuchte Leeseite einer Erdkrume.

Und immer in Bewegung, ständig weiter. Talisman beobachtete genau das Stückchen Flint, das in der dunkelbraunen Erde halb verborgen lag, und das nun, als der Schatten an den Seiten herankroch, undeutlicher wurde, noch einmal auftauchte, sich schwarz färbte und still in die wesenlose, vordringende Schwärze einging.

»Ich hab' es Euch gesagt«, sagte Arenkos. »Die Biene sticht.«

Talisman zog die Hand zurück. Die Warnung war noch rechtzeitig gekommen. Sie war nahe daran gewesen, mit ihrem braunen Zeigefinger den Flint zu berühren, als er unsichtbar wurde.

Sie seufzte und stand auf. Dann wischte sie sich die Erde von ihrem hellgrünen Rock und trat zurück.

»Ich kann jetzt sehr gut verstehen, wie Breon ... Es zieht dich an. Die Seele wird leichtsinnig.«

Talisman betrachtete die näherkommende Kante der Dunkelheit und versuchte, Berechnungen darüber anzustellen. Sie hielt den Atem an und zählte. Etwa einen Zoll in zehn Sekunden. Sechs

Zoll pro Minute. Zehn lange Schritte in der Stunde. Über zweihundert Meter am Tag.

»Zwei Meilen in zwei Wochen. Arenkos, dein Hof wird verschwinden. Kann es auch bergauf klettern?«

»So mühelos wie die Abenddämmerung«, sagte der Bauer ungerührt. »Sagt mir, Zauberer«, wandte er sich an den weißhaarigen Mann mit dem Stab, »wann wird die Flut zurückgehen?«

Der Ethnarch murmelte etwas Unverständliches in seinen Bart. Diese taktlose Anspielung auf seine magischen Kräfte ärgerte ihn.

»Glaubst du«, fragte Talisman, »daß die Höfe auf der anderen Seite der Dunkelheit wieder auftauchen werden?«

»Wer kann das schon sagen«, meinte der Bauer und zuckte mit den Achseln. »Ihr habt selbst festgestellt, daß man vom Turm in Kéryndom nicht hinter die Schattenwand sehen kann. Niemand ist aus der Dunkelheit zurückgekommen, um uns zu berichten. Es ist wie der Tod. Oder wie die Zeit: Nichts fließt zurück. Rudhran und seine Frau – sie hatten hier einen Hof, etwa drei Meilen südlich – weigerten sich, ihr Haus zu verlassen, als der Schatten kam. Als die letzte Nacht an ihre Schwelle kam, haben sie uns zum Essen und Trinken eingeladen. Wir konnten sie auf keine Weise umstimmen. Da haben wir uns verabschiedet und sie dem Schatten überlassen.«

»Wenigstens kann man es nachts nicht kommen sehen.«

Der König wandte sich jetzt dem vierten Mann zu, der bisher nur schweigend dagestanden hatte. »Kommt, Bracwin, wir haben genug gesehen. Laßt uns zurückgehen. Dann könnt Ihr uns berichten, was Ihr wißt.«

Bracwin ähnelte einem Frettchen mit seinen schmalen Lippen, die sich immer dann zu einem zynischen Lächeln verzogen, wenn kein anderer lächelte. Er nickte kurz und antwortete mit seinem schweren Tethestaakzent. Er war ein Flüchtling aus dem Osten, der erst vor einer Woche in den Hafen von Salagra eingelaufen war. In Tethesta mußte er wohl ein reicher Kaufmann gewesen sein, denn seine Kleidung war kostbar, und er war mit einer Kiste voll Gold angekommen.

Auf Arenkos' Hof hatten sich der halbe Kronrat und die Bauern der Umgebung in der Halle versammelt, die so groß wie eine Scheune war. Hier wurde nun Bracwin erneut die Frage vorgelegt, ob das Land Tethesta noch existiere.

Bracwin lachte laut und überlegen. Natürlich gab es sein Land noch! Und wie er entkommen war? Dazu braucht man nur mit einem Boot die Küste entlang zu segeln. Man läßt die Dunkelheit links liegen und ist schnell im Sonnenschein von Tethesta. Allerdings würde er von solchen Spionageversuchen abraten, denn Leuth su-Volsus baue eine Flotte aus Galeeren, um seine Küsten zu schützen, und diese hatten ebenso schwarze Flügel wie die Wand.

Die Dunkelheit war lediglich ein Schutz des neuen Königs Leuth gegen Verräter, Unterwanderer, Denunzianten, Dissidenten und ähnliche Leute. (Er sprach jetzt ganz leise und wurde blaß.) Leuth hatte nämlich die verlorenen Künste wiederentdeckt – die okkulten Künste. Dadurch war er nicht mehr länger er selbst, sondern die Seele der Menschheit geworden (und das in der vollen Bedeutung des Wortes Menschheit). Er war kein König wie jeder andere König. Er war gleichzeitig auch seine Phylaks, seine Wächter, die ein Auge – besser gesagt viele Augen – auf das Königreich warfen, als ob sie es für den menschlichen Geist vorbereiten wollten...

Die Bauern von Westramond wagten es nicht, ihn zu unterbrechen. Geschichtenerzählern mußte man bis zum Schluß zuhören. Aber Sebast su-Vassil, der König von Westramond, schüttelte ungläubig den Kopf und unterbrach Bracwin. Es dauerte über zwei Stunden, bis die Westramonder am Tisch sich von Bracwins Erklärungen überzeugen ließen. Das Licht fiel inzwischen schon anders auf die rohbehauenen Steinblöcke in Arenkos' Halle. Die Sonnenflecken auf den Steinplatten waren kürzer geworden und liefen in eine andere Richtung.

Bracwin war entzückt, daß er sie von seiner Zuverlässigkeit überzeugen konnte. Er sprach jetzt von den Wohltaten, die Kosmion, der Hirte, nicht sofort, aber mit der Zeit seinem Volk bringen würde. Und auch allen anderen Völkern, zur gegebenen Zeit, wenn die Wand sich so weit ausgedehnt habe, daß sie die ganze Welt einschlösse. Die Inseln der Seligen...

Arenkos unterbrach diese Lobeshymne. »Aber Bracwin, was tut *Ihr* denn hier, wenn dort alles so vollkommen ist?«

»Das war ein Verwaltungsfehler«, sagte Bracwin. Als dieser Bemerkung nur Schweigen folgte, fuhr er offensichtlich irritiert fort: »Mein ältester Sohn! Er hat mich denunziert! Trotz meiner ergebenen Dienste für Seine Majestät! Ich wäre sonst... verschmolzen worden mit dem Einen.«

Talisman runzelte die Stirn. »Wenn das Einssein mit Kosmion das höchste Glück ist...«

»Und Eurem Bericht nach Tethesta das Paradies auf Erden ist...« fügte der König hinzu.

»Nun, um der Wahrheit die Ehre zu geben, es hat da ein paar rein technische Pannen gegeben, gewisse unvorhergesehene Mängel – eine vorübergehende Phase...«

»Das interessiert mich. *Welche* Pannen und Mängel?«

»Gewisse rückständige Elemente unter der Bauernschaft haben sich geweigert, die neue Ordnung anzunehmen. Da sie dem Fortschritt im Wege standen, mußten sie natürlich eliminiert werden.«

»Verstehe. Und wie viele sind ›eliminiert‹ worden, wie Ihr das nennt?«

»Das ist schwer zu sagen«, antwortete Bracwin und sah mit äußerster Gleichgültigkeit zum steinernen Gewölbe auf.

»Verstehe«, sagte Talisman. »Ein paar Tausend also.«

Der König sagte: »Ich verstehe ziemlich viel von Staatsraison. Aber wenn ein König sein Land nicht ohne Massaker regieren kann...«

Bracwin zuckte bei diesem Wort zusammen. »Aber Hoheit, habe ich denn von ›Massaker‹ gesprochen? Ich habe lediglich angedeutet, daß während einer Übergangsphase das Recht auf politische Opposition zeitweilig beschränkt werden muß und daß die Opfer, die die Bewohner von Tethesta im Augenblick bringen müssen, durch die Kraft zukünftiger Möglichkeiten voll gerechtfertigt sind.«

Merkwürdig, dachte Talisman. Eine neue Sprache. Wortgeklingel und nichts dahinter. Kosmion ist ein Erfinder, ein Genie. Seine neue Sprache ist wie seine Wand: aus dem Nichts gebaut, einem Nichts, das fester erscheint als das Leben.

»Der Marsch des Fortschritts«, sagte Bracwin, »darf durch rein persönliche Überlegungen nicht aufgehalten werden. Die Geschichte hat ihre eigene Logik und...«

Talisman öffnete den Mund, um heftig zu widersprechen. Aber der König gebot ihr mit einer Handbewegung zu schweigen. »Es geht uns nichts an, was unser Gast glaubt. Das heißt nicht, daß ich ihm beipflichte. Die Bewohner von Westramond« – er lächelte mit seinem offiziellen Lächeln die Bauern an, die um den langen Tisch Arenkos' saßen – »wissen, daß ich das Recht respektiere. Heute nachmittag beschäftigen uns aber die praktischen Gesichtspunkte des Problems, hauptsächlich die Beschaffenheit der Wand. Was kann uns Bracwin darüber sagen? Sieht sie von der östlichen Seite ebenso aus? Gibt es gerüchteweise Andeutungen, welche merkwürdige Art von Zauberei sie geschaffen hat?« Er schlug sogleich das Abwehrzeichen.

Bracwin berichtete nun, wie er und seine Familie zuerst auf dem Landweg hatten fliehen wollen. Sie waren aber auf ein unheimliches Ding gestoßen – einen undurchdringlichen Spiegel, mitten auf offenem Felde.

Der letzten Frage des Königs versuchte er auszuweichen. Er trat unruhig von einem Fuß auf den anderen, schaute auf den Fußboden und dann wieder an die Decke. Er sprach nur zögernd über die Verliese in Sulunna und was man dort machte, um ›gewisse Elemente nicht wieder zu erneuern‹. Schließlich brach er stotternd ganz ab.

Seine Zuhörer hatten ihn verstanden. In diesem kurzen Augenblick war ihnen so viel klar geworden, daß es mehrere Minuten dauerte, ehe jemand zu sprechen wagte.

Schließlich sagte Talisman:

»Jetzt ist alles klar. Die Legenden stimmen: Es gibt Zauberei, und sie ist Wirklichkeit. Sie hat aber nicht zwei Hände wie ein menschliches Wesen, sondern ist nur linkshändig. Die sogenannten Verleumdungen gegen die Erzpriester, diese wenigen Aufzeichnungen, die die Gleichmacher überlebt haben – sind richtig. Man kann ihnen trauen. Wie ein Stein, der in einen Teich fällt, kreisförmige Wellen verursacht, eine Wasserwand, die nach außen ans Ufer sich fortpflanzt, so ist auch die Wirkung von dem, was in Sulunna geschieht...«

»Du ziehst voreilige Schlüsse, Cousine«, unterbrach sie der König unwirsch. »Hör mal, wenn wir nach dem Ursprung der Kräfte suchen würden...« Er lachte und schaute seinen Kronrat an. Das war typisch für Sebast su-Vassil: Niemals beendete er seine Sätze – weil er annahm, daß seine Ansichten denen aller anderen entsprachen.

»Keineswegs«, sagte Talisman und schaute ihn nicht direkt an, sondern blickte wie immer auf einen Punkt mehrere Handbreit über seinem Kopf. »Hast du jemals bedacht, wie die größten Schmerzen alle anderen ekstatischen Zustände in den Schatten stellen? Selbst die geschlechtliche Lust ist nicht so intensiv. Schmerz ist die durchdringendste Sinneswahrnehmung – was bewiesen wird durch die Tatsache, daß er allein nicht ertragen werden kann.«

Der Ethnarch sagte: »Willst du uns sagen, daß unser Glauben falsch ist, daß das Böse mächtiger als das Gute ist?« Sein Ton war sehr mißbilligend.

»Ja«, bekannte Talisman offen. »Das Böse ist stark, unmittelbar und endgültig. Die Liebe ist langsam, zärtlich, zerbrechlich; sie braucht Jahre, um zu wachsen, Jahre, um zu fühlen. Wie schnell und leicht ist eine Nadelspitze, ein Kissen, eine Hand an der Kehle. Was ist härter: Stahl oder das Gesicht eines Kindes?«

»Die Welt ist schlecht gemacht worden.«

Der König biß sich auf die Lippen und murmelte: »Ich werde das nicht akzeptieren.« Er betrachtete solche Wahrheiten eher als Staatsgeheimnisse. Zu welch naiven Handlungen sich die Jugend doch hinreißen läßt! War die Staatskunst denn ein Spielplatz für Ideale?

Talisman sah zum Fenster hin. Von dort konnte man hinaus in den Hof schauen und sah direkt auf den hohen Palisadenzaun um das Gehöft. Der Schatten des Wachtturmes hatte den ganzen Nachmittag über auf dieser Wand gelegen und war wie der Zeiger einer Sonnenuhr gewandert. Im Verlauf des Nachmittags war er immer länger geworden, wie ein Hexenkind, das innerhalb von wenigen Stunden von einem Säugling zu einem Monster wächst.

»Tut mir leid«, sagte sie. »In den Aufzeichnungen der Erzpriester steht, daß in unserer Welt die Wirklichkeit vom Bewußtsein abhängt. Vielleicht gibt es andere Welten, wo das nicht der Fall ist. Aber hier ist es so. Wenn man das Bewußtsein verändert, verändert man auch die Wirklichkeit. Und was verändert das Bewußtsein mehr als grauenvolle Schmerzen und die Angst vor dem Tode? Kosmions Folterkammern liegen im Zentrum der Erde, und die Wirklichkeit windet sich in Qualen darum, verändert seine Form, um zu entkommen. Wir haben keine Waffen gegen ihn...«

»Außer wir werden Folterknechte...«

Sebast su-Vassil fragte: »Hast du diese Bücher gelesen? Du redest wie ein Gleichmacher.«

Der König schickte eine Gesandtschaft hinter die Dunkelheit. Er drückte jedem Mann die Hand und empfahl ihn Warúnos, dem Himmelsvater. Immer mehr Flüchtlinge kamen von den Küsten Tethestas, nicht einzeln oder in Paaren, sondern zu Hunderten und Tausenden trafen sie ein. Sie machten den Ministern in Westramond große Sorgen. Wie sollte man so viele unterbringen und ernähren? Der Zustrom der Flüchtlinge hielt an, und die schwarze Wand rückte immer weiter heran. Das Gebiet von Westramond wurde immer kleiner. »Leuth exportiert seine Probleme«, sagte der König. »Ich könnte mir vorstellen, daß er deshalb die Seeküste offen läßt. Wir werden einfach von dem Gewicht der Flüchtlinge erdrückt.«

Rein politisch gesehen war die Ankunft eines jungen Mannes namens Kyran su-Merodharm noch beunruhigender. Er war ein Abenteurer in Lumpen, der aber in seinen Taschen Goldmünzen und an seiner Seite ein reich vergoldetes Schwert trug. Er verlangte eine Audienz beim König und behauptete, der rechtmäßige Erbe auf den Thron in Tethesta zu sein. Das Dumme an der Sache war, daß sorgfältige Nachforschungen ergaben, daß sein Anspruch gerechtfertigt war. Obwohl er nur ein entfernter Vetter des ermordeten Monarchen war, war Kyran tatsächlich der nächste Thronanwärter, da man die königliche Familie fast ausgerottet hatte. Als der König davon erfuhr, nahm er erst einmal an einer öffentlichen Hinrichtung teil, um seine Nerven zu beruhigen. Dann hielt er ihn weitere sechs Wochen hin. Danach begrüßte er Kyran mit überschwenglicher Herzlichkeit, behandelte ihn ebenbürtig und gab ihm ein Schloß und eine Schar livrierter Reiter. Allerdings verbot er ihm, mehr Leute um sich zu versammeln, nicht einmal von seinen eigenen Landsleuten. Solch eine unabhängige Armee hätte eine Gefahr für ihn selbst dargestellt.

Der König hoffte immer noch auf eine Einigung mit dem Thronräuber von Tethesta. Dann könnte er Kyran gefangennehmen und ihn beseitigen. Er hatte eigens einen in der Gesandtschaft mit dieser Botschaft beauftragt. Schließlich war das seine einzige Trumpfkarte.

Wochen und Monate vergingen. Kein Wort drang durch die dunkle Wand. Es war, als sei die Gesandtschaft niemals fortgegangen. Vielleicht war sie auch bis zum letzten Mann ums Leben gekommen. Im Süden flohen alle Fischer, und diejenigen, die irgendein Boot besaßen, fuhren nach Westen. Selbst für Gold gab es auf dem Markt keinen Fisch mehr zu kaufen. Die Flut der Goldmünzen der Einwanderer trieb die Preise gefährlich in die Höhe. Die Leute fingen an zu horten, um später noch mehr Geld verlangen zu können. Gerüchte über alte Prophezeiungen begannen sich auszubreiten. Man munkelte, daß Westramond oder Hespramond ›Abendwelt‹ bedeutete und daß vor langer Zeit ein Großer Meister der Erzpriester sterbend das Land verflucht und ihm den Untergang in einem Meer der Nacht vorausgesagt hätte. In der Provinz

Pelarth ging keiner mehr einer normalen Tätigkeit nach. Männer, Frauen und Kinder schufteten Tag und Nacht, um einen großen Deich über das Land zu bauen – als ob eine Wand, wie Talisman sagte, die Nacht davon abhalten könnte, herniederzusinken.

Sie wurde allmählich ungeduldig. Da kam dem König ein Gedanke, der ihn immer fröhlicher werden ließ, je länger er sich damit beschäftigte. Er hatte schon mehrere Jahre lang mit wachsendem Mißtrauen seine Cousine beobachtet, die gar nicht so war, wie man sich eine Frau vorstellte, sondern entschlossen, stolz, feurig und bei den Leuten sehr beliebt. Dadurch stellte sie eine Gefahr für den Frieden im Lande – das heißt für den Thron und damit auch für ihn – dar. Idealisten kann man nicht trauen, und noch weniger, wenn sie über praktische Fähigkeiten verfügen. Wenn er sie nun überreden könnte...

Er wartete, bis sie zu ihm kam und sich über seine Untätigkeit beschwerte, daß er noch keine Armee aufgestellt hatte, keine Schiffe gebaut, nicht einmal eine zweite Gesandtschaft ausgeschickt hatte. Aber wem könne er denn trauen? fragte er sie. Wenn nur jemand aus der eigenen Familie, ein Mann, der...

Er packte sie bei ihrem Stolz, schmeichelte ihr ins Gesicht und verletzte sie durch Andeutungen.

Zu seiner Überraschung willigte sie ein. Daß sie das tat, setzte sie in seinen Augen gleichzeitig herab. Ja, sie würde alles arrangieren. Nein, er brauchte keinen Finger krumm zu machen. Sie würde nach Sulunna gehen und sich in Kosmions Löwenhöhle wagen.

Ist das denn weiblich, fragte sich der König, so stürmisch zu sein? Hoffen wir nur, daß sie nie zurückkommt (plötzlich fühlte er sich äußerst unbehaglich), denn dann wächst sie mir über den Kopf. Aber diese Möglichkeit erschien ihm doch unwahrscheinlich. Diese Wand war ein versteckter Segen: Sie vereinfachte so viele Dinge.

Die Botschafterin und ihr Gefolge wurden bei ihrer Landung in Tethesta, im Hafen von Pyrgoma, vom örtlichen Statthalter überaus herzlich begrüßt. Man brachte sie in einer prächtigen Villa unter, wo man sie reichlich bewirtete. Außerdem versprach man ihnen, daß sie nach drei Tagen vom Carcan, dem Vertreter Kosmions, empfangen würden. In der Zwischenzeit stünden ihnen alle Annehmlichkeiten zur Verfügung, die üblicherweise ausländischen Würdenträgern geboten würden: ein Besuch der Werften (damit sie von Kosmions Macht beeindruckt würden), eine Besichtigung der Wälle von Pyrgoma (damit sie von der Undurchdringlichkeit überzeugt würden) sowie eine Inspektion der Modellbauernhöfe in der Umgebung (um ihnen die Erfolge von Disziplin und Planung vor Augen zu führen).

Man entschuldigte sich für die Verzögerung, daß man sie nicht sogleich nach Sulunna geleiten konnte. Sie sahen aber doch sicher ein, daß man nichts machen konnte, ehe das Halbjahrfest vorbei war – die Herbstfeiern, in denen man die Machtübernahme durch das Volk von Tethesta vor sechs Monaten feierte und durch die der Zauber der Einheit erneuert würde, der ihm das Recht zur Machtübernahme verliehen hatte und auch weiterhin garantierte.

Talisman mußte sich damit abfinden. Schließlich war diese Art, Zeit zu schinden, nicht ungewöhnlich. Die Gefahren der Macht werden nur durch die Unbeweglichkeit des Systems aufgewogen. Trotzdem ging ihr der Gedanke nicht aus dem Kopf, daß in den vier Tagen ihres Wartens die Wand der Dunkelheit eine weitere halbe Meile auf den Feldern von Westramond vorrücken würde.

Der Morgen der Feiern brach an. Die Morgendämmerung war in Pyrgoma ein besonders bedrückender Zeitpunkt. Der alte Ziggurat der Erzpriester, der vor den Stadtmauern verfiel, warf seinen langen Schatten über die Häuserdächer und bildete auf den Straßen grundlose, schwarze Seen, als ob er wegen seiner Höhe das Vorrecht hätte, gewöhnlichen Behausungen das Licht wegzunehmen. Es war ein Fehler der Gleichmacher gewesen, diese Pyramide nicht geschleift zu haben – vielleicht wollten sie sie aber auch als Mahnmal stehen lassen. Bei Tagesanbruch stand sie dunkel und bedrohlich da. Im Laufe des Tages, wenn die Sonne höher stieg und über den Himmel zog, wurde sie kleiner, nahm ihren Schatten in sich zurück, bis sie (gegen Abend) nur noch ein Hügel in der Ferne war, rot und brennend in der Abendsonne. Kirlian, der Gleichmacher, hatte gesagt, daß dadurch die Menschen täglich an die Vergänglichkeit des Bösen erinnert würden.

Der Schatten des Ziggurat lag noch auf den Häusern, als Talisman und ihr Gefolge auf den Balkon auf der Vorderseite traten. Auf der anderen Seite des Marktplatzes stand das Rathaus. Die oberen Geschosse lagen im hellen Sonnenschein. Die bunt bemalten Schnitzereien an der Fassade zeigten den aufwendigen Schmuck, den man in diesen südlichen Provinzen so liebte. Nur ein Schattenstreifen lag auf dem oberen Teil und der breiten Treppe davor. Der Kontrast zwischen dieser Dunkelheit und der Helligkeit der Sonne machte es schwierig, die Reihen der Wächter zu sehen, die sich dort aufgestellt hatten. Unnatürlich bewegungslos standen sie da, als ob sie auf eine Theateraufführung oder eine Hinrichtung warteten.

Obwohl der Platz davor sehr groß war, fast so breit wie die Pyramide hoch war, konnte man auf der einen Hälfte keinen Pflasterstein erkennen, sondern nur eine wogende Menge von braunen Kappen und Tüchern sehen, die ruhelos, aber geduldig auf das Schauspiel wartete. Hinter der Menschenmenge erhoben sich die Häuser mit ihren unregelmäßigen Balkonen, Giebeln und schiefen Schornsteinen. Das Fachwerk verschwand fast hinter den karmesinroten Fahnentüchern, die im langen Schatten der Pyramide wie blutverklebte Haare wehten und sich im hellen Sonnenlicht in rote Binden verwandelten. Man hörte von unten nur das laute, nichtssagende Murmeln der Menge, unaufhörlich und unmenschlich wie das Plätschern eines Wasserfalls.

Eine unheilvolle Szene, bei der aber eine Sache nicht ins Bild paßte. Irgendein Abtrünniger hatte in der Nacht die Hände der Statue Leuths an der gegenüberliegenden Seite des Platzes blutrot bemalt. Da die Phylaks keine Zeit mehr hatten, das Standbild zu säubern, hatten sie ein weißes Tuch darüber geworfen, um es den Augen der Öffentlichkeit zu verbergen.

Talismans Gefolge wurde unruhig, als der Statthalter Carcan und seine Frau das Zimmer hinter ihnen betraten und auf den Balkon kamen. Sie begrüßten die Botschafterin mit kalten Händen und höflichem, offiziellem Lächeln. Dann nahmen sie auf dem Balkon Platz. Der Statthalter setzte sich an Talismans rechte Seite, seine Frau an ihre linke. Alles schien wie immer zu sein. Lediglich die Frau (sie war mit Sicherheit kaum älter als siebzehn und von der gleichen dunklen Schönheit wie auch Talisman) schien außergewöhnlich unterwürfig. Die Augen des Mannes waren wie immer undurchdringlich schwarz. Obwohl Talisman erst drei Tage in Tethesta war, wußte sie doch, was das bedeutete. Es genügte, in die Gesichter der Wächter zu schauen, um es zu wissen. Sie überlegte, warum man sie nicht ihre Botschaft direkt hatte vortragen lassen, warum diese Scharade ›Leuth persönlich in Sulunna zu treffen‹ aufgeführt wurde, wenn sie genausogut jeden beliebigen Mann mit schwarzen Augen auf der Straße ansprechen und mit ihm verhandeln hätte können. Als sie darüber nachdachte, zitterte das Mädchen neben ihr plötzlich. Da erkannte Talisman, was mit ihm los war: Es hatte furchtbare Angst, und jetzt war ein Teil dieses Gefühls auch auf Talisman übergegangen. Von tausend Gesichtern umringt zu sein, die alle von einem einzigen Willen beherrscht wurden, war nicht nur furchteinflößend, es war noch viel schlimmer. Die Hälfte der menschlichen Welt war fremd und unverständlich geworden. Wenn man aus Angst zitterte, spürte man, daß die Grundfesten der Wirklichkeit ebenfalls zitterten. Selbst wenn dieser Wille gütig sein sollte...

Wütend unterdrückte Talisman ihre Furcht und griff nach der Hand der jungen Frau als Zeichen ihres Mitgefühls. Dann machte sie die belangloseste Bemerkung, die ihr einfiel: »Schöner Tag für die Prozession.«

Das Mädchen starrte sie an und zog die Hand weg.

Von der anderen Seite des Platzes ertönten plötzlich Schreie. Bewegung kam in die Volksmenge. »Dieb! Dieb!« hörte man es aus der Ferne. Ein langbeiniger Bengel rannte auf den freien Platz in der Mitte. Mit großen Sprüngen und Haken versuchte er seinen Verfolgern zu entkommen. Offensichtlich hielt es die Menge für einen Teil des Umzugs. Die Leute lachten und feuerten ihn an. Nur zwei Männer verfolgten den Dieb; der eine war fett wie ein Kapaun, dem beim Laufen sein Bauch im Weg war, und ein anderer, der dauernd über die Spitzen seiner Schuhe stolperte. Selbst als ein Soldat ihnen zu Hilfe kam, sah es so aus, als würde der Junge ihnen mit Leichtigkeit entkommen. Einige der Leute schwenkten ihre Hüte. Es war nicht ganz klar, ob sie die Verfolger oder den Taschendieb anfeuerten.

Dann passierte etwas Unerklärliches. Der Junge rannte gerade über die Mitte des Platzes. Er war seinem nächsten Verfolger, dem Soldaten, den seine Rüstung und das Schwert behinderten, etwa zehn Meter voraus. Da schien der Soldat – es spielte sich unmittelbar vor Talisman ab –, ohne den Schritt gewechselt zu haben, plötzlich zehn Meter weiter vorn zu sein. Er war nicht etwa gesprungen, nein, es war, als ob die Strecke einfach verschwunden war, es sie gar nicht gegeben hätte. Statt hinter dem Jungen herzurennen, legte er ihm jetzt die Hand auf die Schulter. Der Bengel stolperte und stürzte mit einem Angstschrei zu Boden. Der Soldat warf sich mit seiner schweren Rüstung auf ihn. Die Lederriemen an seinem Helm rissen, so daß dieser klappernd über das Pflaster rollte. Die Jagd war vorüber. Die Menge klatschte und jubelte, als wäre das ein hübscher Zirkustrick gewesen.

Talisman verfolgte das Geschehen völlig verständnislos. Langsam stieg Angst in ihr auf, als ihr klar wurde, daß das auch ein magischer Kunstgriff Kosmions sein mußte – die Fähigkeit, eine gewisse Strecke zu überschreiten, einen Abschnitt der Welt verschwinden zu lassen, um schneller Hand an seine Feinde legen zu können. Verstohlen schaute sie nach rechts und links. Der Statthalter hatte sich nicht bewegt. Offensichtlich hatte er gar nicht bemerkt, was geschehen war. Das Mädchen schlug das Abwehrzeichen. Talisman fühlte Mitleid mit ihm. Ich bin stärker als du, dachte sie und streichelte kurz die Hand des Mädchens. Sie besaß genug Takt, um der Frau des Statthalters zu ersparen, ihre Hand ein zweites Mal wegziehen zu müssen.

Carcan machte eine Bemerkung, die aber im Geschmetter der Trompeten von links unterging. Ohne sich die Mühe zu machen, die Worte zu wiederholen, neigte er nur den Kopf. Es war deutlich zu erkennen, daß er, ohne sich umzusehen, wußte, daß einer der Wächter herbeigekommen war und ihm den schweren Kopfschmuck aufsetzte. Talisman beunruhigte dieser Vorgang noch mehr als der, den sie gerade gesehen hatte. Der Mann konnte offenbar sehen, ohne seine Augen zu benutzen. Nur widerwillig drehte sie ihm den Kopf zu.

Als erstes zogen die Augen des Soldaten, der die goldene Haube auf Carcans Kopf gesetzt hatte, ihre Aufmerksamkeit auf sich. Sie waren natürlich schwarz. Es war dieses merkwürdige stumpfe Schwarz, das bei allen Soldaten Kosmions zu finden war. Warum fielen sie ihr dann so auf? Die Sonne kam von hinten. Sie saßen hier im Schatten. Es konnten also nicht die Sonnenstrahlen sein, die dieses weit entfernte Flackern in den Augen hervorriefen, als ob – trotz allem – im Verstand dieses Mannes noch etwas lebte. Vielleicht war es eine Spiegelung. Sie wandte ihre Aufmerksamkeit nun der Haube des Statthalters zu.

Diese war golden und hatte die Form einer Pyramide. Talisman zählte zwölf Stufen. Da sie nicht zu auffällig hinstarren wollte, wandte sie wieder den Kopf ab. Da kamen ihr zwei irrationale Ideen. Eine war klar. Es handelte sich um die Pyramide der Macht, die von vielen an der Basis zu dem Einen an der Spitze hinaufführte. Die andere Vorstellung dagegen war weder offensichtlich noch vernünftig. Die Haube des Statthalters (ihrer Meinung nach) glich der Stelle auf dem Marktplatz, über die der Wächter kurz zuvor gesprungen war. Das Dreieck der Basis war an der Spitze auf ein Nichts reduziert. Talisman hatte einen Augenblick lang das Gefühl, als stände sie an der Schwelle, etwas ganz Wichtiges verstehen zu können. Dann war das Gefühl wieder vorüber, und sie betrachtete wieder die Szene vor sich.

Wie eine Antwort auf die Trompeten fuhr ein Windstoß die Straße herunter und riß einige Hüte mit sich. Die Markise über dem Balkon flatterte, und die Fahnen knallten wie Peitschen. Aus einer entfernten Wolke kamen ein paar Schneeflocken. Die Sonne machte einen weiteren, schweigenden Schritt um die östliche Ecke des Marktplatzes. Wieder schrien die Trompeten. Aus der Menge in der Seitenstraße erhob sich Geschrei, das das Hufeklappern und das Kreischen der Kutschenräder fast übertönte.

»Ah«, gab die Frau des Statthalters von sich, als die Kavalkade in Sicht kam. Es war schwer zu sagen, ob der Laut aus Schmerz oder Freude ausgestoßen worden war. Besorgt schaute Talisman sie an. Wie viele junge und schöne Gesichter war ihres so harmonisch gebildet, daß man ihre Gefühle daraus nicht ablesen konnte.

Kosmion hatte diese große Prozession zur halbjährlichen Feier seiner Thronbesteigung mit größter Sorgfalt geplant. Sie begann an der Treppe des Rathauses, führte in einem Kreis durch die Stadt und endete, wo sie angefangen hatte, beim Balkon, unter der scharlachroten Markise, wo der Statthalter Carcan wartete. Zuerst kam das Stampfen von Stiefeln und das Klappern von Waffen, als ein Regiment Wächter im Gleichschritt vorbeimarschierte. Sie sahen prächtig mit ihren glänzenden Lederrüstungen, Quasten und wehenden Federn aus. Über dieser marschierenden Blumenrabatte ragten die blanken Bronzespitzen ihrer Speere wie zwölf Fuß lange Dornen in die Luft. Ihnen folgte eine Kutsche mit den Schönen Tethestas, deren Gesichter verschleiert und deren Körper fast nackt waren. Dahinter kam eine Gruppe Gefangener, in Paaren ans Joch gefesselt, einige geblendet, manchen hatte man auch die Zunge oder Hände abgeschnitten. Nun folgte ein Zug offener schwarzer Kutschen. Wie eine Monstranz standen darin Folterinstrumente: die Folterbank, das Rad, die neunschwänzige Katze, die eiserne Jungfrau, der Galgen.

Der Festzug bot etwas für alle politischen Gefühle von Kosmions Untertanen – Stolz auf die nationale Identität, Haß auf die Ausländer, Prunksucht und Respekt vor der Macht. Wie ein Naturgesetz, wie eine Woge im Meer oder der Übelkeit, schwoll der Jubel bei den einzelnen Abschnitten des Mobs an. Hände und Stimmen erhoben sich in die Luft. Es war wie eine Sturzflut der Begeisterung, die ein Sturm auf den Wellenkamm hinaufgepeitscht hat. Es war schwer zu sagen, ob die paradierenden Soldaten, die halbnackten Frauen, die verstümmelten Sklaven oder die

Folterwerkzeuge den größten und lautesten Beifall bekamen. Kurzum, alle nötigen magischen Zutaten waren vorhanden, um die Bindung zwischen dem Volk und seinem Herrscher noch enger werden zu lassen. Die Parade hatte einen vollkommenen Kreis in der Stadt beschrieben, damit der absolute Kreis von Kosmions Macht sich den Gefühlen und der Erinnerung seiner Untertanen einprägte. Eine vollkommen gleichartige Prozession fand im gleichen Augenblick in jeder Stadt Tethestas statt.

Der Kreis war aber nicht ganz geschlossen. Talismans Aufmerksamkeit wurde durch ein merkwürdiges Phänomen angezogen. Ein Regiment Wächter marschierte gerade auf der Straße unter ihnen. In der Mitte hatte sich eine etwa zehn Meter lange Lücke gebildet, in die sie wie in kurzzeitige Unsichtbarkeit hineinliefen, um danach im gleichen Rhythmus herauszumarschieren, als sei nichts geschehen. Talisman schaute ihre beiden Begleiter an. Carcan stand da und erwiderte den Gruß der Soldaten – Leuth erwidert den Gruß von Leuth – und die junge Frau – wie es sich gehörte – jubelte laut.

Von hinten wurden ihr Worte zugeflüstert. Einer aus ihrem Gefolge, der vielleicht sehr beeindruckt war oder der politische Gründe hatte, sagte:

»Welch eine Demonstration der Staatsgewalt! Ein Modell, wie man so etwas machen sollte!«

Der Statthalter hatte mitgehört und wandte sich lächelnd an ihn. »Und Ihr, mein Freund, seid ein Modell für brüderliche Zuneigung. Ihr versteht uns besser als unsere eigenen Isolierten. Wir schütteln Euch die Hand.«

Nein, es waren ›die Hände‹.

Lithran hatte an diesem Abend in der Residenz des Statthalters Dienst als einer der Leibwächter, des Dutzends Männer, die zu beiden Seiten von Carcans Sitz standen. Sie waren bewaffnet, hatten das Visier offen, standen alle in der gleichen starren Stellung und waren alle von Kosmions beherrschendem Willen besessen. Die Einrichtung und die Aufstellung der Wächter ähnelten dem Thronsaal Kosmions im Kelwaruna so sehr, daß alles wie eine absurde Parodie erschien. Hier wie dort waren die Doppelreihen der Soldaten zwei Extragliedmaßen, die vom zentralen Angelpunkt, dem Thron, ausgingen. Nur saß hier in Pyrgoma Carcan im Mittelpunkt, nicht Leuth selbst – obwohl das um kein Atom verschieden war. Man wunderte sich höchstens, warum man sich die Mühe gemacht hatte, Carcans Namen oder den eines anderen Wächters zu bewahren. Man hätte doch gleich jeden Phylak mit derselben anonymen Bezeichnung ansprechen können.

Lithran wußte jetzt – oder dachte zumindest, daß er es wüßte –, warum er danach gestrebt hatte, sich an jenem Tag auf dem Weg nach Delvendal zu lösen. Er wußte, warum er Kosmion gezwungen hatte, ihn in eben diesem Augenblick zurückzusenden und nicht später. Er hatte nicht in Delvendal selbst loskommen sollen, um sein Leben zu riskieren. Was genau geschehen war, konnte er nur mittels der Fragen herausbringen, die Kosmions Zunge ihm gestattete. Er konnte sich nicht mit eigenen Worten erkundigen. Außer ein paar zufälligen Bemerkungen eines Isolierten, die er überhört hatte, würde er nie Genaues darüber erfahren. Es war schwierig, im neuen Tethesta etwas Neues zu erfahren. Und Delvendal lag vierhundert Meilen nördlich. Er verschloß sich daher den Geräuschen um ihn her, stand neben dem Thron und war ganz in dem reflektierenden Kreis seines Verstandes gefangen.

Als dröhnend Bronze auf Stein schlug und sich die schweren Türflügel öffneten, um den Besucher einzulassen, wurde er aus seinen Träumen gerissen. Er wußte, wer das war. Er war schon am Morgen auf dem Balkon in ihrer Nähe gewesen, als er dem Statthalter die Haube aufgesetzt hatte. Es war die Prinzessin aus Westramond, die Cousine Sebast su-Vassils, die Botschafterin. Sie wurde als Gefangene von zwei roten Wächtern in den Saal geführt, die Hände auf den Rücken gebunden.

Sie war nicht sehr groß, obwohl die Empörung in ihren Augen sie beinahe so erscheinen ließ. Selbst Kosmions Blick durch die vierundzwanzig Augen seiner Leibwache wurde von ihr angezogen. Sie hatte die Züge eines Bauernmädchens aus dem Süden von Westramond – der Leute, die behaupteten, sie seien die erste Rasse gewesen, die das Land entdeckt und besiedelt habe. Sie hatte das typische tiefschwarze Haar, die hohen Backenknochen und die platte Nase. Ihre Haut war rosig angehaucht und leuchtete wie nach einer Liebesnacht, oder war es Zauberei – wenn man davon ausgeht, daß die beiden sich unterscheiden. Dieser Schein faszinierte Lithran. Er beneidete Kosmion um die Fähigkeit, das Mädchen nicht nur aus einem Blickwinkel heraus betrachten zu können, sondern durch die Augen aller seiner Wächter von allen Seiten, als ob die dienstbaren Augen Spiegel wären, die über den Raum verteilt waren.

Vielleicht fühlte Kosmion sich auch zu beeindruckt, um sich wohl zu fühlen. Die Vervielfältigung des eigenen Sehens vervielfältigt auch die Macht des Gesehenen. Die Wachen hinter dem Rücken des Mädchens machten kehrt und marschierten im Gleichschritt hinaus. Die Bronzetüren schlugen zu. Einige der Wachen um den Thron herum schlossen die Augen – zuerst schlossen sie allerdings die Visiere, so als wollten sie diese Tatsache verheimlichen. Carcan ahmte das Verhalten Leuths nach an dem Tag, als Lithran zum ersten Mal vor ihm gestanden hatte, und wandte seine Augen ab. Hätte das Mädchen durch die geschlossenen Visiere schauen können, hätte es sich gewundert: zwei Reihen Bewaffneter, Hand am Schwertgriff, mit geschlossenen Augen – bis auf vier –, um sich gegen den Anblick einer jungen Frau zu schützen... und am Ende der scharlachroten Uniformen der Statthalter des Königs mit gebeugtem Haupt und heruntergelassenen Augenlidern, wie geschlossene Jalousien.

Talisman wandte sich mit lauter Stimme an Carcan. »Diese Diener, Mylord, haben sich nicht an ihre Anweisungen gehalten. Obwohl ich sie an unsere Immunität als Gesandte eines befreundeten Staates erinnert habe...«

Carcan unterbrach sie, immer noch mit geschlossenen Augen: »Unsere Diener sind unser Wille.«

Sie hielt das für Nachgiebigkeit und sagte: »Das beruhigt mich aber. Wollt Ihr ihnen befehlen, daß sie mich losbinden und...«

Carcan ließ sie nicht weitersprechen. »Ihr habt mich mißverstanden. Wie kommt Ihr nur auf die Idee, daß unsere Diener uns nicht gehorcht haben... daß sie ungehorsam sein *können?*«

»Aber Euer Lordschaft«, rief das Mädchen, den Tränen nahe. »Schließt Ihr auch die Ohren, wenn Ihr die Augen zumacht? Mein Cousin in Westramond und Ihr seid Kollegen, übt dasselbe Gewerbe aus, seid Priestergenossen desselben Mysteriums der Macht. Seine Interessen und Eure – sind die denn verschieden? Trotzdem hat man heute morgen nach der Prozession mein Gefolge festgenommen. Ich habe es seither nicht mehr gesehen. Ich kann nicht glauben, daß es bei zivilisierten Verhandlungen üblich ist...« Im Eifer ihrer Klage war die Botschafterin auf den Thron zugeschritten. Es war, als ob sie auf eine verborgene Feder getreten sei. Mit einem Schlag sprangen die zwölf Bronzeschwerter aus ihren Scheiden.

Erschrocken blieb Talisman stehen. Carcan hob warnend die Hand. »Halt! Es ist verboten, sich dem Thron zu nähern, da alle Throne Symbole des Einen sind. Und Ihr seid lediglich ein Isolierter.«

»Mylord«, sagte das Mädchen. »Ich bin die Cousine des Königs.«

»Auch der König ist nichts anderes als ein Isolierter. Ich werde Euch eine Geschichte erzählen. Gestern haben die Wächter in Sulunna eine Frau festgenommen, die sie nicht mit dem gebührenden Respekt und der korrekten Anrede begrüßt hatte. Bei ihrer Gerichtsverhandlung behauptete sie, daß nicht sie, sondern eine Bekannte von ihr es am gebotenen Respekt hatte fehlen lassen. Hier ist nun das Problem: Soll sie als schuldig hingerichtet oder als unschuldig entlassen werden?«

»Ich sehe da keinen Zusammenhang«, sagte das Mädchen und runzelte die Stirn. »Ich verstehe auch die Schwierigkeit nicht.«

»Das ist doch aber so klar wie das Sonnenlicht«, sagte Carcan. »Es kann kein Unschuldiger hingerichtet werden, weil es für Kosmion unmöglich ist, einen Fehler zu begehen.«

Es kam zu einem unerwarteten Schweigen, als ob beide darauf warteten, daß der andere sprechen möge. »Das müßt Ihr mir erklären«, sagte das Mädchen schließlich zögernd.

»Wir werden Euch mitteilen, wie unser Urteil ausgefallen ist, nachdem Ihr uns Eure Botschaft vorgetragen habt«, sagte Carcan lächelnd.

Die Botschafterin war sichtlich aus dem Gleichgewicht geraten. Sie schaute umher und wurde blaß. Kosmion beobachtete sie durch die Augen seiner Garde. »Wir geben Euch den Rat, weise zu sprechen. Wenn Ihr nichts vorzubringen habt, kann es nur zu *einem* Urteil kommen.«

Etwas stockend begann die Botschafterin, ihre Botschaft vorzutragen. Doch beim Sprechen kam ihr die Empörung zu Hilfe: Ihre Stimme wurde wieder klar und fest. Das zynische Lächeln auf Carcans Gesicht aber blieb.

Endlich verlor er die Geduld und unterbrach sie. Das war für ihn eine leichte Sache, da sich Kosmion nicht allein Carcans Stimme bediente, sondern auch der der zwölf Wachen. Nachdem er sie niedergebrüllt hatte, begnügte er sich wieder mit einer Stimme, der seines Statthalters Carcan.

»Sehr Ihr? Die Wahrheit liegt in der Stimme von vielen. Das ist sicher.«

»Ich habe gehört, daß Kirlian der Gleichmacher gesagt hat«, entgegnete ihm Talisman unerschrocken, »daß alles, was jeder, überall und jederzeit geglaubt hat, durchaus falsch sein kann.«

»Unsinn! Wahrheiten, die sterben, sind ein mieser, schwacher Wurf! Wir sind Geschichte, und wenn erst einmal alle Stimmen bis auf unsere verstummt sind ...«

»Was soll denn die menschliche Sprache noch, wenn es keine Unterschiede mehr gibt, über die man sprechen kann?«

»Eines müßt Ihr zugeben«, sagte Carcan mit größter Überzeugungskraft. »Es kann nicht zwei Wahrheiten geben. Wenn es zwei gibt, muß eine eine Lüge sein. Wenn es dreitausendundzwei gibt, müssen dreitausendundeine Lügen sein. Wozu ist die Sprache gut, wenn sie nur in die Irre führt?«

»Ja, aber wie wollt Ihr beweisen, welche die Wahrheit ist?«

»So!« sagte Carcan und ließ sich zu einer schroffen Wutäußerung hinreißen. Zwei Wachen traten vor, faßten Talismans lange schwarze Haare und zwangen sie auf die Knie. Sie schrie vor Schmerz auf, und ihre Augen füllten sich wieder mit Tränen. Da faßte ein anderer Soldat den Ausschnitt ihres goldfarbenen Gewandes und riß es mit einem beleidigenden Ruck bis zur Taille auf. Die Brüste des Mädchens lagen bloß, und zwischen ihnen baumelte der kleine Schutztalisman aus Bernstein. Der Phylak schien zu stocken, als ob sein Herr plötzlich unter einem Anfall von Aberglauben litt. Doch dann griff er nach dem Amulett, um es ihr vom Hals zu reißen. Die goldene Kette, an der es hing, spannte sich, riß aber nicht. Statt dessen löste sich das kleine Bernsteinstück von der Öse, die es hielt, und blieb in der Hand des Soldaten zurück. Er zauderte einen Augenblick lang, und dann schleuderte er das Amulett weit von sich weg.

Diese Handlung erschien unsinnig. Doch Kosmion wußte genau, daß der Talisman ihr Namensbruder war: Er versuchte sie zu beschämen und ihr gleichzeitig Angst vor dem Übernatürlichen einzuflößen.

Das Mädchen war jedoch durch ihren halbnackten Zustand keineswegs beschämt. Es errötete zwar tief, aber aus Wut. Talismans Anwesenheit war noch stärker spürbar: Die dunklen Monde um ihre Brustwarzen starrten Kosmion wie ein zweites Paar Augen entgegen. »Wie könnt Ihr es wagen? Es ist eine Beleidigung für ... für ganz Westramond.«

»Es gibt keine Beleidigungen, außer das Volk will es. Wir wundern uns immer wieder über die Dreistigkeit von euch Isolierten. Geschenk der Sonne! Glaubt ihr etwa, daß eure Stimme eure eigenen Gedanken hervorstammelt? Der Mensch ist kein Mensch ohne andere Menschen! Euer Gesicht, eure Kleidung, diese Geräusche, die ihr Sprache nennt, die seltsamen Gebräuche, die ihr

Moral nennt, diesen bizarren Aberglauben, den ihr Wahrheit nennt – sie alle stammen von den vielen, die euch gemacht haben. Wenn ihr uns sagt, daß wir euch beleidigt haben, ist das nicht mehr als ein Knurren oder Bellen, lediglich ein Reflex, der euch auf den Knien eurer Mutter beigebracht wurde. Wenn ihr euch über Grausamkeit beklagt, ist das lediglich, weil ihr nur an dekadente und gefühlsduselige Bräuche gewohnt seid. Ihr seid nichts als Reflexionen, identische Reflexionen unter Millionen Spiegelbildern. Und Spiegel sind zerbrechlich.«

»Warum seid Ihr dann so erpicht darauf, Euch mit mir zu unterhalten?« fragte das Mädchen geschickt. »*Meine* unmaßgebliche Meinung dürfte Euch doch kaum interessieren.«

»Ihr Isolierte seid doch armselige Wesen«, sagte Carcan und schenkte ihren Worten keinerlei Beachtung. »Wir wollen Euch ein Beispiel geben. Vor zwei Tagen hatten wir im Verlies in Sulunna eine Frau mit ihrem neugeborenen Baby. Wir machten ein heilsames kleines Experiment mit ihr. Wir haben beide in einen eisernen Käfig gesetzt und den Boden so erhitzt, daß er zu glühen anfing. Eine Zeitlang hielt die Frau ihr Kind noch in den Armen und sprang immer wieder hoch. Ihre Füße färbten sich schwarz und waren von Blasen bedeckt. Als schließlich das Blut floß, daß es auf dem Boden dampfte, gab sie nach. Sie warf das Kind zu Boden und stellte sich darauf.«

Das kniende Mädchen wurde unter ihrer braunen Haut fahl. Es schloß die Augen, als ob damit die Bilder ausgeschaltet würden.

Carcan beobachtete sie aufmerksam und sagte: »Ihr müßt wissen, daß wir diese Untersuchung mit größtem Ernst durchgeführt haben. Ihr könnt Euch auch vorstellen, zu welchen Schlüssen wir bezüglich der Wirklichkeit von Moral und Willensfreiheit gekommen sind.«

Zum ersten Mal seit Wochen war Lithran ständig ›anwesend‹ und hatte die Handlungen seiner äußeren Hülle während der Unterhaltung verfolgt. Der Grund dafür verwirrte ihn. Das Mädchen hatte einen Magnetismus um sich – nein, er war nur besonders anfällig für Talismans Schönheit. Er fühlte sich heftig aufgerüttelt beim Anblick ihres warmen, braunen Körpers, der aus den Fetzen ihres Gewandes auftauchte wie ein Badender aus den Fluten des Flusses. Es war aber nicht so sehr die Harmonie eines sexuellen Gefühls (wie der Druck gegen die Zügel in der Hand eines Reiters) oder Staunen (wie die erstaunliche Erweiterung des Horizonts beim Ersteigen eines Berges), sondern die leere Goldkette, die mit der Öse wie eine Nadel zwischen den Brüsten schwang. Darauf konzentrierten sich seine Gefühle: das Fehlen des Talismans.

Verbunden mit diesem Fehlen fühlte er Widerwillen gegen Kosmion und Angst um das Mädchen.

Die Prinzessin schaffte es, sich hochzuwinden (ihre Hände waren immer noch fest auf den Rücken gebunden). Sie schuldete es sich, aufrecht stehend dem Hirten die Stirn zu bieten. In das Schweigen hinein sagte sie mit sanfter Stimme:

»Wahrheit ist keine Wand, Seelenherrscher.«

»Im Gegenteil, Wahrheit ist ein Schutzwall um eine Stadt: Sie sperrt die Lüge aus.«

»Wozu soll eine Barriere gut sein, die niemand überwinden kann?«

»Das ist entweder Poesie oder kindische Wortklauberei.«

»Und was habt Ihr gegen Poesie? Wie kann Gewalt Einheit hervorbringen? Ihr sucht in der falschen Richtung. Einheit geht nach innen, nicht nach außen.«

»Was soll das denn heißen? Wir werden größer, wir breiten uns aus, wir annektieren, wir überwältigen. Welche andere Richtung gibt es? Wir haben eine Vision von der Zukunft, so eindringlich, daß sie sich in Wirklichkeit verwandelt hat. Wir sind eine Flut, die steigt, um die dekadente Vergangenheit hinwegzuspülen und die Bedingungen für eine neue Welt zu schaffen.«

»Als ein Überbleibsel aus der Vergangenheit schicken wir dich, Mädchen, in die Bassanissa.«

Bei der Erwähnung von Kosmions Harem brauste die Prinzessin auf. Sie machte einen Schritt nach vorn und rief:

»Trotz allem bin ich froh, daß ich gekommen bin, so merkwürdig das auch klingen mag. Obwohl ich mein ganzes Leben Macht ausgeübt habe, habe ich jetzt erst ihr wahres Wesen erkannt.«

Carcan bewegte sich nicht, das brauchte er auch nicht. Ohne daß er den Befehl geben mußte, traten die Phylaks hinzu und packten Talisman an den Armen. In einer dieser Phylaks war Lithrans Seele gefangen. Unter seinen Händen fühlte er das warme Fleisch ihres Armes.

Und dann sprach Carcan. Vielleicht war es, um seiner Verachtung Ausdruck zu geben, vielleicht auch, um menschliche Könige und Statthalter nachzuahmen. Er gab den Befehl:

»Bringt das Mädchen Talisman tra-Valensa in sein Quartier!«

Lithran hörte zum ersten Mal ihren Namen. Bis jetzt war er ein Opfer zwiespältiger Gefühle gewesen, zu Untätigkeit verurteilt. Jetzt wurde er sich seiner Gefühle bewußt und der Energie, die dieser Zwiespalt enthielt. Er bemerkte die weichen Umrisse ihres Innenarms, als seine Finger sich etwa halb zwischen Ellenbogen und Achselhöhle darum schlossen. Er drückte fest genug, um blaue Flecken hervorzurufen. Er ahnte ihren Schmerz, denn er konnte ihn durch seine verkrampften Finger fühlen. Es war, als würden sie absichtlich seinen Wunsch, ihre nackte Haut zärtlich zu streicheln, ins Gegenteil verkehren. Aber jetzt wehrten sich seine Finger, so brutal zuzupacken. Der Kampf zwischen Kosmion und ihm war auf die körperliche Ebene herabgedrückt. Freiheit und Zwang, wenn auch völlige Gegenteile, gingen gleich tief. Er hatte dies schon vor einigen Monaten bemerkt, aber danach nicht mehr daran gedacht. Es wurde von ihm ein Kampf gegen sich selbst verlangt – nicht gegen Kosmion. Dieser Gedanke erfüllte ihn mit Schrecken. Die Hand von ihrem Arm zu lösen, beiseite zu treten, vielleicht sogar das Schwert zu ziehen – nein, wenn er das tat, würde man ihn nicht umbringen, sondern als einen der Unregenerierten behandeln, die, die selbst Kosmion nicht zähmen konnte – er würde in das Verlies von Kelwaruna überstellt werden. Er mußte zu dem Mädchen grausam sein, um sich zu schützen, womit er den Kreis der Schuld schloß, zurückgerissen von der zentralen Zugkraft seiner Angst. Was war mit ihm los? Ein Name... Er muß den Gedanken daran unterdrücken, auch den an Davannas gelben Talisman. Schaudernd bemühte er sich, Kontrolle über sich zu gewinnen, oder besser gesagt, passiv unter der Kontrolle des Anderen zu bleiben.

Der Augenblick ging vorüber. Er gehörte immer noch Kosmion. Erleichtert half er seinen Gefährten, das Mädchen ins Gefängnis zu bringen, wobei er darauf bedacht war, seine Gedanken sorgfältig von seinen Handlungen zu trennen... seine Gedanken zu zwingen, dem Körper Lügen zu erzählen. Es war zwar furchtbar anstrengend, aber auf diese Weise schützte man seine Gefühle und blieb sicher unter dem Daumen des Herrn.

Es nieselte und war neblig, als Kosmion die Prinzessin und zwei ihrer Zofen unter Bewachung nach Sulunna schickte. Er hatte sie nicht in einen seiner geschlossenen schwarzen Wagen eingesperrt, weil solche Behandlung die kostbare Ware für die Bassanissa beschädigt hätte. Bei der Eskorte von vierzig Männern waren jedoch zwanzig, die bis vor kurzem noch zur Gesandtschaft aus Westramond gehört hatten. Es amüsierte Kosmion, die Frauen unter dieser Bewachung in die Gefangenschaft zu schicken. Es zeigte seine Macht und verlieh dieser Macht noch einen geheimnisvollen Sadismus.

Es war tatsächlich unheimlich und schmerzlich, Gefangene ›ihrer eigenen‹ Leute zu sein – in der Gesellschaft von Männern dahinzureiten, die noch vor wenigen Tagen eine eigene Meinung und einen individuellen Charakter gehabt hatten, jetzt aber mit leeren Gesichtern auf keine ihrer Fragen eingingen. Talisman wischte sich ärgerlich das Gesicht ab. Ihre Häscher sollten nicht etwa denken, daß sich in den Regen auf ihren Wangen Tränen mischten.

Die Reitergruppe war gegen die Nässe warm eingehüllt (denn Kosmion hatte nicht vor, seine Wächter oder seine Konkubinen zu verlieren). Mit lautem Hufschlag verließen sie Pyrgoma durch das Osttor. Winternebel war an diesem Tag vom Meer ins Land gekommen. Lithran war noch weniger als sonst versucht, aus sich herauszuschauen. Man konnte nicht mal sehen, ob man die richtige Richtung eingeschlagen hatte – Vertrauen auf den Gott-König war erforderlich. In der eigenen Blindheit konnte man nur daran denken, daß da vorn der erste Mann eine brennende Fackel trug, um die Dunkelheit zu durchdringen, und daß der Rest der Abteilung seinen Schritten folgte, als ob sie seine Augen hätte. Man konnte den Verstand ausschalten und wissen, daß die Augen des Körpers offen waren, aber einem anderen dienten, einem sicheren und zuverlässigen Führer, einem gemeinsamen Ziel.

Dennoch lockten einige Dinge Lithran aus seiner gewohnten Gleichgültigkeit. Da war einmal Talisman. Sie ritt drei Pferde hinter ihm. Zur Sicherheit hatte man ihre Hände mit Lederriemen an den Sattelknopf gebunden und ihr Pferd zwischen den beiden Pferden von Wächtern traben lassen. Von Zeit zu Zeit schaute Talisman sie ängstlich und verständnislos an. Anfangs hatte sie noch versucht, mit ihnen zu reden. Als sie aber nur das übliche politische Geschwätz als Antwort erhielt, war sie verstummt. Lithran hatte das alles mithören können. Aber er konnte sich nicht umdrehen, weil es für Kosmion keinen Grund dafür gab. Mit der Zeit begann die Tatsache, daß sie da hinter ihm war, er sie aber nicht sehen konnte, ihn über alle Maßen zu ärgern. Er konnte sich nicht mehr auf seine eigenen Gedanken konzentrieren. Der Nebel zog ihn in seinen Bann. Er dachte darüber mit einem Gefühl des Erkennens nach, als wäre er nicht allein, als ob die Wahnvorstellungen, so beunruhigend sie auch waren, doch Teil der Wirklichkeit wären.

Pyrgoma ist wie die meisten Städte im Osten durch eine hohe Mauer geschützt. Sie gehört zum Verteidigungssystem des Osttores (oder Austera Dhura), das die Straße ins entfernte Sulunna auf einem Damm etwa eine halbe Meile lang an der Mauer entlang führt, ehe sie endgültig nach Norden ins Innere von Tethesta abbiegt. Aus diesem Grund muß jeder Feind, der aus dem Norden anrückt, seine Flanke den Bogenschützen auf der Stadtmauer darbieten, ehe er in Schußweite des Tores kommt. An diesem Tag voll Nebel und Blindheit war die Stadtmauer unsichtbar – obwohl sie nur etwa vierzig Meter links lag. Die Pferde setzten vorsichtig einen Huf vor den anderen. Auf dem erhöhten Damm war es, als ob sie zwischen zwei Buchten dahinritten, die von Nebelschwaden verhüllt waren. Von ihrer Umgebung konnten sie kaum etwas erkennen. Lithran machte manchmal nur zwei Reiter vor sich aus. Manchmal riß der Nebel auf, und er konnte bis zur Spitze der Abteilung sehen, wo der erste die Fackel trug. Unvermittelt tauchte einer der Wehrtürme Pyrgomas mit seiner Haube aus roten Platten links auf, losgelöst von der Wirklichkeit durch das Nebelmeer, das ihn umgab. Es war wie eine angefangene Zeichnung, ein Fragment der Erinnerung auf gleichmäßig grauer Leinwand. Dann verschob sich der Nebel. Jetzt wurde auch die Basis des Turms im Burggraben sichtbar. Ein Sonnenstrahl fiel darauf, als ob ein Maler mit kräftigem gelben Pinselstrich ihn herausheben wollte, fest und wirklich, aus der Leere um ihn herum. Selbst die körnige Rauhheit der einzelnen Steine war sichtbar, ein Stück Härte im wirbelnden Nebelschleier. Lithran erinnerte sich an Lathme. Aber es war, als hätte die Malerin Platz gemacht für einen Bildhauer oder Architekten, einen Schöpfer fester dreidimensionaler Objekte. Dann sank der graue Vorhang wieder herab. Die Sonne verschwand, und vom Turm blieb nur noch das gedämpfte Echo des Hufschlags ihrer Pferde, als sie weiterritten. Als Kosmions Gefangener, dachte Lithran, konnte er nur gelegentliche, flüchtige Blicke von der Welt erhaschen. Es waren merkwürdige Blicke. Die Nebelwand hob sich kaum eine Minute später. Diesmal zog sie sich aber weit zurück, so daß die ganze Stadtmauer von der westlichen bis zur östlichen Ecke vor ihnen lag. Der Turm, an dem sie gerade vorbeigekommen waren, war fast nicht mehr zu sehen. Die Stadt war so weit entfernt, als hätten sie in wenigen Sekunden eine Meile zurückgelegt, als wäre da eine Lücke in der Zeit gewesen oder als ob die Wirklichkeit irgendwie unterbrochen worden wäre. Lithran war verwirrt. In dieser Welt gab es keine Uhren. Jetzt hätte er brennend gern eine besessen. Er schaute nach dem Sohnenstand: War eine halbe Stunde vergangen, ohne daß er es bemerkt hatte? Vielleicht war er im Sattel eingeschlafen. Wahrscheinlich war sein Verstand wieder einmal wie so oft gewandert.

Er wollte sich umdrehen und Talisman anschauen, als ob ihr Anblick ihm Sicherheit verleihen könnte. Aber das konnte er natürlich nicht. Vor ihm verschwanden Roß und Reiter einer nach dem anderen in der nächsten Nebelbank. Der Klang der Hufe, den man auf der festgestampften Erde des Dammes deutlich hörte, verstummte, sobald sie in die feuchtkalte Gewalt des Nebels gerieten.

Nebel ist nicht nur eine Spielart der Blindheit, er ist auch eine Spielart des Schweigens. Die übliche Schweigsamkeit der Wächter, ihre Zurückgezogenheit von der Menschheit in eine Einsamkeit der Kommunikationslosigkeit, hatte sich heute auch auf ihre Umgebung ausgebreitet.

Kosmions Macht war einen Schritt weiter gegangen – sie legte sich nicht nur auf den Verstand des Menschen, sondern griff nun nach der Welt der Luft, der Bäume und Steine, drückte allem den Stempel der Wirklichkeit auf. Genau darin bestand Kosmions Zauber, dachte Lithran: die Wirklichkeit einer einzigen Seele in Gebilden konkretisiert wie die Wand. Der Verstand Leuths war so verformt, daß er, nachdem er sich mit der Macht so vieler menschlicher Seelen vervielfacht hatte, seine verdrehten Vorstellungen der Außenwelt aufzwang.

Während des Vormittags kamen sie durch die Ortschaften Sumella, Xalfa und Xivasta und ritten an der Stadtmauer von Kelchisremma vorbei. Am frühen Nachmittag näherten sie sich dem Rand des Werewaldes, dieser ausgedehnten Wildnis, die die Grenze zwischen den südlichen Provinzen und dem Herzen Tethestas bildet. Wieder einmal – zum letzten Mal, ehe der Weg ins Waldesdunkel eintauchte – klang der Hufschlag metallisch, als sie über Pflaster ritten. Es war im Dorf Fesca. Der Nebel war hier dunkler als draußen auf freiem Felde und voll von Schatten, manche eckig, hochaufragend und bewegungslos, andere so groß wie menschliche Geister, schwankend und verstohlen.

Diese kleineren Schatten kreuzten immer wieder die Grenze der Wahrnehmung. Sie waren flüchtig wie Reflexionen von etwas, das Lithran aus seinem Inneren nur allzu gut kannte. Man hatte das Gefühl, daß hinter den Nebelschleiern viele Augen wachsam warteten. Die Stille war so intensiv, daß man spürte, daß alle Bewohner des Dorfes unsichtbar in den Nebenstraßen und Gassen lauerten oder aus ihren Fenstern gebeugt lauschten. Eine von Talismans Zofen an der Spitze des Zuges begann zu weinen und um Hilfe zu rufen. Der Soldat neben ihr hielt ihr mit seiner behandschuhten Hand den Mund zu, aber die geisterartigen Schemen waren bereits verschwunden. Lithran erwischte aus einem Augenwinkel die Bewegung eines Schattens auf der Straße, die sie hinunterritten – ein langer, perlenbesetzter Hosenrock, ein Schal, goldblondes Haar, eine charakteristische Kopfbewegung. Dann trat das Mädchen wieder in den Nebel zurück.

Davanna. Natürlich war sie es nicht. Aber Lithran spürte einen heftigen Schmerz in der Magengrube. Er stöhnte und hielt sich am Sattelknopf fest. Dann schaute er zurück und sah Talismans kleinen, dunklen Kopf tief über die Mähne ihres Pferdes gebeugt, als sie von den beiden Reitern vorwärtsgeschleppt wurde. Sofort schaute er wieder nach vorn. Es war, als ob Leuths Griff sich einen Augenblick lang gelockert hatte, als ihn Lithrans Schmerz überraschte.

Lithran setzte sich – vielmehr wurde gesetzt – wieder fest in den Sattel. Der Augenblick der Unruhe war vorbei.

Am Rande von Fesca ist der Nebel nicht so dicht, und wir sehen die Dinge kurz durch die Augen eines alten Mannes, der neben der Straße nach Abfällen sucht. Hier haben die Pflastersteine aufgehört, und die Straße ist wieder aus Lehm, eine feuchte und lautlose Oberfläche unter dem nassen Gewicht des Nebels. Nichts warnt den alten Landstreicher vor dem Kommen der Wächter. Für ihn verfestigen sich die fahlen Nebelstreifen zu grauen Schemen, die plötzlich schrecklich groß über ihm sind. Einen Augenblick lang ist er verwirrt – schlägt das Zeichen. Dann aber erkennt er, daß es Reiter sind und keine Riesen.

In dem Augenblick, in dem er sich duckt und Zuflucht in einer Hecke sucht, haben sie sich aufgelöst.

Ein Schabernack des Nebels. Da sind sie schon wieder, etwa zwanzig Meter weiter die Straße entlang. Sie wenden ihm bereits den Rücken zu, als sie das Dorf verlassen und nach Norden auf den

Werewald zureiten. Es ist, als hätten sie einen Teil der Straße ausgelassen oder als ob die Nähe des alten Mannes sie eine Zeitlang unsichtbar werden ließ. Der Alte reibt sich die Augen, murmelt etwas und macht sich wieder auf die Suche nach Abfällen.

Es gibt viele Augenblicke der Entscheidung, und es ist schwer zu sagen, warum ein Mann die eine oder die andere trifft. Rebellion ist manchmal nicht leicht, und wenn sie so hoffnungslos ist, daß sie auf Selbstmord hinausläuft, kann man nicht verstehen, daß eine solche Entscheidung je gefällt wird. Vielleicht gibt es tief in unserem Inneren einen Punkt, der normalerweise nicht erreichbar ist, der (auch wenn wir uns entschließen, die Augen fest zuzumachen) einfach platzt. Lithran brachte diese Ereignisse erst viel später mit anderen in Verbindung. Dann überlegte er, ob es positive Magie und negative Zauberei gäbe und ob der Talisman, den er getrunken hatte – in seinem Inneren verborgen –, seine Freiheit auf irgendeine Art beschützt und bewahrt hatte. Er war sich darüber klar, daß beim logischen Ablauf der Ereignisse nichts auf eine solche Erklärung hinwies. Er fühlte jetzt nur (aus Aberglauben), daß er gerade eine Vision von Davanna gehabt hatte und er Talismans Gegenwart hinter sich spürte, und zwar so stark, wie er Kosmions Gegenwart hinter sich in Kelwaruna während des Augenblicks gespürt hatte, als dieser vor langer Zeit von ihm Besitz ergriff.

Der Nebel brachte ein Gefühl der Unsicherheit mit sich, eine Atmosphäre, die im Gegensatz zu dem Absoluten Leuths war. Im Nebel fühlt man, daß die Wirklichkeit selbst Schabernack treibt, daß (zum Beispiel) die Scheune, an der Lithran gerade vorbeiritt, in Wirklichkeit viel weiter entfernt stand, dort, wo er sie zuerst bei einem Aufklaren des Nebelschleiers erblickt hatte. Man spürt, daß das Individuum zwar nicht genau sagen kann, was es gesehen hat, dennoch aber recht haben kann.

Vielleicht spielte es auch eine Rolle, daß Lithran zu Pferde saß. Aber auch beim Gehen ist es nicht viel anders. Man hat nicht das Gefühl, daß man jede einzelne Bewegung genau kontrollieren kann, sondern eher etwas fernsteuernd handelt, aus dem Hintergrund. Wir wollen uns nach links bewegen. Und durch ein Wunder, das kein Philosoph je erklären konnte, wird die Handlung ausgeführt. Wir kontrollieren nicht direkt die betreffenden Muskeln in den Beinen, sondern wir geben lediglich den allgemeinen Befehl, so wie ein Feldwebel es tut: »Links um!« Auf geheimnisvolle Weise gehorchen uns unsere Beine. Bei einem Pferd ist es ähnlich. Ein Schenkeldruck genügt, und die eigentlichen Bewegungen des Tieres werden nicht in allen Einzelheiten kontrolliert, sondern vom Willen des Reiters von oben bestimmt. Vielleicht war Leuths Kontrolle über seine Untertanen genauso. Ein Pferd kann allerdings verweigern. Meist wird es das nicht tun, aber es könnte.

Lithran mußte mit Angst und Freude an seine Gefühle in der Residenz des Statthalters vor ein paar Tagen denken. Beim Anblick von Talismans tapferer Angst waren ihm die Tränen gekommen. Ein eigener Reflex, außerhalb der Kontrolle seines Meisters? Mit der linken Hand schloß er das Visier. Dabei überlegte er, ob er dies selbständig getan hatte oder auf Befehl von Kosmion.

Wahnsinn! Wenn es stimmte, war er so gut wie tot. Aber war er denn nicht in jedem Falle todgeweiht? Eines Tages würde Kosmions Gleichgültigkeit, was seine Sicherheit anbelangte, ihm den Tod bringen.

Nein, Lithran, akzeptiere die Sicherheit der Angst! Noch spürst du Kosmion in deinen Muskeln, wie er den Zügeldruck bestimmt und die Richtung deiner Augen. Laß es so, und versuche, nicht zu fühlen.

Sie waren jetzt am Rande des Werewaldes angelangt. Der Weg führte sie hinein. Anfangs konnte man nur eine zunehmende Dunkelheit erkennen, der Hufschlag klang anders, Phantome von Bäumen rechts und links. Als sie tiefer hineinritten, war es, als ob die Bäume keine lebenden Pflanzen aus Holz und Borke waren, sondern Gespenster aus verdichtetem Nebel mit zarteren, durchsichtigeren Dunstschleiern dazwischen.

Lithran hing weiter seinen Gedanken nach. Schuld konnte aber auch einen Mann dazu bringen, sich anzupassen, weil er kein Selbstgefühl mehr besitzt. Oder sie wirkte anders: indem sie ihn dazu trieb, seine Schuld dadurch zu tilgen, daß er sich selbst zerstörte – reinen Tisch machte und somit die Gewähr hatte, niemals wieder Verantwortung auf sich zu laden. Sollte er sein Schwert ziehen und es sich durch den Schenkel stoßen, damit der Schmerz so groß sein würde, daß Kosmion aus seinem Körper vertrieben wurde? Er wunderte sich über sich selbst. Wie konnte ihm je ein solcher Gedanke kommen? Wenn er das denken konnte, hatte Kosmion keine Kontrolle mehr über ihn!

Tief in Gedanken versunken ritt er weiter. Er machte keine Bewegung, die ihm nicht von der Macht, die in ihm wohnte, befohlen wurde. Neun Schritte hinter ihm ritt die Prinzessin. Er konnte die leere Öse des Amuletts nicht mehr zwischen ihren Brüsten sehen und auch seinen eigenen Talisman nicht. Der fehlende Talisman, ihr Name, die Anwesenheit von etwas, das in ihm war, und auf beides antwortete – wie gefährlich war das alles! Wieder rief er sich den plötzlichen Drang nach Freiheit zurück, den er im Thronsaal verspürt hatte. Er hatte dieses Gefühl unterdrückt und kontrolliert.

Es war so natürlich und doch so unerwartet. Später glaubte Lithran, daß er irgendwo da draußen im Wald einen Ast hätte brechen können. So stark war die Auswirkung dieses Gedankens auf seinen Verstand! *Er* hatte dieses Gefühl kontrolliert. Aber wenn er es kontrolliert hatte, dann bewies das doch, daß er frei war! Er fühlte in sich ein Gefühl aufsteigen, als ob etwas in ihm plötzlich wieder auf eine tief verschüttete Energiequelle gestoßen sei. Im Augenblick offenbarte sich ihm diese Energie hinter der Maske der Angst.

Wie lange würde Kosmion brauchen, um herauszufinden, daß er frei war? Plötzlich, unvorhergesehen, oder erst, wenn er, Lithran, eine falsche Bewegung machte? Aber das konnte jeden Augenblick geschehen. Um seiner Sicherheit willen konnte er nur eines tun – sofort diesen Pfad verlassen und im Wald Zuflucht suchen, wo der Nebel eine kleine Chance zur Flucht bot.

Aber wieso hatte er die Kraft auszubrechen? War es sein eigener, getrunkener Talisman? Natürlich nicht. Aber in dieser kleinen Ewigkeit zwischen zwei Hufschlägen, als sein eigener Wille sich ihm plötzlich offenbarte wie die Türme von Pyrgoma im Nebel, glaubte er es. Er klammerte sich an diese Erklärung, um sich selbst zu überreden, daß er jetzt frei sei. Ja, eigentlich war er die ganze Zeit über frei gewesen – das Amulett hatte ihn beschützt.

»Der Talisman«, dachte er, »der Talisman.«

Wenn man glaubt, keine Macht über die Ereignisse zu haben, geschieht alles wie im Traum. Man ist untätig. Das ist erstaunlich und unausweichlich. Lithran war immer noch in einem solchen Traum gefangen, wenn auch mit der halben Hoffnung, bald aufzuwachen. Er starrte vor sich hin und erblickte etwas Erstaunliches.

Die letzte Viertelstunde waren sie abwärts geritten. Hier kreuzte der Pfad den Fluß Atasna, der von Sulunna ans Meer nach Pyrgoma floß. Sie ritten auf die enge Schlucht zu, die allerdings nicht tiefer als fünfzig Fuß war. Der Nebel hatte zwar den Weg freigegeben, lag aber noch dicht in der Schlucht. Man konnte den Fluß nicht sehen, sondern ihn nur rauschen hören. Aber dieses Geräusch veranlaßte Lithran nicht, sein Pferd zu zügeln und anzuhalten, so daß die Reiter hinter ihm ausweichen und seitlich vorbeireiten mußten. Nein, es war, was er vor sich gesehen hatte.

Ein Mann muß wissen, daß er eine Entscheidung zu treffen hat. Aber trotzdem muß er den richtigen Moment dafür wählen oder jemand für ihn wählen lassen. Vor Lithran brach der Weg an einer Kante plötzlich ab. Doch der erste Reiter vor ihm ritt einfach ruhig weiter, gleichgültig und unbesorgt, als ob der Nebel, der den Abgrund füllte, eine feste Steinbrücke wäre. Als er an den Rand kam, waren Roß und Reiter einfach verschwunden, nicht als wären sie in die Leere gefallen, nein, so als hätten sie einfach aufgehört zu existieren.

Wieder eine Täuschung des Nebels. Die anderen Reiter hatten offensichtlich den Abgrund nicht gesehen, denn auch sie ritten ruhig hinaus in die weiße Leere. Lithran allerdings legte dies Geschehen anders aus – man konnte es ihm auch nicht verdenken –, für ihn war das ein von Kosmion geplanter Mord an einer Abteilung Reiter und der Botschafterin samt Gefolge. Er hatte einem natürlichen Reflex nachgegeben, als er die Zügel angezogen und sein Pferd zum Stehen gebracht hatte.

Erst jetzt kam ihm die Ungeheuerlichkeit seiner Handlung zum Bewußtsein. Sie hatte ihn verraten. Jetzt wußte Kosmion – oder würde es sehr bald wissen –, daß sein Diener Lithran wieder zu einem Isolierten geworden war.

Als Lithran anhielt, hatte er die Abteilung der Reiter zum Spalten gebracht. Die drei nebeneinanderreitenden Gestalten im dritten Glied hinter ihm konnten sich nicht teilen. Es waren dies die beiden Wächter außen und die Prinzessin dazwischen, deren Pferd auf beiden Seiten mit Lederriemen festgebunden war. Die Phylaks wurden langsamer und drehten, so daß sie im Winkel zu Lithrans Stute standen. Die leeren dunklen Augen des einen Wächters starrten Lithran verständnislos, kaum einen Fuß entfernt, an. Er sah die Bartstoppeln des Mannes und den roten Fleck, wo der Helmriemen scheuerte, und er roch dessen schlechten Atem.

Als Lithran später in Ruhe den Ablauf des ganzen Geschehens an sich vorbeiziehen ließ, fand er, daß hier eine der wichtigsten Beschränkungen in Kosmions Macht sichtbar geworden war. Er hatte bereits als Gefangener des Gott-Königs beobachtet, daß dieser ein besonderes Interesse an bestimmten Erfahrungen hatte – zum Beispiel an Wunden und Tod. Für Lithran war es schrecklich gewesen, daß er nicht in der Lage gewesen war, seine Augen von solch grauenhaften Szenen abzuwenden. Kosmion nahm keineswegs alles wahr, was sich um ihn herum abspielte. Trotz seiner Vielfältigkeit konzentrierte er sich auf bestimmte Ereignisse. Wie jeder gewöhnliche Isolierte hatte er seine Vorurteile und seinen Erwartungshorizont. Eine dieser Erwartungen war, daß die Gefangenen seines Willens nicht ausbrechen und sich nicht freimachen konnten. Er zog es vor, das zu glauben, was ihm schmeichelte. Daraus konnte man schließen, daß Kosmions Macht weitgehend von seiner Kontrolle über die Menschen abhing. Es verärgerte ihn, wenn diese Kontrolle in Frage gestellt wurde. Und es erstaunte ihn auch. Einen Mann in der Uniform eines Wächters sich unabhängig bewegen zu sehen (oder wie in diesem Fall, sich nicht zu bewegen) – dieser Anblick erstaunte ihn. Es war, als wenn bei einem Menschen plötzlich ein sechster Finger gewachsen wäre und dieser sich entschieden hatte, über den Waldboden zu wandern, um seinen eigenen Geschäften nachzugehen. So tat also Kosmion einen oder zwei entscheidende Augenblicke nichts.

Lithran hatte keine Gelegenheit, lange zu überlegen. Er zog einfach sein Schwert und zerschnitt die Riemen, die Talismans Pferd mit den beiden anderen verband – zwei Schläge, einer nach links und einer nach rechts. Dann schrie er laut – vielleicht aus Angst. Auf alle Fälle würde dies das letzte Mal sein, wo er seine Stimme benutzen konnte – und griff nach den Zügeln des Pferdes der Prinzessin und zog es vom Weg weg. Die beiden Pferde brachen ins Unterholz und ins hohe Farnkraut, während die Männer oben – wie immer in Kosmions unheimlichem Schweigen befangen – ihre Armbrüste spannten und die Zofen schrien, als hofften sie, daß auch für sie eine Möglichkeit zur Rettung bestünde.

In zwölf Fuß Tiefe trafen Lithran und Talisman auf den Nebel. Er hüllte sie ein und nahm sie auf, so wie das Meer einen Taucher aufnimmt, vollkommen und endgültig. Sie wagten nicht anzuhalten, sondern galoppierten weiter hinab. Über ihnen schwirrten die Bolzen. Es klang merkwürdig, so als ob nach dem Auslösen zwei oder drei Sekundenbruchteile Schweigen herrschte, ehe das Surren weiterging. Alle ohne Ausnahme trafen die Bäume etwa hundert Meter vor und über ihnen auf der anderen Seite der Schlucht.

Eine völlig unwirkliche Flucht, eine Phantasie einer Flucht. Am nächsten Tag überlegte Lithran, ob es nicht nur ein Tagtraum von ihm gewesen war. Erst sehr viel später (wie man sehen wird) stieß er auf die richtige Erklärung. Jetzt aber ritt er mit Talisman erst einmal zehn Minuten lang so schnell wie möglich hinunter zum Fluß am Fuß der Schlucht. Kein Pfeil, kein Bolzen und keine Verfolger hielten sie auf. Ein Schimmer des späteren Verstehens kam ihm, als er nach zehn Minuten harten Ritts durch das Unterholz einen Augenblick hinauf zur oberen Kante der Schlucht schaute. Aus diesem Blickwinkel erschienen ihm die beiden Wände wie dunkle Flügel, in die senkrecht eine weiße Nebelwand getrieben wurde. Man konnte deutlich den Abstand zwischen der einen und der gegenüberliegenden Felswand erkennen. Der Pfad, auf dem sie gekommen waren, endete auf der linken Seite und führte oben auf der rechten weiter. Der Zwischenraum betrug wenigstens fünfzig Fuß. Ein Lichtstrahl teilte in diesem Augenblick den Nebel. Lithran sah zwei Pferde mit Reitern in der linken Wand verschwinden und zwei andere (es konnten ja nicht dieselben sein) auf der rechten Seite auftauchen. Dann senkte sich wieder der Nebel.

Es war absurd. Es war der Nebel. Es war ein Stück von Kosmions Magie. Lithran dachte in diesem Augenblick nur daran, daß sie eingeschlossen waren, und daß ihnen der Fluchtweg abgeschnitten war.

Sicherheit war unwahrscheinlich, wenn nicht unmöglich. Zweifellos hatte er nur beweisen wollen, daß er frei war. Es war nicht ganz sicher, ob er es bewiesen hatte oder nur ein Reflex in ihm.

Talisman wollte sich aber unterhalten. »Wer seid Ihr? Seid Ihr ein Freund?«

Da kam ihm der Gedanke, daß sie möglicherweise vor ihm noch mehr Angst haben könnte als vor den vielfachen Ichs von Leuth.

Er zerschnitt ihre Handfesseln und sagte: »Nehmt meinen Dolch. Wenn Ihr mir nicht traut, benutzt ihn!«

Jetzt wurde der Nebel wieder sehr dicht. Lithran war sehr froh darüber. Sie hatten ja den Fluß. Dem würden sie folgen. Er wußte, daß ihre einzige Möglichkeit flußaufwärts lag. Die andere Richtung führte zurück nach Pyrgoma und zur Küste. Flußaufwärts ging es nach Sulunna, aber das lag etwa hundert Meilen entfernt. Sie mußten sich in die Wälder schlagen und für Kosmion verloren sein... wenn jemand für Kosmion überhaupt verloren sein konnte. Außerdem waren sie noch nicht dort. In wenigen Minuten würden sie eingefangen und vernichtet sein. Er bereute bereits bitterlich seine impulsive Handlung da oben auf dem Weg. Was er getan hatte, kam ihm jetzt nicht mehr wie eine eigenständige Handlung vor, sondern wie ein Unfall, ein Zufall, der ihm von außen aufgedrängt worden war. Wie konnte er sicher sein, daß er selbst es getan hatte, wenn es ihm nicht mehr sinnvoll erschien?

Er fuhr Talisman mürrisch an, als ob alles ihre Schuld sei. Und irgendwie war es das ja auch. Sie machte ihn mit einem Wort nieder. »Ist es weit bis zu Euren Kameraden?«

Hinter sich konnten sie Hundegebell hören.

Da die Wächter sie im dichten Nebel sofort verloren hatten, machten sie die beiden Wolfshunde los. Die Hunde konnten die Spur verfolgen, wo die Augen eines Menschen in der dichten, wogenden Weiße hilflos waren. Der Klang der neuen Gefahr bedeutete für Lithran fast eine Erleichterung: Wenigstens hatte er keine Zeit mehr, um sich Vorwürfe zu machen. Wortlos deutete er auf das gegenüberliegende Ufer. Sofort trieben Talisman und er die Pferde ins Wasser und zwangen sie, gegen den Strom flußaufwärts zu gehen. Ein uralter Trick, um den Geruch zu verwischen. Aber um die Wahrheit zu sagen, die Hunde waren ihnen bereits zu nah auf den Fersen. Lithran machte sich deshalb daran, seine Armbrust zu spannen und den Bolzen einzulegen. Er mochte diese Waffe nicht; sie war umständlich und schwierig... außerdem waren die Wunden, die sie verursachte, grauenvoll.

Es war nicht die Schuld der Hunde, aber auch nicht die der Wachen. Auch sie waren nur Marionetten... mit eingefangenen Seelen im Innern. Lithran und Talisman behielten das rechte Ufer im Auge, während sie vorsichtig weiterritten. Der Fluß war flach und nicht sehr breit, an dieser Stelle kaum zwanzig Meter. Trotzdem konnte man die Ufer kaum erkennen. Lithran war sich nicht sicher, ob er genau zielen konnte, wenn die Hunde auftauchen sollten.

Die Pferde waren aber kaum zehn Schritte weit gegangen, als einer der Wolfshunde am rechten Ufer auftauchte. Furcht und eine Art Wut ließen Lithrans Hand zittern. Als der Nebel sich kurz teilte und der Hund deutlich auf einer Lichtung in diesem dichten Schwadenmeer stand – zielte er und betätigte den Drücker. Der Bolzen wurde durch seine Zimperlichkeit nach links gelenkt und bohrte sich ins steinige Ufer, dicht an den Hinterbeinen des Hundes vorbei. Lithran fluchte und fühlte sich im Innern gespalten.

Vom Ufer ertönten Heulen und Jaulen, als der Hund Alarm schlug. Dann fing er an zu bellen, als ob ein Mensch seinen Ärger herausschrie. Der Nebel zog weiter. Jetzt war nur noch dieser Klang da. Das Ufer war verschwunden. Da es sinnlos war, zurückzugehen, trieben sie die Pferde weiter gegen die Strömung hinauf. Sie hätten aber genausogut stehenbleiben und ihre Position laut hinausschreien können. Das Verbellen des Hundes war wie ein Leuchtfeuer, das jeden Wächter geradewegs herführte.

Das Rauschen des Wasserfalles vor ihnen bedeutete, daß sie wieder aufs trockene Land zurück mußten. Sie gingen ans Ufer und dann den Atasna entlang über abgebrochene Äste und Erdklumpen. Lithran hielt die Armbrust wieder schußbereit. Die Wächter würden jeden Augenblick da sein.

Aber, wie sich herausstellte, sollten sie den ganzen Tag lang von den Wächtern nichts sehen oder hören. Im Laufe des Nachmittags begann ihre gegenseitige Abneigung – die durch die Angst hervorgerufen war – langsam zu schwinden. Lithran warf immer wieder einen Blick auf das dunkle Mädchen, das in warmen, weißen Pelz gehüllt war, und fühlte sich von seiner Schönheit aufs neue berührt. Die Leichtigkeit ihrer Flucht erstaunte ihn immer noch. Er schrieb sie nur einem glücklichen Zufall zu. Und Talisman mußte die Glücksgöttin sein. Jetzt wußte er, daß diese eine platte Nase, hohe Backenknochen und forschende, schwarze Augen besaß... und daß sie wirklich weiblich war und als gewöhnliche menschliche Isolierte auftrat. Was Talisman betraf, so fand sie allmählich – als die Zeit verging und sie immer noch nicht verfolgt wurden –, daß die Flucht doch nicht ganz so stümperhaft ausgeführt worden war. Mit der Herablassung, für die königliche Personen so anfällig sind, reichte sie ihm die Hand.

»Ihr habt Euch nur als Spion verstellt. Ein Verräter an Kosmion. Meine Dankbarkeit wird so lange währen wie mein Leben.«

Eigentlich waren ihre Worte etwas überschwenglich und versprachen auch mehr, als sie halten wollte; aber Lithran taten sie so wohl, daß er naiver antwortete, als es eigentlich sinnvoll war: »Es war nichts. Ich kann es eigentlich selbst gar nicht verstehen. Ich... es war wegen Eurer schwarzen Augen.«

Sie nahm das als offensichtliches Kompliment und fragte erstaunt: »Ihr habt das Ganze nicht geplant?«

»Nein, Mylady«, antwortete er mit entwaffnender Offenheit. »Wie hätte ich es denn planen können?«

Talisman war mit seiner Antwort nicht zufrieden. Sie überlegte, was er wohl meinen könnte. »Wißt Ihr überhaupt, wer ich bin?« erkundigte sie sich.

Als er ihren Namen nannte, klang sie enttäuscht. »Also wißt Ihr es. Und wie heißt Ihr?«

»Lithran su-Vannin, von Beruf...«

Das Wort ›Beruf‹ war zuviel für sie. Sie unterbrach ihn. »Schon gut. Also, Lithran, ich verspreche Euch ein Lehen und tausend Gefolgsleute, wenn wir es zurück nach Westramond schaffen.«

»Es war nicht wegen der Belohnung, daß ich...« Lithran versuchte, die Worte wieder zurück in seinen Mund zu stopfen. Inzwischen war er es überhaupt nicht mehr gewohnt, seine Rede zu kontrollieren, so daß alles hervorsprudelte, was er gerade dachte.

Sie nahm aber auch das wieder als ein Kompliment. »Ihr sollt dennoch Eure Belohnung haben, Lithran. Das verspreche ich. Aber jetzt« – es wurde Zeit, daß die Prinzessin das Kommando übernahm – »sagt mir, was Ihr über diesen Wald wißt. Ich nehme an, Ihr kennt ihn und werdet einen sicheren Unterschlupf für uns finden, bis diese Jagd vorüber ist. Auf alle Fälle brauchen wir eine Unterkunft für die Nacht.«

Was war bloß los mit ihm? dachte Lithran. Seit er erst vor einer Stunde aus Kosmions Machtbereich entkommen war, hüpften seine Gefühle auf und nieder wie Luftblasen im kochenden Wasser. Vielleicht lag es daran, daß er erst so kurz wieder frei war. Er hatte keine Übung mehr, seine Handlungen zu kontrollieren: Sie waren während der letzten drei Monate zu unverantwortlich – ironischerweise, ja, zu frei gewesen. Bei ihren Worten erfaßte ihn eine Art von Lethargie: Er kannte den Wald doch überhaupt nicht. Die ganze Flucht war ihm durch die Ereignisse aufgezwungen worden.

Talisman fiel sein Schweigen nicht auf. Ihre Aufmerksamkeit richtete sich ganz auf die Lichtung, die vor ihnen lag. Der Handschuh, mit dem sie nach vorn zeigte, war zwar durch die Lederfesseln etwas ramponiert, aber die Geste wirkte dennoch sehr elegant.

Durch den Nebel zu reisen ist wie eine Reise durch die Zeit. Ereignisse und Gegenstände tauchen plötzlich vor dir auf, als ob in die enge Schüssel deines Gesichtskreises, in der du reist, Nebelschleier hineinwallen und dir die Zukunft zutreiben. Als ob du dich nicht bewegst, sondern sich die Gegenstände nach eigenem Belieben in deine Zeit und deinen Raum hineinbewegen. Du sitzt auf deinem Pferd, als wäre es reglos und wartest darauf, daß dir die Welt neue und unerwartete Bilder von längst Vertrautem präsentiert. So kam jetzt eine schmale Lichtung zwischen dem Fluß zu ihrer Rechten und dem Wald zur Linken auf sie zu. Jemand hatte dieses Stück gerodet und bebaut: Noch diesen Sommer war hier gesät und gepflanzt worden: Überall standen fein säuberlich Reihen von Wintergemüse, ein sicheres Zeichen menschlicher Tätigkeit.

»Wir müssen vorsichtig sein«, sagte Talisman, »die Wächter...«

»Schaut genau hin«, sagte Lithran, »nichts ist abgeerntet.«

Ein Bauernhaus konnte man es kaum nennen – eher eine verkommene Hütte, mit einem Kamin an dem einen Ende und einem leeren Schuppen am anderen, dazwischen ein einziger bewohnbarer Raum. Jedenfalls waren die meisten Platten noch auf dem Dach. Talisman kniete vor dem offenen Kamin nieder, berührte die leere Öse, an der einst ihr Amulett gehangen hatte, und dankte Varos und Kérevos, den Göttern des Waldes. Lithran betrachtete ihr Profil, die bebenden, etwas aufgeworfenen Lippen, die langen, schwarzen Wimpern, die wie Fächer auf den Wangen lagen, die straffe, braune Haut über den hohen Backenknochen, dazu den Gegensatz ihres Gewandes – Goldstoff, wenn auch zerrissen und verschmutzt – zu den kahlen, harten Steinen, auf denen sie kniete. Als er ihr so beim Beten zuschaute, dachte er an seine eigenen Anfälle von Glauben und Nichtglauben. Aber was nützte denn das Gebet ohne das entsprechende magische Rüstzeug – den eigenen Talisman –, mit dessen Hilfe man mit den Göttern sprechen konnte? Sie schien zu glauben, daß sie jetzt in Sicherheit sei. Da er wußte, daß er es gewesen war, der sie gerettet hatte, wußte er auch, daß sie sich irrte. Sie war nicht gerettet worden und würde es aller Wahrscheinlichkeit nach auch nie werden. Eine Mischung aus Stolz und Mitleid kam in ihm auf. Er fühlte sich seiner dankbaren Prinzessin, die auf dem kalten Steinboden kniete, überlegen.

Er war gerührt, kam sich aber gleichzeitig auch schuldig vor. Er hatte schließlich fliehen müssen. Hätte er es nicht getan, wäre Kosmion sehr schnell dahintergekommen, daß er frei war. Aber warum hatte er sie mitgenommen? Verlangen, Mitleid, Respekt vor ihrem unerschrockenen Auftreten im Thronsaal – hatte er sie aber nicht auch zum Tode verurteilt, indem er sie mitnahm? Sie war für die Bassanissa vorgesehen gewesen. Dort wäre zumindest ihr Überleben gesichert gewesen. Alle diese widersprüchlichen Gefühle tobten in Lithran, während er den ledernen Brustschild löste und sein Hemd aufknöpfte. Dann mußte er lächeln, als er ihre erschreckten Augen auf sich gerichtet sah – sie hatte ihr Gebet abgebrochen und nach dem Dolch gegriffen. Das Lächeln fiel ihm schwer, denn seine Mundmuskeln waren ziemlich aus der Übung. Lithran nahm den Lederriemen mit dem Talisman ab und streifte ihn ihr über den Kopf.

Entschädigung oder vielleicht ein Entgelt für seine eigene Freiheit? Warum lange darüber nachdenken?

»Fangt nochmal an!« sagte er. »Dies wird die Nachricht schneller als die goldene Öse befördern.«

Sie stand auf, hielt sein Amulett in den Fingern und schaute ihn an. »Nein, das Gebet ist vorbei. Aber ich danke Euch für...« Sie brach ab.

Für das Geschenk? Aber um welche Art von Geschenk handelte es sich? Plötzlich fiel Lithran ein, daß er die Heiratszeremonie Tethestas vollzogen hatte – den Austausch der Talismane –, abgesehen davon, daß sie ihm keinen geben konnte. Er fühlte sich ungemütlich. Trotz seiner Erfahrung mit Frauen (er war stolz darauf, und es stimmte ja auch) hatte er noch nie eine adlige Frau verführt – und noch viel weniger war er von einer verführt worden. Das hätte er sich auch niemals gewünscht.

Der Adel stand nämlich über dem Gesetz. Seine Geschichte war voll von *crimes de passion:* Inzest, Kindermord, Vergewaltigung, Vergiften, Vatermord, Verrat und anderem Mord – mit Vorliebe in der eigenen Familie begangen, denn dort toben die Leidenschaften, auch in adligen Haushalten, am heftigsten. Der Staat konnte sie nicht bestrafen, da die Macht des Adels ihm gestattete, ungestraft zu morden und ermordet zu werden. Das Gesetz, das über allen anderen Gesetzen stand, war die Vendetta. Wenn Schmierenkomödianten in einer Stadt auf dem Marktplatz ihr Theater aufbauten und die herrlichen alten Dramen voll Blut und Heldentum aufführten, waren die Hauptpersonen immer Könige, Adlige und Prinzen – nicht weil die Aristokraten edler waren als andere Sterbliche, sondern weil sie mehr Freiheit hatten, ihren Schandtaten zu frönen. Lithran kannte das ungeschriebene Gesetz: Mit einer adligen Frau ins Bett zu steigen ist dasselbe, wie nackt in einen Tigerkäfig zu gehen.

Deshalb wandte er sich jetzt auch schnell von Talisman ab und redete über Essen und Waffen.

Der Rest des Nachmittags verging mit den Vorbereitungen zum Überleben. Sie sammelten Feuerholz und einen Vorrat an Zunderschwamm, um es anzuzünden. (Bei dem Nebel würde man den Rauch nicht sehen.) Sie holten Gemüse aus dem Küchengarten und kochten daraus eine Suppe. Dann durchsuchten sie die Schränke, die den Wohnraum vom Stall trennten, und waren hochbegeistert, dort zwei Bogen, eine Axt, einen Spaten und anderes Werkzeug zu finden. Sie hingen die nassen Decken aus dem anderen Schrank ans Feuer. Diese Funde waren nützlich, aber auch beunruhigend, denn sie bewiesen, daß noch vor kurzem jemand hier gewohnt hatte. Wenigstens gab es keinen Hinweis darauf, daß es Wächter gewesen waren. Obwohl Lithran ganz genau nachsah, konnte er nichts finden, was zur Ausrüstung eines Phylaks gehörte. Schließlich machte sich Talisman an die Herstellung von Pfeilen (sie konnte das hervorragend, was man von ihrer Suppenzubereitung nicht sagen konnte), während Lithran hinausging, um im Wald Fallen zu stellen. Sie mußten essen, und wenn der Nebel weiter anhielt, gab es keine Möglichkeit mehr zu jagen. Andererseits, sollte sich der Nebel auflösen... Er brachte die Pferde im Stall unter, wo man sie nicht sehen konnte, denn nichts durfte ihre Anwesenheit verraten. Als es dunkel geworden war, verriegelten sie die Fensterläden an dem einen kleinen Fenster und verbarrikadierten die Tür.

Sie sprachen nicht über die Zukunft. Es war genug, diesen Tag überlebt zu haben. Lithran erzählte Talisman von dem Aussehen der Wand im Wald hinter Delvendal, von seiner Tätigkeit als zahmer Musikant am Hof, von der Geschichte, die Kosmion so verärgert hatte, und von seinen Erlebnissen als Wächter. Von Davanna sprach er nicht – es war, als ob ihr Name tabu sei. Talisman beschrieb ihm nun ihrerseits, wie die Wand von der anderen Seite aussah und ihr Leben am Hof von Westramond. Echte Tiger, dachte Lithran.

Völlig erschöpft von Gefühlen – ihre Bandbreite war so groß, daß man sie gar nicht beschreiben kann – schliefen sie endlich ein.

Da Talisman von königlichem Geblüt war, war sie ihr Leben lang an Gefahr gewohnt. Sie schlief daher sofort ein und träumte ihren erquickenden Lieblingstraum. Lithran dagegen wälzte sich hin und her und hatte nach einiger Zeit dunkler Bewußtlosigkeit einen schrecklichen Alptraum. Er war Leuth, saß in dessen Thronsaal und aß ein Festmahl aus sorgfältig zubereiteten Seelen. Obwohl jede nach einem anderen Rezept zubereitet worden war, eine mit Knoblauch und Koriander gewürzt, eine andere mit Kohlrabi im Backofen gedünstet, eine kleingeschnitten als Spießchen, lebte jede Seele noch und schrie laut vor Angst, sobald er sie an die Lippen führte. Die Angst war seine eigene: Sie war ein Haß auf das Anderssein, ein Anderssein, das nicht aufgenommen oder verdaut werden konnte. Je mehr er aß, desto hungriger wurde er. Je hungriger er wurde, desto fetter wurde er, und die Wände des Raumes, in dem er sich befand, fingen zu glitzern an, als sich die Verdauungssäfte an ihnen niederschlugen. Sie wurden glänzender und glänzender, bis er sich selbst wie in Spiegeln von allen Seiten darin sehen konnte. Von Sekunde zu Sekunde tauchten neue Abbilder von ihm auf und starrten ihn an. In Panik lief er aus dem Raum, dann die Treppen hinunter und durch die äußerste Tür Kelwarunas. Aber diese führte nicht auf die Stadtmauer um Sulunna, sondern, als ob die Türöffnung ein Spiegel sei – aber ein Spiegel, durch den man gehen konnte –, befand er sich hinter ihr wieder im Kelwaruna. War es wirklich der Kelwaruna oder eine genaue Kopie davon? Immer wieder versuchte er hindurchzukommen – jetzt rannte er –, aber immer wieder war er im Kelwaruna. Es war, als ob es nicht nur eine Pyramide war, sondern eine ganze Reihe davon, die nebeneinander auf einer Ost-West-Achse aufgestellt waren. Aber die Pyramidenreihe mußte unendlich sein, denn sooft er auch durch die Tür ging, er blieb immer drinnen und gelangte nie wieder nach draußen.

Lithran kämpfte wie ein Mensch, der in den dunklen Löchern des Delvingflusses um sein Leben ringt und an die Oberfläche kommen will, wo es Licht und Luft gibt. Mit einem Gefühl der Erleichterung – aber auch des Bedauerns – gelangte er an die Oberfläche, erwachte in der Dämmerung in der Hütte, wo die Steinwände feucht waren, wo im Kamin noch die Asche glomm und zwischen den Brettern der Läden dünne Lichtstrahlen einfielen. Das Bündel aus Mantel und Decken nicht weit von ihm war Talisman. Dieser Anblick war auch keine Erleichterung. Die Kämpfe in seinem Traum hatten ihn so ausgelaugt, daß in ihm keinerlei Kraft mehr war, etwas zu wollen oder zu handeln. Er lag in benommener Gleichgültigkeit da und überlegte, wann Leuth kommen würde, um sich die Seele zu holen, die ihm von Rechts wegen gehörte.

Talisman erwachte etwas später. Es dauerte einige Zeit, bis sie in dem passiven, vielleicht verängstigten Bündel auf dem Boden ihren Gefährten erkannte. Sie streckte sich und gähnte mit der Anmut einer Katze, rieb sich die Augen und war sofort hellwach. Sie schob die Decken beiseite und stand auf. Dann strich sie sich die zerknitterten Röcke glatt. (Sie hatte sowohl aus Schamgefühl als auch wegen der Kälte in Kleidern geschlafen.) Dann machte sie einen Fensterladen auf und schaute hinaus. Offensichtlich gefiel ihr, was sie dort sah, denn sie öffnete auch noch den anderen. Dann warf sie Zweige aufs Feuer und begann zu sprechen.

Lithran verstand kein Wort von dem, was sie sagte. Es war, als könne er die Sprache überhaupt nicht mehr verstehen. Vielleicht spricht sie in einem der Dialekte Westramonds, dachte er. Aber es schien keine Rolle zu spielen. Er lag nur da und starrte hinauf zu den Spinnweben, die dick und verfilzt von den Deckenbalken hingen, und dachte... an was? Etwas fehlte in ihm. Es war, als ob etwas aus ihm herausgeschnitten worden war; er verspürte aber keinen Schmerz, sondern nur unendliche Müdigkeit. Es war wie eine Vision seines Todes – wenn Seelen hören und sehen konnten, alle Eigenschaften zur Verfügung hatten außer der des Verstehens, und zwar in ihren Körpern anwesend waren, diese ihnen aber völlig gleichgültig waren. Er nahm wahr, daß Talisman geschäftig in der Hütte hin und her lief und so tat, als sei sie ein Bauernmädchen, das etwas vom Feuermachen und Kochen verstand. Lithran wollte eigentlich lächeln, aber seine Gefühle waren von seinem Körper getrennt. Er wartete darauf, daß etwas geschah, daß etwas in ihn eindrang, um diesem leeren Morgen und den leeren Silben (rein und wohlklingend) aus Talismans Mund Sinn zu verleihen.

Nach einer Weile bemerkte er, daß sie sich über ihn beugte. Sie runzelte die Stirn. Vielleicht war es Verärgerung, vielleicht Sorge oder Unruhe, wahrscheinlich aber eine Mischung aus allem. Er konnte immer noch nicht verstehen, was sie sagte – es mußte eine fremde Sprache sein. Als sie die Armbrust aufnahm und ihm damit ein Zeichen gab, stellte er zu seiner Beruhigung fest, daß sie sie mit der Sorgfalt eines ausgebildeten Soldaten behandelte: Obwohl die Waffe nicht gespannt war, hielt sie die Spitze von beiden abgewendet.

Talisman schrie ihn jetzt an. Mit der Hochachtung, die Aristokraten immer für Waffen hegten, legte sie die Armbrust wieder nieder. Dann brüllte sie Lithran wieder wie ein Fischweib an. Auch das war typisch für Aristokraten. Plötzlich schwang der Talisman, den er ihr am Vortag gegeben hatte, frei in der Luft. Wie ein goldenes Ei war er aus ihrem Mieder geschlüpft und hing jetzt vor seinen Augen. Die Insektenlarve darin war nur noch eine schwarze Feder, ein Fragezeichen.

Natürlich! Das war es. Das erklärte die Leere, die ihn überwältigt hatte. Alle Kraft war von ihm gewichen: Er hatte ihr sein Amulett gegeben. Ärger packte ihn. Er kämpfte mit dem Bettzeug – die Decken hatten sich während der Nacht um ihn gewickelt, so daß er seine Arme nicht mehr bewegen konnte. Er stieß sie weg. Als er einen Arm frei hatte, schlug er nach Talismans Gesicht. Glücklicherweise traf er nicht. Jetzt waren ihre Worte aber nicht mehr abstrakte Musik, sondern ergaben einen Sinn:

»... ausgebrochen vom Schafdieb!«

Was? Er hatte es gedacht oder gesagt.

»Ich wette«, wiederholte sie langsam, »das ist so, weil Ihr noch nicht vom Schafdieb ausgebrochen, freigekommen seid.«

»Ich habe Angst«, bekannte Lithran und barg den Kopf über den Knien.

»Wer? Wer hat Angst? Lithran oder der Thronräuber?«

»Ich... ich...« Lithran konnte den Satz nicht weitersprechen. Es schien ihm vollkommen ungewohnt, einen Satz mit dem ersten und persönlichsten aller Fürwörter zu beginnen.

»Sag es! Sag es! Los! ›Ich, ich, ich!‹ Sag nicht ›wir‹, sag ›ich‹!«

Da fiel Lithran ein, daß er ja Talisman gar nicht sein Amulett, sondern das von Davanna gegeben hatte. Sein eigenes hatte er ja vor vielen Monaten getrunken.

»Ich... sag mir, was ich sagen soll!«

Talisman zog sich etwas zurück. Sie lächelte, als ob sie ihren Sieg roch. »Ich denke gar nicht daran. Laß dir selbst etwas einfallen.«

»Ich denke gar nicht daran«, wiederholte Lithran ganz verwundert.

»Gut! Du hast etwas gesagt. Jetzt sag noch etwas! Sag mir, ob wir hier bleiben oder zur Küste fliehen sollen! Sag mir, wie wir fliehen können! Glaub aber ja nicht, daß ich deinen Rat annehmen werde.«

»Kaninchen«, murmelte Lithran. »Kaninchen in der Falle.«

Jetzt schlug ihm Talisman kräftig ins Gesicht, so daß er auf sein Lager zurückfiel. Es kam ihm vor, als sähe er danach den Morgen zum ersten Mal klar. Die Hütte war ein Kreis. Um diese bildete die Lichtung einen Kreis, und darum war dann ein Kreis der Gefahr. Im Zentrum sah er Talismans Augen, die ihn wütend anfunkelten. Von Freude und Wut verwirrt stand er auf.

Es war ein klarer Morgen. In zwei Fallen hingen Kaninchen. Der Tag würde für die Jagd gut sein. Nach dem Frühstück nahm Lithran seine geheimnisvolle Abwesenheit mit in die Wälder und verlor sie irgendwo zwischen dem Spannen und Loslassen der Bogensehne. Gegen Abend kam er mit einem Reh zurück. Vielleicht würden sie doch ein paar Tage hierbleiben, bis Leuths Leute die Suche aufgaben, wenn sie sie nicht schon längst eingestellt hatten. Warum sollte Leuth sich auch seinen kaiserlichen Kopf mit dem Schicksal eines Spielmanns und einer ausländischen Tigerin beschweren? Hin- und hergerissen zwischen Angst, Apathie und Selbstvertrauen überwog schließlich letzteres gegen Abend bei Lithran.

Bleiben? Weglaufen? Die Küste war gefährlich. Hier im Wald konnte man sie aber nur schwer finden. Sie würden bleiben.

Eine Woche lang spielten sie Mann und Frau – mit Ausnahme eines wesentlichen Bestandteiles. Ihre Beziehung änderte sich dauernd. Eine Zeitlang war Talisman die Lehnsherrin und Lithran ihr Diener. Dann war Lithran der Herr, und sie kochte, sah nach dem Feuer und fegte die Spinnweben von der Decke. Dann verfiel Lithran (allerdings immer weniger oft) in den Zustand stumpfsinniger Verständnislosigkeit, in dem er sich schon am ersten Morgen befunden hatte. Talisman spielte dann sich selbst. Sie tanzte in ihrem Goldgewand herum und machte die Bewegungen der Aristokratie nach, um ihn zum Lachen zu bringen. In Talismans Spiel lag etwas Aggressives: Es war ein Angriff, zwar gewaltlos, aber darauf gerichtet, daß er sich wehren mußte. Im Augenblick brachte sie ihn zum Lachen, und dies riß ihn sofort aus seiner Trance. Als ob man nur durch Lachen dazu gelangte, die Dinge zu verstehen. Als ob die Welt ein geschlossenes Buch und jede Sprache bedeutungslos gewesen war, ehe man lachte.

Lithrans hilfloses Gleiten von einer Stimmung zur nächsten und Talismans Rollenspiel brachten sie dazu, sich kennenzulernen und zu verstehen. Allmählich wurde Lithran von seiner Gewohnheit zu gehorchen geheilt.

Die ganze Woche hindurch hatten sie ein Gefühl des Eingeschlossenseins. Irgendwo gab es einen Kreis um sie herum, vielleicht weit draußen im Wald, vielleicht auch näher. Sie befanden sich im Mittelpunkt. Sie hatten auch das Gefühl, daß ihnen die Kraft fehlte, diesen Kreis zu überschreiten, daß jenseits nur Tod war, als ob die Zauberwand aus Glas sie jetzt hier im Wald eingeschlossen hatte. Aber die Glaswand war ein Einbahnsystem: Glas auf der einen, Papier auf der anderen Seite. Jeden Augenblick konnte ein karmesinroter Soldat, gehörnt wie der Teufel, in ihre Welt hineintreten.

Die Temperatur fiel. Die Nebelfetzen in den Bäumen kühlten sich ab, trockneten und verschwanden. Es schneite kurz, taute und fror wieder. Von der Dachrinne hingen Eiszapfen. Die Zweige der Bäume um die Lichtung herum glitzerten voll Rauhreif in der Morgensonne. Der Kreis der Lichtung wurde nicht zum glänzenden Spiegel, sondern zu einer Federzeichnung mit schwarzen Linien auf weißem Pergament, zart wie ein Spinnennetz. War das die Wirklichkeit? Ein Schirm, hinter dem etwas Unvorstellbares lag – ein Schirm, der jeden Augenblick reißen und einstürzen konnte?

Am Morgen des zweiten Schneefalles schaute Talisman aus dem Fenster und tanzte und sang. Lithran sah ihr zu und bewunderte die Kurve ihrer Wangen und ihr lang herabfallendes, tiefschwarzes Haar. Diese Tigerin hatte die plötzlichen Regungen eines Kindes.

Sie brauchten nicht mehr auf die Jagd zu gehen. Draußen im Schuppen hing das Reh. Lithran holte vom Fluß kaltes Wasser und brachte Holzstämme und Äste herbei. Danach machte er sich auf, um im Wald nach seinen Fallen zu sehen.

Der Schneefall hatte etwa um Mitternacht aufgehört. Da niemand inzwischen die Hütte verlassen hatte, lag der weiße Teppich unberührt um ihre kleine Behausung, auf den dunklen Hügeln der immergrünen Büsche, in den Biegungen der Äste und auf dem Weg in den Wald. Lithran betrat als erster die unberührte weiße Fläche, als er auf die schwarz-weißen Arkaden der Bäume zuschritt. Ihm blieb fast das Herz stehen, als er plötzlich am Rande der Lichtung ganz deutlich die Abdrücke von Lederstiefeln entdeckte. Die Spuren führten direkt auf die Lichtung zu, hörten aber unvermittelt zwischen zwei Schritten auf und lösten sich in Luft auf, als sei der Eigentümer mit Körper und Seele in einen anderen Teil des Waldes entrückt worden.

Das war natürlich unmöglich. Unruhig schaute sich Lithran um, ob dieser Fremde etwa noch irgendwo lauerte. Dann überlegte er, ob es vielleicht seine eigenen Spuren sein könnten, daß der Schnee durch Zufall diese nicht zugedeckt habe, nachdem er am Abend zuvor aus dem Wald zur Hütte gegangen war, daß dieser Teil des Waldes vielleicht vom Schnee verschont geblieben war, daß nur die Lichtung verschneit war. Manchmal war es ja so, daß Schnee oder Regen unvermittelt aufhörten, als ob Warúnos mit seinem Blitzstab eine Linie gezogen und befohlen habe: »Bis hierher und nicht weiter.« Aber nein, das waren nicht seine Fußabdrücke. Als er hineintrat, stellte er fest, daß die Stiefel viel größer als seine eigenen und auch die Sohlen anders gemustert waren.

Talisman? Nein, Talismans Stiefel waren elegant und schmal, außerdem viel zu zierlich, um in diese Abdrücke zu passen. Lithran stand da und kratzte sich am Kopf. Da fiel ihm noch etwas auf, das fast ebenso merkwürdig war. An der Grenze der Lichtung tauchten die Spuren nur wenige Meter entfernt wieder auf. Wieder führten sie direkt auf die Lichtung zu und verschwanden, sobald sie die freie Fläche um die Hütte erreichten. Zwei Spuren, identisch, wie die Abdrücke von Zwillingen, die beide in dieselbe Richtung, nämlich ins Nichts, führten.

Lithran durchstreifte jetzt den ganzen Rand der Lichtung. Er wagte sich nicht tiefer in den Wald hinein und behielt die Bäume immer genau im Auge. Er stellte fest, daß der geheimnisvolle Fremde mehrere Male die Lichtung überquert hatte. Er fand zehn Paar Abdrücke, die von der Lichtung in den Wald hineinführten, und elf, die wieder in die Gegenrichtung gingen. Alle Abdrücke waren identisch. Der Fremde war hin- und hergelaufen, als ob er nach etwas gesucht hatte, was er verloren hatte. Etwas, das er nicht finden konnte.

Die nächste Handlung Lithrans war völlig irrational. Er verließ den Schutz der Bäume und trat in die Lichtung hinaus. Dann ging er um die Hütte herum (wobei er ängstlich zu den Bäumen in seinem Rücken schaute) und lief die hundert Meter bis zur anderen Seite weiter. (Dies Stück kultiviertes Land war gar nicht so klein.) Auch dort suchte er wieder den Rand ab.

Erst als er sah, wonach er gesucht hatte, kam ihm zum Bewußtsein, wie verrückt es gewesen war, danach Ausschau zu halten. Auch hier waren die Fußabdrücke, die exakte Fortführung derer von der Westseite der Lichtung, als ob diese gar nicht existierte oder als ob der mitternächtliche Besucher Flügel gehabt hätte, damit seine Füße den Boden nicht berührten. Leicht verwirrt schritt Lithran den Waldrand ab, um die Abdrücke zu zählen. Ja, die Abdrücke hier entsprachen denen auf der Gegenseite: Zehn Spuren führten auf die Lichtung hinaus und elf in den Wald. Als er jetzt genauer unter die Bäume schaute, auf die die elfte Spur hinführte, fiel ihm etwas auf.

Da lag ein unförmiger Schneehaufen, der halb verdeckt von einem der immergrünen Büsche war. Unter der Schneedecke leuchteten karmesinrote Flecken. Aus einer Ecke des Haufens hing eine einzelne menschliche Hand starr und blau heraus, als ob sie ihn warnen oder um etwas bitten wollte.

Lithran hatte keine Probleme, sich zu entscheiden oder zu handeln, denn Furcht ist ein ausgezeichnetes Bindemittel zwischen Verstand und Körper. Er machte kehrt und rannte so schnell er konnte zurück zur Hütte.

»Sie haben uns gefunden!« schrie er Talisman entgegen. »Sie haben uns aufgespürt!« Dann erklärte er ihr, was er im Wald gesehen hatte.

»Ein toter Wächter? Wie? Gibt es Rebellen hier im Wald?«

»Ich habe bei dem Mann keine Wunde gesehen. Wahrscheinlich hat Kosmion ihn die ganze Nacht Wache stehen lassen, und er ist dabei erfroren.«

»Aber wenn es nur ein einziger Mann war und der tot ist«, sagte Talisman nachdenklich. »Wo liegt dann die Gefahr?«

»Verstehst du denn nicht? Erinnerst du dich denn nicht? Wenn ein Wächter etwas gesehen hat, haben es alle gesehen.«

Talisman nickte. Dann zog sie seinen Kopf zu sich herab und küßte ihn. Es war eine ganz natürliche und impulsive Geste, denn Prinzessinnen sind wie Tigerinnen sehr impulsiv. Mit dieser Handlung fegte sie den Abstand von Klasse und Herkommen zwischen ihnen, mit dem sie während der vergangenen Woche gespielt hatten, einfach weg. Lithran war durch seine Furcht und diese merkwürdigen Zustände der Entrücktheit von ihr ferngehalten worden.

Es war Sitte in Westramond, daß die Aristokratin den ersten Schritt tat, wenn sie sich einen Liebhaber nehmen wollte. Die Wärme dieses Kusses erstaunte aber beide. Sie traten zurück und schauten sich an, als ob – wie die Leute zu sagen pflegen – sie sich zum ersten Mal sähen. Dabei ist es eine Tatsache, daß niemand einen anderen so anschaut, wenn er ihn zum ersten Mal sieht. Es ist vielmehr die Mischung aus Vertrautheit und Fremdsein, das Erkennen, daß da plötzlich viel mehr in dem Gesicht ist, als man bisher gewußt hat – und natürlich das Verlangen, immer wieder hinzusehen, um sich das andere lebendige Gesicht einzuprägen, das schöner ist als alle anderen, wirklicher – und daher geheimnisvoll.

Sie küßten sich noch einmal, als ob sie herausfinden wollten, ob die Gefühle beim erstenmal wirklich da waren. Lithran kam zum Bewußtsein, daß er diese junge Frau, Tigerin oder nicht, liebte.

»*Tvam cero*«, murmelte er. Er war über seine Worte selbst erstaunt.

Sie zog sich wieder zurück, sagte nichts, lächelte aber und berührte mit den Fingerspitzen seine Lippen.

Dies alles hatte nur ein paar Sekunden gedauert (im Rückblick allerdings schien der Tag erst mit diesem Moment angefangen und seine Bedeutung empfangen zu haben). Sie trennten sich und sattelten die Pferde. Dann sammelten sie die Waffen ein. Lithran ging in den Schuppen, um das erlegte Reh abzuschneiden. Das sollte auch mit, da man ja nicht wußte, wann die Wächter eintreffen würden – in fünf Minuten oder in fünf Stunden. Es hatte keinen Sinn, wegen dieser kurzen Verzögerung später zu verhungern.

Als er aber den letzten Riemen durchgeschnitten hatte, an dem das Reh hing, sah er durch eine Spalte der zerbrochenen Tür des Schuppens in der Ferne etwas Karmesinrotes aufleuchten – ein Irrtum war ausgeschlossen, weil es der einzige Farbfleck war und sich sonst nichts zwischen der einfarbigen Starre der Bäume bewegte. Lithran fluchte und hatte bereits jetzt viel mehr Angst als noch vor einer Woche dort oben auf dem Weg am Fluß. Er schaute durch eine Ritze an der gegenüberliegenden Wand. Dann fluchte er noch heftiger und schlich zum Wohnraum. Wortlos deutete er aufs Fenster.

Zu spät. Jetzt konnten sie nicht mehr fliehen. Die Lichtung war von Wächtern vollkommen umstellt.

Sie konnten auch ihre Anwesenheit nicht verbergen, denn der Rauch, der aus dem Schornstein aufstieg, war ein so deutliches Zeichen, als hätten sie ihre Namen in den Schnee geschrieben.

Lithran schnallte sein Schwert um, spannte die Armbrust und legte die beiden Langbogen neben sich. Nervös strich er sich durch den roten Bart, als er die Wächter beobachtete. Wie viele es wohl waren? überlegte er. Hatte er auch genug Pfeile? Wie gut konnte Talisman schießen? Ja, sie konnte zweifellos hervorragend mit einem Bogen umgehen.

Aus der vagen Bewegung unter den Bäumen waren jetzt die Gestalten der Phylaks geworden, die mit geschlossenem Visier im Marschschritt im gleichen Rhythmus vorrückten, alle auf das Zentrum der Lichtung zu, mit demselben unfehlbaren Zeitgefühl wie ein Uhrwerk, damit auch alle zum genau gleichen Zeitpunkt ankämen. Wieder einmal demonstrierte Kosmion seine untadelige Kontrolle, diese Perfektion von Zeit und Ort, die ihn im Kampf unbesiegbar machte. In Angst, aber auch mit Faszination betrachteten Lithran und Talisman durch das Fenster ihrer Hütte, wie diese mehreren Dutzend Jäger in ihren roten Röcken plötzlich stehen blieben, die Visiere an den Helmen hochklappten und nur wenige Schritte vor dem Anfang der Lichtung verwirrt nach rechts und links schauten, als ob ein wichtiges Objekt, das sie bis dahin fest im Blickfeld hatten, plötzlich verschwunden sei. Zwei der Soldaten, die sich direkt gegenüber standen (allerdings auf eine Entfernung von etwa hundert Metern, mit der Hütte dazwischen), blickten sich in die Augen wie ein Mann, der sein eigenes Spiegelbild betrachtet oder besser gesagt, wie zwei seelenlose Abbilder, die einander anstarrten.

Lithran legte einen Pfeil in seinen Bogen und schaute durch einen Schlitz in der Tür. Er überlegte, wie die Wächter sie gefunden hatten. Talisman und er hatten in der vergangenen Nacht viel gesungen und sich Geschichten erzählt. Vielleicht der Lärm . . . nein, es war wohl eher der verräterische Rauch aus dem Schornstein gewesen.

Immer noch rückten die Wächter nicht auf den jungfräulichen Schnee der Lichtung vor. Lithran wunderte sich. Was hielt sie zurück? Es war sicher nicht die Angst vor ihm und Talisman, denn Kosmion scherte sich um das Leben seiner Untertanen soviel wie um Schaffleisch. Los doch, murmelte Lithran zu sich selbst. Bewegt euch! Kommt heraus aus den Bäumen und bringt es hinter euch! Er zielte mit seinem Langbogen auf die nächste Gestalt. Er vertraute auf die Schnelligkeit und Genauigkeit seines Schusses, war aber ungeduldig vor Angst.

Ah! Jetzt bewegten sich die Wächter wieder, aber nicht mit Kosmions üblicher gnadenloser Zielstrebigkeit, sondern eher wie ein Raubtier, das die Spur seiner Beute verloren hat.

Und dann geschah etwas, was Lithran am meisten von allem erstaunte – das aber die merkwürdigen Spuren im Schnee erklärte, die er gefunden hatte. Ein Wächter rechts machte einen Schritt nach vorn und dann noch einen. Unvermittelt, zwischen zwei Schritten, während sein Stiefel noch in der Luft war, stand er nicht mehr auf der östlichen, sondern auf der westlichen Seite, mit dem Rücken zur Lichtung, ohne daß dazwischen auch nur der geringste zeitliche Zwischenraum gelegen hätte. Es war, als ob für die Wächter die Lichtung einfach nicht existierte, als ob für sie diese Stelle vollkommen entfernt, weggewischt von der Karte von Tethesta sei, abgezogen vom Waldgebiet. Man konnte auch keinen

Zwischenraum zwischen ihren Fußstapfen sehen (jetzt machten noch mehrere Wächter diese Bewegung), die auf der einen Seite aus dem Wald heraus- und auf der anderen wieder in ihn hineinführten.

Lithran und Talisman standen mit offenem Mund an Fenster und Tür. Es war in der Tat einfach unglaublich. Erst als das gleiche Überqueren der Lichtung mehrere Male stattgefunden hatte, begannen sie, ihren Augen zu trauen. Ja, eigentlich erst, als Lithran diese Beobachtung mit denen, die er früher schon gemacht hatte, in Einklang bringen konnte, glaubte er daran. Die merkwürdigen Lücken auf der Straße vor einer Woche, die er für Sinnestäuschungen aufgrund des Nebels gehalten hatte – diese Biegung im Atasna, wo er und Talisman entkommen waren und die Hunde sie entdeckt, aber trotzdem keine Wächter erschienen waren – das Erlebnis in der Nähe von Delvendal vor einigen Monaten, als ein Stück des Weges, den er so gut kannte, plötzlich zu fehlen schien. Und da fiel ihm noch etwas ein, das er bisher vergessen hatte: Der Augenblick, als er mit Davanna im Wald hinter Delvendal gegraben und sich aufgerichtet hatte, um nach seinem Abbild in der Kristallwand zu sehen, da hatte er es nicht gefunden. Damals hatte er Angst gehabt, daß es ein Vorzeichen des Todes wäre. Jetzt erkannte er, daß es ein Fehler im Spiegel des Gott-Königs gewesen war.

Der Ort, an dem Talisman und er sich jetzt aufhielten, existierte für Kosmion nicht. Es gab keine Lichtung im Wald, keine Rodung, keine Hütte, keinen Unterschlupf, in dem sich Flüchtlinge verstecken konnten. In dieser Hinsicht schienen sie nicht dieselbe Welt wie Kosmion zu bewohnen, und er nicht die ihre. Lithran überlegte, ob es auf der Welt Räume gab, die nur Kosmion sehen konnte, Räume, von denen die Isolierten ausgeschlossen waren.

Noch ein anderer beängstigender Gedanke durchfuhr ihn: Wenn man so sah, wie die Phylaks von einer Seite der Lichtung auf die andere traten, tauchte die Frage auf, ob der Ort, an dem man sich aufhielt, noch zur wirklichen Welt gehörte? Oder war er aus dem Verzeichnis der Wirklichkeit herausgeschnitten worden? War er nur ein fiktiver Raum, in dem Talisman und er jetzt lebten, eine Art Fenster in eine Andere-Welt-Dimension, durch das sie das Geschehen der Wirklichkeit jetzt beobachteten? Die Wächter, die bewegungslos am Rande der Lichtung standen, wirkten wie Figuren hinter einer Glaswand, die zugegebenermaßen diese draußenhielt, aber auch einen selbst als Gefangenen einschloß. Konnte etwas von einer Dimension in einer andere überwechseln? Obwohl Lithran noch vor ein paar Minuten die Grenze zwischen Lichtung und Wald überschritten hatte, war er sich jetzt nicht mehr sicher, ob das immer noch möglich war.

Man konnte das allerdings ausprobieren und damit diese Befürchtung beseitigen. »Paß auf!« sagte er. »Ich will ein Experiment machen.« Mit einem lauten Krach riß er die Tür auf.

Talisman ergriff ängstlich seinen Arm, doch sie konnte ihn nicht mehr zurückhalten. Die Wächter am Waldrand wandten erstaunt die Köpfe und schauten auf den Mittelpunkt der Lichtung, schauten noch einmal und schüttelten die Köpfe. Sie schienen verblüfft. Laut und deutlich hatten sie gehört, wie eine Tür aufgestoßen wurde.

»Wenn der Klang von einem Raum in einen anderen reisen kann«, sagte Lithran, »dann vielleicht auch ein Pfeil.«

»Nein«, flüsterte ihm Talisman zu. »Sie werden wie ein Hornissenschwarm kommen, und du kannst nicht mehr auf die Jagd gehen.«

»Wir haben noch den ganzen Bock im Schuppen«, sagte Lithran. »Außerdem werde ich ihre Bolzen verwenden. Dann sieht es wie ein Unfall aus.« Er nahm die Armbrust und schoß mitten in die Wächter hinein. Einer fiel unter dem Anprall des Bronzebolzens sofort um. Obwohl er fast in zwei Teile gerissen worden war, rührte keiner der Wächter einen Finger, um ihm zu helfen. Gleichgültig schauten sie zu, wie ihr Kamerad sein Leben aushauchte, wie das Blut von der gleichen Farbe wie seine Uniform über den weißen Schnee floß, als ob die Uniform langsam schmelze.

»Warum hast du das gemacht?« fragte Talisman. »Warum das Risiko eingehen?«

»Weiß ich auch nicht genau«, meinte Lithran. »Ich hab' da im Hinterkopf so eine Idee.«

»Was werden sie jetzt tun? Werden sie die Lichtung nicht bewachen, wie es der Wächter vorige Nacht getan hat?«

»Glaube ich kaum. Kosmion hat sich nie lange mit Wahrheiten abgegeben, die er nicht verstehen konnte.«

Und richtig, nach einigen Minuten der Unsicherheit zogen die Wächter ebenso schweigend wieder ab, wie sie gekommen waren. Lithran und Talisman sahen ihre karmesinroten Silhouetten im Wald untertauchen. Nach wenigen Minuten waren sie ganz verschwunden. Nur der Mann, den Lithran erschossen hatte, lag so still auf dem Schnee, als wäre er bereits gefroren.

»Aber warum können sie uns nicht sehen?« fragte Talisman. »Warum können sie die Lichtung nicht betreten?«

»Ich stehe ebenso vor einem Rätsel wie du.«

»Und jetzt? Werden sie die Ausgänge vom Wald aus beobachten?«

»Vielleicht. Aber *hier* sind wir jetzt sicherer als je zuvor. Niemand sucht zweimal an derselben Stelle nach dem Unmöglichen. Komm herein, hier sind wir so sicher wie im Königreich deines Vetters.«

»Im Königreich meines Vetters wären wir *keineswegs* sicher!« sagte Talisman bitter.

»Na schön! Aber hier sind wir es. Dieser Ort ist eine Festung, ein Heiligtum! Es ist Nansavallen, der Garten Ewiger Jugend!«

»Ich sehe keine goldenen Äpfel, keine Flammenbäume und auch keine Engel«, sagte Talisman, schmiegte sich aber an ihn.

»Nein! Aber hier ist Schnee für einen neuen Anfang, und der Wald spendet Rehsteaks und schöne fette Kaninchen. Es ist das Königreich der Liebe«, sagte er und schaute der Prinzessin in die Augen.

Vielleicht ist es ein Naturgesetz, das auf Furcht und Todesnähe Liebe folgen läßt. Eine unpersönliche Macht ergriff Besitz von ihnen und trieb sie über die Schwelle auf ihr Bett aus Decken. Sie hatten nicht einmal Zeit, die Tür hinter sich zu schließen. Lange sprachen sie kein Wort. Zwischen ihrem und seinem Verlangen gab es keinen Unterschied, so daß Frage und Antwort nicht zu unterscheiden waren.

Als sie später wieder in die gewöhnliche Welt ihrer Ein-Raum-Hütte zurückkehrten, zu den feuchten Wänden, den rauchenden Holzscheiten, dem kaputten Fenster und der schiefstehenden Tür – da war es mit einem Lächeln gegenseitigen Entzückens. Erschöpft lagen sie da, machten sich gegenseitig zarte Komplimente und näherten sich behutsam einem zweiten Liebesakt. Der erste war beinahe gewalttätig gewesen, ein Ausdruck der Erlösung von der Angst, der Erneuerung des Lebens (sie hatten niemals geglaubt, den Morgen zu überleben). Das zweite Mal war zart, in Ruhe, eine lange Entdeckungsreise.

Sex ist immer mehr als nur Vergnügen. Nicht daß Vergnügen nicht dazugehören würde, aber, wie jede andere Erfahrung im Leben, bezieht er seine Farbe und Bedeutung aus den Gefühlen, die diesen Akt umgeben: Scheu und Schönheit kann ein Hinderungsgrund sein, aber auch zu solchen Höhen führen, wie sie Davanna vermittelte, wenn sie sang. Er ist auch eine Art des Wissens, wie der Gesang, wie die Sprache. Er vermittelt zweifellos besondere Freuden in den frühen Stadien dieses Wissens – die Freuden des Kennenlernens, des Entdeckens, dem Finden einer neuen Harmonie, wie das Finden einer neuen Melodie in der Musik.

»War es deshalb?« fragte Talisman leise und berührte das Amulett, das er ihr vor einigen Tagen geschenkt hatte.

»Ja, und auch wegen deines Namens.«

»Was war wichtiger?« zog sie ihn auf und schlang ihre Beine um ihn. Nachdem er ihr gesagt hatte, daß es gewesen war, weil er sie bereits liebte (was sie auch hören wollte), küßte sie ihn liebevoll und sagte: »Dafür verdienst du mein Amulett. Aber was soll ich machen? Soll ich dir die leere Öse geben? Wenn wir je nach Westramond kommen...«

»Sprich nicht davon. Im Augenblick sind wir hier mehr als glücklich.« An diesem Nachmittag wollte Lithran kaum noch eine Zukunft. Er dachte nur an die Gegenwart.

»Gut! Aber willst du mein Amulett oder was davon übrig ist? Es ist kaum mehr als eine Goldkette. Du mußt dich entscheiden.«

»Es ist nicht die Kette«, sagte er. »Wichtig ist, was es bedeutet.« Diese Worte erinnerten ihn (während er das Halsband mit der leeren Öse über den Kopf streifte) an die Worte seines Vaters, des Hieraks, der so zu ihm vor vielen Monaten in Delvendal gesprochen hatte. Seine Augen wurden dunkel. Er wollte auch nicht an die Vergangenheit denken.

Talisman bemerkte seine Reaktion. »Was ist los? Magst du mein Geschenk nicht?«

»Nein, nein, das ist es nicht. Es ist... die Vergangenheit.« Lithran war vielleicht etwas unaufmerksam, sonst hätte er wohl kaum so viel zugegeben.

»Und worin besteht nun genau diese Vergangenheit, an die du denkst? Hat *das* etwas damit zu tun?« Sie faßte nach dem Amulett, das er ihr gegeben hatte.

Ihr Scharfsinn war beunruhigend. Wie gewöhnlich war sie sofort auf den Kern der Sache zu sprechen gekommen. Er konnte nicht antworten. Seine Stimme war irgendwo im Hals steckengeblieben. Sie fuhr fort: »Wem gehört dieser Talisman, Liebster? Du mußt es mir sagen! Was soll ich sonst denken? Und behaupte nur nicht, daß er dir gehört! Ich weiß, daß das nicht stimmt. Du hast mir schließlich erzählt – erinnerst du dich –, wie du deinen in Delvendal getrunken hast.«

»Aber er gehörte meinem Vater«, sagte Lithran. »Hab' ich das nicht gesagt?«

Jeder andere hätte sich vielleicht von diesen Worten täuschen lassen. Aber Talismans dunkle Augen waren so nahe, außerdem lagen sie nackt im Bett, und sie konnte jedes Zittern seiner Haut spüren, jedes Stocken seines Atems. »Nein«, lachte sie ihn aus, »hast du nicht. Ich weiß auch, warum. Weil es nicht wahr ist. Lithran, sei ehrlich! Glaubst du etwa, daß ich, die Prinzessin von Westramond, in solchen Sachen keine Erfahrung habe? Wir echte Aristokraten sind nicht wie die ungebildeten Bauerntrampel, die sich abergläubisch an etwas halten, das sie ›Reinheit‹ nennen. Du brauchst keine Angst zu haben, mich zu schockieren.«

»Du irrst dich wegen der Bauerntrampel«, zog Lithran sie jetzt auf.

»Na schön! Wer war das Mädchen?«

Talisman schien anzunehmen, daß er ihr nicht davon erzählen

wollte, weil er Angst hatte, sie könnte eifersüchtig werden. Trotz ihres Scharfsinns legte sie (wie die meisten von uns) das Benehmen der anderen immer nach ihrem auf sich bezogenen Standpunkt aus. Ehe Lithran wußte, wie ihm geschah, war der Name gegen seinen Willen über seine Lippen gekommen: »Davanna.«

»Ah«, sagte Talisman mit triumphierendem Gurren in der Stimme. Dann schlang sie ihre nackten Beine noch enger um ihn und fragte: »Und, warum empfindest du so viel für sie? War sie im Bett besser als ich? Oder schuldete sie dir etwas? Hast du ihr vielleicht das Leben gerettet?«

Teufelskatze, dachte Lithran, der Höllenqualen litt. Wie konnte sie nur so nah ins Schwarze treffen? Konnte sie nach einer Woche im Wald seine Gedanken lesen? Er stieß sie weg und stand auf. »Bin ich vielleicht einer der Gefangenen deines Vetters, daß ich so verhört werde? Ich liebe dich, reicht das nicht?«

»Oder war es anders herum?« fragte Talisman mit gewisser Freude an ihrer Grausamkeit. Sie setzte sich auf die verstreuten Decken, schlang die Arme um die Knie und schaute ihn so herausfordernd an, daß ihm ihre Augen wie eine Dunkelheit, die Licht gab, erschienen. »Bist du von ihr gerettet worden?«

Lithran hatte so getan, als kümmere er sich um das Feuer. Er warf das Holzscheit, das er gerade in der Hand hielt, mitten hinein und drehte sich um. Er sah aus wie ein Hund, der gerade zu bellen anfangen will. »Tigerin! Was hab' ich dir getan, daß du mich so quälst?«

Talisman zog ihn zu sich heran und ringelte sich um ihn wie eine geschmeidige Bronzeschlange. Sie flüsterte ihm ins Ohr: »Liebe, Lithran, Liebe! Nur aus der Liebe bezieht dieser Talisman seine Kraft.«

Lithrans Widerstand brach zusammen. Der Alptraum vom Kelwaruna, das Abendrot über Delvendal, die Erinnerung an den Schmelz in Davannas Stimme stieg in ihm auf und überwältigte ihn. Er begann aus seiner Vergangenheit zu erzählen: von Davannas Opfer, seinem Verrat an ihr, seiner Feigheit in Kosmions Palast. »Siehst du«, sagte er zum Schluß, »ich konnte dir das alles nicht sagen, weil ich mich geschämt habe.«

Talisman betrachtete ihn mit der Genugtuung eines Chirurgen, der gerade eine erfolgreiche Operation ausgeführt hat. »Warum? *Ich* schäme mich deiner nicht. Glaubst du, daß Davanna froh darüber wäre, daß du ihr wunderbares Opfer durch deine Schuldgefühle und Selbstvorwürfe erniedrigst? Außerdem, gibt es etwas Schmeichelhafteres? Davannas Amulett ist nur aus Bauernbernstein und hängt an einem Lederriemen, aber mir hat noch nie jemand ein kostbareres Geschenk gemacht.«

Lithran verspürte einen Stich von Eifersucht. Er bemerkte, daß sein Gesicht ganz naß war und wischte es mit dem Zipfel der Decke ab. Das war gar nicht so leicht, weil Talisman zum dritten Mal in seinen Armen dahinschmolz. Er schob sie aber liebevoll beiseite. Er fühlte sich leer. Er brauchte Zeit, um sich an sein neues Ich zu gewöhnen.

Von draußen kam aus dem schneebedeckten Wald Hundegebell.

Ihr erster Gedanke war, daß die Wächter zurückgekehrt seien. Als sie aber vorsichtig die Läden aufmachten und zum Waldrand hinüberspähten, waren dort keine roten Uniformen zu sehen, sondern nur ein unordentlicher Haufen von acht oder neun Reitern in buntgescheckter Kleidung. Sie hatten alle möglichen Waffen. Zwei trugen nicht einmal Helme, sondern hatten Stoff um ihre Köpfe wie Turbane aus Adhramat gewunden. Nur einer (er war anscheinend der Anführer) trug einen gestohlenen Helm Kosmions, Hörner, Hauer und alles – er hatte ihn aber so grell bemalt, daß er noch mehr wie ein grinsender Dämon aussah als Leuths eigene Männer. Das bewies aber noch nicht, daß sie nicht zu Kosmions Leuten gehörten – diesmal als Banditen und Gesetzlose. Da sah Lithran, daß dem

Mann, der ihm am nächsten stand, die linke Hand fehlte. Dies war eine Verletzung, die Kosmion nie bei einem seiner Diener dulden würde. Seine Vermutung wurde noch bestätigt, als der erste Mann sein Pferd auf die Lichtung trieb (gefolgt von drei anderen) und im kurzen Galopp darüberritt, als ob der bleiche, makellose Schnee niemals etwas Magisches bedeutet hatte.

Talisman und Lithran warfen sich in ihre Kleider, als ob ihr Leben davon abhinge – was es ja auch tat. Talisman begnügte sich mit Mantel und langen Unterhosen (diese Hosen tragen die Frauen von Westramond unter ihren Röcken, wenn sie reiten). Lithran rannte zur Tür und verriegelte sie, so gut er konnte.

Er hatte es gerade geschafft, da kamen schon die ersten Rufe von draußen: »Holla! Seid ihr Männer da drin oder Geister?«

Zu diesem Zeitpunkt faßte Lithran das als Scherz auf. Später erfuhr er, daß die Banditen die Wächter ›Geister‹ nannten. Keiner der beiden antwortete. Unschlüssig schauten sie sich an. Der Reiter rief noch einmal:

»Nennt eure Namen – wenn es nicht nur der Schornstein ist, der dort drinnen atmet!«

Sie ließen sich nicht täuschen. Ehrliche Leute haben kein Monopol auf solch gewählte Herausforderungen. Außerdem hatten sie kaum Zeit zu antworten. Der halboffene Laden, durch den sie hinausgelugt hatten, wurde aufgerissen und das Fenster eingeschlagen. Talisman sprang beiseite und preßte sich an die Wand neben dem Fenster. Lithran tat dasselbe, als eine scharfe Pfeilspitze sich durch das Loch schob, wo vorher Glas gewesen war. Dann nahm er sein Schwert und kappte den Pfeil sauber.

»Welche Unhöflichkeit einem Freund gegenüber«, kam eine vorwurfsvolle Stimme von draußen. Wieder erschien ein Pfeil. Doch diesmal war der Bandit klüger: Er schob ihn nicht so weit vor. Wenigstens konnten weder Lithran noch Talisman von draußen gesehen werden. Lithran fluchte leise vor sich hin. Es war wohl ein entscheidender Fehler gewesen, diese Männer über die Lichtung reiten zu lassen, ohne sie anzugreifen.

Vielleicht konnte er wenigstens die übrigen aufhalten. Er nahm Pfeil und Bogen und rief durch die Tür: »Wenn du der Anführer bist, sag deinen Männern, sie sollen bleiben, wo sie sind! Die erste Seele, die die Lichtung betritt, wird erschossen.«

»Die Welt ist so voll Mißtrauen«, seufzte der Bandit. Trotzdem warnte er seine Kumpane.

»Und mit Recht. Wer seid ihr und was wollt ihr? Seid ihr Diener des Schafdiebes?«

Der Mann vor dem Fenster lachte. »Das könnte ich dich auch fragen. Komm heraus und laß mich die Farbe deiner Augen sehen!«

»Die Chancen sind mir zu ungleich verteilt«, antwortete Lithran. »Nein! Komm du doch rein! Oder verzieh dich und laß uns in Frieden! Wenn du die Wächter haßt, haben wir nichts gegen dich.«

Der Mann spuckte verächtlich zu Boden. »Sag mir, welcher aufrechte Mann ist nicht ihr Feind? Die sind ja sogar gegen ehrliche Räuberei.«

»Gut, dann lassen wir dich in Frieden abziehen.«

»Mein Freund, du hast mich nicht ganz verstanden. Wir haben nämlich etwas gegen dich, denn wem gehört eigentlich diese Hütte?«

»Aha«, meinte Lithran. »Wie kann das sein? Habt ihr keine Angst vor den Phylaks, die heute morgen hier waren?«

Langes Schweigen draußen. Schließlich sagte der Mann in etwas weniger zuversichtlichem Ton: »Du bist ein Lügner. Wieso lebst du noch, wenn die Geister hiergewesen sind?«

Talisman und Lithran warfen sich einen Blick zu. Sie lächelte ihm zu. Mit ihren weißen Zähnen im braunen Gesicht erinnerte sie Lithran wieder an eine Tigerin. Er fühlte, wie sein Herz höher schlug. Selbst wenn diesen Männern die Hütte gehörte, kannten sie das Geheimnis der Lichtung nicht. Da er wußte, daß die anderen Mitglieder der Räuberbande zuhörten, rief er laut: »Was für ein Anführer bist du eigentlich, wenn du nicht einmal die Körper der beiden toten Geister im Wald hast liegen sehen? Einem solchen Stümper würde ich ja nicht einmal ein Kind anvertrauen.«

Jetzt war die Autorität des Anführers in Gefahr. Mit Genugtuung hörten Lithran und Talisman, wie unter den vier Banditen ein heftiger Wortwechsel ausbrach. Es dauerte eine Weile, bis sie zu einer Entscheidung gekommen waren und einer zurück zu den anderen ritt, um ihnen etwas zu befehlen. Auch bei den Männern am Waldrand wurde erst eine Zeitlang gestritten, ehe sie sich dazu bequemten, abzusteigen, ihre Pferde festzubinden und auszuschwärmen, um nach Fußabdrücken zu suchen. Das Paar in der Hütte wartete ungeduldig. Das Feuer ging langsam aus, aber sie trauten sich nicht, Holz nachzulegen. Das und das zerbrochene Fenster trugen dazu bei, daß der Raum immer kälter wurde. Je kälter es wurde, desto langsamer verging die Zeit.

Lithran konnte durch eine Ritze in der Tür den Räuberhauptmann gut erkennen. Während er auf die Antwort des Mannes wartete, studierte er dessen Gesicht.

Corvin su-Berethon (das war der Name des Räubers, wie sie bald erfahren sollten) war ein ziemlich kleiner Mann mit einem Kopf wie ein stumpfes Werkzeug oder ein abgeschnittener Zaunpfahl. Seine Nase war bei einer Prügelei eingeschlagen worden, und die Falten, die zu den Mundwinkeln hinunterliefen, verrieten eine gehörige Portion Selbstmitleid. Die Kiefer waren eckig. Seine runden, blauen Augen hätten unschuldig wirken können, wären sie nicht so ausdruckslos wie die eines Blinden gewesen. Er sah blöde, aber gefährlich aus, dachte Lithran. Dann freute ihn, daß der Kerl das Schwert halb aus der Scheide zog und wieder hineinschob. Offensichtlich wußte er nicht so recht, was er tun sollte, und wünschte sich vielleicht, nicht so forsch über die Lichtung zur Hütte geritten zu sein.

Vom Waldrand kam lautes Rufen. Der Mann am Fenster sagte zögernd: »Scheint so, als ob du recht gehabt hast. Aber was soll's? Jetzt stehen richtige Männer vor dir, keine Geister.«

Lithran fragte: »Kennst du denn die Methoden der Wächter nicht? Sie werden ganz sicher mit Verstärkung zurückkommen. Deine Bande ist nicht groß genug und auch nicht ausreichend bewaffnet, um es mit ihnen aufnehmen zu können.«

»Und wie viele seid ihr?« fragte der Räuber mürrisch. »Du brauchst mir keine guten Ratschläge zu geben, Freund.«

»Was spielt das schon für eine Rolle? Wir haben sie nicht durch unsere Zahl weiterbefördert. Ich schlage dir einen Handel vor. Wir haben weder Gold noch Silber und sind Gesetzlose wie ihr. Was hättet ihr davon, uns auszurauben? Andererseits besitzen wir etwas, das viel wertvoller ist als Gold. Nur stehlen kannst du das nicht, du mußt uns schon höflich darum bitten.«

»Was für ein Unsinn ist das? Wir werden uns nehmen, was wir wollen.«

Lithran lachte laut auf. »Das glaube ich kaum; denn es ist Wissen, das wir zu verkaufen haben. Das Wissen, wie man die Geister, wie ihr sie nennt, besiegen kann. Um es deutlich zu sagen: Ich kann dir Zauberei verkaufen. Sperrst du jetzt deine Ohren auf?«

Lithran dachte, daß doch nichts über Frechheit ginge, wenn man in der Klemme steckte. Durch die Ritze in der Tür konnte er sehen, wie die Unentschlossenheit des Banditen in abergläubische Furcht übergegangen war, da er sein Amulett gepackt hatte und vor sich hin murmelte.

»Ruf die Hunde zurück, legt die Waffen nieder und kommt herein! Aber zu meinen Bedingungen. Wir haben etwas Geschäftliches zu besprechen.«

Der Wächter hatte sein Pferd oben auf dem Hügel über dem Weg angehalten und suchte jetzt mit hochgeklapptem Visier, eine Hand über den Augen, die Bäume und Büsche ab, die zu dieser Jahreszeit wenig Deckung boten. Auf dem Schneegrund war jeder Marodeur leicht zu entdecken. Der Reiter schaute den Weg auf und ab, um in den Büschen auch die geringste Bewegung nicht zu verpassen.

Außer dem flüchtigen Schatten eines Hirsches, der durch die kahlen Zweige etwa zweihundert Meter weiter brach, war nichts zu sehen. Der Wächter wollte schon weiterreiten, als aus der leeren Luft eine Stimme erscholl – wie es ihm vorkam –, kaum zehn Meter unterhalb von ihm, aus den Bäumen auf der anderen Seite des Weges.

Jemand sang ein Spottlied, eine Satire auf die Überheblichkeit von Leuth, dem Schafdieb. Durch die Sinne seines Soldaten hörte Leuth selbst zu und traute seinen Ohren kaum, als eine zweite Stimme einfiel und dann noch eine von weiter oben aus der Richtung Fesca. Bald sang ein ganzer unsichtbarer Chor fröhlich auf der anderen Wegseite, als ob die Luft plötzlich fest geworden war und sie eine ebenso feste Abschirmung wie eine Steinmauer bot. Kosmion überlegte, wie das möglich sein konnte. Es war, als ob die Bäume und Büsche, die schneebedeckten Windbrüche und das bewaldete Gebiet hinter ihnen zur Schlucht von Pharanx – als ob dieses schwarz-weiße Labyrinth von Silhouetten und Formen nur ein Gemälde war, ein Wandschirm, der hier so geschickt aufgestellt worden war, mitten in den Wald, daß er vollkommen mit den echten Bäumen und Büschen daneben, mit dem steinigen Pfad darunter und dem blassen Winterhimmel darüber verschmolz. Ja, ja, es mußte ein Wandschirm sein, obwohl man nirgends einen Rahmen oder auch nur den kleinsten Hinweis darauf entdecken konnte. Und dahinter waren diese spöttischen Stimmen, diese höhnischen Feinde der Vernunft. Hinter dem glatten und normalen Äußeren der Dinge war eine neue, beunruhigende Wirklichkeit verborgen.

Mit großer Nervosität, die die seines Herrn widerspiegelte, nahm der Wächter die Zügel auf und ritt ein paar Schritte unter die Bäume, als wolle er dort Schutz suchen. Dort hielt er wieder an, schaute umher und rieb sich die Augen.

Absurd! sagte Kosmion zu sich selbst. Das ist doch unmöglich! Die Sinne dieses Mannes müssen durcheinandergeraten sein! Gibt es eine besondere Form der Blindheit – selektive Blindheit?

In einem Anflug von Ekel zog er sein Bewußtsein aus diesem Mann heraus, wie eine Schlange, die vor dem Tageslicht zurück in ihr Loch flieht. Der verblüffte Wächter saß plötzlich auf seinem Pferd zwischen den kahlen Bäumen, seit sechs Monaten allein mit diesem merkwürdigen Gefühl der Leere, das die eben erst Freigelassenen immer verspüren.

Was er aber *jetzt* sah, nachdem er wieder seinen eigenen Verstand und die Kontrolle über seine Sinne hatte, ist leicht genug zu erraten. Es genügt wohl darauf hinzuweisen, daß er nicht länger mit den Augen seines Meisters, sondern mit seinen eigenen sah, und daß er durch den Anblick so erschreckt wurde, daß er seinem Pferd die Sporen gab und nach Westen wegpreschte. Die Welt war verrückt, vielleicht war er es auch.

Es hatte an diesem Tag im Werewald noch mal Glück gehabt. Er konnte nach Xalfa entkommen und sich im Wald verstecken, bis alles vorbei war. Die anderen Sklaven des Herrschers kamen nicht so glimpflich davon.

Etwa hundert Meter hinter diesem Späher erschien Kosmions Wagenkolonne. Sie wurde von vierzig ›Geistern‹ bewacht, wie die Banditen sie nannten. Ihr Herr war inzwischen zumindest soweit auf der Hut, daß er damit rechnete, daß etwas nicht stimmen könnte, daß dieser Abschnitt vielleicht sogar gefährlich werden könnte. Er ließ deshalb anhalten und schickte seine Leute aus, um die Hänge rechts und links nach Verdächtigen zu durchkämmen. Innerhalb einer halben Stunden schwirrte das ganze Gelände um den Ort, wo der Gesang gehört worden war, von Rotröcken. Einige waren auf dem Weg neben den Wagen postiert, andere krochen durch die Büsche nach unten, wo der Gesang hergekommen zu sein schien.

In diesem Augenblick setzten das Singen und das Gelächter erneut ein. Diesmal begann es mit einem dieser beleidigenden Lieder, die Soldaten über ihre Feinde singen, wobei sie sich gehässig über deren Abstammung, Zeugungskraft und sexuelle Geschmäkker auslassen.

Es war diesmal noch merkwürdiger als beim erstenmal. Als nämlich der erste Wächter einen Schritt vom Weg weg machte (er stolperte etwas, als ob dort ein unsichtbares Hindernis wäre) und einen Fuß auf die Schneedecke am Waldrand setzte, schwenkte das Grölen um einhundertachtzig Grad. Statt von vorn zu kommen, ertönte das Spottlied plötzlich von hinten, als ob er hindurchgegangen sei.

Einige von Kosmions Einzelselbsts kreuzten den Weg mehrere

Male und machten immer die gleiche Erfahrung. Sobald sie vortraten, ging der Gesang in Grölen und Katzenmusik über. Einmal wurde einem Wächter auch von einem unsichtbaren Fuß ein Bein gestellt. Kosmion ließ die Männer auf der einen Seite des Wegs ihre Bogen aufnehmen, und auf die spöttischen Geräusche schießen. Aber alle Pfeile gingen durch die unsichtbaren Sänger hindurch und verschwanden im Wald dahinter. Völlig entnervt schossen die Phylaks immer wieder, bis sie keine Pfeile mehr hatten. Dann zogen sie ihre Schwerter und rannten den Abhang hinunter, als wollten sie die unsichtbare Spottmauer niederhauen. Sie liefen natürlich ebenso hindurch wie schon ihre Pfeile. Sobald aber ein Mann auf die andere Seite gelangte, wurde er feinsäuberlich von hinten von einer nicht sichtbaren Klinge durchbohrt.

Schließlich waren nur noch die Phylaks übrig, die bei den Wagen ohne jede Deckung oben auf dem Bock saßen und die Zügel hielten. Als sie sahen, was geschah, wollten sie losfahren und trieben die Pferde an. Es war zu spät. Ehe der erste Wagen sich in Bewegung setzen konnte, hatte ein Bolzen aus einer Armbrust den Fahrer bereits an seinen Sitz genagelt. Die übrigen Wächter wurden einer nach dem anderen von den unsichtbaren Angreifern niedergemacht. Denen aber, die noch in Todesqualen (einige Augenblicke) lebten – aus denen sich aber Leuth wegen der Schmerzen schon zurückgezogen hatte –, wurde ein überaus merkwürdiger Anblick beschert. Wo sich gerade noch der Weg hingezogen hatte, fast so gut wie die Straßen in alten Zeiten vor dem Gleichmachen, da tat sich plötzlich eine Kluft auf, ein leerer Raum. Auf der anderen Seite ragte etwa fünfzig Fuß weiter wieder eine Wand auf. Es war, als hätte die Erde im Zeitraum eines Wimpernschlags eine lautlose Spalte gebildet und aus dem Wald ein Stück herausgebissen – ohne jedes Geräusch und blitzschnell, ohne daß sich ein Zweig bewegt oder der Boden geschwankt hätte. Der Anblick nach rechts war auch beachtlich: Die Baumreihe, die den Weg begrenzt hatte, war durch eine andere ganz verschieden aussehende ersetzt worden. Statt des steilen Abhangs war dort eine Lichtung zu sehen, an deren Rand ein Dutzend menschlicher Gestalten stand, bisher unsichtbar, jetzt aber ganz deutlich erkennbar, die vor

Freude über ihren Sieg jubelnd umhersprangen – wie Angreifer, die gerade aus einer anderen Dimension mitten in den Wald hineingeschritten waren.

Jeder Mann war verschieden gekleidet und bewaffnet. Zwei trugen Turbane statt Helme. Da war auch eine zierliche Frau, die so reich gekleidet war, daß sie entweder eine Prinzessin oder eine Zigeunerhure sein mußte. Die Wirklichkeit war nicht deutlich, sondern eine Angelegenheit von Wandschirmen und verschlagenen Trugbildern. Die verwirrten, sterbenden Männer, die gerade erst von Kosmions Verstand aufgegeben worden waren, wußten wirklich nicht, ob sie noch in dieser oder schon in der nächsten Welt waren. Aber es starben nicht alle. Talisman ging herum und fand etwa ein Dutzend, das sich ihrer Meinung nach bei der richtigen Pflege wieder erholen würde. Nachdem Kosmion sie verlassen hatte, waren sie wieder Männer. Ihre Wunden wurden verbunden, und man legte sie vorsichtig auf Decken in die beiden vorderen Wagen. In der Zwischenzeit durchstreiften die Banditen den Wald und fledderten die Leichen. Sie nahmen ihnen Waffen und Rüstung ab. Lithran brach den schwarzen Wagen auf. In diesem fürchterlichen, fensterlosen Fahrzeug fand er fünfzehn Männer und drei Frauen, die sich alle gegen das Licht mit vorgehaltenen Händen schützten – Opfer, vorgesehen für den Kelwaruna.

Corvin su-Berethon und seine Bande standen in einem Haufen am Wegesrand und bewunderten gegenseitig ihre Beute: Hier ein goldener Schwertgriff oder ein Bündel Seide, dort ein Pelzmantel oder ein Faß Ithyskischen Wein. Als Lithran mit seinen befreiten Gefangenen herantrat, drehte sich ihm Corvin mit einem breiten Grinsen im sonst so mürrischen Gesicht zu.

»Du hattest wirklich völlig recht, mein Freund«, rief er und schlug Lithran auf die Schulter. »Der Tag hat sich gelohnt! Komm, jetzt sag mir dein Geheimnis! Ein wirklich geschickter Trick, muß ich zugeben. Aber wie macht man ihn?« Er zog ihn etwas abseits von den anderen, damit niemand zuhören konnte.

Talisman hielt ihren Bogen so, als wolle sie ihn testen. Sie spannte die Sehne, ließ sie wieder locker, legte einen Pfeil ein und ließ die beiden keinen Augenblick lang aus den Augen.

Aber Lithran wußte selbst, wo seine Sicherheit lag. »Kein Trick, Corvin, mein Freund«, sagte er mit vorgetäuschter Freundlichkeit. »Es ist hartes Training als Zauberer!« Und mehr verriet er nicht.

»Na ja«, meinte Corvin und verbarg seine Enttäuschung, »wenigstens haben wir Kleidung und Waffen für einen schönen Winterraubzug. Außerdem für mindestens zwei Monate Proviant. Wir werden wie die Könige in den Wäldern leben.«

Die beiden Räuber neben ihm hatten bereits ein Faß aufgemacht. Sie lachten, als sie den Spund über ihre Gesichter hielten, daß der Wein über ihre Bärte rann und sich mit den Blutflecken auf ihren zerrissenen Mänteln mischte.

»Das hatte ich nicht vor«, sagte Lithran.

Corvin hörte ihm gar nicht zu. Er deutete auf die Gefangenen. »Und was sollen wir mit denen machen? So viele unnütze Mäuler... na ja, die Frauen könnte man vielleicht verwenden.«

»Das ist auch nicht meine Absicht«, sagte Lithran. Damit ging er weg und ließ den verblüfften Corvin stehen. Er ging über den festgetrampelten Schnee hinüber zu den Gefangenen.

»Seht ihr den Wagen voll Schwertern und Bogen? Jeder Mann soll sich eine Waffe nehmen! Bewaffnet euch! Jetzt frage ich euch, wer will mir bei Warúnos die Treue schwören und den Kampf für das Volk von Tethesta aufnehmen, um als freie Männer zu leben und nicht zu ruhen, bis Kosmion tot in seinem Grab liegt?«

Die befreiten Männer waren vor Erstaunen stumm. Dann ging ein Lächeln über ihre Züge, und sie legten ihre Hände flach an die Klingen der neuen Schwerter und schworen Lithran die Treue. Die Bande von Räubern schaute aus der Ferne verständnislos zu. Dann trat aber Corvin vor. Er schaute finster drein und hatte eine Hand am Schwertgriff.

»Halt«, sagte Talisman zum Räuberhauptmann. »Hast du denn gar keinen Ehrgeiz? Reizt dich denn nicht der Gedanke, Lehnsmann eines Königs zu werden? Dieser Wald hier ist doch ziemlich feucht und kalt. Würde es dir nicht besser auf einem schönen, warmen Schloß mit einer Kompanie Bogenschützen als Wache gefallen?«

»Das ist der reine Wahnsinn«, sagte Corvin und schüttelte ihre Hand ab. »Wer glaubt er eigentlich, daß er ist? Der Retter von Tethesta? Wer gibt hier die Befehle: ich oder dieser hergelaufene Spielmann?«

»Du hast keinen Weitblick«, sagte Talisman, »keine Phantasie. Siehst du denn nicht, daß durch diesen Zauber die Gewaltherrschaft Kosmions...«

»Weiber haben zwei Mäuler«, sagte Corvin, »und beide sind nur leere Löcher und müssen von den Männern zugestopft werden!« Mit dem Blick auf Lithran rief er seinen Männern zu: »Verrat! Schießt ihn nieder! Zehn Goldkronen für den, der mir seinen Kopf bringt.« Nur ein Räuber griff nach seinem Bogen. Sein Kamerad trat ihm gegen das Schienbein, so daß er in den Dreck fiel. Damit war er entwaffnet. Von den anderen rührte sich keiner.

Corvin schaute umher. Seine unschuldigen, blauen Augen blitzten vor Wut. »Gekauft«, stammelte er, »du hast sie alle gekauft! Meine Männer, meine getreuen Gefährten des Waldes...«

»Gib dir keine Mühe«, unterbrach ihn Lithran eiskalt. »Deine Kameraden sind alle – oder fast alle – ehrliche Männer, die Kosmion aus ihren Häusern vertrieben hat. Sie hatten Frauen, die er abgeschlachtet, Töchter, die er in die Bassanissa geschickt und Brüder, die er in die karmesinrote Uniform gepreßt hat. Ich gebe zu, daß ich mich mit ihnen allen unterhalten und sie auf die Probe gestellt habe.«

»Haltet ihr zu mir, Männer?« rief er den Räubern zu.

Sie zogen ihre Schwerter und schworen ihm ebenso die Treue, wie es die befreiten Gefangenen kurz zuvor getan hatten.

»Na gut! Wenn die Sache so läuft«, murmelte Corvin und schaute gehetzt umher, ob es nicht doch noch einen Ausweg gäbe. »Dann will ich auch die Treue schwören... Mylord«, fügte er nach einer kleinen Pause hinzu.

»Du bist ein Narr und der Sohn eines Narren«, sagte Talisman und schaute wie gewöhnlich zwei Handbreit über seinen Kopf hinweg. »Du bist so gut wie tot. Du und dieser räudige Hund Estoc...« Sie deutete auf den Räuber, der immer noch im schmutzigen Schnee lag, bewacht von einigen seiner Kameraden.

Corvin wurde blaß und ging auf die Knie. »Vergeßt nicht, ich habe Euer Leben in der Hütte geschont. Ich habe Euch in meine Bande aufgenommen. Ich...«

»Keine Angst«, unterbrach ihn Lithran. »Wir sind nicht wie du. Du kannst abziehen und Estoc mit dir... unter einer Bedingung: daß wir nie wieder dein Gesicht sehen müssen, denn dann hast du dein Leben verwirkt.«

Talisman protestierte. »Wie kannst du sicher sein? Wir würden viel ruhiger schlafen, wenn...«

Lithran gebot ihr Schweigen. »Sie sollen einen Wagen und Pferde nehmen. Schließlich haben sie für die Beute ebenso wie wir alle gearbeitet. Aber sie sollen sich beeilen, ehe wir unsere Meinung ändern.«

Aber es muß doch eine Erklärung für diesen Zauber geben«, sagte Gavilan und hielt die Hände über die Flammen des Holzfeuers.

Es war am selben Abend. Sie hatten etwa zwei Meilen von Pharanx in einem Höhlensystem Zuflucht gesucht, das sich in den Klippen über dem Fluß dahinzog. In einer dieser Höhlen nahm man sich der verwundeten Ex-Wächter an. Andere wurden mit Proviant, Münzen, Pelzen und Mänteln aus Kosmions Nachschubwagen ausgestattet. Lithran und Talisman saßen mit den sieben restlichen Gesetzlosen und einer Gruppe der Gefangenen, die man am Morgen aus dem schwarzen Wagen befreit hatte, ums Feuer herum. Der Feuerschein spiegelte sich an der feuchten Decke der Höhle, und der Schnee glitzerte rosa am Eingang. Es bestand aber keine Gefahr, entdeckt zu werden, da ein Felsüberhang mit Büschen den Eingang verbarg. Oben auf den Klippen waren vier Männer als Wachen aufgestellt worden, die während der

Nacht alle zwei Stunden abgelöst wurden. Lithran wärmte seine Hände am Feuer und erläuterte seine Pläne, während die anderen zwischen Zweifel und Erstaunen hin- und hergerissen die Köpfe schüttelten.

»Es stimmt«, sagte Lithran. »Nur der *erste* Zauber ist nicht erklärbar. Das werden wir erst können, wenn wir im Kelwaruna sind.«

»*Der* Zauber«, murmelte eine der Frauen. »Es wäre besser, ihn nie kennenzulernen.« Sie zitterte und hielt die Hände ans Feuer.

»Ich will offen zugeben«, sagte Lithran, »daß ich nicht vorhersagen kann, wie dieser Feldzug enden wird. Bis jetzt sind wir nur ein Dutzend. Aber der heutige Tag bei Pharanx hat uns gezeigt, daß Kosmions größte Stärke zugleich auch die Ursache seiner größten Schwäche ist.«

»Und wie erklärt Ihr das Phänomen?« fragte Gavilan. »Ich jedenfalls kann immer noch nicht fassen, was heute geschehen ist, und daß kein Mann von euch verwundet worden ist.«

»Laßt es mich erklären«, sagte Talisman. »Es ist nicht, wie wir es fälschlicherweise unseren Banditenfreunden darstellten, *unsere* Magie, die dafür verantwortlich ist. Wir haben nämlich keine, meine Freunde. Nein, es ist Kosmions eigener Zauber, der ihn heute besiegt hat. Pharanx ist der Ort, an dem mich Lithran su-Vannin vor einigen Wochen befreit hat, und aus dem gleichen Grund. Es ist ein Ort, an dem sich ein Mensch am hellen Tag verstecken kann, und Kosmion kann ihn nicht sehen. Es ist ein Ort, von dem aus man die Geister ungestraft angreifen kann.«

»Wie ist das möglich? Eine so absolute Macht ...!« Gavilans Stimme war gedämpft, beinahe ehrfürchtig.

»Wir konnten auch kaum unseren Augen trauen ... bis uns der Gedanke an eine mögliche Erklärung kam«, sagte Lithran.

»Ist der Kristall in einem Pokal immer ganz fehlerlos?« fragte Talisman.

»Wieso?« rief Gavilan verblüfft. »Nein, ich glaube nicht.«

»Genau!« antwortete Talisman. »In dieser Wand Kosmions, in dieser magischen und sich immer weiter ausdehnenden Wand gibt es bestimmte fehlerhafte Stellen und Sprünge. In den westlichen

Ländern gibt es ein Sprichwort: *Vana vléctera – anda néctera.* Je heller das Licht, desto tiefer der Schatten. Wenig Leute kennen die Bedeutung dieses Spruches. Ich aber, als geborene Prinzessin von Westramond, die ihre Vorfahren bis in die Tage vor der Gleichmachung, ja bis in die Zeit vor den Erzpriestern zurückverfolgen kann, werde ihn euch erklären. Wenn auch die Magie eine untergegangene Wissenschaft ist, so erinnere ich mich doch noch an ein paar Dinge, die ich als Kind mit Begeisterung gelernt habe.«

Sie machte eine Pause. Lithran griff nach einem Stock, um zwei Hunde auseinanderzutreiben, die angefangen hatten, miteinander zu kämpfen. Sie knurrten sich an und fielen übereinander her. Nachdem die beiden Köter hinausbefördert und der Friede wiederhergestellt war, fuhr Talisman fort:

»Als erstes muß man sich folgendes einprägen: Leuth spricht von sich als dem Staat und dem Staat als von einer Person – von sich. Nun ist das nicht die normale Rhetorik von Königen ... mein Vetter Sebast su-Vassil verweist auf sich lediglich als ›Westramond‹. Nein, in Leuths Fall ist es aber buchstäblich wahr: Er ist absolut. Es gibt keine Regierung außer ihm. Gleichzeitig ist es aber auch eine Lüge. Die Macht führt geradewegs in den Irrtum. Wenn man nämlich seinen eigenen Willen der Welt aufzwingt, zwingt man ihr auch eine einzige subjektive Meinung auf.

Und subjektive Meinungen haben Fehler, sind voreingenommen und nicht vollkommen. Das wißt ihr selbst, meine Freunde«, wandte sie sich an die Runde. »Ihr kennt euch aus auf der Jagd. Ihr könnt die Spur eines Rehes verfolgen, die für einen Städter oder Bauern unsichtbar ist. Ihr seht den Falter an der Borke des Baumes kleben – aber ein Bürger könnte stundenlang hinschauen und würde nie bemerken, daß er dort ist! Auf dem Markt dagegen kann der Jäger nicht zwischen guter und schlechter Seide oder Tuch unterscheiden!«

Gavilan nickte, als ob er von Seide und Stoffen viel verstehen würde.

»So ist es auch mit Kosmion. Er hat sich mit Hilfe von Magie ausgedehnt. Aber indem er sich selbst ausgeweitet hat, hat er auch die Lücken in seinem Verstand, die Risse in seinem Gehirn ausgeweitet. In seinem Weltbild sind Klüfte, Teile, die für ihn gar nicht existieren.«

»Aha«, sagte Gavilan kaum hörbar und nickte abermals.

Talisman fuhr fort: »Je größer die Macht, desto auffallender ist die Schwäche. Je größer das Selbstvertrauen, desto offensichtlicher der Irrtum.« Dann schwieg sie.

»Ich verstehe«, sagte einer der Männer im Feuer. »Also *das* ist das Geheimnis. Ihr wollt also die Stellen in der Welt aufsuchen, die es für Kosmion nicht gibt, und dann...«

»Das ist richtig«, sagte Lithran. »In Kosmions Reich gibt es sichere Zufluchtsorte, die er niemals wahrnehmen kann, da er nur er selbst ist, wenn auch tausendfach erweitert. Ich glaube sogar, daß ich bei den Toren von Pyrgoma selbst so einen Ort entdeckt habe.«

»Und bei der Hütte«, rief einer der Männer. Er hieß Methven. Eifrig beugte er sich vor. »Das erklärt auch, warum Ihr die Geister vertreiben konntet, ehe wir Euch trafen.«

Lithran nickte.

»Aber wie könnt Ihr sicher sein, daß diese ›verborgenen Stellen‹ – diese ›Interräume‹ – auch bestehen bleiben?« fragte Gavilan. »Könnten sie nicht kommen und gehen wie die Schatten der Wolken auf der Erde?«

»Darauf kann ich antworten«, sagte Methven. »Wir haben auch einen von diesen ›Räumen‹ des Schafdiebs gesehen. Hätten wir nur gewußt, was er bedeutet!«

Sie schauten ihn alle an.

»Ja, es war vor drei Monaten, gegen Ende des Sommers. Unsere Bande wurde von den Geistern überrascht, und wir mußten um unser Leben reiten. Damals waren wir noch doppelt so viele wie heute. Sie erwischten uns auf einer Lichtung, gerade als wir hinüberritten. Sie haben uns eingeholt, aber nicht auf normale Art und Weise, sondern ganz hinterlistig. Ohne den Schritt im Galopp zu wechseln, kamen sie plötzlich hundert Meter näher an uns heran. Es war, als hätten sie die Lichtung einfach übersprungen...«

»Ja, das haben sie auch«, murmelte Gavilan.

»... also, statt ziemlich weit hinter uns zu sein, waren sie plötzlich direkt auf unseren Fersen. Ihr könnt sicher sein, daß wir viele gute Männer an dem Tag verloren haben. Aber ...«

»Ja?«

»Wir dachten natürlich, daß es einfach einer der Zaubertricks des Schafdiebs sei – die Macht, Strecken zu überspringen und die Feinde so zu überrumpeln. Seit diesem Erlebnis haben wir auch immer sehr darauf geachtet, einen ordentlichen Abstand zu den Geistern zu halten.«

»Also deshalb ist noch niemand daraufgekommen, wie man ihn besiegen kann. Die Schwachstelle wurde als Macht angesehen.«

Mit großer Unterwürfigkeit warf sich Gavilan auf die Knie und beugte sein langes, hageres Gesicht über Lithrans Hand, um sie zu küssen. »Wenn das stimmt«, sagte er, »dann könnt Ihr auf uns zählen.«

»Wenn das stimmt«, sagte eine der Frauen, »dann besiegt sich der Zauber selbst.«

»Ja, aber noch sind wir nicht soweit«, sagte Gavilan. »Zuerst brauchen wir Soldaten, Verbündete und ein Standquartier.«

»Ich habe Freunde in einem Versteck in Pyrgoma«, sagte eine der Frauen.

»Und ich in Xalfa«, sagte Methven.

»Und ich in Xivasta«, sagte ein Mann, der Folcan genannt wurde.

»Wir werden Boten in den ganzen Süden schicken«, sagte Gavilan. Sein Gesicht war vom Feuerschein gerötet. »Wir werden das Land wachrütteln.«

»Es wird kein Mann mehr übrigbleiben, um die Geister zu verstärken«, sagte ein anderer. »Sie werden alle zu uns strömen.«

»Es wird ein langer Feldzug werden«, sagte Lithran, um ihre Begeisterung etwas zu dämpfen. »Aber mit eurer Hilfe, meine Freunde ...« Er stand auf, streckte sich und stieß mit dem Stiefel in die Glut.

»Und jetzt ... wer hat die nächste Wache?«

Lithran stand ganz allein mitten auf der Straße. Sein einziges Zugeständnis an seine Zweifel war der Bogen mit dem eingelegten Pfeil, dessen Sehne er in den Händen hielt. Die Spitze war nach unten gerichtet. Aber wenn die Angst in ihm aufstieg, richtete sich auch der Pfeil ein wenig nach oben. Im Dorf Fesca hinter ihm waren alle Fensterläden geschlossen. Wer wußte, ob sich nicht doch ein Freund Leuths dort in den Schatten verbarg? Falls Leuth überhaupt Freunde hatte. Das Wort ›Liebe‹ war ausschließlich und offiziell für Ausdrücke reserviert, die sich auf Kosmion bezogen, wie ›Kosmion liebt das Volk‹ oder ›Das Volk liebt Kosmion‹.

Es hatte getaut und wieder heftig geschneit. Trotz der Morgensonne war alles etwas verschwommen, als wäre die Luft noch voll von Eiskristallen. Die weiße Ebene zwischen Fesca und Pyrgoma schimmerte undurchdringlich. Vor ihm war in der Ferne ein merkwürdiges, schrilles Quieken zu hören. Dann wurde es wieder still. Lithran zitterte. Er überlegte, ob der Ort, an dem er stand, wirklich für die Geister unsichtbar war. Einen Augenblick lang wäre er lieber wieder auf der Lichtung im Werewald gewesen, den man im Verlauf der letzten beiden Monate zu einem militärischen Stützpunkt ausgebaut hatte, indem man dort in aller Eile einige Hütten errichtete. Ja, aber das gute Beispiel des Kommandanten war mehr wert als monatelanges Zureden. Er versuchte sich selbst einzureden, daß er sich nur deshalb so ungemütlich fühlte, weil es all seinen Instinkten widersprach, ungeschützt mitten auf der Straße zu stehen. Er hatte diese Stelle, wo die Felder aufhörten und das Dorf Fesca begann, vorher schon dreimal genau in Augenschein genommen. Er hatte aus einem Versteck heraus die bewachten Transportzüge der Wächter beobachtet, hatte sich sogar die Pflastersteine eingeprägt, wo die Hufe der Pferde verschwanden und wo sie wieder auftauchten.

In einer Entfernung von etwa einer halben Meile veränderte sich die purpurne Dämmerung über dem Boden und wurde dunkler. Wabernde Schemen tauchten auf. Trotz der Undeutlichkeit wirkten sie merkwürdig stachelig, als ob sie zu einem riesigen Insekt gehörten, das ständig größer wurde. Lithran spähte über das Schneefeld in das diesige Sonnenlicht. Es war fast Mittag. Die Sonne stand direkt über der näherrückenden Dunkelheit. Ja, es bestand kein Zweifel mehr, diese spinnenartigen Figuren waren die Silhouetten einer Kavalkade von Wächtern, mit ihren Federn, ihren hohen gehörnten Helmen und ihren in die Luft ragenden Speeren. Hinter ihm öffnete sich knarrend ein Fenster.

Das Haus war vier Stockwerke hoch. Er hatte bereits ein Auge darauf geworfen, weil es für seine Zwecke sehr geeignet war. Er schaute noch einmal hin, ob dort ein feindlicher Bogenschütze hinter einem der Fenster lauerte, und dann wandte er seine Aufmerksamkeit wieder der schneebedeckten Straße zu.

Die Wächter waren nun deutlich zu erkennen. Das Quietschen der Räder am schwarzen Wagen ließ einem die Haare zu Berge stehen. Die Violine konnte das auch, dachte Lithran, aber sie war nie so grausam, so durchdringend. Das war der Wagen der Verlorenen auf dem Weg zum Kelwaruna. Wir werden nicht versagen, dachte er. Hinter mir waren dreißig Männer, die Hälfte frische Rekruten aus dem letzten Haufen befreiter Gefangener, aber voll Eifer, ihre Kameraden ebenfalls zu befreien. Schließlich stand er ja deshalb hier auf der Straße in voller Sicht, um seinen Männern Zuversicht zu geben. Sein roter Bart stand waagrecht, als er seinen Bogen zum ersten Mal mit Absicht hochnahm.

Die Wächter standen nun hoch und fest vor ihm. Zuerst war es ein einzelner Reiter, dann kamen noch sechs weitere mit Speeren bewaffnet. Danach erschien ein mit Leinwand bedeckter Wagen, vielleicht voll von Pelzen und Gold, die man in die Hauptstadt brachte. Auf jeder Seite des Kutschers saß ein Mann mit gespannter Armbrust. Dann folgten sechs Reiter und ein weiterer Wagen. In der Mitte der Abteilung fuhr der schwarze Wagen, von sechs Pferden gezogen und von einem Dutzend Phylaks umringt. Danach folgten weitere Wagen und mehr Wächter.

Nicht nur die Reiter trugen karmesinrote Uniformen, auch den Pferden hatte man rote Schabracken übergeworfen. Als die Sonne sie von hinten beschien, sahen sie gegen den weißen Schnee düster und blutig aus. Die Schatten der Reiter fielen in ganzer Länge auf die Straße vor ihnen. Ihre Bewegungen unterschieden sich aber merkwürdig von denen ihrer Besitzer. Die Reiter schwankten und hüpften in ihren Sätteln, während die Schatten heimlich über die nasse Straße glitten, als ob vor ihnen ein Teppich aus öliger, schwarzer Flüssigkeit ausgerollt würde. Sie waren nun zwanzig Meter entfernt und ritten geradewegs auf Lithran zu. Lithran stand ganz still. Um die Wahrheit zu sagen, er fühlte sich schon bedeutend besser, als nichts darauf hinwies, daß die Wächter ihn bemerkt hatten. Der Schattenteppich wurde langsam kürzer.

Es war, als ob die Schatten flüssig wären und diese Flüssigkeit einen unsichtbaren Abwasserkanal in der Straße etwa zehn Schritte vor Lithran erreichte, um dort in die Nicht-Existenz im Interraum zu versickern. Lithran überlegte nicht das erste Mal, wie die Welt ein solches Paradoxon zustande brachte. Jetzt schaute er sich um. Fünfzig Meter hinter ihm – auf der Gegenseite des Interraums – sah er den Schattenteppich wieder emporquellen – eine Feder, einen Helm, die Schultern.

Er wandte wieder der Reiterabteilung sein Gesicht zu. Jegliche Angst war jetzt von ihm abgefallen, als ob man eine schwere Last von seinen Schultern genommen hätte.

Die herannahenden Soldaten verschwanden einer nach dem anderen. Dabei wurden sie einen Augenblick lang pechschwarz. Im Sonnenlicht waren sie noch blutrot gewesen, aber sobald ein Wächter die Reihe der Pflastersteine erreichte, die die Grenze zum Interraum bildete, wurden Pferd und Reiter zu einem zweidimensionalen, tiefschwarzen Scherenschnitt. Diese Silhouette stand für Bruchteile von Sekunden bewegungslos wie ein Schatten vor Lithran in der Luft, der auf ein weißes Tuch fällt. Dann verschwand sie.

Lithran wagte nur einen kurzen Blick zurück, weil er Angst hatte, den schwarzen Wagen zu versäumen. Ja – Roß und Reiter verkörperlichten sich wieder. Eine Sekunde lang waren sie wieder zweidimensional und schwarz, dann tauchten sie in ihre karmesinrote dreidimensionale Wirklichkeit auf und zogen ruhig nach Norden und dem Kelwaruna zu, als wäre nichts geschehen.

Während des letzten Monats hatte Kosmion den Weg durch den Wald gemieden. Er hatte zu viele Züge dort verloren. Die Strecke über das offene Land war zwar länger, aber sicherer, dachte er.

Rechts von Lithran knarrte wieder das Fenster. Ein Verbündeter? Oder nur ein alter Mann, der auf den Winterschnee hinausschaute?

Jetzt war der genaue Zeitpunkt gekommen, an dem er handeln mußte. Durch das lange Warten fast mesmerisiert, zögerte Lithran einen Augenblick. Dadurch traf sein Pfeil das Pferd, als es gerade schwarz war und wie gefroren in der weißen Luft an der Grenze zum Interraum stand. Es schrie.

Lithran fluchte. Er wollte nicht das Pferd, sondern einen Wächter treffen.

Hinter ihm kamen die Männer aus ihrem Versteck und stellten sich neben ihn. Für die Wächter mußten diese Pfeile plötzlich aus der leeren Luft kommen. Sie schossen und schossen. Nachdem nun klar war, daß keiner, der sich im Interraum aufhielt, verletzt werden konnte, kam ihnen ihre Unverwundbarkeit fast schandvoll vor, während sie nach und nach alle Automaten Kosmions herunterschossen. Vor allem waren das ja keine Automaten, sondern Wesen mit Bewußtsein, die hilflos in dieser Hülle aus Fleisch und Knochen steckten.

Lithrans Männer schossen sie ab. Es mußte sein.

Als der ungleiche Kampf vorbei war und die Insassen des schwarzen Wagens endlich frei waren, schaute Lithran sich um. Ein Haufen Dorfbewohner hatte dem Geschehen mit angstvoller Neugier zugesehen. Jetzt wurden sie mutig und gratulierten den Siegern. Man machte Konvertiten. Aber Lithrans Aufmerksamkeit wurde durch etwas anderes geweckt. Irgendwann während des Kampfes waren die Läden an dem Haus aufgemacht worden. Die Scheiben glänzten im Sonnenlicht. Er trat heran, um durch ein Fenster zu schauen. Dahinter wandte sich eine Gestalt ab und ging fort.

War dort jemand gewesen? Ein Schatten, im Mittagslicht schwarz, der sich bewegt und abgewendet hatte? Etwas hinter einer Oberfläche? Lithran hatte an diesem Vormittag Oberflächen gesehen, die absolute Grenzen bildeten, Schritte in die Unwirklichkeit. Als er an die Tür pochte, antwortete niemand. Er klopfte noch einmal. Nichts rührte sich hinter der Tür. Durch die vier kleinen Glasscheiben darin konnte er nicht viel erkennen, lediglich die verschwommenen Umrisse eines Ganges, an dem verschlossene Türen lagen. Keine Spur von menschlicher Bewegung. Wütend rief Lithran einen seiner Männer herbei und ließ sich von ihm einen Streitkolben mit einem Bronzekopf und Stacheln geben. Dann rief er eine letzte Warnung. Als wieder keine Antwort kam, schlug er mit dem Kolben das Glas ein.

Die Scherben flogen nach innen auf den Gang, und eine gezackte Öffnung wurde frei, durch die Lithran hindurchschaute. Auch als die Glasstücke auf den Boden klirrten, herrschte Schweigen. Innen lag der Gang mit einem Oval aus Sonnenlicht, in dessen Mittelpunkt der Schatten von Lithrans Kopf zu sehen war.

Wieder rief er und forderte die Bewohner auf, falls es welche gab, die Tür zu öffnen, sonst würde er sie aufbrechen. Als noch immer keine Antwort kam (er war sich aber sicher, die Anwesenheit von Leuten im Hause zu spüren), nahm er den Griff des Streitkolbens und brach die Tür aus den Angeln. Sechs Bogenschützen folgten ihm ins Innere.

Im dritten Zimmer rechts fand er ein altes Ehepaar und drei junge Frauen. Die Frauen waren blaß und verängstigt, aber der alte Mann – mit weißem Haar und wachen, blauen Augen – zeigte keinerlei Furcht. Er lächelte sogar, allerdings keineswegs einladend. Lithran war überzeugt, richtig gehandelt zu haben, und er sprach ihn höflich an.

»Ihr braucht Euch um die Sicherheit Eurer Familie keine Sorgen zu machen, Sir. Ich bin Lithran su-Vannin, der Kommandeur der Vrátriya Líthrasa, der Bruderschaft der Freiheit.«

Der alte Mann saß vollkommen reglos in seinem Sessel, die Hände mit den blauen Venen auf den Seitenstützen. Seine gelbliche Haut und der weiße Bart ließen ihn wie einen Hausgott aus Elfenbein wirken, nur in Lebensgröße, eine dieser Figuren, die Frieden und Glück bescheren. Als er sprach, lag auch darin etwas von der fernen Würde, die man von einem Gott erwartet.

»Da Ihr mich mit Eurem Namen ehrt, Sir, ich bin Imram sun-Imram, allerdings nicht Euer Diener. Was fällt Euch ein, auf solch brutale und unhöfliche Art in mein Haus einzudringen?«

»Ich bitte um Verzeihung für diese Unannehmlichkeit«, sagte Lithran ebenso förmlich. »Aber in Kriegszeiten können solche Aktionen nicht immer vermieden werden. Glaubt mir, ich will Euch wohl. Es wäre auch nicht nötig gewesen, die Tür aufzubrechen, wenn Ihr mir aufgemacht hättet.«

»Nicht nötig?« fragte Imram und zog die Augenbrauen in die Höhe. »Warum sollte es ›nötig‹ sein? Meine Familie hat Euch doch nichts getan, oder?«

Er wollte, daß ich die Tür einschlage, dachte Lithran. Laut sagte er: »Mir ist aufgefallen, daß Euer Haus auf eigenem Grund und Boden zu stehen scheint, nicht auf Kosmions. Wißt Ihr, was ich damit sagen will?«

»Allerdings«, antwortete der alte Mann. »Diese Tatsache ist mir schon vor einiger Zeit aufgefallen. Es scheint mir aber, daß ich vor Eurer ›Befreiungsarmee‹ nicht sicher bin.« Seine Anspielung auf Lithrans Worte war unüberhörbar und klang zynisch. »Wut und Gewalt. Seid Ihr besser als Leuth?«

»Das kann ich nicht sagen«, antwortete Lithran. »Das müßt Ihr selbst beurteilen. Aber da draußen im Schnee liegen Männer, die sterben müssen, wenn sie kein Dach über den Kopf und Pflege bekommen. Wäre es möglich...«

Der Mann nickte und wandte sich an seine Töchter. »Seht nach, was man tun kann, meine Täubchen. Ich werde mitgehen und helfen, wo ich kann.«

Dann sprach er nochmals zu Lithran: »Aber Ihr, Sir, seid bereits beurteilt, da Ihr, wie ich sehe, Geiseln mitbringt.«

»Geiseln?« fragte Lithran verblüfft.

»Was sind die Wächter denn sonst? Es sind unsere eigenen Leute, gefangen in einem Kerker aus Verzweiflung und Grausamkeit. Jeder von ihnen ist eine Geisel.«

»Das ist richtig und unrichtig«, sagte Lithran leise. »Aber was würdet Ihr tun, wenn die Wächter Euch das Haus wegnähmen? Oder wenn sie Eure Töchter vergewaltigten?«

»Das würden sie nicht tun«, sagte Imram. »Das hier ist nicht ihr Raum.«

Lithran lachte laut über diese Begründung. »Mylord Imram«, sagte er mit ausgesuchtester Höflichkeit, »ich will offen mit Euch sprechen. Euer Haus ist militärisch gesehen ein Schmuckstück. Es würde uns sicheren Unterschlupf bieten, eine Basis, von der aus wir Kosmion angreifen können. Es wäre ein Akt der Menschlichkeit, wenn Ihr –«

»Niemals«, sagte Imram nur. »Mein Garten, mein Haus ist hinter der Wand. Kosmion kann uns nichts anhaben. Das habe ich schon früh erkannt. Ich wußte, daß es nur eine Frage der Zeit sein würde, bis Ihr kommt.« Seine Würde blieb ganz unangetastet, weil sie nicht in seinem Besitz, sondern in ihm selbst ruhte.

»Ihr habt von uns gehört?« fragte Lithran, mit einer Spur von Stolz.

Der alte Mann zuckte mit den Schultern. »Ihr oder irgendein anderer – was ist schon der Unterschied?«

»Ich glaube, daß es da einen gewaltigen Unterschied gibt«, sagte Lithran beleidigt. »Wir sind Isolierte und respektieren die Rechte der Isolierten. Es wird keiner Seele in diesem Haus ein Leid geschehen. Ich bin persönlich für die Sicherheit Ihrer Töchter verantwortlich. Eure Familie, Sir, und Euer Besitz werden uns heilig sein.«

»Gute Absichten rechtfertigen nicht schlechte Mittel. Gewalt ist niemals ein Weg des Friedens. Dieser Weg führt nur über Unterwürfigkeit und gutes Beispiel.«

»Und wenn dem Beispiel nicht gefolgt wird?«

Imrams Mundwinkel zogen sich verächtlich nach unten, als ob er diesen Einwand unter seiner Würde fand. »Dann war wenigstens das Beispiel gut. Glaubt mir, Sir, ich habe keine Angst vor dem Sterben.«

»Ich habe Euren Mut nicht eine Minute lang bezweifelt. An dem fehlt es Euch gewiß nicht, aber an Mitleid.«

»Sir!« entgegnete ihm Imram mit würdevoller Entrüstung. »Ihr sprecht zu mir von Mitleid?«

»Wißt Ihr, was in diesem schwarzen Wagen ist?« fragte Lithran. Der alte Mann steckte sich die Finger in die Ohren, aber Lithran sprach weiter. Als er fertig war, sah er, daß der alte Mann ihn gehört hatte, denn er schüttelte so sehr den Kopf, daß der weiße Bart hin und her über die Brust wischte.

»Niemand kann so herzlos sein!«

»Und wenn ich recht habe?«

»Und dennoch«, sagte der Alte nach langem Schweigen, »ist es besser zu sterben, als am Töten teilzunehmen.«

»Also würdet Ihr die Welt Kosmion überlassen?« Mit diesen Worten wandte sich Lithran wieder seinen Männern zu.

»Hier ist ein sicherer Zufluchtsort, da das Haus im Interraum steht. Es ist eine unüberwindliche Festung, von der aus wir Fesca verteidigen und Kosmions Truppen zersetzen können. Es ist unser zweiter Schritt auf dem langen Weg zum Sieg. Imram sun-Imram wird mit größter Höflichkeit und Rücksichtnahme behandelt, ebenso seine Familie. Dafür seid ihr mir verantwortlich. Sie sollen ein paar Zimmer für sich behalten, und ihre Bedürfnisse sind zu respektieren; aber sie dürfen sich nicht in militärische Angelegenheiten mischen. Das Haus ist groß und als Standort günstig. Es tut mir leid, Sir, Euch diese Unannehmlichkeiten bereiten zu müssen, aber sie sind gering gegen die, die die Opfer von Leuth erlitten haben. Ich hatte eigentlich gehofft, Ihr würdet selbst vorschlagen...«

Man hörte jetzt das Stöhnen der Verwundeten, die man hereinbrachte. Ein Mann schrie laut auf, als man ihn ungeschickt anfaßte. Von dem Gang her hörte man die besänftigende Stimme eines Mädchens. Zwei von Lithrans Eskorte gingen hinaus, um zu helfen.

Der alte Mann erhob sich, um seinen Frauen zur Hand zu gehen. »Wenn die Menschen doch nur in Frieden leben könnten!« seufzte er.

»Ich bewundere Eure Prinzipien, Sir«, sagte Lithran. »Aber die Zeiten erlauben sie nun mal nicht. Ja, ich bin nicht sicher, ob jemals die Zeit sie erlauben wird.«

Er erinnerte sich beim Hinausgehen auf die schneebedeckte Straße, wie er selbst unsicher gewesen war, als er aus der Sicherheit seines menschlichen Raumes die hilflosen Wächter heruntergeschossen hatte. War es nicht bittere Ironie, daß nur dieses Gefühl die Tat rechtfertigte! Wie sehr sehnte er sich selbst nach einer Welt, in der die Worte Imrams galten! Aber bis dahin lebte Leuth noch, und es war wohl besser, wenn er sich Gedanken machte, wie dieser auf die letzten Vorfälle reagierte.

Was konnte der Erzmagier hinter den Wällen seiner Festung ausbrüten? Wenn es in seiner Welt einen Makel gab, wo lag dieser dann in der Welt von Lithran und Talisman? Über diesen trüben Gedanken vergaß Lithran zu erwägen, ob es Leuth sein würde, der diesen Makel finden würde, oder ein noch unbekannter Feind.

In Xivasta gab es eine kleine, bucklige Steinbrücke und fünfhundert Häuser. Es hatte auch eine Stadtmauer – zu Beginn von Leuths ›Befreiung‹ von Tethesta –, bis es drei Monate lang belagert wurde. Dann eroberten es die Wächter und ergriffen jeden Mann, den sie fanden, bei den Händen. Um sicherzugehen, schleiften sie die Mauer, rissen die Steine ab und ließen sie in einer gelben Staubwolke aufgehen, so daß die Stadt jetzt von Trümmerhaufen umgeben ist, in denen die Hunde Jagd auf Ratten machen. Ärgerlich war nur (Leuth machte diesen Fehler auch nie wieder, daß er seiner Wut nachgab und nicht der Logik der Kontrolle), daß die Leute nun leichter die Stadt verlassen konnten. Langsam verringerte sich die Einwohnerzahl. Die Menschen flohen in den Werewald, der vierzig Meilen entfernt war, oder suchten bei Freunden in abgelegenen Häusern im Süden Unterschlupf. Beim Abbruch kam es zu einem merkwürdigen Unfall. Als eine Abteilung Wächter einen Mauerabschnitt abriß (die Mauer war zwanzig Fuß hoch und stürzte mittels Brechstangen in den Fluß), da fiel ein großer Haufen Steine vom Himmel.

Zu dieser Zeit war kein Wölkchen am Himmel zu sehen, und überhaupt konnten Wolken keine Steine auf die Erde herunterregnen lassen. Leuth verstand das nicht. Aber dann, warum sollte er sich damit beschweren? An Wächtern herrschte ja kein Mangel.

Essor war mit seinen fünfzehn Jahren noch zu jung zum Händeschütteln. Er hütete oben auf dem Hang seine Schafe und hatte im Rücken den bewaldeten Hügel und den Sonnenschein, der von oben seine Schultern wärmte.

Zuerst hatte er es für Nachlässigkeit gehalten. Die Wächter gingen mit ihrem Leben nicht besonders vorsichtig um, besser gesagt, Leuth tat es nicht. Deshalb erschien Essor auch die Tatsache, daß man den Turm an der südwestlichen Ecke der Stadt völlig übersehen hatte, bis er einstürzte und fünf Männer unter sich begrub, lediglich als weiteren Beweis für Leuths Mißachtung menschlichen Lebens. Er machte sich keine weiteren Gedanken darüber.

Während der nächsten Zeit hielt er sich jedoch öfters bei den Weiden unterhalb des Sukelda-Waldes auf. Und da fiel ihm etwas auf. Von Zeit zu Zeit ging ein Wächter an der Stelle vorbei, an der der Turm gestanden hatte. Es kam nicht oft vor, vielleicht einmal alle zwei Wochen, daß man dies beobachten konnte. Dann rieb Essor sich die Augen und überlegte, ob das Sonnenlicht ihn getäuscht hatte oder ob er in der Sommerhitze einen Augenblick lang eingenickt war.

Er rief seine Freunde herbei, um zu sehen, ob ihnen auch etwas auffiel. Aber die schauten wohl nicht im richtigen Moment in die richtige Richtung. Es war ja auch so mühsam, in der Sommerhitze am Hang zu sitzen und nichts anderes zu tun als auf die Stadt Xivasta zu starren oder Schafe zu hüten. Als erste sah Cotenta, die entfernte Cousine eines Vetters, das Verschwinden und sofortige Auftauchen eines Geistes, als sie auf den nicht vorhandenen Turm schaute. Sie bestätigte seine Beobachtung mit einem Aufschrei:

»Blödsinn! Ich glaube es einfach nicht! Willst du mich verzaubern?«

»Na ja«, lachte Essor, »ich wünschte, ich könnte es!«

Sie fielen sich in die Arme und vergaßen die Schafe für die nächste halbe Stunde. Danach behauptete Cotenta, nie etwas gesehen zu haben. Das Licht war sehr hell, der gelbe Schutt der Wand hatte sie geblendet, und hatte sie nicht die ganze Zeit Essor in die Augen geblickt?

Aber von da an wußte Essor, daß es wahr war. Denn wenn ein anderer auch darüber staunte, war das Beweis genug.

Er war daher auch nicht erstaunt, als sich an einem Winterabend ein Fremder, den er noch nie zuvor gesehen hatte, zu ihm in der Trinkstube mit der dunklen Balkendecke an den Tisch setzte. Angeblich stammte er aus Pyrgoma, das nur ein paar Meilen entfernt war. Er hatte Freunde in der Stadt Xivasta. Der Fremde bestellte noch etwas zu trinken, beugte sich zu Essor und teilte ihm unter dem Siegel des Stillschweigens ein Geheimnis mit.

»Die Räume«, sagte er, »die Räume in Kosmions Welt.«

»Ach ja«, sagte Essor und verstand endlich.

Am nächsten Morgen war er wieder auf dem Sukelda-Hügel. Zu seiner Überraschung sah er seinen Gewährsmann aus der Stadt über die Brücke nach Süden in Richtung Werewald gehen. Er bemerkte, wie ein paar Wächter ihn angriffen und wie er als weggeworfenes Kleiderbündel eine halbe Meile unterhalb des Abhangs auf der Straße lag. Aber er wußte, was er zu tun hatte. Er hatte Freunde und einen Namen, an den er sich halten konnte: Lithran su-Vannin, Befreier, Gründer der Bruderschaft der Freiheit. Mit diesem Wissen würde er die Wächter aus Xivasta vertreiben, der Stadt einen neuen Namen geben und für sich ein Lehen erhalten.

Lithran stand auf dem Balkon des Hauses, wo er vor vier Monaten Talisman zum ersten Mal gesehen hatte. Neben ihm befanden sich Essor, Methven sun-Amar, Gwalion, Talisman und mehrere andere Anführer der Bruderschaft. Die Straßen von Pyrgoma unter ihnen waren schwarz vor Menschen, die in der Dunkelheit nicht auseinanderzuhalten waren und hin- und herwogten wie ruheloses Wasser. Über diesen geheimnisvollen Strudeln und Flutwellen tauchten einzelne Fackeln auf, Flammenbrände, die die gegensätzlichen Rhythmen der Menge noch unterstrichen. Von Zeit zu Zeit erschien ein Gesicht, winzig, aber besonders, erstarrt in Überraschung oder Lachen, sekundenlang beleuchtet vom Schein einer Fackel. Am Rande des Platzes lagen einige reglose Gestalten wie Strandgut, das der Sturm angespült hat. Die Leichen der Wächter waren schon nachmittags auf Karren geladen und vor die Stadt geschafft worden. Das hier waren keine toten, sondern betrunkene Männer, die zu früh zu viel gefeiert hatten. Diese Leute im Süden waren an solche Freuden nicht gewöhnt, sagte Lithran zu sich selbst. Seine Landsleute im Norden hätten den Höhepunkt der Selbstvergessenheit erst am zweiten Tag von Amrai Púrasa erreicht. Männer und Frauen lagen zusammen in den dunklen Gassen, ohne sich um die Kälte oder die Blicke der Passanten zu kümmern. Andere lagen sich auf der Treppe zum Rathaus in den Armen, obwohl darüber die Leiche Carcans, Leuths Statthalter, von einem der Bogen baumelte. Lithran hatte ihn nicht vor der Volkswut schützen können. »Sobald Leuth ihn verlassen hat, schneidet ihn ab«, hatte er gesagt. Aber die Pyrgomaner hatten nicht auf ihn gehört. Sie wollten einen Akt symbolischer Justiz. Ohne sich um die vertrackten Irrwege der Verantwortung zu kümmern, verlangten sie sein Leben. Zwei Männer aus Lithrans Bruderschaft waren als Wachen aufgestellt und beobachteten diese ausgelassenen Feiern mit distanzierter Belustigung. Er war froh, daß sie wenigstens ihren Sieg nicht in einem Weinfaß ertränkt hatten.

Von oben bedrohte die Silhouette des Ziggurat, schwärzer als der Nachthimmel, die Stadt wie eine eindrucksvolle Kopie der Pyramide von Sulunna. Unten auf dem Marktplatz drehte sich ein Mädchen zu den Klängen eines einzelnen Fiedlers. Sie war so blond und zierlich wie Davanna. Der Fiedler, wie merkwürdig, hatte einen roten Bart und spielte mit solcher Hingabe, daß man hätte denken können...

Lithran griff nach der leeren Halskette. Ihm fielen die Worte des Wächters über Boote ein, jedes mit einem eigenen Leben auf dem dunkel gewordenen Meer des Lebens... Das war vor vielen Monaten gewesen, aber er erinnerte sich auch an den Augenblick des Schreckens, als er selbst eine dieser Gestalten geworden war, die vom Willen eines anderen getrieben wurde.

Seine Gefährten hatten keine schwarzen Gedanken. Essor war noch ein Junge, aber er sprach ihnen allen aus dem Herzen:

»Ein großartiger Sieg, Mylord. Vor allem bin ich über eines froh – das hat auch meinen Männern aus Xivasta gefallen –, daß wir endlich zum ersten Mal aus den Interräumen hinausgetreten sind. Wir haben als Männer gegen Männer gekämpft, gleich gegen gleich, im Raum des Schafdiebes. Das war mal ein richtiger Kampf!«

Sind wir dem Seelenherrscher wirklich gewachsen? dachte Lithran. Laut sagte er nur: »Davon werden wir noch mehr haben.«

»O ja«, sagte Essor begeistert. »In drei Monaten haben wir dreitausend Mann zusammen. Im ganzen Südland ist kein sicherer Platz mehr für Kosmions Geister. Jeden Tag stoßen hundert Rekruten zu uns. Wer sollte uns aufhalten?«

»Und wenn er noch andere Tricks im Ärmel hat?«

»Nun ja«, sagte Methven, »ich halte ihn für einen Seiltänzer. Sicher, er geht lange auf dem Seil, kann auch einen Stapel Teller auf der Nase und einen Stuhl auf dem Kopf balancieren. Aber auch sein Talent ist begrenzt.«

»Ja«, sagte Essor. »Als die Wächter einander beschossen... was könnte der Grund dafür sein? Kann ein Mann sich mit sich selbst verwechseln?«

»Es ist ein Zeichen der Verwirrung«, sagte Lithran. »Oder es geschah, weil ihm das Leben nichts bedeutet – weder das seiner Anhänger noch das seiner Gegner.«

»Aber woher kommt das, Mylord?« fragte Essor, der seinen Kommandanten mit der Ehrfurcht behandelte, die man nur einem Orakel entgegenbrachte.

»Nun, welchen Unterschied macht schon Leuths Verstand zwischen seinen Leuten und denen des Feindes? Beide sind gleichermaßen entbehrlich. Für ihn gibt es nur eine Wirklichkeit – ihn selbst. Anders als Freunde, Verbündete und Anhänger haben die Wächter für ihn keinen Wert als solche, da sie nur Werkzeuge sind, durch die er seine Macht weiterleitet. Daher kann er jederzeit mit ihnen ›experimentieren‹. Ich nehme an, daß das ein Experiment war: zu sehen, ob seine Pfeile in die ›verborgenen Räume‹ fliegen können.«

»Und jetzt weiß er, daß das nicht geht.«

»Er wird diese Taktik nicht wieder verwenden.«

»Darf ich auch beim Ratespiel mitmachen?« fragte Talisman.

»Wir laden Euch gerne dazu ein«, sagte Methven. »Wir müssen versuchen, unseren Feind zu verstehen.«

Sie sagte: »Haßt er wirklich nur seine Sklaven? Habt ihr euch mal überlegt, wie es sein muß, die einzige lebende Seele auf der Welt zu sein? Nur seinen eigenen Traum zu träumen? Wie kann er, wenn er das glaubt, sich nicht hassen?«

»Das ist mir zu tief«, sagte Methven.

Lithran aber mußte an seine Verzweiflung denken, seine auf sich bezogene Schuld wegen Davanna. Wie wirklich war sie gewesen?

»Haßt denn Warúnos, der Herr der Götter, sich selbst auch?« fragte Essor verwundert.

»Wer weiß?« sagte Talisman. »Aber Leuth ist kein Gott. Er hält sich nur für einen solchen. Wie sehr muß er seine Begrenztheit hassen! Wir dagegen glauben an die Wirklichkeit von anderen und können daher manchmal lieben.«

Wie zufällig berührte sie Lithrans Hand. Beide durchfuhr ein Wonneschauer. Liebe war die Lösung für das Problem. Sie war wie das Erkennen des Geheimnisses der Interräume: Wie die Wahrheit, schenkte sie Freude.

»Also glaubt Ihr, daß er auch weiterhin mit sich so sorglos umgehen wird?« Das war Gavilan, der im Schatten gewartet hatte, um Bericht zu erstatten.

»Wir können uns nicht darauf verlassen«, sagte Lithran. »Und da das so ist... sind die Wachen alle auf Posten auf der Mauer?«

»Zum Glück ist das Gelage bald vorüber«, sagte Gavilan bedrückt. »Es wäre überraschend, wenn nach einem so großen Sieg...«

Talisman schnitt ihm das Wort ab. »... Kosmion in diesem Augenblick losmarschieren würde, um Pyrgoma zurückzuerobern? Verlaßt Euch darauf, daß er das macht. In dem Augenblick, als der erste Phylak starb, hat er seine Armee in Marsch gesetzt.«

Sie wollte Lithran noch mehr sagen, aber dieser hatte bereits verstanden. Er nickte und sagte: »Essor, nimm ein Dutzend deiner Männer! Unterrichte die Wachen davon, daß ich persönlich in zwei Stunden die Runde über die Befestigungsanlagen machen werde. Bei dem geringsten Zeichen von Trunkenheit lasse ich den Mann auspeitschen.«

»Methven, ich ernenne Euch hiermit zum Statthalter von Pyrgoma. Ihr sollt die alten Gesetze wieder einführen und danach regieren.«

»Gavilan...«

Gavilan beugte mit der üblichen Unterwürfigkeit den Kopf. Aber Lithran spürte die eifersüchtige Enttäuschung bei ihm und sagte besonders freundlich: »Noch keine Statthalterschaft! Ich brauche Euch an meiner Seite notwendiger! Verkündet den Leuten, daß ich morgen mittag zu ihnen sprechen werde, wenn der Schatten der Ziggurat am kürzesten ist.«

Dann lächelte er Talisman zu, weil er wußte, daß sie recht hatte und er sich noch mehr an das Befehlen gewöhnen mußte.

Der Schnee war längst geschmolzen, und die Bäume standen im schönsten Grün, als ob das Leben aus einer anderen Dimension über sie hereingebrochen wäre. Lithran lehnte sich gegen eine junge Eiche auf dem Hügel von Valamra. Er spürte die rauhe Borke im Rücken, die im Gegensatz zu Talismans weicher Haut stand, die er streichelte. Sie saß neben ihm und schaute ebenfalls nach Norden. Vom Tal drang der Lärm von Waffen und Gerede herauf. Dort am Fuße des Hügels lagen die lederfarbenen Zelte ihrer Truppen, die wegen der Tarnung unter Bäumen und Büschen aufgeschlagen waren, um dem Feind ihre wahre Stärke zu verbergen. Weitere Zelte standen noch auf der Ebene hinter dem kleinen Bach, der sich unten am Hügel dahinschlängelte. Dahinter sah man die schwarzen Silhouetten von Reitern, die ihre Pferde auf einer großen, leicht abschüssigen Wiese ausritten. Dahinter erstreckte sich bis hin zum nördlichen Horizont die grüne Ebene von Tethesta, leer, erwartungsvoll. Ein Bauerngehöft ohne Dach, verbrannte Scheunen und Wagen. Ein Dorf, das nur noch aus Ruinen und schwarzen Balken bestand, das die Wächter vor zwei Tagen geplündert und in Brand gesteckt hatten, ehe sie wieder nach Sulunna zurückgezogen waren. Kein Tier, keine menschliche Gestalt war zu sehen. Die Ebene lag flach und unterwürfig da, abwartend, als ob ein Bann der Stille über sie verhängt wäre. Das einzige Lebenszeichen befand sich etwa drei Meilen vom Lager entfernt, wo der riesige, schwarze Schatten des Kelwaruna stand, als ob die Mauern der ihn umgebenden Stadt lediglich eine Plattform für seine Ansprüche seien. Der Rauch aus den Schornsteinen Sulunnas vertiefte noch die Dunkelheit der Pyramide.

Hier lag Lithran mit seiner Armee und lud die Wächter ein, aus der Stadt zu kommen und mit ihm zu kämpfen. Sie taten das natürlich nicht, zumal auf der anderen Seite der Stadt, fünf Meilen entfernt, noch eine Armee lagerte. Die ›Fehde des Nordens‹ nannte sie sich und wurde von Theorval, einem Gesetzlosen aus Sastavik angeführt. Mit Hilfe von Boten und flüchtigen Nachrichten hatten er und Lithran sich verbündet und waren nun bereit, ihre Bewegungen aufeinander abzustimmen: Sie mußten gemeinsam Sulunna angreifen, damit Leuth keine Gelegenheit hatte, sie einzeln zu erwischen.

In einem Teil seines Inneren war Lithran nicht so glücklich über die andere aufständische Armee. Sie machte die Einfachheit seines Kampfes gegen Kosmion verwickelter. Falls Kosmion besiegt würde, machte sie die Nachfolge noch schwieriger.

»Warum bist du eine Prinzessin?« klagte er halb im Ernst, halb im Scherz und wandte sich Talisman zu. »Warum bist du so ehrgeizig?«

»Ehrgeizig?« antwortete sie scharf. »*Ich* bin nicht ehrgeizig. Auf dieser Höhe befinde ich mich bereits.« Sie nahm seine Hand und fügte leise hinzu: »Ich weiß, Liebster, daß du dort stehen solltest, wie du es auch verdienst. Ich werde dich in den Himmel versetzen, wie einen Stern.«

»Der Einfluß der Sterne auf die Menschheit«, philosophierte Lithran vor sich hin, »ist größer als der der Menschheit auf die Sterne.«

Talisman hatte keine Zeit, um ihm zu antworten, da von unten ein Ruf zu ihnen heraufdrang. Der Posten auf einem der Hügel rief und deutete auf eine kleine, schwarze Figur auf der Straße nach Westen. Ein Reiter galoppierte von Süden her aus Pyrgoma und in Richtung des Werewaldes. Auf diese Entfernung sahen Roß und Reiter wie ein Kinderspielzeug aus, nur daß sie sich heftig bewegten. Obwohl die Boten angewiesen waren, so schnell wie möglich zu reiten, auch die Nacht durch, und ständig die Pferde zu wechseln, war die Geschwindigkeit dieses Mannes so auffällig, daß Lithran ein ungutes Gefühl beschlich. Während der letzten Monate hatte er gelernt, solchen Instinkten Glauben zu schenken.

Der Mann war ins Lager unten geritten. Man hörte verschiedene Rufe. Mehrere Soldaten waren aus ihren Zelten herausgekommen und zeigten jetzt zum Hügel hinauf.

»Wir müssen hinunter«, sagte Lithran und nahm seinen Umhang vom Zweig, an den er ihn aufgehängt hatte.

Es war der erste Samra, das heißt der erste Tag des ersten Sommermonats. Als Lithran so den Hügel von Valamra mit seiner Geliebten an seiner Seite, einer königlichen Prinzessin, hinunterschritt, hatte er ein Gefühl, daß die Gefahr für die Zukunft – wenn er sich auch sagte, daß er nicht ehrgeizig sei – nicht von Kosmion und dem Zauber der heiligen Pyramide vor ihm kam, nicht einmal von der konkurrierenden Armee im Norden der Stadt, sondern aus einer ganz anderen Ecke. Automatisch lockerte er das Schwert in der Scheide, um es jeden Augenblick ziehen zu können. Seine Stirn war gerunzelt, als er den Pfad zum Fuß des Hügels hinunterging.

Sie trafen den Boten auf halbem Wege. Er war von Kopf bis Fuß mit Schlamm bespritzt und ganz außer Atem, weil er so schnell durch die Bäume heraufgestiegen war. Er hielt die Nachricht für dringend und wichtig – gute Neuigkeiten und ein Grund zur Freude. Ein breites Lächeln ging über sein Lehmgesicht, als er vor Lithran und Talisman anhielt, um Luft zu schöpfen.

»Mylord«, japste er. »Kyran su-Merodharm, der rechtmäßige Erbe. In Pyrgoma gelandet. Dreitausend Männer. Wir haben Verbündete.« Er machte eine Pause, um sich zu fangen.

»Hast du das jemandem unten im Lager gesagt?« wollte Talisman wissen. Alles Blut war einen Augenblick lang aus ihrem Gesicht gewichen, so daß sie blaß, beinahe krank aussah.

»Wann ist er gelandet?« fragte Lithran.

»Vorgestern, Mylord. Ich habe mich beeilt. Von der Küste bis hierher sind es fünf Tage. Nein, diese Nachricht ist zuerst für Eure Ohren bestimmt.« Als er ihre bestürzten Gesichter sah, war sein Lächeln sofort verschwunden.

»Hast du eine Botschaft für mich vom König?« fragte Lithran. Sobald er das Wort ausgesprochen hatte, bedauerte er es auch schon. Sobald der Bote ›König‹ hörte, lächelte er wieder und dachte seine Nachricht sei doch eine gute. »Ja, Mylord! Ich habe ein Pergament für Euer Gnaden, persönlich an Euch adressiert.«

Lithran nahm das Schriftstück entgegen und starrte auf das Siegel, einen gekrönten Reiter auf einem galoppierenden Streitroß. Er brach das Siegel noch nicht auf.

»Und wie hat man ihn in Pyrgoma empfangen?« fragte Talisman. »Haben die Leute ihn willkommen geheißen?«

»Mit Trompeten, Mengen von jubelnden Kindern, Fahnen und Preisliedern.«

»Methven hatte keine Anordnung... Und wo ist der königliche Anspruchsteller jetzt?«

»Er wollte sich gleich in Marsch setzen. Er besitzt eine große Armee, Mylord, hervorragend ausgerüstet, und mit Regimentern, die ihm der König von Westramond mitgegeben hat.«

Talisman und Lithran schauten sich an und lasen sich die Nachrichten von den Augen ab. Lithran gab dem Boten eine Goldkrone für seine Dienste. »Dein Name? Nun, Evran von Xalfa, du hast uns gut gedient. Hier, das ist für deine Mühe. Aber sage niemandem im Lager etwas von dieser Botschaft, wenn dir dein Leben lieb ist, bis die Prinzessin und ich es dir erlauben. Du kannst jetzt gehen, sei unserer Dankbarkeit gewiß!«

»Ich muß feststellen«, sagte Talisman trocken, als der Mann wieder fröhlich lächelnd mit leichterem Schritt als er heraufgestiegen war den Hügel hinunterlief. »Ich muß feststellen, daß du deine Dankbarkeit auch mitgeschickt hast.«

»Schön, aber was sollen wir jetzt machen?« Lithran, der in militärischen Fragen erstaunlich schnell entscheiden konnte, zögerte jetzt. Er schaute durch die Bäume auf den Kelwaruna in der Ferne, der schwärzer als je zuvor zu sein schien. Seine Fenster glitzerten in der Sonne, als habe man aus dem Tag ein Dreieck herausgeschnitten. Dahinter zeigte sich nun der Nachthimmel, voll von Sternen. Die Pyramide überragte den Dunst von Sulunna wie ein magisches Objekt, das auf dem Vormarsch stehengeblieben und seine Armee in Stein verwandelt hatte.

»Hattest du denn noch nicht genug Herren?« fragte Talisman und fuhr ihn wütend an. »Gib mir den Brief.«

Er riß ihn mit einer Ungeschicklichkeit auf, die seinen Widerwillen bekundete. Das Wachssiegel fiel ab und rollte irgendwo ins Gebüsch. Keiner von beiden bückte sich, um es aufzuheben.

»Seine Hoheit, Kyran su-Merodharm av-Amram atav-Varadharm, Lehnsherr aller Lehnsherren, König von Tethesta, Melek von Adhramat entbietet seinem getreuen Diener Lithran su-Vannin, dem Kommandanten der Armeen in Ithyska, der Provinz im

Süden... und so weiter...«, sagte Lithran. »Wo ist der springende Punkt?«

»Das ist schon schlimm genug«, sagte Talisman.

»Der Mann ist der rechtmäßige König«, wandte Lithran ein. »Da kann man nichts machen.«

»Ich habe doch mein Leben nicht umsonst in einem Palast zugebracht«, sagte Talisman zynisch. »Nein, da kann man sehr wohl etwas machen. Als erstes mußt du Theorval von Sastavis, dem Führer der Nördlichen Fehde, eine Botschaft schicken. Er wird über diese Ankunft so bestürzt wie wir sein. Wir werden uns mit ihm bestimmt schnell einigen.«

»Ja, aber Kyran wird über uns herfallen, ehe wir auf dem Weg nach Sulunna sind. Was machen wir dann?«

»Das ist doch einfach. Vom Süden sind es fünf Tage bis hierher. Wir müssen eben Sulunna nehmen, ehe er eintrifft. Hinter sicheren Mauern können wir dann mit ihm verhandeln oder auch...« Als sie den Ausdruck auf seinem Gesicht sah, sprach sie nicht weiter.

»Fünf Tage! Und die Stadt ist bis oben hin voll mit Wächtern!«

»Wo ist der Kommandant, der Fresca mit zwanzig Mann gehalten und Xalfa mit dreißig genommen hat? Wo ist der Sieger von Pyrgoma, Kelchisremma und Sumella? Die Flüchtlinge aus Sulunna geben uns klare Beschreibungen der ›verborgenen Räume‹. Es wird ein Kampf sein wie jeder andere.«

Sie beugte sich zu ihm und flüsterte ihm ins Ohr: »Du bist der Geeignetste, um die Geschicke dieses Landes zum Guten zu führen. Allein die Tatsache, daß du zögerst...«

Es stimmte. Er hatte ihr oft gesagt, daß die, die nach Macht strebten, meist am wenigsten geeignet wären, sie auch auszuüben. Trotzdem war er unglücklich und wollte weiter überredet werden.

»Aber schließlich ist Kyran der rechtmäßige König. Untreue...«

»Und wer hat deiner Meinung nach diese Idee aufgebracht? Es kann nur ein König sein, der sich mit Waffengewalt des Thrones bemächtigt hat! Was heißt legitim? Ein Zufall bei der Geburt! Oder hat er sich seine Stellung durch die Wahl durch das Volk verdient?«

Talisman war von dieser Beweisführung vielleicht selbst nicht ganz überzeugt, aber sie wußte, daß sie bei den Leuten aus dem Volk immer gut ankam.

»Ich predige dir doch nicht die Untreue«, sagte sie beschwichtigend. »Ich will nur sagen, daß du in einer viel stärkeren Position bist, wenn du als erster die Stadt eroberst. *Dann* kannst du immer noch entscheiden, was du tun willst. Wir sagen einfach, daß der Bote aufgehalten wurde und der Angriff schon begonnen hatte.«

Am zweiten Tag des Samra kurz nach Mitternacht schlossen Lithran su-Vannin und Theorval von Sastavik ein Abkommen zur gegenseitigen Unterstützung. Am nächsten Tag rückten sie an zwei Stellen gegen die Stadt Sulunna vor und begannen die Stadtmauer zu schleifen, damit die Armeen hinein konnten. Wie immer wurde zu diesem Zeitpunkt des Angriffs von den Wächtern kein Widerstand geleistet, da zwei keilförmige Interräume an diesen Stellen tief in die Stadt hineinragten. Ihre Gewährsleute hatten sich nicht geirrt, waren doch die meisten von ihnen durch diese Interräume entkommen.

»Ich wünschte«, sagte Lithran, der den Arbeiten von einem erhöhten, sicheren Aussichtspunkt zuschaute, »daß wir nicht so viel Zeit damit vertan hätten, um auszuruhen, umzustellen und mit Theorval zu beratschlagen.«

»Wir haben nur die Macht, die Zukunft zu ändern«, bemerkte Gavilan salbungsvoll.

»Wie wohl Leuth mit seinen tausend Augen diese ›verborgenen Räume‹ sieht?« überlegte Essor.

Vor ihnen donnerte der schwere Rammbock gegen die Mauer. Es war ein mächtiger Eichenstamm mit Bronzebeschlag, der von dreißig Männern gleichzeitig gezogen und geschoben wurde. Über die Gesichter der Männer strömte Schweiß. Alle fünfzehn Minuten mußte eine neue Mannschaft sie ablösen.

»Alle von uns, die seine Sklaven waren«, sagte Lithran, »sahen (habe ich jedenfalls immer angenommen) durch seine Augen. Von den Interräumen haben wir nichts geahnt. Es gibt in Kosmions Welt dunkle Schluchten – Abgründe... aber er sieht sie nicht.«

Trotz der Stärke und Höhe der Mauer (sie maß zwanzig Fuß in die Tiefe und fünfzig vom Boden bis zur Spitze des Wehrgangs) hatten sie bis Mittag eine genügend breite Bresche geschlagen, so daß Lithran seine Männer hineinschicken konnte. In dem dreieckigen Interraum innerhalb der Stadtmauern von Sulunna stellten sie sich in Reih und Glied auf, die Gesichter auf die Wohnhäuser der Stadt gerichtet – ein Regiment mit Pike und Schwert bewaffnet. Dahinter, im Schatten der zerstörten Wehranlage, stand eine stattliche Zahl von Bogenschützen. Sobald der Befehl zum Vormarsch gegeben worden war, würden noch mehr durch die Bresche nachkommen. Wie glatt das gegangen war! Jetzt mußte man nur noch auf Nachricht von Theorval warten, damit beide Armeen gleichzeitig angriffen.

Auf der Innenseite der Wehranlagen führte eine Steintreppe zum Wehrgang hinauf. Dort stiegen nun Lithran, Talisman und Gavilan hinauf, um sich einen Überblick zu verschaffen. Um die Wahrheit zu sagen, Lithran war das Herz schwer. Zwischen den Häusern vor ihnen öffneten sich einladend die Straßen, die ins Herz der Stadt führten. Aber Kosmion mußte doch wissen, woher der Angriff kommen würde. Während der letzten Monate waren ihm die räumlichen Paradoxa in seiner Welt aufgefallen. Außerdem konnte er das Donnern des Rammbockes, das Hämmern der Maurer und die lauten Kommandorufe während des ganzen Vormittags nicht überhört haben.

Warum waren aber keine Barrikaden da, um die Eingänge zu den Straßen zu blockieren? Was war der Beweggrund für solch sorgloses Verhalten?

Bei den gegenüberliegenden Häusern waren nicht einmal die Läden geschlossen, sondern alle Fenster standen offen. Obwohl fast hinter jedem die gehörnte Gestalt eines Phylak stand, hatten diese ihre Visiere nicht geschlossen und – oder kam ihm das nur so vor? – legten eine so gleichgültige Haltung an den Tag, als wären sie gekommen, um eine Theateraufführung zu sehen, nicht um zu kämpfen. Da war noch etwas Merkwürdiges. Er verstand es nicht und war sich auch nicht bewußt, daß es ihm Unbehagen bereitete. Er erwähnte es den anderen gegenüber.

»Merkwürdiges Wetter. Wir stehen hier im hellen Sonnenschein, und trotzdem sehen die Mauern und Giebel, die Balkone und Fenster irgendwie undeutlich aus, als läge ein Nebel über der Stadt.«

»Ja, Mylord, es ist ja auch eine Geisterstadt«, scherzte Gavilan. Sein wie immer unterwürfiger Tonfall hatte doch einen abschätzenden Beigeschmack. Lithran war etwas gereizt. Schließlich stimmte es doch. Die Häuser in Sulunna sahen verschwommen aus, höchstens halb-wirklich, als ob Kosmions Welt an diesem Nachmittag seinem persönlichen Klima, das noch düsterer und ungewisser war als das im restlichen Tethesta, halb verborgen lag.

An der Bresche entstand eine Unruhe unter den Soldaten. Ein Bote erschien. Er trug das einfache Braun der Nördlichen Fehde. Theorval war bereit.

Lithran reagierte nicht sofort, weil seine Aufmerksamkeit durch eine Bewegung zwischen den Häusern in einiger Entfernung geweckt worden war. Eine Gruppe von Frauen und Kindern wurden von Phylaks in Uniform auf die Grenze zum Interraum getrieben. Geiseln? überlegte er. Von seinem Aussichtspunkt warf er einen Blick auf die angetretenen Regimenter unten im Interraum. Die Waffen waren blitzblank, die Bogen bereit. Die Männer, die ihm am nächsten standen, wandten ihre erwartungsvollen Gesichter zu ihm empor. Sie waren wild entschlossen und angespannt, voll gebändigter Angst. Auch Lithran spürte diese merkwürdige Hochstimmung, die Furcht verleiht, eine erhöhte Wachheit aller Sinne. Sehen und Hören waren geschärft, ein Gefühl für das Leben entstand, das in Gefahr war, und deshalb um so intensiver ausgekostet wurde.

Lithran zögerte aber noch immer. Er hatte vorgehabt, die Infanterie hinknien zu lassen und die Bogenschützen ihre Salven auf die Wächter in den Straßen feuern zu lassen. Aber wenn dort Frauen und Kinder im Weg standen... Er mußte den Angriff durch zwei andere Straßen umleiten, dachte er, um diese unschuldigen Bürger nicht in die Schußlinie geraten zu lassen.

Jetzt kam Sand ins Getriebe dieses bisher so glatt abgelaufenen Geschehens. Wieder ging eine Welle der Unruhe durch die Soldaten unter Lithran. Essor kletterte zu ihm herauf und klappte sein Visier hoch. Aus seinem Gesichtsausdruck konnte Lithran gar nichts schließen. Aber Essor fing bereits an zu reden, ehe er noch die letzte Stufe erreicht hatte.

»Mylord! Da sind Frauen und Kinder, Geiseln jedes Alters hinter dem Interraum aufgestellt, und dahinter stehen die Geister und hüten sie wie die Schafe. Na ja, er hat ja immer von sich behauptet, er sei der ›Schafhirte‹«, setzte er trocken hinzu. Dann aber sprach er schnell weiter: »Das ist aber noch nicht das Schlimmste. Obwohl die Frauen und Kinder weinen und klagen, kann ich keinen Ton von ihnen hören. Es ist, als ob ein Fallgatter von Taubheit und Schweigen zwischen uns im Interraum und denen auf der Straße niedergegangen ist. Außerdem...« Essor machte eine Pause und sah sehr besorgt aus.

»Raus damit«, fuhr ihn Lithran an und merkte, wie er Angst bekam.

Gavilan neben ihm sagte: »Ich bin sicher, Mylord, daß es sich nur um eine vorübergehende Schwierigkeit handelt.«

Essor warf ihm einen wütenden Blick zu. Dann schaute er vom Wehrgang hinunter auf die glänzenden Helme seiner Kameraden und die Dächer der Stadt. »Ich bin bis an die Grenze des ›verborgenen Raumes‹ gegangen. Ich kann nicht... es ist schwer zu erklären... Ich bitte Euch, kommt mit und seht selbst. Ich habe Angst, meinen fünf Sinnen zu glauben.«

Schweigend hielt er Lithran einen Gegenstand hin. Es war ein Streitkolben von vier Fuß, ein bösartig aussehendes Instrument, mit langen Dornen darauf, wie die Stacheln eines Igels. Alle waren auf einer Seite flachgedrückt.

Lithran fluchte etwa eine Minute lang ununterbrochen. Dann

folgte er Essor und schob sich durch die Reihen der Soldaten, die voll Achtung zurücktraten, um ihnen Platz zu machen. Aus Verteidigungsgründen durften die Häuser in Sulunna nicht näher als fünfzig Meter an die Innenseite der Stadtmauer gebaut werden. An dieser Stelle betrug der freie Raum aber fast hundert Meter. Früher war er einmal sauber gepflastert gewesen, jetzt aber wuchsen Gras und Unkraut hier, sogar kleine Büsche kamen zwischen dem zerbrochenen Pflaster heraus. Daneben lagen Schutt und zerbrochene Balken. Hier lag der Interraum. Aus den Berichten, die sie empfangen hatten, konnten sie schließen, daß er keilförmig sein mußte, schräg von einem der Verteidigungstürme zu einem Haus etwa achtzig Meter weiter, dann zurück nach links zur Wehrmauer. Das ergab als ›verborgenen Raum‹ ein gleichseitiges Dreieck mit einer Seitenlänge von etwa achtzig Metern. Zu Lithrans Bedauern mußte er feststellen, daß ihre Berechnungen richtig gewesen waren.

Es war nur zu offensichtlich, wo die Grenzen des Interraumes lagen. Sobald er die Reihen der Soldaten verlassen hatte, sah er auf dem keilförmigen Platz vor sich ganz deutlich jeden Grasbüschel und jeden Erdklumpen. Aber ab einem Punkt, etwa zwanzig Meter weiter, veränderte sich das Bild, und der Boden wurde undeutlicher. Auch die Häuser darüber mit ihren drei oder vier Stockwerken hatten diese verschwommenen Umrisse, als ob man sie durch Glas betrachte oder als ob (dabei war es ein ruhiger, wolkenloser Tag, und sie standen im hellen Tageslicht) in Sulunna eine andere Tageszeit herrschte. Es war wie die Dämmerung, diese Stunde, wenn die Gegenstände gespenstisch wirken und rätselhaft, problematisch, beinahe unwirklich werden. Das traf auch auf die verängstigten Frauen am Anfang der Straßen zu und auf die Helme der Wächter, die wie sieben Fuß hohe Ungeheuer darüber standen. Eine schummerige Dämmerung hüllte ganz Sulunna ein. Aber das war absurd! Die Sonne schien doch! Aber sie schien über Sulunna nur halb so stark zu leuchten, dabei aber so machtvoll, daß alle Gegenstände halb durchsichtig leuchteten.

Das war eine Katastrophe, denn wenn die Frauen, die Phylaks, die Häuser und sogar die Pflastersteine der Straßen so undeutlich zu sehen waren, gab es dafür nur einen Grund. Als er auf den geheimnisvollen Punkt zuschritt, wo die Gräser und armseligen Büsche an Deutlichkeit verloren, sah er zwei Reflexionen von sich aus den Straßen von Sulunna auf sich zukommen. Sie wirkten noch unwirklicher als die Geister hinter dem Interraum. Eine kam von links, eine von rechts.

Als er den Scheitelpunkt des Dreiecks erreichte, waren diese beiden Abbilder direkt neben ihm. Er stand dazwischen und schaute von einem zum anderen und spürte die unendliche Wut, die aus Abscheu und Enttäuschung erwächst.

»Du hättest mir das ohne Furcht ruhig erzählen können«, sagte er zu Essor. »Ich habe das schon früher erlebt.«

Er hätte nicht sagen können, ob er an sein Erlebnis auf der Spitze der Pyramide in Delvendal dachte oder – vor einem Jahr – an seine erste Begegnung mit der Spiegelwand.

Wütend rief er laut: »Dieser Mann hat keine Phantasie! Wände, nichts als Wände! Wände, um die Leute drinnen zu halten, Wände, um sie auszusperren! Man könnte einem Zauberer ja vergeben, wenn er wenigstens Einfälle hätte! Aber der hat ja nur einen einzigen Gedanken in seinem Kopf – sich einzuschließen und uns alle mit einzuschließen!«

Hinter ihm wurden die Soldaten unruhig und murmelten. Finger richteten sich auf die unsichtbare Trennwand an der Grenze des Interraumes. Eine Gruppe mit Schwertern trat darauf zu. Der erste, der sich mehr traute als die anderen, schlug mit seinem Schwert gegen die Phantombarriere, als ob er eine Holztür vor sich habe. Lithran wartete und schaute ihm zu, wie er – völlig sinnlos – gegen die leere Luft schlug, ehe er den ganzen Haufen zurück in Reih und Glied schickte.

Lithran starrte in die Luft neben sich. Sie war wie aus Glas. Er erinnerte sich, wie er damals im Wald bei Delvendal das Gefühl gehabt hatte, daß der Boden unter seinen Füßen sich bewege, als ob sich die Gesetze der Welt verändert hätten. So mußte einem Wilden oder dem Kind eines Wilden normales Glas erscheinen.

Doch diesmal war er nicht so verstört wie damals. Es wurde leichter, über Hindernisse nachzudenken. Es war, als schaute er in ein Glas, das leicht blau mit einer ihm eigenen Dunkelheit war. Als er genauer hinsah, fiel ihm auf, daß sein eigenes Abbild nicht mehr oder weniger deutlich war als die kaum erkennbaren Bilder der Frauen, der Wächter und der Häuser auf der anderen Seite. Es war, als ob der Zweck dieses Hindernisses darin bestand, ihm seinen Sinn für die Wirklichkeit zu rauben – damit er und auch die anderen glauben sollten, daß sie auch nur Phantome seien. Hinzu kam noch diese unheimliche Stille – hinter dem Zauberglas sah man die Frauen und Kinder weinen und laut schreien. Sie hielten ihre Arme nach ihm und zu den Soldaten ausgestreckt – auch dies ließ diese Szene wie eine Vision aus einer lang zurückliegenden Epoche erscheinen – als ob Leuths Zauberei nicht nur Raum, sondern auch Zeit versetzen konnte.

Zuerst mußte das Naheliegendste erledigt werden. Er griff nach Essors stumpfer Keule und schlug damit in die leere Luft vor sich. Sein Handgelenk schmerzte. Durch die Armknochen rann die Vibration nach oben. Der hörbare Effekt war merkwürdig: Der dumpfe Klang der Bronze in die gefrorene Luftwand, der dünne Laut der ›schwarzen Note‹ etwa zehn Meter über seinem Kopf. Wie die Wand im Wald leistete auch diese mit gleicher Kraft Widerstand. Auch sie schien ein reflektierendes Medium zu sein.

Das Gemurmel unter den Soldaten wurde immer lauter. Lithran drehte sich um und begann zu sprechen.

Hinter seinem Rücken schaute ihm Leuth durch die Augen seiner Wächter genau zu, wie er wohl wußte. Wenn das Zauberglas plötzlich entfernt würde? Er schüttelte diesen Gedanken ab.

Er hielt eine lange Rede an seine Armee. Er erinnerte sie daran, wie sie gelernt hatten, Zauberei zu verachten und ihre Schwachstellen zu finden. Das Ziel war hoch genug, um ihrer Geduld würdig zu sein. Zuerst würden sie es mit Gewalt versuchen, aber wahrscheinlich würde diese Lösung nichts bringen.

»Kosmions Luft ist hart«, sagte er schließlich. »Bringt den Rammbock!«

Ein gewisser, stilvoller Mut im Angesicht einer Niederlage war etwas, was Soldaten verstanden. Trotzdem machte er sich große Sorgen. Kommandanten durften keine offensichtlichen Fehlschläge erleiden. Was auch geschehen mochte, er hatte bei der Armee an Gesicht verloren, und nur der Erfolg allein gefällt Soldaten und Kindern.

Der Rammbock war ein Fehlschlag, wie Lithran es sich schon gedacht hatte. Kosmions Zauber setzte seiner Stoßkraft eine ebensolche entgegen, so daß die Maschine bei den Stößen gegen die gefrorene Luft schließlich anfing zu splittern, so als wäre sie selbst der Feind, den sie bekämpfte. Um die Wahrheit zu sagen, war er enttäuschter, als zwanzig harte Krieger auch nicht mehr Eindruck machten. Da lag noch mehr Wahrscheinlichkeit dahinter, falls...

»Feuer«, schlug Gavilan vor.

Ihre Überlegungen wurden an diesem Punkt unterbrochen.

»Mylord Lithran, ein Geist unter unseren Gefangenen bittet um Euer Gehör.«

Gwalion brachte diese Botschaft aus dem Lager.

Es war hundert Meter bis zur Bresche in der Mauer und eine weitere Viertelmeile bis dorthin, wo der Wächter mit gebundenen Armen unter Bewachung auf beiden Seiten wartend stand. Die Bruderschaft nahm selten Gefangene, da sie dazu kaum Gelegenheit hatte. Ein Mann gehörte entweder Leuth oder nicht. Sobald er von seinem Besitzer aufgegeben war, wurde er wieder er selbst und gehörte nicht mehr Kosmion. Wenn der Seelenherrscher bis zum Schluß sein Bewußtsein festhielt, konnte ihn eine Überlegung der persönlichen Sicherheit dazu bringen, aufzugeben. Manchmal allerdings passierte es, daß ein einzelner Wächter sich bei einem kleinen Gefecht plötzlich allein und ohne Waffen wiederfand und von mehreren Angreifern überwältigt werden konnte. Lithran hatte seinen Männern eingeschärft, das Leben des Mannes in solch seltenen Fällen unbedingt zu schützen. Sie konnten sich aber nicht mit vielen Gefangenen dieser Art belasten, weil sie mit äußerster Sorgfalt bewacht werden mußten – weit weg von allen anderen gehalten und unter völliger Kontaktsperre stehen mußten. Denn jeder dieser Gefangenen war Leuths Ohr und Auge und stand in ständiger Verbindung mit dem Gebieter.

Anfangs waren sie noch von einigen Wächtern getäuscht worden, die vorgegeben hatten, sich zu ergeben, wie es normale Menschen tun – indem sie das allgemein gültige Zeichen der weißen Fahne verwendeten –, dann aber wieder zu ihren Waffen griffen und hinterlistig mehrere Männer abgeschlachtet hatten, ehe man sie niedermachte. Am vorsichtigsten mußte man mit den Phylaks sein: Die versuchten jeden Trick! Vor einem Monat waren sie in Weißkunde den Hügel hinab in den sicheren Tod marschiert, mit hochgeklappten Visieren und Tränen in den Augen, so daß die Soldatenherzen weich wurden und sie sie am liebsten hätten laufenlassen. Es stimmte schon, daß in jedem Wächter ein lebendiger Mann wohnte, der weinte, wenn er sah, daß sein Herr ihn in die nächste Hellebarde trieb.

»Pah!« hatte Lithran gesagt. »Unterscheidet sich das hier denn von irgendeinem anderen Krieg? Wie viele Männer wollen kämpfen? Ist die unabhängige Seele anders als die, die dazu gezwungen wird?«

Der Wächter vor Lithran war ein Hüne mit riesigen Bizepsen und Schenkeln, der niemals ohne so große Schäden überwältigt werden konnte, daß sein Herr nicht seinen Verstand aufgegeben hätte. Nun hatte man ihn aber vor drei Wochen bis unter die Achseln in einem Sumpf steckend gefunden, nach der Niederlage von Kosmions Armee bei Stilna. Vier Planken und fünf Männer waren nötig gewesen, um ihn herauszuziehen. Aber auch in diesem Brocken mußte irgendwo ein menschliches Wesen stecken. Lithran, der eher dünn und drahtig war, mußte bei diesem Gedanken lächeln.

Das Lächeln verging ihm, als der Wächter zu sprechen anfing. Leuth mußte diesen Mann mehr als gewöhnlich in diesem Augenblick beherrschen. Die Stimme ertönte so unglaublich hoch aus diesem Riesen, daß es nur noch die Parodie der Stimme war, die Lithran als die des echten Leuth in Erinnerung hatte.

»Schön, mal wieder mit dir zu sprechen«, sagte der Wächter mit Leuths Fistelstimme. »Lithran su-Vannin, ein Überläufer, ein gescheiterter Konterrevolutionär, ein Scharlatan, ein Sohn eines Scharlatans...«

Lithran warf einen Blick auf Talisman, die neben ihm stand und sich vor Wut auf die Lippen biß. Er selbst spürte keinen Ärger. Es war ja nicht dieser Mann vor ihm, der zu ihm sprach, sondern ein anderer, der, ganz in Weiß gekleidet, auf einem goldenen, mit Pelzen verbrämten Thron, in dem Innenlicht des Kelwaruna über drei Meilen weit entfernt saß. Dieser Mann hier unterschied sich von der Stimme so, wie die Schwingungen einer Saite sich von dem Verstand des Mannes unterscheiden, der die Melodie erdacht hat. So wie Leuth von seinem Instrument, dem Wächter, entrückt war, so fühlte sich auch Lithran von den Beleidigungen nicht angesprochen. Ruhig erhob er die Stimme und beleidigte nun Leuth seinerseits, bis der Zauberer in der Ferne vom sinnlosen Spiel genug hatte und zum entscheidenden Punkt kam.

»Du, Lithran, Talisman und eure Armeen – was nützen sie euch jetzt? Wir haben eine Wand aus Zauberglas um Sulunna gestellt. Glaubt ja nicht, daß sie nur an den merkwürdigen Stellen steht, wo ihr selbst unsichtbar zu sein scheint. Die Wand ist völlig unempfindlich gegen Bronze, Feuer und Zauberei. Ganz Sulunna ist von ihr eingeschlossen, so daß jede Belagerung uns nichts ausmacht. Jetzt hört unser Ultimatum! Ihr habt die Frauen und Kinder gesehen, die dort unter Bewachung an den Wänden stehen? Solange ihr und eure Verbündeten nicht die Belagerung aufhebt, Sulunna verlaßt und euch auf fünfzig Meilen zurückzieht, werden wir beim Schlag jeder vollen Stunde eine menschliche Seele hinrichten. Wenn ihr unser Wort anzweifelt, könnt ihr diesen Akt brüderlicher Gerechtigkeit gern mit eigenen Augen ansehen.«

»Warte«, sagte Lithran. »Zuerst müssen wir Theorval holen lassen. Wir können nicht auf deine Bedingungen eingehen oder eigene anbieten, ehe wir nicht alle versammelt sind. Oder hattest du vergessen, daß sterbliche Menschen miteinander sprechen müssen?«

»Nicht nötig«, sagte der Wächter. »Wir sprechen gerade mit dem Dissidenten Theorval.«

»So kannst du uns nicht spalten«, sagte Lithran. »Warte, ich werde dir Bescheid geben.«

Es dauerte fast drei Stunden, ehe Theorval zu ihnen stoßen und der Wächter seine Botschaft wiederholen konnte, »obwohl es für den Schafdieb nicht angenehm ist zu sprechen«.

Ansonsten benutzte er genau die gleichen Worte wie zuvor. Die drei Anführer schauten sich verwundert an. Theorval sagte mit einer Mischung aus Verachtung und Höflichkeit:

»Der Schafdieb hat unsere Erlaubnis, weiterzufahren.«

»Das ist alles, was ich im Augenblick zu sagen habe«, antwortete der Wächter. »Ihr werdet sofort eurem aufsässigen Pöbel den Befehl geben, sich auf die geforderte Distanz zurückzuziehen!«

»Das reicht nicht«, sagte Lithran wütend. »Du bist ein geschlagener Mann, wie dieses abscheuliche Spiel mit den Geiseln beweist.«

»Auf alle Fälle«, sagte Theorval, »mußt du uns Zeit lassen, damit wir uns beraten und deine Vorschläge überdenken können. Versprich uns daher, daß keine Geisel ermordet wird...«

»... hingerichtet...« murmelte Leuth.

»... bis zwei Tage vorüber sind. Dann...«

»Ich stimme mit meinem Waffenbruder überein«, sagte Lithran. »Wenn du nicht zustimmst, werden wir dir weder zuhören noch mit dir sprechen.«

»Ihr seid nicht in der Position, mir ein Ultimatum zu stellen«, sagte der Wächter. »Wir geben hier die Befehle.«

»O nein«, sagte Talisman. »Wenn in deiner Position nicht etwas wackeln würde, hättest du kaum mit uns verhandelt. Ich habe den Eindruck«, sagte sie und äußerte eine kühne Vermutung, »daß du nun, wo du diese neue Barriere errichtet hast, die alte dunkle Wand an deinen Grenzen nicht mehr halten kannst. Was ist jetzt mit der Flutwelle der Geschichte, mit der du in Pyrgoma so angegeben hast? Wie winzig diese neue Wand ist, und so bewegungslos wie ein verängstigtes Tier! Die Flut hat sich gewendet. Das Meer ist gefroren.«

Der Wächter sagte nichts.

»Offenbar hast du vor unserer wirksamen Magie Angst«, sagte Talisman, um ihn aus der Reserve zu locken. (Denn so mußten die Interräume Leuth ja vorkommen.) »Deine Handlungen sind rein defensiv. Ich bin von dir enttäuscht. Ich hatte mir unter einem großen Zauberer etwas anderes vorgestellt.«

»Nur groß gegen die Schutzlosen«, fügte Lithran noch hinzu.

Der Wächter zuckte gleichgültig mit den Schultern. »So ist nun mal der Krieg. Was ist schon ein bißchen Blutvergießen, wenn es das Jahrtausend näher bringt?«

»Ein bißchen Blutvergießen? Behauptest du nicht von dir, der Hirte deines Volkes zu sein? Verhält sich so ein guter Hirte, indem er seine Herde nacheinander vor unseren Augen abschlachtet?«

Im Hintergrund der Augen des Wächters konnte man jetzt die winzige Bewegung sehen, die zeigte, daß sein Herr mit größter Aufmerksamkeit bei der Sache war – wenn man von jemandem, der drei Meilen entfernt war, überhaupt von Aufmerksamkeit sprechen konnte. Wenn diese schattenhaften Veränderungen auftraten, sah er aus wie ein Mann mit Löchern statt mit Augen im Kopf, und diese Löcher schienen sich tief in die Bestandteile der Welt zu bohren. Einen Augenblick benutzte er die gezierte Sprechweise seiner öffentlichen Bekanntmachungen.

»Wunderbar«, sagte er. »In der Tat wunderbar ist unser Herr, die Zukunft. Er wird alles rechtfertigen, unter der Bedingung jedoch, daß wir ihm alles überlassen.«

»Das ist in Ordnung«, sagte Theorval. »*Wir* kümmern uns um das Hier und Jetzt.«

»Du bist ein Phantast«, sagte Talisman und verwendete wie vorher schon den Singular *tú*. »Wenn du so weit vorausschaust, hast du da nicht Angst, über deine eigenen Füße zu stolpern?«

»Die Zukunft...«, setzte Lithran an, beendete aber den alten Spruch nicht. Eine Diskussion war sinnlos. Statt dessen ging er wieder zu den Tagesfragen über. »Wenn du den Aufschub von achtundvierzig Stunden nicht akzeptierst, lehnen wir es ab, mit dir zu verhandeln.«

Der Wächter schwieg lange. Schließlich stimmte er mürrisch zu.

»Da ist aber noch etwas«, sagte Theorval. »Wir ziehen uns also bis zu der von dir angegebenen Entfernung zurück. Und dann? Hast du einen Vertrag im Sinn? Und wie willst du deinen guten Willen beweisen? Es scheint eine rein vorübergehende Maßnahme zu sein, unsere Truppen auseinanderzubewegen.«

Der Wächter schaute sie aus Augen an, die so leer waren wie ein

Stück Nacht. Es war, als sprächen sie zu einer Maschine, dessen Maschinist plötzlich weg war und der die Kontrollen verlassen hatte. »Eine Atempause«, sagte Talisman, nachdem sie sich alle in das Zelt des Kommandanten zurückgezogen hatten, das innerhalb der Mauern von Sulunna stand. »Aber ich bin von den Fragen, die wir ihm gestellt haben, noch ganz gefesselt.«

»Und dadurch, daß er nicht geantwortet hat.«

»Nun, du kannst von ihm kaum erwarten, daß er seine Geheimnisse preisgibt«, sagte Theorval. »Warum dann überhaupt fragen?«

»Es bringt Klarheit in *unsere* Köpfe«, sagte Talisman. »Aber diese neue Wand sollte durchsichtig sein, nicht wie die Dunkelheit, die sich in Westramond vorgeschoben hat, *soviel* verstehe ich davon.«

»Damit wir bei seinen Mordtaten zuschauen können«, sagte Theorval.

»Ist irgendwo Gerechtigkeit dabei?« fragte Lithran. »Wir kennen ihn jetzt. Wir sind zwar ausgeschlossen, aber wir kennen ihn. Wir sehen in seine Welt hinein.«

»Diese andere Wand«, sagte Talisman, »hat Dinge aufgefressen. Sie hat sich ausgedehnt und ist über das Land gekrochen und hat Häuser, Felder und Gebäude verschlungen. Wer weiß? Vielleicht sogar Menschen, wenn man ihr die Gelegenheit dazu gab. Offensichtlich hat er Angst. Denn diese neue Wand ist nur für eine einzige Sache gemacht: Abwehr!«

»Genug jetzt davon!« sagte Theorval. »Die Frage ist, was müssen wir *tun!* Ich werde es euch sagen. Zuerst prüfen wir die Verteidigung.«

»Ja, woher wissen wir, daß er nicht lügt.«

»Er ist der Vater aller Lügen«, sagte Theorval. »Hab' ich euch von der Sache in Oervik erzählt? Er denkt nur an Verrat. Was bedeutet schon ein Isolierter für ihn?«

»Du bist ein aufrechter Mann und ein zuverlässiger Verbündeter«, sagte Lithran und gab ihm die Hand. »Wir müssen aber so lange verhandeln, wie wir können. Je länger wir mit ihm sprechen, desto länger hält er sich zurück.«

»Das hilft aber den Opfern im Kelwaruna gar nichts«, sagte Talisman. »*Die* sterben weiter wie immer.«

»Ja, was soll diese Geschichte mit den Geiseln?« sagte Lithran. »Imram sun-Imram hatte recht. Ist nicht jede gefangene Seele eines Wächters seine Geisel? Wie jeder Tyrann hat er jeden Mann, jede Frau und jedes Kind in seinem Reich als Geisel genommen. Aber das ist nicht die normale Art, Geiseln zu machen, wo der weise General mit allen Mitteln die Verhandlungen hinauszögert, weil er weiß, daß am Ende die Stimmung des Siegers doch noch umschlägt und er seine Absicht ändert. Welche Chance haben wir aber beim Schafdieb? Kosmion ist wie einer dieser räuberischen Barone, der in seiner Festung dreißig Leute einsperrt, und wenn man ihn belagert, erklärt: ›Ich werde diese dreißig umbringen, wenn du nicht die Waffen niederlegst, nach Hause zurückgehst und mich die dreißigtausend umbringen läßt, die draußen sind.‹«

»Wir sind uns über ihn einig. Aber laßt uns morgen weiterverhandeln und versuchen, die ersten Hinrichtungen aufzuhalten.«

»Und wenn sie nun immer weitergehen«, fragte Talisman ruhig, »während wir hier sitzen?« Im Schatten des Zeltes wirkten ihre Haare und Haut dunkler als sonst.

»Wieviel Essen hat er in der Stadt gelagert?« fragte Lithran.

»Die Belagerung von Sulunna kann Monate dauern«, sagte Theorval. »Es ist auch nicht so, daß man warten kann, bis die Garnison geschwächt ist und dann einfach stürmen kann. Nein, ehe wir hineinkönnen, müssen wir warten, bis alle Männer, Frauen und Kinder verhungert sind. Es wird eine lange Belagerung, und Leuth und seine Zauberkunst werden bis zum Ende da sein.«

Talisman kam der schreckliche Gedanke – da Leuth ja immer logisch dachte –, daß er die Leute aufessen würde.

»Es muß doch noch einen anderen Weg geben«, sagte Lithran. »Und wenn auch nur...« Er verstummte und schaute hinüber zur schwarzen Silhouette des Kelwaruna.

Theorval, der einer der praktischen Männer war, sah überhaupt nicht ein, warum es noch einen anderen Weg geben mußte. »Du findest niemals wieder so eine Sache wie den Interraum«, versicherte er ihnen. Mit seiner fatalistischen Art schien ihn dieser Gedanke aber auch nicht besonders aufzuregen. Er stand auf, als wolle er den Nutzen jeder Spekulation von sich abschütteln. »Ihr werdet Euch mit Kyran begnügen müssen, Mylady. Und warum auch nicht? Er wird uns schon alle gut belohnen.«

»Was nun die Mauern von Sulunna betrifft, da müssen wir praktisch vorgehen. Ein Hagel gutgezielter Pfeile wird uns zeigen, ob das magische Glas überall ist. Das muß aber schon morgen geschehen, leider.« Mit Bedauern betrachtete er den Himmel im Westen, der dunkel wurde und sich rötete. Der Abend zog herauf. Und im fernen Süden war Kyran wieder einen Tagesmarsch näher an Sulunna herangerückt.

Ein dünner, hoher Klang wie ein gedämpfter Oberton einer Kithrasaite oder ein Wehschrei aus weiter Ferne war zu hören. Die Pfeile, die die Männer schossen, sausten immer wieder in die leere Luft über den Wehranlagen von Sulunna und prallten dann von der unsichtbaren Barriere ab – so als ob Fische durch die gefrorene Oberfläche eines Teiches springen wollen, weil sie glauben, daß er offen ist. Immer wieder erklang dieser leise Ton. Das geschulte Musikerohr Lithrans erkannte ihn sogleich als hohes E – das man in Tethesta ›schwarze Note‹ nannte. Ja, er war genau wie Talisman davon überzeugt, daß es sich um dieselbe Wand handelte und daher auch eine schwache Stelle haben müsse. Aber nicht um alles in der Welt konnte Lithran diese Schwachstelle entdecken.

Sie verbrachten den Tag damit, sinnlos Pfeile gegen ein unsichtbares Hindernis zu schießen, sie wieder zu holen, und sich so langsam um das gewaltige Rund der Befestigungsanlagen herumzuarbeiten, die zehn Meilen Umfang hatten. Von der Innenseite sahen ihnen die Wächter zu. Sie hatten sich nicht die Mühe gemacht, ihre Visiere zu schließen, sondern blickten leidenschaftslos aus ihren dunklen Augen herüber. Dieses Erproben war eine mühsame Arbeit, aber man tat sie gern, vor allem Theorval, der die Räume seines Verstandes am liebsten mit Tätigkeit füllte – aber auch für Lithran, weil es ihn von dem hilflosen Gefühl des Ausgeschlossenseins ablenkte. So suchte er denn entschlossen und zielbewußt, ohne diesem Gefühl nachzugeben, Schritt um Schritt die Stadtmauer ab und gestattete seinem Verstand nicht, über einen Fehlschlag nachzugrübeln. Dabei vergaß er ganz die besondere Beschaffenheit der Wand – vor allem die Besonderheit, daß jedesmal, wenn der gefrorene Zaun getroffen wurde, der gleiche hohe Ton erklang.

Gegen Abend war die Arbeit beendet, und die Gedanken konnten – leider – wieder ihren Lauf nehmen. Es bestand kein Zweifel. Theorvals Bericht lautete auch dementsprechend. Sollte es wirklich irgendwo zufällig einen Riß in der Wand geben, dann hatten sie ihn jedenfalls nicht gefunden. Jeder Pfeil war mitten in der Luft zurückgeprallt, als ob er verzaubert wäre – und verzaubert war er ja auch.

Sie aßen zu Abend und besprachen die nächsten Schritte. Es gab nichts, was sie tun konnten, soweit sie das sahen. Wieder verhandelten sie mit Leuths Stellvertreter wegen eines Aufschubs. Grinsend gestand er ihnen weitere zwölf Stunden zu, als habe er jede Menge Zeit. Dann traf ein Bote aus dem Süden ein. Sein Pferd war in Schweiß und Schaum gebadet, um zu sagen, daß Kyran nur noch drei Tagesmärsche entfernt sei.

Am Morgen des nächsten Tages begann Leuth, die Geiseln zu töten, da die Belagerer seinen Wünschen immer noch nicht entsprochen hatten. Diese hatten ihrerseits angefangen, sich um die Stadt herum für die Belagerung zu verschanzen. Falls die gefrorene Luft schmolz – oder durch Kosmions Willen geschmolzen wurde –, wenn das Ding ein Trick war, eine zeitweilige Sperre, die hochgezogen werden konnte, sobald sie nicht mehr aufpaßten... Aber wie funktionierte das Ding? Kannte Leuth doch mehr Tricks, als sie geglaubt hatten? War seine Aufmerksamkeit nicht ausreichend damit beansprucht, seine Wächter zu kontrollieren und mittels Willenskraft die sich immer weiter ausdehnende Wand an den Grenzen aufrechtzuerhalten? Oder hatte Talisman recht?

Am nächsten Tag erhielten sie auf diese Frage eine klare Antwort. Das war am fünften Tag ihrer Enttäuschung.

Aus Westen ritt ein Bote von der Grenze zwischen Westramond und Tethesta ein, der die schon halberwarteten Neuigkeiten brachte. »Verschwunden, sagst du?« rief Talisman und griff nach ihrem Amulett.

»Aber wie? Wie ist das geschehen?« wollte Lithran wissen, als ob er sich einen Hinweis für das Überwinden dieser Wand und für den Zugang zu Sulunna von der Art und Weise versprach, auf die die andere Wand verschwunden war.

»Darüber, Mylord, kann ich Euch nichts sagen!« antwortete der Bote mit Respekt aber ungerührt, da ihm das gleichgültig war. Es war doch genug, daß die Welt wieder in Ordnung war, daß die Leute jederzeit von West nach Ost gehen konnten und daß die Spiegelwand Kosmions nicht mehr die Morgensonne verdeckte. Als man sich damit nicht zufriedengab, berichtete er mehr. Es war während der Nacht geschehen – die Leute waren voll Trauer ins Bett gegangen, weil sie glaubten, am nächsten Tag ihr Heim für immer zu verlieren. Doch morgens war die Wand weg gewesen. Der Boden war unberührt, über den sie gewandert war. Kein Grashalm war umgeknickt. Vielleicht war es das Werk von Sterros, dem Gott der Nacht, der die unnatürliche Dunkelheit der Wand in seine natürliche Vergessenheit eingeschmolzen hatte, sie wie einen Traum aufgelöst hatte. Ja, natürlich waren alle erstaunt gewesen, gab der Bote sachlich zu, und auch froh über diese unerwartete Begnadigung – obwohl es natürlich noch erstaunlicher gewesen wäre, wenn sich die Wand unendlich ausgedehnt hätte. Sie hatten frohlockt, weil sie es für ein Zeichen gehalten hatten, daß Kosmion tot war. Der Bote schaute Lithran beinahe vorwurfsvoll an, als wollte er ihm die Schuld dafür geben, daß die Wand noch vor ihrem Erbauer verschwunden ist.

»Aber sie hat sich nicht aufgelöst«, sagte Lithran. »Sie ist lediglich versetzt worden – hochgehoben und dann hier um die Stadt Sulunna herum rematerialisiert worden.«

»In einer anderen Form«, sagte Talisman. »Einen Trost haben wir wenigstens: Leuth ist zwar ein Zauberer, aber seine Möglichkeiten sind begrenzt. Dafür haben wir jetzt den Beweis.«

»Und was ist mit den Einwohnern von Sulunna? Wir sitzen hier und tun nichts, während er einen nach dem anderen, Stunde für Stunde, umbringen läßt.«

»Es ist tragisch«, sagte Gavilan. »Aber vielleicht wird unser Land durch Leid erlöst.«

Bei dieser Bemerkung schaute der junge Essor Gavilan halb erstaunt, halb angeekelt an.

Talisman sagte bitter, als ob sie ein Messer in ihrer eigenen Wunde herumdrehte: »Denkt an Sulunna als an etwas, das uns nichts angeht. Wenn es am Himmel eine andere Welt gibt – wie Asgaia in der Sage, der Planet, den wir niemals sehen können, weil er hinter der Sonne liegt, der in einer uns entgegengesetzten Jahreszeit, aber gleichzeitig mit uns die Sonne umkreist –, dann wäre sie nicht entfernter oder zugänglicher als diese Stadt. Sulunna wurde mit einem Taschenspielertrick aus unserem Raum herausgenommen.«

Oder aus unserer Zeit, dachte Lithran. Sah die Stadt hinter der gefrorenen Luft nicht halb-transparent aus? Es kam ihm so vor, als wäre dies das Sulunna aus uralten Zeiten, noch vor der Gleichmachung – als wäre dieses Fragment einer anderen Epoche hinter seiner Wand von gefrorener, durchsichtiger Zeit bewahrt geblieben, um jetzt von ihnen betrachtet, ersehnt und hilflos beweint zu werden. Hermetisch von der Welt abgeschlossen. Verzweifelte Menschen, die hinausschauen und die Hilfe sehen, die die Zukunft bringt – für andere, nicht für sie; denn sie werden dann schon lange tot sein.

In Gedanken umkreiste er immer wieder die Stadtmauer und versuchte unermüdlich, einen Zugang zu ihr zu finden. Ein Teil von ihm erkannte aber, daß er nicht auf dem richtigen Weg war.

Am Mittag des sechsten Tages meldete ein Posten auf dem Valamra-Hügel eine Staubwolke am südlichen Horizont. Gegen Abend waren die Felder und Wälder im Südwesten der Stadt voll von Soldaten, die ihre Zelte aufbauten und Wagenladungen voll

Proviant abluden. Bei Sonnenuntergang ritt Kyran selbst in Lithrans Lager ein.

Lithrans Bruderschaft drängte sich auf die freien Plätze um die Zelte, um ihn zu sehen. Die Soldaten jubelten und schwenkten die Schwerter als Zeichen ihrer Ergebenheit. Lithran betrachtete sie und überlegte, wem sich die Männer zugehörig fühlten. Sie hatten den ganzen Winter mit ihm gekämpft. Aber Soldaten sind so wetterwendisch wie Jungfrauen. Dieser Rückschlag machte sie langsam ruhelos und gierig nach neuen Aufregungen.

Diese verschafften ihnen im Augenblick Kyran su-Merodharm und sein prächtiges Gefolge, in grün-rotem Tuch, blitzblanken Uniformen, frisch vom Webstuhl –

»Als ob sie zu einem Ball unterwegs sind«, murmelte Theorval neben ihm.

Kyran stieg von seinem Roß, in wehendem scharlachroten Umhang, mit flatterndem Helmbusch und verschwenderisch vergoldeter Rüstung. Dann hob er die vor ihm knienden Männer einen nach dem anderen auf und umarmte sie. Seine Leibwache ließ ihn mit Hand am Schwertgriff nicht aus den Augen.

»Eure Strategie«, sagte er zu Lithran, »wird von aller Welt bewundert. Wie konnte unser Projekt mit Euch an der Spitze fehlschlagen?«

»Eure Kriegskunst«, sagte er zu Theorval, »ist ebenso brillant. War je ein König so vom Glück begünstigt, zwei derartig fähige Feldherren zu haben?«

Lithran fiel auf, daß Kyran das königliche ›wir‹ verwendete, was ihn unangenehm an Leuths Vorliebe für den Plural erinnerte. Er antwortete dennoch selbstbewußt und versicherte den Anwärter auf den Thron seiner Treue und der eines jeden seiner Soldaten. Als Kyran Talisman und Gavilan umarmte und die anderen Hauptleute ihm vorgestellt wurden, hatte Lithran Zeit, ihn näher zu betrachten.

Kyran su-Merodharm war Mitte dreißig, wurde aber schon etwas kahl, so daß seine Stirn einer ziemlich nackten Kuppel glich. Unter der Stupsnase waren die Mundwinkel nach unten gezogen, was ein Zeichen absichtlicher, nicht angeborener, Entschlossenheit war. Unterkiefer und Kinn (das ansonsten kindlich und rund war) standen vor, was dem Gesicht einen störrischen, beinahe verdrießlichen Ausdruck verlieh. Lithran betrachtete dieses Gesicht und überlegte, ob das merkwürdige Zurücklegen des Kopfes wegen des hervorstehenden Kinns geschah oder ob es nur eine affektierte Geste war, die ihn an ein schmollendes Kind erinnerte. Er war enttäuscht und irgendwie auch beunruhigt.

Kyran trat wieder zu ihm und nahm ihn bei den Händen. (Lithran mußte an eine andere Gelegenheit denken, wo ihm das auch passiert war, und er konnte sich eines Schauders nicht erwehren.)

»Unsere Dankbarkeit soll so ewig sein wie unser Leben. Aber wir werden Euch noch weitere Beweise geben, das versprechen wir. Zuerst muß ich aber unbedingt sehen, wie die Belagerung voranschreitet, die Aufstellung Eurer Streitkräfte prüfen und ob Eure Versorgung ausreichend ist. Vielleicht könnten wir uns die Stadtmauer aus der Nähe ansehen, ehe es ganz dunkel wird?«

»Selbstverständlich, Sire«, sagte Lithran. Er war erleichtert, daß Kyran wenigstens manchmal auch ›ich‹, wie jeder andere, benutzte. »Ich fürchte nur, daß ich schlechte Nachrichten für Hoheit habe. Die Belagerung wird sehr lange dauern.«

Als die Führer der Aufständischen später in Kyrans Zelt (eine aufwendige Pracht, mit Gobelins ausgeschlagen wie in einem Palast) zu Abend aßen, ließ sich Kyran das Problem näher erläutern. Offensichtlich gefiel es ihm gar nicht, denn er verzog schmollend den Mund, und seine kleinen blauen Äuglein liefen ärgerlich hin und her. »Wie konntet Ihr nach so vielen Siegen diese Sache zulassen?« empörte er sich.

»Leider«, sagte Talisman, »sind wir nur Isolierte. Wer kann schon das Unmögliche voraussehen?«

»Vielleicht, wenn wir Euren Rat gehabt hätten, Sire...« sagte Gavilan verbindlich.

Theorval meinte: »Was soll's! Kosmion sitzt in der Falle, und wir sind draußen sicher. Wir brauchen nur zu warten. In der Zwischenzeit kämmen unsere Leute das Land nach Wächtern durch. Was kann uns der Zauberer noch anhaben, wenn nur noch die innerhalb der Mauern übrig sind?«

»Klingt vernünftig, zweifellos«, sagte Kyran. »Aber wir wären dennoch dankbar, wenn ein Ausweg aus diesem Labyrinth gefunden werden könnte. Wir werden den, der ihn findet, gut belohnen, darauf könnt Ihr Euch verlassen.«

Lithran dachte bei sich selbst, warum dieses kleine Wort ›wir‹ (das immer wieder in diesem Gespräch auftauchte, wie die wichtigste Note in der Baßbegleitung einer Melodie) vollständig verschiedene Dinge bedeuten konnte, je nachdem, ob es von Kyrans Lippen oder von den seiner Verbündeten kam. Ihn beschlich ein Gefühl der Angst, wie er es – trotz der vielen Gefechte – seit den Monaten seiner Versklavung nicht mehr empfunden hatte. Nicht ganz so schlimm, wie damals, aber... Da fiel ihm das Weinglas in seiner Hand auf. Der wiederkehrende Oberton der Pfeile, wenn sie auf die gefrorene Luft trafen. Die ›schwarze Note‹. Das Glas in der Versammlungshalle in Delvendal, als Davanna sang. Wie vom Donner gerührt saß er still da und vergaß völlig die Unterhaltung, die um ihn herum geführt wurde. Warum hatte er seinen Beruf als Musiker so sehr vergessen?«

»Seid Ihr in Eile, Hoheit?« fragte Theorval.

Gavilan sah den Wunsch des Königs und beeilte sich, ihm beizupflichten. »Gewiß, ich verstehe den Wunsch Eurer Hoheit, die Angelegenheit mit dem Schafdieb möglichst bald erledigt zu haben. In der Zitadelle sterben stündlich Menschen.«

Kyran gefiel diese Auslegung seiner Motive. Er lächelte Gavilan zu, der durch diese Worte ermutigt fortfuhr: »Außerdem können wir es kaum erwarten, bis Euer Hoheit gekrönt werden. Diese Zeremonie hat traditionsgemäß immer auf den Stufen des Kelwaruna stattgefunden.«

Kyran drehte den goldenen Ring, das Zeichen seiner Königswürde, um den Finger, als ob er sich der Tragweite seiner nächsten Worte gar nicht bewußt sei. »In der Bibliothek des Thronräubers steckt sehr viel Wissen. Ein Überraschungsangriff wäre sicher von Vorteil, weil er dann keine Zeit hätte, sie zu zerstören. Wir fordern euch alle auf, die Pergamente des Thronräubers unter allen Umständen zu retten. Dieses Wissen könnte für die Menschheit später von unermeßlichem Wert sein.«

Auf Talismans Gesicht zeigte sich kein Erstaunen. Sie gestattete sich keinerlei Gefühlsregung, als sie einen Blick auf die um den Tisch sitzenden Männer warf. Theorval nickte, als wollte er sich diesen Befehl besonders einprägen. Gavilan stimmte mit Worten bei. Essor war zu jung, um seinen Abscheu nicht offen zu zeigen, sagte aber nichts. Lithran schien merkwürdig mit sich beschäftigt zu sein, als ob er gar nicht zuhörte. Er starrte in sein halbvolles Weinglas und strich mit dem Finger über den Rand, so daß es kläglich wimmerte.

Talisman überlegte – nicht zum ersten Mal –, ob er wirklich für die verschlungenen Wege und die Intrigen geeignet sei, die eine gute Regierung nun mal erfordert. Als militärischer Führer war er schnell, entscheidungsfreudig und erweckte unbedingtes Vertrauen. Aber er hatte auch seine grüblerische Seite. Die verborgene Bedeutung hinter den Worten von Politikern schien ihn nicht besonders zu interessieren. Aber solche Unterhaltungen inspirierten ihn zu oft zu persönlicher Meditation, statt daß er Freude daran gefunden hätte, die Meinungen anderer zu manipulieren. Er war zu schwarz und weiß, zu sicher, daß er den Unterschied zwischen Gut und Böse kannte. Sie mußte mit ihm heute nacht noch reden.

Als sie dies tat, war er entsetzt. Er schwieg lange, während Talisman darauf wartete, ob sich seine militärische Entschlußkraft rühren würde. Er sagte nur:

»Was können wir machen? Wir müssen unbedingt als erste in die Pyramide. Schließlich war ich nicht umsonst Wächter im Kelwaruna. Ich weiß, wo die Bücher des Hirten stehen sollen.«

»Wäre es nicht besser, *vorher* etwas zu tun?« fragte Talisman vorsichtig.

»Wie meinst du das?«

»Du tötest die Schlange, ehe sie zu einem Drachen angeschwollen ist.«

Er schwieg, aber Talisman konnte den Kampf in seinem Innern spüren, da sie dicht neben ihm lag. »Woher weißt du, daß er Drachensaat ist? Vielleicht ist er nur eine kleine, harmlose Grasschlange...«

»O Lithran, Lithran! Hat dich deine ganze Erfahrung immer noch nicht gelehrt, den Menschen zu mißtrauen?«

»Ich habe Treue geschworen. Schließlich ist dieser Mann der rechtmäßige König. Außerdem hast du gesehen, wie begeistert ihn die Armee aufgenommen hat. Unser Fehlschlag, als Leuth seinen neuesten Zauber verhängte, ist beinahe vergessen. Sie haben wieder Zuversicht und ein Gefühl der Beständigkeit. Sie denken an ihre eigenen Kinder, wenn sie den Enkel eines Königs sehen. Der Zauber seiner Familie hängt an ihm...«

»Nur weil sie es so sehen wollen. Es ist *ihr* Zauber, *ihr* Bann.«

»Wenn wir unsere Verbindung schwächen, bekämpfen sich vielleicht die einzelnen Armeen gegenseitig. Dann wird Kosmion mit Sicherheit siegen.« Er schwieg wieder. Dann sagte er: »Ich wünschte, ich wäre wieder ein einfacher Spielmann!«

»Bist du aber nicht! Du bist auf einen Tiger gestiegen, und den mußt du jetzt reiten oder dich von ihm fressen lassen!«

»Zwischen Musik und den menschlichen Angelegenheiten liegt ein himmelweiter Unterschied«, klagte Lithran. »Die eine ist Ordnung, die anderen sind Lärm, Dissonanz. Krieg... ist im Prinzip eine einfache Sache, eine Frage der Organisation und der Intelligenz, eine Art wilde Musik, die leicht zu spielen ist. Zweifellos lieben ihn Männer deshalb so. Aber diese anderen Sachen – Intrigen, politische Täuschung... Das Ziel ist gut«, murmelte er vor sich hin. »Warum muß es durch diese Mißtöne beschmutzt werden?«

»Also schön, wenn du nicht willst, werde ich es tun.«

»Man wird uns sofort verdächtigen.«

»Nein, wird man nicht! Ich weiß genau, wie man es anstellen kann. Niemand wird uns verdächtigen.«

»Laß es bleiben! Warte! Übereile nichts!«

Lithran war schon beim ersten Morgenlicht auf den Beinen. Er war ruhelos und wurde hin- und hergetrieben, als ob er die Schreie der Geiseln hinter den Wällen von Sulunna hören könnte. Die Wachen bestätigten ihm, daß die gefrorene Wand immer noch da war. Das wollte er wissen. Was nützte es, eine umständliche (und wahrscheinlich hoffnungslose) Scharade aufzuführen, wenn durch einen Glücksfall der unsterbliche Kosmion während der Nacht gestorben sein könnte? Aber die Morgenpfeile waren bereits mit ihrem üblichen Schmerzensruf in der Luft umgekehrt, als ob sie nicht Glas, sondern ein menschliches Opfer getroffen hätten. Er ging allein im Lager umher und suchte sich die Trompeter zusammen.

»Ich habe für euch eine Aufgabe. Die Übung findet in Valamra statt.« Dann führte er sie den Hügel hinauf. Dort ließ er sie sich etwas ausruhen und Atem holen. Dabei musterte er die Breite ihrer Schultern und ihrer Brust. Diese Aufgabe erforderte die ganze Luft, die ein Mann hatte, vielleicht sogar noch mehr. Als er ihre Trompeten besichtigte, schwante ihm Böses. Einfache Bronzehörner. Ob man aus ihnen wohl einen reinen Ton holen konnte? Wenn nicht, würde er sie selbst wie ein Schmied zurechthämmern.

Es war, wie er gedacht hatte. Die ›schwarze Note‹ wurde nicht erreicht; als man aber die Mundstücke etwas bearbeitete, kam es wenigstens zu einem Gleichklang, wenn auch die Reinheit noch fehlte. Eine so hohe Note erforderte fast übermenschlichen Druck von den Lippen und Lungen. Doch das kümmerte ihn wenig. Und wenn die Herzen brechen! Im selben Augenblick brachen andere Herzen hinter den Wänden der Pyramide.

Beim Hinuntergehen konzentrierte er sich ganz auf die Anweisungen, die er, einst Sänger an Kosmions Hof, nun geben mußte. Da stolperte er über eine Baumwurzel und fiel ins Gras. Verärgert stand er wieder auf, wischte Erde und Laub von der Tunika und sah nach, ob sein Schwert noch in der Scheide stak. Sein Ärger wurde noch größer, als er zu seinem Schrecken von den Zelten unten ungewöhnlichen Lärm vernahm.

Das Lager war in Aufruhr. Männer rannten hin und her. Ein Zelt stand in Flammen, und ein Haufen aufgebrachter Soldaten stand um einen leblosen Körper herum, der auf dem Rücken lag, mit dem Kopf im Fluß. Das Wasser rann bei der einen Mundecke hinein und bei der anderen heraus.

Mit einem Satz war Lithran neben der Leiche und schrie seine Soldaten an, wie man ein Rudel Jagdhunde zur Ordnung ruft. Sie schauten ihn an und schämten sich. Ein Feldwebel trat vor und stieß zwei Männer weg, die unter Bewachung standen.

»Ich verlange eine Erklärung«, sagte Lithran. »Obwohl es schwerfallen dürfte, zu erklären...«

Eine Zeitlang herrschte betretenes Schweigen. Dann faßte sich einer der Soldaten – Gwalion aus Pyrgoma – ein Herz und sprach.

»Der König«, sagte er. Mehr brachte er im Augenblick nicht über die Lippen. Während er zögerte, überlegte Lithran wieder einmal, ob dieser Mann den Titel König verdiente und wie schnell ihm seine Soldaten, ja seine eigenen Männer, diesen Titel gegeben hatten. Langsam kam die ganze Geschichte heraus. Am frühen Morgen war ein Mann festgenommen worden, der versucht hatte, Kyran zu ermorden. Glücklicherweise hatte der König Vorsorge getroffen: Selbst hier im Lager seiner Freunde und Bundesgenossen hatte er nicht im königlichen Zelt, sondern in einem anderen geschlafen. Der Beinah-Meuchelmörder – ein Wächter, wie es schien – hatte keine wichtige Person erwischt, sondern seinen Dolch nur in einen Waffenbruder, der zusammen mit Kyran emigriert war, gestoßen. Dabei hatte ihn die königliche Leibwache gefangen.

»Gefangen? Wie?« fragte Lithran finster. Die Gefangennahme eines Wächters war wirklich ungewöhnlich. Warum hatte der Mann nicht bis zum bitteren Ende gekämpft? Es sei denn... Selbst Lithrans Augen sahen in diesem Augenblick heller aus und sein Bart röter.

Als Gwalion dies bemerkte, stammelte er weiter. »Ja, sie haben... sie haben ihn verwundet... am Arm.«

»Wie schlimm?« fragte Lithran und packte Gwalion am Handgelenk, so daß dieser aufstöhnte.

»Eine Fleischwunde«, brachte er hervor. »Ein bißchen Blut, das ist alles.«

»Dann kann der Mann aber kein...« Lithran verdrängte den Gedanken sofort. »Lebt er noch?«

»Aber sicher, Mylord. Er ist als Gefangener in Kyrans Lager.«

»Sein Helm«, dachte Lithran schnell, aber (wie sich später herausstellte) nicht schnell genug. »Hatte er das Visier unten?«

»Ja, Mylord.«

Lithran sagte kein Wort. Ihm war derselbe Gedanke gekommen wie auch Gwalion. Wenn das Visier des Mannes geschlossen war, konnte man doch nicht mit Sicherheit sagen, ob er ein Wächter war. Das einzige unverwechselbare Zeichen, die Dunkelkeit der Augen, war von dem Gitter des Visiers verdeckt. War der Mann wirklich ein Wächter, als er den Angriff ausgeführt hatte? Waffen und Rüstung eines Wächters bekam man dutzendweise für einen Pfennig zu kaufen. Die meisten Soldaten trugen sie. Sie nahmen sie von den Toten Leuths und färbten sie waldgrün. Lithran dachte an die Unterhaltung, die er in der vergangenen Nacht mit Talisman geführt hatte.

Sie hatte ihm den Glauben an sich wiedergegeben. Noch mehr, sie hatte aus ihm nach seiner Flucht wieder einen Mann gemacht. Ihre Gegenwart hatte ihm die Augen über Dinge geöffnet, von denen er nie gewußt hatte, daß es sie gibt. Als ob er die Umkehrung von Leuth wäre, der die ganze Welt kannte, außer einigen lebenswichtigen Stellen, den verborgenen Interräumen – wohingegen Lithran von der Welt nur einige wenige Räume kannte, wo er seine Flügel ausgebreitet hatte: Musik und Frauen. Die Lichtung, auf der es diese Dinge gab, war sein Gebiet. Aber außerhalb dieser Lichtung war so vieles unsichtbar für ihn gewesen! Seine Liebe zu ihr hatte ihn dazu geführt, in sich Geschmack und Freude am Handeln zu entdecken. Wenn er auf sie Wut hatte, mußte sich diese Wut auch auf ihn beziehen.

Zwischen den Zelten sah man etwas Scharlachrotes, das sich bewegte. Zögernd kam es näher. Es war einer von Kyrans Herolden.

Lithran erhob beinahe Einspruch. Aber nichts wäre verdächtiger gewesen, als die Begegnung abzulehnen oder zu verzögern. Er schickte nach Talisman, die aber nirgendwo gefunden werden konnte. Dann nahm er eine kleine Leibwache – angeführt von Essor –, nicht zu viele, denn auch das hätte Verdacht erregt. Auf dem Weg in Kyrans Lager schaute er nach rechts – wehmütig, wie zu einem Freund oder der Geliebten – dorthin, wo Sulunna im Dunst stand, ein wenig durchsichtig hinter der Sperre aus gefrorener Luft, eine verzauberte Geisel in einem gläsernen Sarg. In seine Besorgnis mischte sich unterdrückter Ärger: Diese mitternächtlichen Alarme, die blödsinnigen Schießübungen am frühen Morgen störten sie bei ihrer eigentlichen Aufgabe und lenkten die Wut vom wahren Feind ab. Finster blickend stand er neben Kyrons Zelt unter dem flüchtigen Schatten der königlichen Standarte.

»Legitimität«, erklärte Kyran hoch zu Roß, während seine Leibwache einen Kreis um ihn bildete, »Legitimität ist die Grundlage aller Fürstentümer und aller Macht. Ohne Legitimität sterben die Leute, weil sie nicht wissen, wo die Quelle der Autorität entspringt. Mit diesem mangelnden Wissen kommen Unordnung, Verbrechen, Zwist unter den Bürgern auf und allgemeines Chaos. Der, der die Hand gegen einen von den Göttern, von denen jede Ordnung und Autorität herrühren, Gesalbten erhebt...«

Der König glaubte ernsthaft an seine eigenen Worte. Lithran jedoch hing seinen eigenen Gedanken nach. Besaß nicht jeder Mensch eine Seele? War die Ordnung nicht für die Sicherheit dieser Seelen gemacht? Konnte es nicht zum Konflikt zwischen der eingesetzten Ordnung und den Seelen kommen, die sie zu beherrschen beanspruchte?

Nach Kyrans Ansprache spendeten die Soldaten lauten Beifall, und ein Zeuge wurde vorgeführt.

Er trug die Uniform der Wächter. Der blutige Verband am rechten Arm paßte in der Farbe zur Uniform.

»Bring deine Geschichte vor!« befahl Kyran.

»Hoheit, ich...« Während der Mann sprach, sah Lithran, daß er nicht die Augen eines Phylaks hatte. Sie waren braun, warm und menschlich. Wer er auch sein mochte, seine Selbstkontrolle war sehr stark. Er war eher nervös als verängstigt.

Der Mann behauptete, von Leuth geschickt worden zu sein, um

den rechtmäßigen König zu ermorden. Er sollte ihn in der Nacht aufsuchen und ihm die Kehle durchschneiden. Wie alle Wächter hatte er keine Macht über seine Handlungen, so daß er trotz seines Abscheus vor so einer Tat gehorchen mußte. Glücklicherweise hatte der König in dieser Nacht nicht in seinem Zelt geschlafen. Er, der Wächter, war gefaßt und dabei verwundet worden. Zu diesem Zeitpunkt hatte der Schafdieb ihn wie üblich verlassen.

In Lithran stieg bei diesem Bericht die kalte Wut auf. Unfähig, im höchsten Maße stümperhaft!

Kyran ließ die Geschichte des Mannes von seiner Leibwache bestätigen. Dann sagte er zu ihm: »Die Beweislage ist klar. Deine Augen ...« Er machte eine Pause.

Lithrans Mut sank. Jetzt würden er oder Talisman angeklagt werden. Er bereitete sich auf einen verzweifelten Hilferuf an seine Soldaten vor. Essor war ihm vollkommen ergeben. Da fiel ihm ein, daß er noch eine Theorie erproben mußte.

Er hätte wirklich nicht herkommen sollen.

Zu diesem Zeitpunkt kam ihm auf einmal ein schrecklicher Gedanke. Warum hatte er Talisman nicht finden können? Hatte sie diesen Mord angestiftet? Aber nicht nur um Kyran loszuwerden, sondern hatte sie die Sache absichtlich so ungeschickt angefangen, daß auf Lithran der Verdacht fallen mußte? Das würde die merkwürdige Sorglosigkeit des Attentäters erklären. Voll Abscheu schob er den Gedanken beiseite. Er erinnerte sich daran, wie er Davanna nach ihrem Tod unrecht getan hatte und verfluchte seine gemeine Einbildungskraft.

Wenn du manchmal von einer Lichtung im Wald träumst, die weiß unter einer weichen und unberührten Schneedecke liegt, siehst du eine Reihe karmesinroter Wächter, die sich aufstellen und vorrücken, den Schutz der Bäume verlassen, nicht am Waldrand stehenbleiben, sondern auf die offene weiße Fläche hinausmarschieren, deren Stiefel schwarze Schatten in das Weiß um deine Hütte drücken, und es gibt keinen Zauber, der dich auf dieser Alptraumlichtung schützt. Dann verschwinden die Wächter wieder, werden unsichtbar, marschieren aber weiter, denn du siehst die Abdrücke ihrer Stiefel aus allen Richtungen auf dein

Versteck zukommen. Plötzlich löst sich der Schrecken dieses Traumes auf. Es ist Morgen, und die Sonne scheint durchs Fenster: Es war nur ein Alptraum, es gibt keine Soldaten, es liegt kein Schnee.

Das waren Lithrans Gefühle, als er Kyrans nächste Worte hörte: »Deine Augen waren dunkel, wenn die Aussagen stimmen. Auch hinter geschlossenem Visier, nicht wahr?«

Dann wandte er sich an die versammelten Truppen und sagte: »Es ist klar. Dies ist ein Anschlag des Thronräubers gegen den rechtmäßigen König. Aufgrund unseres Prinzips persönlicher Verantwortung sprechen wir dieses hilflose Instrument des Willens des Thronräubers frei.«

Trotzdem wurde der Attentäter unter Bewachung abgeführt. Er hatte aber nichts zu befürchten, da die Folter seit dem Krieg der Gleichmacher gegen die Erzpriester in den Königreichen des Westens mit der Macht des übernatürlichen Tabus verboten war.

Als Lithran im Laufe des Vormittags Talisman endlich fand, sagte er erleichtert zu ihr:

»Der Mann war doch ein Wächter!«

Talisman war in trübsinniger Stimmung. »Wie kommst du darauf?« Verwirrt antwortete Lithran: »Ihn hast du wenigstens getäuscht!«

»Du hast mich völlig mißverstanden«, sagte Talisman wütend. »Hab' ich etwa dein Bett gestern nacht verlassen? Würde ich je einen so stümperhaften Plan schmieden?«

Als er zögerte, schwor sie auf ihr Amulett, daß sie nicht dafür verantwortlich war, und sagte: »Dazu ist dies Amulett aber eigentlich nicht gedacht. Wenn du mir nicht glaubst...«

»Vielleicht hat Theorval etwas damit zu tun.«

»Nein! Man ist uns zuvorgekommen. Ein Komplott für alle Jahreszeiten, gegen alle Unglücksfälle.«

Lithran wußte, was sie vermutete, obwohl er Angst hatte, es zu glauben. Mit Sorge erinnerte er sich an die Worte, die er mit Kyran nach der Versammlung gewechselt hatte. Der Wind trieb dunkle Regenwolken über den Himmel. Er hatte unter dem Baldachin des Königs gewartet, daß der Schauer vorüberging.

»Hoheit, ich habe vielleicht einen Weg gefunden, in Sulunna einzubrechen. Es ist ein ziemlich ausgefallener Weg. Ich nenne ihn das Konzert des Kummers. Um ehrlich zu sein, habe ich nicht allzu große Hoffnung, aber ein Schuß im Dunkeln ist besser als gar keiner.«

Kyran hatte mit einer Mischung aus Freude und Mißgunst gelächelt. »Ein ideenreicher Mann«, sagte er. »Nun, wenn Ihr Euren Plan ausgeführt habt, Mylord, erinnert Euch daran, daß ich mich auf Euch verlasse, die Unterlagen über die Magie des Thronräubers zu erhalten.«

Es war schon ein recht merkwürdiges Schauspiel, als Lithran fünf Tage später seine dreißig Männer mit ihren Bronzehörnern durch die Bresche in die Stadt Sulunna führte und sie im Interraum zwischen der Wehrmauer und den Häusern postierte. Er ließ sie in leicht konkaver Formation antreten, wobei er auf die genaue Aufstellung größte Sorgfalt verwandte, damit die Öffnungen der Trompeten alle auf denselben Punkt gerichtet waren. Da ihn seine Ungeduld unsicher machte und er Angst hatte, das ganze Unternehmen dadurch zu gefährden, ließ er mehr als eine halbe Stunde vergehen, ehe er zugab, zufrieden zu sein.

Seit dem ersten Mauerdurchbruch hatte die Bruderschaft an der Innenseite des Walles hölzerne Laufgänge errichtet – ein Stützpunkt, falls doch das Unmögliche eintreten sollte und Kosmions Zauberwand brach. Diese Galerien waren voll besetzt mit Lithrans Bogenschützen, die alle in Waldgrün gekleidet waren. Darunter standen Soldaten mit Schwertern und Piken, in den grün-roten Uniformen Kyrans. Die Szene wirkte kriegerisch und festlich zugleich. Es war, wie bei einer rituellen Hinrichtung, bei der die besten Plätze für die Würdenträger – den König hoch auf seinem tänzelnden Roß unter seinem Banner – bestimmt waren. Kyrans Gesicht zeigte keine Gefühle, außer der üblichen, schmollenden Gleichgültigkeit. Daneben stand Gavilan in seiner eleganten grünen Uniform. Er hatte das lange, verschlagene Gesicht immer auf den König gerichtet, um dessen Reaktionen nicht zu verpassen. Essors Blicke hingen noch hingebungsvoller als sonst an Lithran. Talisman, aufs äußerste gespannt, ihre Augen und Backenknochen auffallender als je zuvor, ihre Lippen bewegten sich lautlos, die Finger umklammerten das Amulett.

Auf der anderen Seite der unsichtbaren Linie, die die Grenze zum Interraum bildete, loderte ein Holzstoß. Man hatte ihn so nahe an der unsichtbaren Wand errichtet, daß er von Lithrans Platz wie durch einen durchsichtigen Kamin zu sehen war. Der Anblick war unheimlich: Als ob man das Feuer im Schnitt sah, oder als ob die brennenden Scheite aus eigener Kraft sich fünf Fuß hoch in die Luft erhoben hätten und die Gesetze der Schwerkraft für sie nicht galten. Durch die nicht sichtbare Wand abgeschirmt, verströmte das Feuer auch keine Hitze.

Hinter dem Feuer war die freie Fläche zwischen Wand und Häusern mit Wächtern vollgestopft – über fünfzig. Und es wurden jeden Augenblick mehr – als ob Leuth den Aussagen seiner Diener nicht glaubte und sie durch immer neue überprüfen ließ. Langsam füllten sich auch die Straßen dahinter mit Phylaks. In den oberen Fenstern konnte man auch von Zeit zu Zeit die Gesichter von Bürgern sehen. Zwei weibliche Gefangene wurden zur unsichtbaren Wand geschleppt. Sie waren gebunden und wehrten sich heftig. Es war wie in einer Pantomime. Aber als die Phylaks bereits die Hände nach ihnen ausgestreckt hatten, um ihnen die Kehle durchzuschneiden, hielten sie inne. Alle schauten auf.

Schließlich war Lithran doch zufrieden. Er zog sein Schwert und schlug damit gegen die Sperre aus gefrorener Luft, so daß der hohe Ton, den er seit fünf Tagen einzufangen suchte, durch den Interraum schwebte. Die Trompeter wärmten ihre Instrumente an, bliesen leicht hinein und rückten die Mundstücke zurecht. Lithran hob sein Schwert wie einen Zauberstab.

Es herrschte tiefes Schweigen, in das das letzte schwache Klingen des Zauberglases wie ein Kieselstein in einen dunkel werdenden Teich eintauchte und versank. Essor schloß die Augen.

Im Interraum erscholl von Lithrans Trompetern ein ohrenbetäubender Lärm. Ein Schrei von vollkommenem Gleichklang, schrill und durchdringend, als ob dreihundert Frauen vor Angst den gleichen Ton herausschrien – dieser Ton preßte die Zähne zusammen, ließ die Haare zu Berge stehen. Die Zuhörer auf Lithrans Seite verzogen alle gleichzeitig die Gesichter und hielten sich die Ohren zu.

Erfindungen des Verstandes unterliegen, sobald sie verwirklicht sind, den Gesetzen der Natur. Als nun die Trompeten wie wahnsinnige Todesfeen aufheulten, erscholl aus der Luft um sie herum die Vibration als Antwort. Es war das Zauberglas, das seine Qual im Gleichklang mit dem Trompetenschall heraussang.

Der Trick mit dem Weinglas besteht darin, daß man es immer weiter klingen läßt. Diese Schwingung muß genau eingehalten werden. Lithran hatte seine Musiker sorgfältig ausgebildet. Die Trompeter holten (die Gesichter waren hochrot und von der Anstrengung verzerrt) gestaffelt Luft, so daß der Ton bestehen blieb und sich Minute für Minute unerträglich hinzog. Die Wand aus Zauberglas antwortete mit dem gleichen Ton, sang wie ein riesiger, matter Kelch, der auf die Schwingung seiner kristallinen Struktur anspricht. Es war wie ein Schmerzensschrei, als ob sich die Qual der Opfer Kosmions in den Eingeweiden der Pyramide des Kelwaruna, zwei Meilen entfernt, verdichtet hätte. Die Wand erzitterte und schrie ihren Protest heraus. Sie vibrierte zu der Musik ihrer Zerstörung. Es war eine Sache von Gefühl und Empfindung – nur daß die Gefühle verdinglicht waren und daher dem Gesetz fester Materie unterlagen. Seelen und Gläser brechen, wenn der Grad des Erträglichen überschritten wird.

Zum ersten Mal seit dem Auftreten der Wand vor zehn Tagen wurde die Struktur des Zauberglases sichtbar. Es war wie Luftschlieren über einer Straße an einem heißen Sommertag. Zwischen Lithrans Männern und den Wächtern stand ein vibrierender Luftgürtel, so daß diese nicht mehr deutlich und fest zu erkennen waren, sondern im Tosen der Trompeten eher wie Luftspiegelungen aussahen, noch gespenstischer als ihr Spitzname.

Obwohl die Wand fast unerträglich zitterte, blieb sie stehen. Es fehlte der letzte Anstoß vom Konzert des Kummers, der letzte Strohhalm.

In diesem Augenblick brachte ihn die Dunkelheit dazu – typisch für Leuths Denken –, einen Fehler zu begehen. Er gab seiner Vorliebe für Blut und Schmerzen nach und ließ die Opfer von den Wächtern an das Zauberglas bringen. Statt den beiden Frauen die Kehlen durchzuschneiden, banden sie sie auf Holzbretter und fingen an, sie wie lebende Holzscheite langsam mit den Füßen zuerst in die Flammen zu schieben. Die Frauen schrien, schrien sich die Lungen heraus, und trafen einen Augenblick lang den Ton der Trompeten, den schauerlichen Ton des Grauens...

Es hätte der Laut des Todes im Herzen sein können. Es hätte auch das Klirren des riesigen Kelchglases sein können, das das Dach des Himmels trägt. Der Luftstrom traf sie, als ob eine riesige Tür aufgerissen würde. Trompeter, Phylaks, Aufständische und zuschauende Bürger wurde alle von den Füßen gerissen. Die Wand eines Hauses wurde eingedrückt, der Rest des Gebäudes begann zu schwanken, Tische, Stühle, Ziegel und Balken fielen auf die Köpfe der Wächter darunter. Wie bei einer Explosion wurden Glut und brennendes Reisig in die Reihen der Phylaks geschleudert. Wie Donnerschläge ging es durch die Oberfläche des Zauberglases nach Ost und West. Auf einmal hörte man wieder die Geräusche von der anderen Seite der Wand, das Klagen der Frauen, das Greinen der Kinder, das Bellen der Hunde und das Wiehern erschreckter Pferde und das Klirren der Waffen, als der Sturmwind die Wächter forttrug.

Die Männer der Bruderschaft fingen sich als erste. Sie hatten die Finger in die Ohren gesteckt und waren nicht wie die Wächter vom Lärm betäubt worden. Ein Haufen Männer rannte zum Feuer und holte die Frauen heraus, während die anderen ihre Schwerter schwangen, um den Folterknechten die Köpfe abzuschlagen.

Lithran gab den Bogenschützen den Befehl zu schießen. Eine Salve von Bronzepfeilen surrte in den Himmel und ließ sich als stacheliger Schwarm auf die verwirrten Wächter nieder. Ja, die gläserne Barriere bestand nicht mehr! Lithran schickte aber seine Männer erst dann vor, nachdem die Phylaks auf den Straßen immer wieder von Pfeilen durchbohrt worden waren und sich keine Seele mehr bewegte.

Dann erst marschierte seine rächende Armee am Feuerstoß und der Stelle, wo das Zauberglas geschwebt hatte, vorbei und stürmte die Stadt. Hinter ihr drangen Verstärkungen durch die Bresche.

Das Pflaster war schwarz und ausgehöhlt, als ob Säure ausgelaufen wäre, wo das Feuer gebrannt hatte. Vom rußigen Mittelpunkt aus liefen schwarze Streifen über den freien Platz auf die Stadt zu, die Holzkohle und Glut gezogen hatten. Männer und Frauen standen dicht gedrängt um die beiden Opfer der Wächter – es waren vier Soldaten, einige weibliche Mitglieder des Trosses und die beiden Zofen Talismans.

Talisman wandte sich an die Frauen und sagte, obwohl es gar nicht nötig gewesen wäre: »Vorsichtig!«

»Mylady!« schluchzte eine der Frauen aus dem Troß.

Talisman packte sie direkt über dem Ellenbogen. »Diesmal ist der Schaden gering. Sie werden sogar wieder gehen können. Kräuter aus den Wäldern, Salben, Umschläge, Schnee vom letzten Jahr... Hebt sie hoch!« rief sie den Männern zu. »Hoch! Ins Lager!« Für diese Frauen war die Wand gerade noch rechtzeitig geborsten.

»Ja, ja, meine Liebe«, sagte sie zu der Frau, die gerade ihre Augen wieder aufgeschlagen hatte. »Du hattest Phantasie! Du hast nur zwei Minuten früher geschrien, als du es sonst getan hättest. Du hast dich und uns alle gerettet.«

»Ja!« wiederholte sie. Die Frage der Frau hatte sie erstaunt. (War sie um sich weniger besorgt als um andere?) »Kosmions Unsterblichkeit? Die ist fast vorbei.«

In Sulunna gibt es drei Straßen, die auf einen offenen Platz, etwa achtzig Meter innerhalb der Stadtmauer, einmünden. Dort befindet sich ein Pflasterstein, der von frischen Blumen umkränzt ist, die die Frauen der Stadt jeden Tag dort niederlegen. Wenn du darauf zugehst, siehst du in der Mitte der bunten Farben eine flache, graue Platte, die vom Feuer geschwärzt ist, mit einer Vertiefung darin – abergläubische Menschen behaupten, es sei der Abdruck eines menschlichen Fußes, der dort in den Stein gebrannt ist.

Der Kelwaruna war eine riesige, kegelförmige Echokammer, in der sich das Klirren der Waffen, wenn sie auf Stein trafen, das Dröhnen von schlagenden Türen und das Kampfgeschrei, das halb aus Angst, halb aus Wut entsteht, ausbreiten und wieder vereinigen. Wenn Leuth allein in seinem stillen Thronsaal saß, war er dennoch das Zentrum eines Wirbelwinds aus Geräuschen und Bewegung. Er wußte, wann die Steinplatten weiter unten in der Pyramide von eiligen Füßen widerhallten, wann die Fackeln aufloderten und wieder schwächer wurden, wenn Männer vorbeidrängten, wann eine Tür laut wie ein Gong ins Schloß fiel, wann der Bolzen der Armbrust, den ein Soldat in eine Bohle an der Treppe schoß, wie ein Nachtfalter flatterte, wann ein Schwert brach, nachdem es einen eisernen Fackelring getroffen hatte, wann ein Mann auf die Knie fiel und fluchte, erstaunt über den Anblick seiner verletzten Hand auf dem Turnierboden, wann ein einziges Auge durch das Visier funkelte und wann die Frauen in der Ferne schrien. Er sah auch, daß Lithran jetzt einen Augenblick lang das Visier hochklappte – das Gesicht gehörte eigentlich ihm!

Die Kontrolle des Hirten ließ sekundenlang nach. Sofort taumelten seine Wächter, die zwei Stockwerke tiefer die Treppe verteidigten, und wurden niedergehauen.

Als die Aufständischen einen Sieg nach dem anderen errangen und Leuth zur Auffüllung seiner Truppen immer mehr Männer verschlang, war die Unruhe unter der Bevölkerung groß geworden. Es kam der Tag, an dem keine Männer im militärischen Alter mehr gefunden wurden, die Kosmion hätte fressen können. Sie waren alle in die Wälder geflohen oder hatten sich den Banden der Rebellen angeschlossen, die überall durch das Land streiften. Leuths Truppenstärke nahm langsam ab. Wie sie ihn gehaßt hatten! In der Hauptstadt gab es außer seinen Wächtern keine Männer mehr, so daß er auch dort seine Streitkräfte nicht auffüllen konnte.

Den Palast konnte er zwei Tage lang halten. Aber sein Einfluß auf seine Diener wurde immer schwächer. Immer mehr Wächter schienen es zu schaffen, sich von ihm frei zu machen, wie auch Lithran es getan hatte. Am dritten Morgen wurden die Tore des Kelwaruna von zwei solchen Verrätern geöffnet...

Schließlich saß er belagert in seinem Thronsaal und nahm in seinem Verstand tausend Eindrücke aus den Gehirnen anderer auf. Da erkannte er, daß es durchaus keine so gute Verteidigung war, so viel zu wissen und zu sehen. Es hatte seinen Stolz vergrößert, aber jetzt vergrößerte es auch seine Angst. Das ganze Gewicht lastete jetzt auf ihm selbst, einem kleinen, eher fetten Mann, der Quelle und dem Ziel dieser Gewalt.

Mit Bedauern dachte er an die ersten Monate in Sulunna nach seiner Rückkehr von den ›Inseln der Seligen‹. In Wahrheit hatte er diese Inseln nie gesehen und wußte ebensowenig wie jeder andere, ob sie wirklich existierten. Er hatte diese Geschichte nur recht nützlich gefunden in diesen Anfangstagen, als er sich mehr auf Überreden und Lügen als auf Gewalt gestützt hatte. Selbst jetzt baute er sie noch in seine Reden ein. Dabei war er nur auf das Geheimnis der alten Erzpriester gestoßen – den Mechanismus, den sie benutzt hatten, um im Bewußtsein der Menschen die Wirklichkeit zu verdrehen und zu entstellen. Diese Methode drehte sich um den Schmerz der Menschen. Leuth hatte sich damals gesagt (damals hielt er sich noch für einen Idealisten): Ist der Schmerz nicht die Maschine, mit der jede politische Macht betrieben wird? Ein Herrscher kann es sich nicht leisten, zimperlich zu sein... und... wird schließlich Macht nicht zum Besten der Menschheit ausgeübt...

Eine so schöne Phrase entschuldigte alle Taten, die in ihrem Namen begangen wurden. Mit dieser Einstellung war er zu seinem zweiten Experiment übergegangen. Er wandte sich an seinen engsten Kameraden und schlug vor, daß sie sich die Hände reichen sollten, »damit wir in einen gemeinsamen See von Verstehen verschmelzen, wie Hochwasser zwei Flüsse zu einem größeren verbindet«. Die Worte hatten etwas zu schön geklungen. Als sie sich die Hände reichten, hatte er in den Augen seines Gefährten furchtbare Angst erblickt. Aber er verachtete dies Gefühl. Er hatte auch gar keine Zeit dafür, denn als sich ihre Hände fanden und wie Haut an frostigem Eisen aneinanderklebten, da fühlte er sich überwältigt, weil er alles zweifach sah, hörte, fühlte und verstand. Er selbst hatte durch eines der dreieckigen Fenster der Pyramide geschaut: oben nur Himmel, unten die gezackten Blätter der Sonnenblumen eines der beiden Minarette von Sulunna. Die Wand zu beiden Seiten dieses glänzenden Fleckes war reich bemalt: Man sah das Wappen des Königshauses von Tethesta, das Schlachtroß, die scharlachroten Weinblätter von Ithyska und die gekreuzten Krummsäbel von Adhramat. Die Augen seines Confrère ruhten auf der Tür am anderen Ende des Raumes – auf den Steinsäulen und den verblichenen Gobelins daneben, hauptsächlich aber auf dem schweren Holzriegel, der vorgeschoben war, um sicherzugehen, daß sie nicht gestört würden. An diesem Riegel hatten seine Augen im Augenblick der Vereinigung gehangen.

Leuth fühlte kein Erbarmen, sondern nur Freude und Triumph. In dieser übernatürlichen Welt, in die er soeben eingetreten war, schienen nicht die bewußten Vorsätze zu zählen, sondern die unausgesprochenen Motive. So sei es! Im Augenblick interessierten ihn nur die Rätsel des Doppelgefühls, zwei Männer statt einer zu sein, zwei verschiedene Szenen wahrzunehmen und zwei verschiedene menschliche Körper kontrollieren zu können. Er konnte es sich selbst nur mittels der *Zeit* erklären. Es war, als ob die Sekunden (die sonst immer sehr eng und fortlaufend an ihm vorbeigezogen waren, wie ein nahtloses, sich immer bewegendes Gespinst) sich ausgedehnt und damit zusätzlichen Momenten zwischen ihnen Raum geschaffen hätten. Vielleicht arbeitete jedes einzelne Gehirn wie eine Uhr, die die Zeit der Wahrnehmung mit der Zeit der Handlung abstimmte und diese Wahrnehmungen dann dem Besitzer mit vertrauter und zu bewältigender Geschwindigkeit präsentierte. Zwei Gehirne konnten doppelt so viele Wahrnehmungen in den gleichen Zeitraum pressen. Es war, als hätte er den Gobelin aus einer bestimmten Entfernung betrachtet, so daß nur einige Einzelheiten zu unterscheiden waren – ein Gehöft, eine Scheune, ein Mann und ein Pferdegespann. Jetzt aber, wo er sich verdoppelt hatte, war er nur halb so weit davon entfernt und konnte auch den Pflug, die Hufe der Pferde und die einzelnen Blätter an den Bäumen erkennen. Sein Bild von der Welt zeigte plötzlich doppelt so viele Einzelheiten und konnte doppelt so viel Erfahrung unterbringen. Zeit war verlangsamt, um die doppelten Wahrnehmungen zu ermöglichen.

Die Zeit hatte sich natürlich nur subjektiv verlangsamt. Ihm war klar, daß die Minuten ebenso schnell wie früher vorbeigingen.

Er fühlte eine unbändige Freude. Die Möglichkeiten für Intrige und Betrug waren ungeheuerlich. Spione brauchten eine bestimmte Zeit, um ihre Informationen zu übermitteln. Sie konnten auch lügen oder sich irren. Jetzt aber konnte Verrat sofort erfolgen, und das Wissen war unfehlbar. Was für eine Waffe gegen Feinde! Schnell schob er den Riegel zurück und eilte mit seinen beiden Ichs in die Gänge des Kelwaruna. Jetzt konnte er zwei Welten, statt nur eine genießen. Anfangs fiel ihm nicht auf, daß diese neue Zeitschicht, die sich zwischen die Augenblicke geschoben hatte, nichts Neues brachte, sondern nur ein Vielfaches desselben Gefühls, immer wieder dieselbe Sache. Warum sollte das eine Rolle spielen? War denn Quantität nichts anderes als Qualität? Als an diesem Nachmittag sein Feind Subirian seinem Komplizen (jetzt nur noch ein Echo von ihm selbst) einen Mordplan zuraunte, schickte er, Leuth – obwohl zwanzig Minuten entfernt in einem anderen Stockwerk des Palastes – sofort Soldaten hinauf, um diesen Mann zu vernichten. Es war dann ein unglücklicher Zufall, daß Subirian in dem Labyrinth der Korridore nicht erwischt wurde, so daß er in die Stadt entfliehen konnte. Die Moral war klar: Es mußten auch Soldaten vereinnahmt werden.

Zuerst war er vorsichtig und verschlang immer nur eine Seele auf einmal, damit die Ausweitung nicht so schnell erfolgte und er sie nicht mehr kontrollieren konnte. Bald sah er aber, daß er nichts zu befürchten hatte: Die Zeit wurde mit jedem Zuwachs auch weiter und fütterte ihn mit einer immer dichteren und vollständigeren Karte der Wirklichkeit.

Einen leicht bedrückenden Aspekt hatte das Ganze. Wahrnehmung und Handlung waren sozusagen nicht schneller: Sie wurden nur so schnell durchgeschleust, daß er dadurch mehr Menschen wahrnehmen und dann handeln konnte. Es hatte sich nicht das Licht seines Bewußtseins vergrößert, sondern lediglich die Zahl der Dinge, die ihm bewußt wurden, hatte sich vermehrt. Der Raum, den es erleuchtete, wurde nicht heller, nur weiter. Dabei dehnten sich aber auch die Schatten aus, die es warf. Sie wurden länger und schienen sich auszustrecken zu einem weiter werdenden Kreis von Dunkelheit, immer in Bewegung bleibend. Es ist merkwürdig, wenn eine Laterne von der Decke einer Kabine in einem kleinen Boot schwingt, scheint sich nicht das Licht, sondern scheinen sich die Schatten an den Wänden zu bewegen. Dunkelheiten kommen und gehen in die Tiefen des Verstandes und markieren wie der Stab an einer Sonnenuhr die Bewegung des Bewußtseins. Es war schwierig für Leuth, zu wissen, was diese Dunkelheiten enthalten könnten. Vielleicht war es Angst oder Stolz, vielleicht die eingekerkerten Seelen seiner Sklaven. Seine Aufmerksamkeit war auf andere Dinge gerichtet, war fasziniert von dem immer schneller werdenden Wirbel von Wahrnehmungen, die ihm von seinen sich vervielfachenden Ichs zuflossen.

Erst zwei, dann sieben, dann vierzig, dann tausend zu sein! Er war der Seelenherrscher, der Alleinherrscher, Alleinseele! Er schaute nicht nach innen, um zu sehen, ob diese Schatten paradoxerweise die Quellen seiner Energie sein könnten, sondern nur nach außen, auf die Menge materieller Wirklichkeit, die sich seinen Sinnen einprägte.

Es war nämlich keine übernatürliche Welt, die er betreten hatte. Es war nicht mal eine Vielzahl verschiedener Welten. Es war die Welt, die er bereits kannte, die sich beständig ausweitete, ihm aber immer nur noch mehr von derselben Erfahrung brachte. Das Universum enthielt nichts außer ihm selbst und eine bedrückende Unermeßlichkeit von Materie. Er war allein unter Myriaden von Anblicken, Geräuschen, Gerüchen und Gefühlen, die alle seinem Bewußtsein ihre reine Materialität, ihr Anderssein aufdrängten. Es war wie ein langer Korridor mit unendlich vielen Bildern, die aber alle ohne Ausnahme identische Kopien desselben Bildes waren. In keinem war ein einziges menschliches Wesen oder ein lebendiges Tier vorhanden. Diese laufenden, weinenden, schreienden Schemen, die seine Wächter verfolgten, waren keine Männer oder Frauen, nur Puppen. Die Welt war ein Vakuum, in welches seine Macht wie ein sich ausdehnendes Gas einströmte. Er redete sich ein, daß er diese Unendlichkeit der ›Dinglichkeit‹ nicht fürchtete. Sie war ›Nichts‹. Er verachtete sie.

Bis jetzt.

Außerhalb des Thronsaales schwang der Korridor nach links und rechts, so daß die beiden Wachen, die bei den Eingangssäulen standen, jeden Besucher erst im letzten Moment erkennen konnten. Leuth hatte bereits durch die Augen von einem Dutzend Männern im Stockwerk unter ihm gesehen, daß die Eindringlinge von beiden Enden des Korridors kamen. Die Kurve wurde eng wie eine Schlinge, und nur die beiden letzten Wachen standen zwischen ihm und dem Tod.

Seine Roben behinderten ihn. Er warf sie ab und ging zu dem Gobelin, der von der Decke bis zum Boden hinter seinem Thron hing. Dahinter wölbte sich die Wand heraus, weil hier der Steinkern der Pyramide war, in dem eine Wendeltreppe nach unten führte. Leuth hatte seinen Privateingang zu dieser Treppe. Er schob den Gobelin beiseite und suchte nach dem Riegel. Er fand ihn, öffnete und verriegelte wieder hinter sich, ehe er die lange Steinspirale zu den Eingeweiden der Pyramide hinunter floh. Das Bewußtsein von Tausenden (dachte er) ist in einem Mann konzentriert – die Leute haben zwei Beine, nur zwei. Wir müssen entfliehen.

Hinunter und rundherum. Im karmesinroten Licht wand sich die Wendeltreppe hinab, so schnell, daß ihm schwindlig wurde und sich sein Kopf drehte. Die Treppe schien sich wie ein Seil abzuspulen, das sich unter seinen Füßen wand. Leuth machte eine Pause und hielt sich an der Steinmauer fest. Einen Augenblick nur, dann bewegte er sich vorsichtiger. Es dämmerte ihm, daß das keine Lösung war, nur die Tat eines verängstigten Tieres, das seinem Bau zustrebt. Seine zahllosen Anhängsel, die Wächter, waren über ganz Tethesta verstreut. Sie nützten ihm jetzt gar nichts mehr. Es war, als hätte er sich zu weit ausgedehnt und sein eigentliches Zentrum vernachlässigt. Jetzt versuchte er, sich dort zu verstecken. Was würde ihm das bringen? Seine Feinde würden ihn zum Schluß doch in Grund und Boden jagen und ihn auf der Stelle mit dem Schwert durchbohren. Denn wenn er tot war, würde sein Bewußtsein aufhören, in den Köpfen seiner anderen Ichs zu wohnen.

Was sollte er tun?

Sein Instinkt trieb ihn weiter die Treppe hinunter, die sich durch das Zentrum der Pyramide wie ein Korkenzieher hinunterwand, geradewegs in seine Meinung über sich selbst. Der Ort war eine Falle. Unter dem Thronsaal im dritten Stock gab es keinen weiteren Eingang zur Wendeltreppe. Es konnte ihm also keiner der Angreifer den Weg abschneiden. Das bedeutete aber auch, daß es keinen Ausgang gab. Er lief eine vertikale Sackgasse hinunter. Zwischen jedem Stockwerk lagen dreißig keilförmige Steinstufen, die sich in beständigem Rhythmus um die Spindel in der Mitte drehten. Er war jetzt schon drei Stockwerke hinabgestiegen und vier lagen noch vor ihm. Aber das war dann das Ende. Die kleine vergitterte Zelle, in der Lithran damals eine Nacht verbracht hatte.

Durch die Augen seiner Diener sah er, daß seine Feinde sich bereits zum Thronsaal durchgekämpft hatten und sich anschickten, die Wendeltreppe hinabzusteigen. Und wirklich, er hörte drei Stockwerke über sich (mit seinen eigenen Ohren) ihre Rufe, die der massive, steinerne Klangkörper des Treppenhauses zu ihm nach unten trug.

Leuth lief immer im Kreis die Treppen hinunter, monoton und wie hypnotisiert, als wären seine Bewegungen die eines sich abspulenden Wollknäuels oder ein Bann, der sich löste. Die Stufen entrollten sich vor seinen Augen. Stufe für Stufe tauchte aus der Unsichtbarkeit hinter der Spindel auf, als liefe er in einer spiralförmigen Tretmühle. Die Steine schienen sich immer zu gleichen und zu wiederholen, bis er den Eindruck hatte, daß die Treppe nicht eine Spirale war, die nach unten führte, sondern ein geschlossener Kreis nach oben. Es war, als ob er sich nicht nach unten bewegte, sondern sie sich wie ein Kinderkreisel um ihn drehte. Es gab kein Oben oder Unten, kein Vorwärts oder Rückwärts, nur sein eigenes Bewußtsein, gefangen in der langsamen Drehung der Spirale zu sein, unaufhörlich zu immer demselben Punkt zurückkehrend..., wie wenn sich das Bewußtsein an sich selbst heftet und du erkennst, daß du erkennst, daß du erkennst... und so bis in alle Ewigkeit.

Die Rufe und Schritte über ihm waren etwas zurückgeblieben – die Verfolger waren aufgehalten worden, da sie jede Tür öffnen mußten, an der sie vorbeikamen, um zu sehen, ob nicht Wächter dahinter versteckt waren. Im Augenblick gewann Leuth einen Vorsprung. Aber das ging nicht so weiter, denn da war nur noch ein Stockwerk unter ihm – die letzten dreißig Stufen, ehe er den Boden der Pyramide erreichte. Trotzdem stolperte er weiter. Die Visionen und Gefühle seiner zahllosen anderen Ichs drehten sich um ihn, als er weiter hinunterstieg (Stieg er überhaupt hinunter?). Er hörte sich selbst zählen: »Achtundzwanzig, neunundzwanzig, dreißig, einunddreißig...«

Da gab es über ihm einen langsamen, durchdringenden Lärm – eine Tür wurde aufgestoßen, eine andere wurde zugeworfen, unmöglich zu sagen, was von beidem stimmte. Dann herrschte völlige Stille mit Ausnahme seiner eigenen Schritte – »zweiunddreißig, dreiunddreißig...«

Bei dreiunddreißig war dann eine Fülle von Wahrnehmungen von außen auf ihn eingedrungen – ein Soldat, der mit wahrer Freude sein Schwert schwingt und absichtlich den Feind nicht trifft, ein anderer, der seinen Helm abnimmt, ein dritter (Meilen entfernt bei Oervik), der zurücktritt, sein Visier hebt und lächelt, ein vierter (bei Aelvik), der kein böses Wort, sondern den Namen eines Mädchens ausspricht... eine große Symphonie von Eindrücken, die alle wie ein Rauchwölkchen zerstieben. Plötzlich war er allein, und sein Bewußtsein war vollkommen in diesem Treppenhaus eingeschlossen. Alles, was er erkennen konnte, waren die gewundenen Steine eine Handbreit vor seinem Gesicht – wie klar und deutlich jeder Zoll war! – und nur seine eigenen Augen, um etwas zu sehen! Er war nicht länger ein ganzer Staat, ein ganzes Volk, sondern nur noch ein einsamer Isolierter namens Leuth. »Vierunddreißig, fünfunddreißig...«

In diesem Augenblick kam ihm ein grauenvoller Gedanke. Als er sein halsbrecherisches Tempo verringern wollte, stolperte er und schlug gegen die rechte Wand und stürzte dann kopfüber die nächsten fünfzehn Stufen hinab. Sein Schwert, das er (aus Angst) fünf Minuten vorher gezückt hatte, als er die Verfolger auf der Treppe gehört hatte, rutschte ihm aus der Hand und glitt wie eine Silberschlange über die Stufen nach unten. Es war ganz still außer dem Klirren des Schwertes über die Stufen. Benommen lag er auf der Treppe.

Über ihm wurde ein metallisches Klirren hörbar. Es kam immer näher. Die Abstände zwischen den kurzen Klangstößen, aus denen es bestand, wurden größer, bis es schließlich tickend verstummte.

Leuth sprang auf und schaute sich um. Da loderte eine Fackel in ihrer Halterung an der Wand und warf ihren blutroten Schein die Treppe hinauf und hinunter. Über seinem Kopf schien die Unterseite der Stufen, die hinaufführten, wie ein Spiegelbild der Stufen, auf denen er stand. Es herrschte Totenstille. Auf der steinernen Spindel in der Mitte der Treppe war etwas eingeritzt: ein Andenken von einem der Häftlinge vielleicht? Oder stammte es aus früheren Zeiten? Es war eine rohe Zeichnung eines Mannes mit sechs Gliedmaßen, Flügeln und Armen.

Aus irgendeinem Grund beunruhigte ihn dieser Anblick mehr als der Gedanke an die Feinde über ihm. Er stand einen Augenblick lang verwirrt da und strengte seine Ohren an, um etwas zu hören. Er überlegte, ob er plötzlich taub geworden sei. Er war völlig geschwächt und abgeschnitten von seinen anderen Ichs. Er war auf seinen ursprünglichen Zustand als Isolierter reduziert. Er war nicht besser als sie. Er überlegte ganz kurz, ob er überhaupt noch dieselbe Größe hatte. Was war, wenn das Treppenhaus, in dem er stand, und er plötzlich auf ein Zehntel, ein Hundertstel ihrer eigentlichen Größe vermindert worden waren? Aber wie konnte er das herausfinden? Nur, wenn er nach oben ginge und feststellte, ob die Männer, die ihn verfolgten, die gleichen Proportionen hatten wie er.

Es war verrückt, aber er drehte sich um und fing an, die Stufen hinaufzusteigen, dem Licht entgegen.

Als erstes traf er auf sein Schwert, das zwischen Spindel und Außenwand eingeklemmt war. Sein Schwert – aber wie konnte das sein? Er hatte es doch erst einen Augenblick zuvor fallen lassen. Es war über die Stufen nach unten verschwunden. Jetzt hatte er sich aber doch nach oben gewendet, war die Stufen in der Gegenrichtung hinaufgestiegen. Aber trotzdem lag hier sein Schwert. Es war nach unten gegangen, er nach oben.

Er wußte aber nur zu gut, wie dies hatte geschehen können. Das Zählen der Stufen hatte es bewiesen. Verzweifelt drehte er sich wieder um und rannte die Stufen nach unten. Die Treppe wand sich und wand sich, schwebte im Fackelschein wie eine reine geometrische Form im abstrakten Raum. Was war Schwerkraft? Der Zug nach unten von den Steinstufen unter seinen Füßen? Was war das Mögliche? Eine gebogene Wand um die Sinne.

Er tastete sich nach unten. Mit der linken Hand hielt er die Spindel so fest umklammert, daß seine Finger bluteten. Eine Stufe nach der anderen. Schritt für Schritt. Die Krümmung der Treppe versperrte ihm die Sicht von links bei jedem Schritt. Flick, flick! Stehenbleiben, bewegen. Da tauchte in der Krümmung der Griff seines Schwertes auf – Leuth war sich dessen schon sicher, ehe es geschah.

Er setzte sich im trüben Schein der zischenden, roten Fackel auf die Treppe. Er hielt sich mit beiden Händen den Kopf. Im letzten, sterbenden Augenblick seiner Zauberkunst hatte ihn seine Sehnsucht zu entkommen, allein und in Sicherheit zu sein, von der Welt für immer ausgeschlossen.

Das erklärte auch, warum die Stufen nicht bei dreißig aufgehört hatten, sondern endlos weitergegangen waren. Nach langer Zeit stand er wieder auf und stieg die Stufen empor. Er zählte. Jedesmal, wenn er dreißig Stufen hinter sich gebracht hatte, stand er wieder vor seinem Schwert und der eingeritzten Figur auf der Spindel. Er lief sieben Mal an diesen beiden identischen Gegenständen vorbei, ehe er stehenblieb – jetzt hätte er wieder am Anfang der Treppe sein müssen, statt dessen befand er sich immer noch auf ein und derselben Stelle..., als ob die Wendeltreppe wie ein gewöhnlicher, horizontaler Kreis beschaffen wäre, in sich geschlossen. Aber wie konnte der Anfang einer Wendeltreppe in ihrem Fuß müden? Es war, als würde man die Tonleiter durchgehen und oben plötzlich wieder am Anfang stehen, oder wie eines dieser Bilder, die Dreidimensionales mit zweidimensionalen Mitteln darstellen, wo eine endlose Prozession von Leuten eine Treppe auf und nieder gehen, sich für immer in demselben Teufelskreis drehen. Wie konnte man das in einer dreidimensionalen Welt verstehen? Was man sieht, kann man auch verstehen. Aber auf welche Weise diese Spirale in sich selbst mündete, war jenseits jedes Begreifens, weil sie immer aus dem Blick war, nur noch eine Biegung. Wenn die Stufen nur aus Glas wären...

Was würde er sehen, wenn sie tatsächlich aus Glas wären? Würde er sich dreißig Stufen tiefer und noch einmal dreißig Stufen tiefer sehen und immer so weiter, unendlich oft wiederholend auf dieser unendlichen Treppe? Und wenn er nach oben schaute, würde er dann nicht auch die gleiche unendliche Wiederholung von sich sehen?

Er hob die Augen zur Decke und schaute wieder auf die undurchsichtige Unterseite der Stufen der nächsten Windung über ihm. Und dann sah er, daß es gar nicht die Unterseiten der Stufen über seinem Kopf waren, sondern die Reflexionen der Stufen, auf denen er stand. Er selbst wurde auch an der Decke mit dem Kopf nach unten gespiegelt, als ob dort ein anderes Ich von ihm stehen würde, aber auf einer Erde, wo die Schwerkraft umgedreht wurde. Hatte sich die Wand, die er um Sulunna gestellt hatte und die durch die Trompeten der Bruderschaft zerstört worden war, plötzlich hier, nach zwei Tagen, rematerialisiert, um sich um ihre

Mitte, ihn, zu legen, um ihn in einen gläsernen Käfig einzusperren?

Er schaute sich um und starrte die Wand an, die kaum einen Fuß von ihm entfernt dastand. Er hatte das Gefühl, daß ihn nicht mehr die steinerne Wand des Treppenhauses umgab, sondern Glaswände, so daß sein Abbild auf die reflektierenden Wände projiziert wurde und sich alle diese Selbsts umdrehten und ihn anschauten. Es gab eine Unvollkommenheit bei seinem endlos wiederholten Blick auf sich selbst. Das Spiegelbild seines Gesichtes im Glas stand zwischen ihm und einem vollständigen Blick auf alle Spiegelbilder, die dahinter lagen. Je weiter sie abrückten, immer mehr Stücke von seinen ›Selbsts‹, desto undeutlicher und verdeckter wurden sie.

Er hockte sich zum zweiten Mal auf die Treppenstufen und verhüllte seine Augen.

Fenster und Dissonanzen

TEIL 3

Bewegungslos, du bist allein.

PAUL ELUARD

Der hohe Gerichtshof von Sulunna. Zwischen jedem Paar der vierzig Spitzbogenfenster hing ein königliches Banner. Auf jedem war ein weißes, springendes Roß auf einem grünen Feld mit scharlachroten Blumen abgebildet – oder waren es Blutstropfen? Die Hälfte dieser Banner hatte weiße Fransen, als Zeichen der Gnade, die andere Hälfte schwarze Fransen, als Zeichen der Rache. Der Baldachin über dem Thron des Richters war mit vergoldeten Äxten und Silberkelchen verziert. Rechts von diesem Thron stand noch ein erhöhter Thron, ganz in Gold und Scharlach gekleidet, eigens für diese Gelegenheit aufgestellt, da der König natürlich ein persönliches Interesse an dieser Gerichtsverhandlung hatte. Rechts von diesem zweiten stand noch ein dritter Thron, allerdings nicht so erhöht, sondern etwas niedriger. Durch das Fenster links vom Hochsitz des Richters konnte man die Umrisse vom Varadhura sehen. Dieser Anblick bescherte dem Mann auf der Anklagebank unangenehme Erinnerungen, da er die letzten zwei Monate in diesem Gefängnis zugebracht hatte. Unter diesem Fenster saßen die zehn Geschworenen, wie es die Tradition in Tethesta vorschrieb.

Zwischen dem Angeklagten und dem Thron des Richters hatten der Anklagevertreter und der Verteidiger ihren Platz, zudem war dort der Stand, in den jede Seite Zeugen laden konnte. Aus den Reihen des Publikums, die den Hauptplatz im Gerichtssaal einnahmen, kam aufgeregtes Gemurmel. Sie waren dicht besetzt. Von der Straße drang ohrenbetäubendes Geschrei herein, da noch andere ihren Weg hier hinein erzwingen wollten und ihre Enttäuschung hinausschrien, weil man sie nicht hereinließ. Bald hörte das Stimmengewirr von selbst auf, als man nämlich die schweren Eichentüren dreißig Schritt hinter dem Angeklagten mit einem Knall zuschlug.

Durch die Ostfenster schien die Sonne herein, wie es die Gerichtsordnung vorschrieb, so daß auf dem Boden des Saales von links nach rechts helle und dunkle Streifen zu sehen waren, wie die Gitterstäbe in einem Gefängnis des Verstandes oder wie eine Folge von Räumen und Interräumen. Die Menge stand auf, als Gavilan eintrat. Er trug die schwarz-weiße Robe des Obersten Richters von Tethesta und schritt zum Thron, wobei er den Angeklagten ansah. Er bemühte sich, jede Gefühlsregung aus seinem Gesicht zu verbannen. Doch dadurch zeigte er den Grundschnitt um so deutlicher: schmal, lang und mit dem Stempel biereifriger Gewandtheit. (Ich habe ihn anfangs für einen Kaufmann gehalten, dachte Lithran, bis er mir sagte, daß er vor Kosmion Rechtsanwalt war.)

Ein kurzer Fanfarenstoß ertönte rechts vom Richtertisch. Lithran erkannte einen oder zwei seiner eigenen Männer unter den Bläsern. Dann wandten sich seine Augen der Privattür des Königs zu – die Tür war eigens für diese Gelegenheit herausgebrochen worden. Kyran kam herein. Er trug statt seiner Hofkleidung nur einfaches Schwarz, dazu als Zeichen seiner Majestät seine goldenen Ringe und die reich verzierte Degenscheide an der Seite. Er nahm auf seinem Thron Platz, der vier Fuß höher als der der Prinzessin Talisman zu seiner Linken stand. Sie hatte ein goldenes Gewand an, eine Kopie von dem, das sie bei ihrer Flucht in den Werewald getragen hatte. Lithran hatte für sie diesen Ersatz in Pyrgoma anfertigen lassen, nachdem die Stadt im vorigen Winter gefallen war. Eine goldene Insektenlarve steckte in ihrem Haar, genauso gewunden wie die in ihrem Amulett. Lithran konnte ihr Gesicht und den Ausdruck darauf nicht sehen, weil es hinter einem gemusterten Schleier verborgen war.

Der Vertreter der Anklage erhob sich und räusperte sich mit großer Umständlichkeit, wobei er den Angeklagten absichtlich (wie es schien) keines Blickes würdigte.

»Lithran su-Vannin, Lehnsherr von Ithyska, an diesem letzten Tag Eurer Verhandlung will ich die Anklagepunkte gegen Euch noch einmal zusammenfassen und Euch auffordern, mit Eurer eigenen Stimme darauf zu antworten, ehe wir auf die Abstimmung Eurer Standesgenossen, die hier versammelt sind, zurückgreifen.

Ihr seid angeklagt der Verbrechen, begangen gegen Seine Majestät den König und damit gegen die Sicherheit und das Glück dieses Reiches und aller seiner Untertanen. Sollten sich diese Anklagen als gerechtfertigt herausstellen, habt Ihr Euer Leben verwirkt. Ohne die Achtung für die Autorität, die dem Monarchen verliehen ist, stirbt jede Ordnung und das Wohlergehen liegt in der Willkür einzelner Parteien, Bürgerbewegungen und führt zu allgemeinem Chaos. Es folgen die Punkte der Anklage: Erstens, daß Ihr auf gemeine Art Euch an den Stadttoren von Sulunna verschworen habt, als die Stadt von den königlichen Truppen belagert wurde, indem Ihr einen Meuchelmörder, verkleidet in der Uniform des Thronräubers, gedungen habt, dem König nach dem geheiligten Leben zu trachten. Was habt Ihr dazu zu sagen?«

Zuerst sprach Lithran so leise, daß er gebeten werden mußte, lauter zu reden. Schließlich sagte er: »Ich bekenne mich nicht schuldig. Es gibt keinen anderen Beweis als das Wort dieses Mannes, das mich mit dem Verbrechen in Verbindung bringt. Außerdem ist es nicht sicher, ob der Mann nicht zur Zeit seines Mordversuchs ein Wächter war.« Darauf schwieg er und zwang sich, nicht in Talismans Richtung zu schauen.

»Das Gericht hat aber vom Soldaten Gwalion vernommen, daß Ihr Euch am Morgen des Attentats überrascht erkundigt habt, wie man den Mann denn gefunden habe. Ihr drücktet auch Eure Besorgnis über seine Verwundung aus. Ihr wart auch darüber besorgt, daß der Mann noch lebte. So verhält sich kein Unschuldiger.«

»Ich habe diese Worte wirklich gesprochen, aber mit anderer Absicht. Ich habe keineswegs meiner Besorgnis Ausdruck gegeben, sondern nachgeforscht, ob der Mann wirklich ein Wächter war oder nicht.«

»Ihr klagt Euch selbst an«, sagte der Ankläger. »Denn jetzt äußert Ihr Zweifel, daß der Mann ein Wächter war. Wir haben bewiesen, daß seine Wunde viel zu leicht war, als daß der böse Geist von ihm gewichen wäre. Er kann also nicht besessen gewesen sein. Außerdem haben ihn sechs Leute aus Eurem Lager wiedererkannt, die ihn schon mehrmals vorher dort gesehen haben.«

Lithran sagte: »Das allein beweist doch, daß ich den Mann nicht geschickt habe. Es wäre doch einfach idiotisch, einen Mann von meinen eigenen Anhängern dafür zu nehmen.«

»Und wer hat ihn dann geschickt?« fragte der Ankläger triumphierend.

Lithran wartete, bis alles ruhig war. Dann sprach er, so laut er konnte: »Der König! Um mich in Verruf zu bringen und zu verraten... oder jeden anderen, den er gerne zerstören wollte. Der Mann war gekauft, die Anklage nur Schein, ein Pfeil, den man in Ruhe jederzeit abschießen konnte.«

Als das Unglück über Lithran hereingebrochen war und man Lithrans schwache Stelle entdeckte, war es nicht Leuth gewesen, der sie aufdeckte, sondern sein Bundesgenosse Kyran. Ob es der richtige Augenblick war, an diesem letzten Verhandlungstag seine Meinung zu äußern, wußte Lithran auch nicht.

Im Saal entstand um ihn herum Unruhe, die schnell zu lauter Empörung wurde. Es dauerte mehrere Minuten, bis Gavilan mit seinem Hammer die Ruhe wieder herstellen konnte.

»Diese Unterstellung ist absurd«, sagte der Richter, als ob er sich persönlich verteidigen müßte. »Daß Seine Majestät der König konspiriert, der das Gesetz verkörpert und die Gerechtigkeit garantiert gegen die Wahrheit... Fahrt mit dem zweiten Punkt der Anklage fort!«

»Zweitens, daß Ihr bei der Einnahme des Kelwaruna den Thronräuber Leuth su-Volsus gemeinerweise weggezaubert habt. Man weiß, daß er die Wendeltreppe im Zentrum des Palastes hinunterstieg, um sich in den Tiefen der Pyramide zu verstecken. Trotz wiederholter Suche seitens der königlichen Truppen wurde er nie gefunden. Seit jenem Tag hat ihn niemand mehr gesehen. Ihr aber wurdet erkannt, wie Ihr Euren Männern befohlen habt, die Spindel der Treppe mit Hämmern einzuschlagen, ja Ihr habt sogar selbst Hand angelegt, so daß das Treppenhaus einstürzte. Was habt Ihr dazu zu sagen?«

»Diese Anklage ist reiner Unsinn«, sagte Lithran deutlich. »Der Angriff auf die Treppe kam aus einem Wutanfall über Leuths Verschwinden. Er hatte aber auch einen praktischen Zweck, nämlich dem Schafdieb ein Grab zu schaffen, damit er unter den Ruinen seines eigenen Treppenhauses begraben werde und niemals wieder heraufkommen könne, um bei uns zu spuken. Außerdem enthielt dieses Treppenhaus die Verliese und Folterwerkzeuge Kosmions. Ist es nicht gut für den Frieden im Königreich, daß sie auf immer im Dunkel begraben sind?«

Der Vertreter der Anklage fragte weiter. »Wie erklärt Ihr aber das Verschwinden des Thronräubers? Es ist auch äußerst verdächtig, daß Ihr auf die Anklage wegen Zauberei nicht antwortet. Ihr habt zugegeben, der Sohn eines Hierak zu sein. Wie könntet Ihr denn sonst Leuth su-Volsus besiegt haben?«

»Sehe ich wie ein Zauberer aus?« fragte Lithran und hob seine gefesselten Hände in die Höhe. »Es ist allen bekannt und auch bei der Beweisaufnahme festgestellt worden, daß ich über keinerlei Zauberkraft verfüge. Ich bin aber froh, daß Ihr erkennt, daß ich – und Theorval – es waren, die den Tyrannen besiegten.«

»Und das Verschwinden des Zauberers?«

»Wer weiß? Eine Vermutung ist noch kein Beweis. Ich glaube, daß sich Leuth am Schluß selbst eingeschlossen hat – mit oder ohne Absicht – in einen Raum, der ein Paradoxon war, und der deshalb in dieser Welt und dieser Zeit nicht existieren kann. In dem Augenblick hörte er auf, irgendwo zu sein, wie immer man das verstehen mag. Es ist eine Form von Gerechtigkeit, die in diesem Gerichtshof nicht praktiziert wird. Es ist die poetische Variante.«

»Aber wie könnt Ihr sicher sein, daß er nicht mehr auf der Welt ist?«

»Nun, das ist wenigstens so klar wie das Sonnenlicht! Wir wissen, daß die Wächter in dem Augenblick, als wir ihn am Fuß der Treppe verloren, überall, im entfernten Delvendal, in Stilna, Adhramat oder im Kelwaruna selbst aufgaben und ihre Schwerter niederlegten... oder anfingen, blindlings sich im Kreise zu drehen, als ob sie die Welt ohne den Verstand ihres Herrn und Meisters nicht mehr verstehen könnten. Der Beweis für den Tod des Zauberers ist das Verschwinden seiner Macht.«

»Drittens, daß Ihr königliches Eigentum mißbraucht, geraubt

und vernichtet habt, indem Ihr die innere Treppe des Palastes zerstört habt.«

»Darauf habe ich bereits geantwortet«, sagte Lithran.

»Dann mißtraut Ihr Seiner Majestät so sehr, daß Ihr seine Verliese zerstören wolltet?«

Lithran antwortete nicht, und die Frage hing schwer im Saal. Dem Ankläger schien selbst bei der Wiederholung der Frage nicht ganz wohl zu sein. Dann sagte Lithran: »Das müssen die Geschworenen entscheiden, ob ich weise gehandelt habe. Sie sind freie Männer und haben ein Gewissen. Und wem haben sie das zu verdanken?«

Im Gerichtssaal herrschte Schweigen. In der Sprache von Tethesta ist das Wort für ›Gewissen‹ und ›Bewußtsein‹ dasselbe: *kwitis*. Aus den Reihen des Publikums stieg Gemurmel auf. Kyran beugte sich zu Talisman und flüsterte ihr etwas zu. Als das Murmeln anschwoll, mußte Gavilan zum zweiten Mal aufspringen und mit dem Hammer auf den Tisch schlagen und um Ruhe bitten. Allmählich wurde die Ordnung wieder hergestellt.

Der Ankläger kam auf Punkt vier zu sprechen. »Viertens habt Ihr eine Verschwörung gegen Seine Majestät, den König, angezettelt und bei einem Teil seiner Armee Unterstützung gesucht, um einer gerechten Verhandlung und Untersuchung Eurer Missetaten zu entgehen.«

Als Lithran vor zwei Monaten zum Lehnsherrn ernannt und am selben Tag gefangengenommen wurde und in das Gefängnis in der Torwache von Sulunna, Varadhura genannt, gebracht wurde, hatten ihm Angehörige seiner Armee Nachrichten zugesteckt. Er nahm an, daß es Essor und Methven waren. Diese Nachrichten waren als Beweise vorgebracht worden. Man hatte sie furchtbar aufgebauscht, wie auch seine Antworten. Aber würden die Geschworenen an ihre Echtheit glauben? Lithran hatte es sich ausgerechnet. Große Teile seiner Armee hingen mehr an Gavilan als an ihm. Was Theorval betraf, das war ein Mann wie eine Eiche, lauter Kraft und keine Phantasie. Er beugte sich im Wind, wie es ein kluger Baum auch tun sollte; und er war sicher durch königliches Gold und Rang gekauft. Man hatte Lithran klar dargelegt, daß er eine Geisel für das gute Benehmen seiner Männer war. Wenn sie sich empörten, würde er sterben. Und was hätte das ihm oder ihnen genutzt? Noch ein Bürgerkrieg? Eine Rebellion würde nur die Unzulänglichkeit seiner Streitkräfte beweisen. Nein, er würde sich unterwerfen und auf die Redlichkeit der Geschworenen vertrauen. Auch unter Kosmion hatte es Gerichtsverhandlungen gegeben, aber damals waren die Geschworenen immer ›das Volk‹, das heißt, Wächter, in denen Leuth wohnte. Hier wenigstens saßen richtige Männer. Manche waren sicher gekauft, manche aber mächtig genug, um unabhängig zu sein; vielleicht waren sie sogar ehrlich. Wenn er aber in die Gesichter schaute, war er sich nicht mehr sicher. Fünf von ihnen waren Emigrés, die mit Kyran zurückgekehrt waren. Von den anderen sagte man zumindest von Subirian, daß er ein ehrlicher Mann sei... Methven kannte er. Aber was konnte er von Theorval erwarten?

Der Schein sprach auch gegen Talisman. Er hatte gehört – und der Thron an Kyrans Seite bewies es –, daß sie mit dem König verlobt sei. Trotzdem hatte sie ihm Zeichen ihrer Liebe geschickt, wenn diese auch zweideutig waren und dazu dienen konnten, seinen Verdacht zu zerstreuen, so wie das Kleid, das sie heute trug, und die Spange in ihrem Haar. Sie hatte ihm mündlich durch den Diener, der ihm sein Essen brachte, Zusicherungen ihrer Liebe übermitteln lassen. Ein Brief wäre zu gefährlich gewesen. Er könnte in falsche Hände fallen. Nein, sagte er sich fest entschlossen, er wollte ihr vertrauen – und ihrem Einfluß auf die Geschworenen... Hatte er nicht nach seiner Befreiung von Leuth durch sie, damals im Nebel bei Pharanx, gelernt, die bösen Stimmen seiner Phantasie zu verscheuchen? Diese Dämonen, die einen in eine Welt von isolierter Selbstsucht zu locken versuchten, in der man von den anderen alles Schlechte annahm, weil es einem so gut paßte? Er mußte ihr vertrauen, wenn es ihm auch in diesem Einzelgefängnis schwerfiel. Mußte das nicht jeder – trotz der Trennung – glauben? Er war sicher, darauf beharrte er sich selbst gegenüber, daß er die Symbole, die sie ihm geschickt hatte, richtig verstand.

Um die Wahrheit zu sagen, er war müde und wäre am liebsten wieder ein Musikant gewesen. *Das* war eine Welt, in der man einfach man selbst sein konnte und sich nur auf sich selbst verlassen mußte. Nur zufällig war er zum Befreier geworden. In der Haft im Varadhura war er wieder in seine Unzulänglichkeiten eingesperrt, denen er entrinnen wollte. Im Krieg war richtig und falsch leicht zu erkennen gewesen. Er hatte auch gern und erfolgreich gekämpft. Als aber gegen Ende seine Gefühle nicht mehr eindeutig waren und er zwischen Haß auf Kosmion und Mißtrauen gegen Kyran hin- und hergerissen wurde, hatte er sechs Stunden zu lang gewartet. Das hatte Kyran gereicht, um seine Falle zu stellen und zuschnappen zu lassen.

Lithran kehrte wieder in die Gegenwart zurück und schaute zu Talisman hinüber. Seine Entschlossenheit geriet einen Augenblick lang ins Wanken, und er überlegte, ob sie ihn nicht doch verraten hatte. Da saß sie auf ihrem goldenen Thron ... Das Amulett, das sie ihm gegeben hatte, war nur eine goldene Kette mit einer leeren Öse, das Richtige für eine Frau, eine reiche Frau. Vertrauen war für immer von Kosmion aus dieser Welt gerissen worden, wie das Amulett von Talismans Brust gerissen worden war. Kein gutes Bauernleder. Keine Libelle im Flug. Kein Talisman. Keine Talisman.

Das jetzige Schweigen war anders als die früheren – es dauerte zu lang. Wenn er auch bisher seine Verteidigung mit einer gewissen Sicherheit vorgebracht hatte, so war sein Versagen, auf die vierte Frage zu antworten, vernichtend.

Da saß Talisman, vier Fuß unterhalb von Kyran. Sie hielt ein Taschentuch – eine neue Erfindung, die bis jetzt nur vom Adel aufgegriffen worden war – und weinte offensichtlich hinein. Ihre schwarzen Haare und der weiße Schleier entsprachen den Farben im Gerichtssaal. Kyran betrachtete sie mit Besorgnis. Seine Hand hing zwei Fuß über ihrer Schulter in der Luft. Wenn er nicht von seinem Thron herabstieg, konnte er sie nicht berühren.

Lithran schrie – zu spät – durch den Saal: »Man ist an mich herangetreten. Ich habe aber das Ansinnen abgelehnt.«

»Sagt mir«, fragte der Ankläger, »richtet sich Eure Loyalität gegen den König oder gegen gewisse private Freundschaften?«

Obwohl Lithran die Falle sah, konnte er ihr nicht entgehen. Die

Enge der Bank und die Begrenzung des Gerichtssaales bestimmten seine Antworten. »Gegen den König.« Dabei gehörte seine Treue nicht Kyran, nicht Tethesta, was immer das sein mochte, sondern den Tethestanern.

»Im Namen der Loyalität«, sagte der Ankläger und mahnte mit erhobenem Zeigefinger, »nennt uns jetzt und hier die Namen der Freunde, die Euch zu einer Rebellion überreden wollten.«

Die Geste war peinlich. Der Finger des Mannes schien in die linke obere Ecke der Angeklagtenbank zu zeigen, wo Lithran stand, als ob dort eine Liste mit Namen oder Blutflecken angebracht sei. Lithran hatte den Eindruck, als bohrte der Mann durch die Holztäfelung in die Wache hinein, die geduldig neben ihm wartete. Für die Geschworenen sah es so aus, als stelle er einem Stück Holz die Frage. Manche dachten, er zeige einfach in die Luft.

»Sie haben ihre Namen nicht genannt«, sagte Lithran. »Ich kenne sie nicht.«

Da der Ankläger seine Aussage in diesem Punkt nicht erschüttern konnte, ging er zur nächsten Anklage über.

»Fünftens habt Ihr in böser Absicht die Bibliothek des Thronräubers zerstört, den kleinen Raum in der Spitze der Pyramide. Ihr habt die Bücher ins Feuer geworfen, so daß die Weisheit der Erzpriester in Flammen aufging. Auch dies war ein Raub an königlichem Eigentum. Vom Verlust kostbaren alten Kulturguts gar nicht zu sprechen.«

Lithran beugte sich über das Geländer des Zeugenstands und sprach so leise, daß alle genau hinhören mußten: »Seid dankbar, daß diese Geheimnisse verbrannt werden konnten. Wer weiß, vielleicht wird uns eines Tages die Welt ein Übel anbieten, das nicht so leicht zu zerstören ist.«

»Sechstens«, sagte der Ankläger.

»Ich bin noch nicht fertig«, sagte Lithran.

»Ihr habt nicht mehr das Wort«, sagte der Ankläger. »Sechstens...«

Lithran erhob seine Stimme und übertönte den Ankläger, aber der Lärm im Gerichtssaal war so groß, daß seine Worte darin untergingen.

Ein gerechtes Verfahren.

Zeit zugestehen, um Fehler zu berichtigen. Das Gesetz ist in der Mitte. Der Punkt, wo sich Macht und Moral treffen. Moral erstreckt sich auf eine Seite, Macht auf die andere (nur weiter).

Das waren Lithrans Gedanken, als er an diesem Abend wieder in seine steinernen Wände zurückgebracht und eingeschlossen wurde. Dabei hatte man ihm allerlei Komfort zugestanden: eine Kithra und eine Fidel – wahre Meisterstücke der Handwerkskunst –, das Recht (was er aber abgelehnt hatte), aus dem teuersten Bordell der Stadt Kurtisanen kommen zu lassen, und Essen nach seiner Wahl, das in der Küche des Königs zubereitet wurde.

Sein Leben war – selbst wenn er es durch irgendeinen unglücklichen Umstand morgen verlieren sollte – ein Erfolg. Er hatte Kosmion vernichtet. Er hatte Kosmions Bücher vernichtet und damit Kyran zu etwas gemacht, was er vielleicht nicht sein wollte: ein Herrscher, der nur deshalb besser als Kosmion war, weil er schwächer war, und dem Druck der mächtigen Städte, der Lehnsherren, der Kaufleute, der Geschworenen, den Gesetzen, seinem Kronrat und der Volksversammlung ausgeliefert war. Erstaunlicherweise war das Recht trotz der Verdrehung der Beweise gewahrt geblieben. Das Urteil der Geschworenen war unentschieden ausgegangen: Fünf hatten für den König, fünf für Lithran gestimmt. Gavilan war aufgrund alter Sitte (und auch durch den moralischen Druck des Publikums im Gerichtssaal) gezwungen gewesen, das Urteil zu fällen, das das Gesetz in diesem Fall vorsah: Bei einem Patt lautet die Strafe Verbannung.

Kyran hatte ihn in den Lehnsstand erhoben, um ihm für seine Dienste zu danken, ehe er ihn aus Selbstschutz niedermachte. *Lehnsherr* war ein Zauberwort, das die Leute beruhigen würde. Ja, würden sie sagen, er ist belohnt worden. Um so schlimmer für ihn, wenn er als Verräter überführt wurde. Außerdem war damit auch gesichert, daß seine Gefährten auch Lehnsherren waren – also Leute, reich genug, um das Königreich zu verlassen, die die Armen verachteten, die im Hintergrund geblieben waren und die die eigentliche Arbeit im Kampf gegen Kosmion geleistet hatten. Aber Kyran hatte sich verrechnet. Talisman hielt ihr Versprechen. Das Kleid, das sie bei der Verhandlung getragen hatte, hatte es bewiesen. Die Geschworenen waren ehrliche, aufrechte Männer gewesen.

Was hatte sie dafür bezahlt, daß die Karten nicht gezinkt waren – jedenfalls nicht zu sehr?

Die Riegel an der Tür wurden zurückgeschoben. Ein Diener in Livree kam herein. Die Tür schwang hinter ihm gerade so weit auf, daß Lithran die beiden Wachen sehen konnte, die draußen auf ihre Piken gelehnt standen. Glauben die etwa, ich will fliehen? dachte er. Gavilan sagte, daß die Vorbereitungen für meine Abreise zur Grenze etwa in fünf Tagen beendet sein würden und dann...

Mißtrauen, hatte Talisman gesagt.

Der Diener stellte das Tablett – es war aus Gold und mit dampfenden Speisen beladen – auf den Tisch. Schnell und gekonnt entkorkte er die Flasche Wein aus Pyrgoma. Dann drehte er sich um und schaute, ob Lithran ihn dabei beobachtete. Mit einem Finger holte er unauffällig die Ecke von etwas Weißem unter dem Suppenteller hervor. Lithran stand auf, ging zum Tisch, wobei er der Tür den Rücken zuwandte, um seine Bewegungen zu verbergen, nahm den Brief und verbarg ihn in seiner Tunika. Erst jetzt fiel der Diener auf die Knie und küßte ihm die Hand. Dann ging er.

Lithran war über diese Überschwenglichkeit erstaunt – der Mann begnügte sich sonst mit einer Verbeugung. Er wartete, bis die Riegel wieder vorgelegt waren, dann öffnete er den Brief. Zwei Worte standen darin: *Píbenec, ménthenec* – nicht kosten, nicht essen!

Lithran prallte vom Tisch zurück, als habe ihn etwas gestochen. Er nahm die Deckel von den dampfenden Gerichten und betrachtete sie mißtrauisch. Dem Augenschein nach war alles in Ordnung, aber sein Hunger war auf wunderbare Weise verschwunden. Vorsichtig häufte er alles auf das goldene Tablett und stieg die kleine Treppe zur Toilette hinunter, wo er alles ausschüttete,

Wein, Suppe, Fleisch, Obst, alles. Dann stieg er wieder zu seinem Zimmer hinauf und dachte: Fünf Tage hungern, wenn Kyran mich so lange leben läßt.

Er setzte sich und dachte nach. Es wäre als Unfall oder Krankheit hingestellt worden. Er hatte gedacht, er sei begnadigt worden, aber der König würde ihm nicht erlauben, zu leben. Selbst wenn er nichts aß, ein Messer im Schlaf – irgendwann mußte er ja einmal schlafen... Aber jemand hielt seine schützende Hand über ihn, und dieser jemand war Talisman, das glaubte er fest. Es könnte natürlich auch Methven oder ein anderer seiner Anführer gewesen sein, vielleicht sogar Theorval, den er womöglich falsch eingeschätzt hatte. Talisman hatte doch ihren Verrat besiegelt, als sie während der Verhandlung neben Kyran auf dem Thron der Königin gesessen hatte...

Zu diesem Zeitpunkt überfielen ihn widerliche Vorstellungen. Er sah Talisman braun und warm, sich schlängelnd und atemlos in einem Bett, aber nicht in seinem, mit einem Mann, aber nicht mit ihm. Er saß in einer schwarzen Glasschale gefangen, die sich langsam verengte, während er gegen die Wände hämmerte, schrie und tobte, aber kein Ton kam über seine Lippen. Und draußen sah er Talisman sich nackt ekstatischem Vergnügen hingeben, merkwürdigerweise aber gleichzeitig mit dem goldenen Gewand gekleidet.

Die Schüssel, in der er stand, zog sich immer mehr zusammen; die Luft wurde knapp, so daß er würgte und beinahe an seinem eigenen ausgestoßenen Atem erstickte. Gleichzeitig sah er, wie Talisman nach Kyrans Ring griff und ihn sich über den Finger streifte. Sogleich begann der Ring auch enger zu werden, wie die Schüssel, in der er gefangensaß. Aus ihrem Finger spritzte Blut.

Es war logisch. Sie vereinigte ihren Besitz in Westramond mit Kyrans Königreich in Tethesta und schaffte damit einen sicheren Schutz, ja eine Bedrohung gegen Sebast, ihren Vetter, den sie haßte. Ihr gehörte (wie sie ihm erzählt hatte) fast die Hälfte von Westramond. Politisch gesehen war das eine ausgezeichnete Lösung!

Diese bedrückende Vorstellung brachte ihn wieder etwas auf den Boden der Tatsachen zurück. Das war seine alte Schwäche, dieses Selbstmitleid. Wenn er sich in Gedanken immer nur mit sich selbst beschäftigte, war es wirklich, als wäre er in einem finsteren Glas eingeschlossen – Zerrspiegelgalerie eines Solipsisten. Da alle seine Gefühlsschwingungen mit Talisman zu tun hatten, konnte ihm ihr Bild ebensoleicht Dunkelheit wie auch Licht ausstrahlen. Sie war es, die die Nachricht geschickt hatte und ihm damit das Leben gerettet hatte.

Um in sich selbst die Bestätigung dafür zu finden, holte er die Kithra aus der Nische neben dem Fenster. Musik konnte vielleicht Ordnung in seine Gefühle bringen, denn Gefühllosigkeit konnte man nicht erzwingen. Seine Finger erforschten und liebkosten das Instrument, als wolle er es etwas fragen.

Bei der ersten Berührung klagten und flehten die Saiten inständig. Aber auch das schien schon Trost zu bringen. Er dachte an die Zeichen, die sie ihm geschickt hatte: eine Zeichnung des Amuletts, dann die eines Mannes mit Flügeln und als dritte die einer Libelle, die aus ihrer Larve schlüpft und frei davonfliegt. Die Musik wechselte die Tonart wie von selbst. Er verzog halb hoffnungsvoll, halb verstört das Gesicht, als die ›schwarze Note‹ aus dem Klangkörper ertönte.

Vor dem Fenster war es vollkommen dunkel. Das Fenster erschien nur als schwarze, trotzdem leuchtende Fläche. Es war eine Fortsetzung der Wände, die sich in der Oberfläche unterschied, von der sein Gesicht und die Musik reflektiert wurden. Sie war kein besonders gutes Publikum, da sie wie gewöhnliches Glas leidenschaftslos und unansprechbar blieb. Man mußte ein Gesicht an dem Fenster erscheinen lassen – ein sehendes und fühlendes anderes Wesen, das erstaunt, gerührt, in Tränen sein würde, wie es Davanna einst war – doch dieser Gedanke war zu schmerzlich für ihn. Statt dessen konnte er nur sich selbst im Fenster sehen. Er schob seinen Stuhl ein Stückchen beiseite, so daß sein Spiegelbild nicht mehr zu erkennen war. Kaum hatte er sich wieder gesetzt, um weiterzuspielen, als ihn schreckliche Angst befiel. Er erinnerte sich an die erste Begegnung mit Kosmions Wand im Wald über Delvendal, wie sein Fetch plötzlich vom Spiegel verschwunden war. Ein Zeichen des Todes, seines Todes. Die Finger erstarrten über den Saiten. Als der unterbrochene Akkord verstummte, hörte er deutlich hinter sich an der Fensterscheibe ein Kratzen, als ob jemand seine Klauen dort schärfte.

Lithran schaute sich schnell um. Er nahm sich nicht die Zeit, zu überlegen, daß es eigentlich wahrscheinlicher war, daß der Mörder durch die Tür kommen würde. Er griff in den Kamin und nahm den schweren, metallenen Schürhaken fest in die Hand. Ehe er sich neben dem Fenster aufstellen konnte, wo ihn niemand von draußen sehen konnte, brach die ganze Scheibe krachend wie ein Gewitter herein.

Essors Gesicht, mit Helm, schaute herein.

»*Gwem!*« sagte er nur. »Komm!«

Es war Spätsommer auf den bewaldeten Abhängen über Delvendal. Ein Mann und eine Frau ritten zusammen durch die Bäume und fragten sich, ob sie auch, wie ihre Doppelgänger im Vorjahr, sich selbst begegnen würden. Die Luft unter dem Blätterbaldachin war warm und grün. Die Pferde scheuchten mit gekonntem Schwung ihrer Schwänze die Fliegen von ihren Flanken. Von Zeit zu Zeit sahen sie links die dicht belaubten Hänge, die zur engen Schlucht hinunterführten, in der der Fluß dahinrauschte. Sie glichen den Wogen eines langsamen, grünen Meeres auf einem Planeten, der von Riesen bewohnt wurde. Ganz langsame Wogen, die Millionen von Jahren brauchen würden, um sich zu kräuseln, zu überschlagen und wieder geglättet an ein leeres Gestade zu laufen.

Im Gegensatz zu ihren Vorgängern waren diese beiden nicht allein, da ihre hohe Stellung eine Leibgarde erforderlich machte. Der beständige Tritt einer endlosen Reihe von Pferden begleitete sie. Am Sattel des Packpferdes vor ihnen hingen eine Fidel und eine Kithra und dazu noch ein flacher, ovaler Gegenstand, der golden aufblitzte, als die Sonne auf die eingerissenen Ecken der Leinwand fiel, in die er gewickelt war.

Talisman deutete auf den Gegenstand. »Warum denn das? Die Instrumente kann ich ja verstehen. Aber warum das Tablett?«

Lithran zuckte mit den Schultern. »Das kann ich nicht erklären. Eine Beleidigung gegen Kyran – eine Beleidigung in Form eines Diebstahls. Aber ich glaube, da ist noch mehr als das.«

»Na ja, so viel schuldet er dir wenigstens. Aber wenn es ein Pfand ist – für etwas, das du nicht weißt –, hast du wenigstens die Bedeutung der Zeichen verstanden, die *ich* dir geschickt habe?«

»Natürlich«, sagte Lithran und verheimlichte ihr die Alpträume, die ihn gequält hatten. Der isolierte Verstand erzeugt Hirngespinste, so wie ein Ofen Flammen ausstößt. Es ist eine Bedingung für die Wirklichkeit anderer, daß wir nicht in ihren Verstand sehen können. Die üppigen Schrecken seiner Fantasie durften nicht als Vorwurf gegen sie verwendet werden. »Der Flügelmann von Akmendrú – die Libelle... Ist dein Talisman schon ausgeschlüpft?« Sie zeigte ihm das Amulett und lächelte. »Nein, aber wenn, dann hättest du behauptet, daß er nicht derselbe ist.«

»Ich habe mir... alle möglichen Dinge eingebildet. Daß du irgendeiner Erpressung Kyrans zum Opfer gefallen bist...«

»Natürlich. Ich war der Preis. Ich sollte für dein Leben bezahlen; aber er hat mich dabei betrogen, wie du weißt. Ich hoffe, du bist mit mir nicht allzu unzufrieden. Ich habe dir tausendmal geschrieben, aber die Briefe immer wieder verbrannt. Selbst einem ergebenen Diener hätte man vielleicht die Kehle durchgeschnitten. Und was hätte es geholfen, wenn die Nachricht in Kyrans Hände gefallen wäre? Nein, als der König an mich herantrat... wie hat er gesagt? Mit Berechnung. Zuerst machte er mir wegen meiner Schönheit Komplimente, dann wegen meiner Abstammung und dann wegen meiner Intelligenz, meines staatsmännischen Geschicks und schließlich am meisten und aufrichtigsten wegen meiner Länder und Titel. Ich segne meine eigene heuchlerische Voraussicht, denn ich sprach zu ihm als letzte und konnte den Ablauf der Dinge noch ändern. Theorval, Methven, Subirian, ehrliche Männer unter den Geschworenen. Ich brauchte vor allem etwas Zeit und freie Hand, damit ich deine Flucht vorbereiten konnte ...«

Sie fügte nachdenklich hinzu: »Es war schon merkwürdig, auch aufregend, Treue und Verrat gleichzeitig zu betreiben, wie zwei Melodien auf derselben Saite.«

Als Lithran sie so fröhlich und beschwingt neben sich sah und ihre Freude an seiner Gesellschaft ganz offenkundig war, da konnte er es nicht fassen, daß er je an ihr gezweifelt hatte. »Ich kann mir nicht vorstellen, warum du mich liebst!«

»So schnell fängst du mich nicht! Ich werde dir die Gründe nicht nennen. Ich möchte dir etwas anderes sagen. Du verstehst das Kriegshandwerk meisterlich. Ich habe den Verrat fast zu spät ausgeführt. Wir haben beide Fehler gemacht. Ich hätte handeln sollen, als ich *wußte*, daß ich handeln sollte.«

Er schüttelte den Kopf. »Strategie ist einfach. Ich bin erstaunt, daß mich die Leute dafür loben. Das ist wie der einzelne Ton, der Kosmions Wand zerbrach.«

Talisman schaute ihn erstaunt an. »*Andere* denken nicht so!«

»Im Gegenteil, schwierig sind die Situationen, wo nichts schwarz oder weiß ist. Sie sind mißtönend, führen aber im Gegensatz zu manchen Disharmonien zu keiner deutlichen Auflösung.«

Nachdenklich fügte er hinzu: »Ich habe dich für eine Tigerin gehalten, und du hast es mir auch bewiesen.«

Ihr Lächeln verschwand. »Nein, ich finde, ich bin eher eine Schlange. Mandelaugen und gespaltene Zunge. Wenn ich eine Tigerin wäre, hätte ich Kyran die Gurgel durchgebissen.«

»Ich wünschte, du hättest es getan! Ich wünschte, ich hätte! Aber es ist jetzt zu spät. Theorval – erst vor einer Woche – bat mich auf Knien, mein Schwert zu ziehen und den neuen König zu verjagen. Ich ziehe das Exil vor. Das Land hat genug vom Bürgerkrieg.«

Er dachte eine Weile nach und sagte dann: »Merkwürdig, ich glaube, diese Gerichtsverhandlung hat Kyran geschwächt. Wäre ich geflohen, hätten viele gesagt, ich sei ein Verräter. Aber jetzt haben sich seine Schwächen gezeigt.«

Links von ihnen wurde der Wald lichter, wo es steil zum Delving hinunterging. Der Weg machte eine Biegung nach links und führte eine Zeitlang an der Kante dieses Abgrundes entlang. Unter ihnen erstreckten sich grenzenlos üppig und grün die Wälder nach Süden und Westen. Delvendal sah man nicht mehr, nur sein winziger Ziggurat ragte über die Baumwipfel wie ein Leuchtturm, um anzuzeigen, wo sich das Dorf in seine Senke schmiegte. Lithran hielt an und schaute die Pyramide genau an. Schon lange hatte er sich von diesem Tabu freigemacht. Da stand sie. Die Steine des zerbrochenen Tempels standen wie Zähne in den Kiefern des Hügels. Er zeigte darauf.

»Wir, die neuen Gleichmacher... Ich verstehe jetzt, warum die Gleichmacher nicht alles abtrugen!«

Fragend schaute sie ihn an.

»Weil das Böse tiefschwarz ist, einfach und direkt. Welche Reinheit! Es ist der Weg der leichten Lösungen. Es hat eine Reichweite und einen Einfluß, den das Gute niemals erreichen kann. Es gibt ein makelloses Schwarz, aber niemals ein makelloses Weiß. Du kennst doch die kleinen Kreisel, mit denen die Kinder so viel Spaß haben – mit allen Farben des Regenbogens bemalt. Wenn man sie aber dreht, mischen sie sich zu einem Weiß, oder besser gesagt zu einem trüben Grau. Weiß ist eine Illusion des Auges, eine Verbindung aller Schattierungen menschlicher Erfahrung, aller aufeinanderprallender, ehrgeiziger Begierden verschiedener Männer und Frauen. Dem einen Ton – der ›schwarzen Note‹ – steht eine Dissonanz gegenüber. Eine vollkommene Harmonie kann man nicht erhoffen.«

»Du kannst die Menschen nicht wie die Saiten einer Fidel stimmen, Liebster.«

Sie ritten jetzt wieder in den Wald, und der Ziggurat war nicht mehr zu sehen. Einer aus der Leibwache hinter ihnen stimmte ein Lied an, und die anderen fielen ein. Es war ein Abschiedslied von Tethesta.

Kyran hatte nicht gewagt, die Flüchtlinge zu verfolgen. Seit Lithrans Flucht vor zwei Wochen waren sie geradewegs auf Theorvals Provinz im Norden zugeritten, die er auf königlichen

Beschluß als Lehen am Tage des Sieges erhalten hatte. Sie waren Tag und Nacht geritten, hatten oft die Pferde gewechselt und waren im Galopp an Reven und Asthorf, Oervik und Sastavik, das jetzt Eiren hieß, vorbeigesprengt. Das Land war verwüstet, durch das sie ritten. Die langen Jahre des Kampfes, die Fehden der Kriegsherren, die Unterdrückung durch Kosmion und die vielen Märsche Theorvals im Winterfeldzug hatten Spuren hinterlassen. Man sah kaum Vieh auf der Weide, da es großzügig von der einen oder anderen Armee abgeschlachtet worden war. Überall waren verlassene Dörfer, leere und zerstörte Gehöfte, Felder, die verbrannt oder verlassen waren, zu sehen. Die großen Ebenen zwischen Sulunna und Aelvik, einst grüne Weiden und goldene Getreidefelder, waren jetzt ein Durcheinander von Farben – blau, rot, malvenfarbig und orange, wo sich das Unkraut schulterhoch in den Feldern der erschlagenen Bauern hochrankte, als ob sich die Pflanzen zu einer Rebellion erhoben hätten und die ordentlichen Anlagen der Menschen mit einem riesigen, unordentlichen Garten, in allen Schattierungen der Trauer und der Freude überdecken wollten. In der Nähe von Asthorf wuchs ein junger Trieb aus den offenen Kiefern eines Gerippes, das ungestört am Wegesrand lag. Eine Füchsin und ihre Jungen wechselten gemütlich über die Straße, voll Verachtung für die Reiter, die im schnellen Trab auf sie zukamen. Aber diese neue Wildnis wurde schon wieder eingedämmt – Streifen von Weideland und breite, gerodete Wunden waren zu sehen. Ab und zu stieg Rauch aus dem Schornstein eines Bauernhauses auf der Leeseite eines Wäldchens auf. Ein schwarzer Gefangenenwagen stand auf einem Feld und davor ein Pferdegespann. Seitenwände und Dach waren entfernt, dafür war er mit reifen Maiskolben voll beladen. Statt vor dem Anblick der Reiter zu fliehen, hoben die Familien, die auf den Feldern ihre Ernte einbrachten, freundlich und furchtlos die Hand zum Gruße, als hätten sie nie vom Bürgerkrieg gehört. Räuber und Geister waren verbannt, Gesetz und Brauchtum waren wieder eingekehrt.

So stand es, als Lithran in Aelvik eintraf und von Theorval aufs liebenswürdigste begrüßt wurde. Er nahm seine Hand und zog ihn beiseite. Dann machte er dunkle Andeutungen über seine Rechte, über die Eifersucht des Königs und die Rechtsprechung. Lithran dachte an die Bauern und ihre Kinder. Wurde das Land wirklich so schlecht regiert? Frieden. Sie hatten auch ihre Rechte.

Dennoch schworen sie sich Freundschaft und weinten beim Abschied, ehe Lithran und Talisman den Waldweg nach Delvendal einschlugen.

Lithran hatte sich nach seinen Freunden erkundigt. Tukassa und ihre kleine Tochter hatten die Wirren überlebt, aber von Hedrin und Vran hatte man nichts mehr gehört. Delvendal selbst war verwüstet. Dreihundert leere, steinerne Gerippe ohne Dächer. Als Kosmions Männer zum letzten Mal angegriffen hatten, konnten sich nur ein paar Dorfbewohner in die Wälder retten. Diese hatten nun begonnen zurückzukehren, ihre Häuser wieder aufzubauen und die eingestürzten Schornsteine wieder aufzurichten. Nur eine Hütte aus zehn hatte schon ein Dach. Lihtran fand Vannins Gebeine verstreut am Tor zum Dorf. Sie gehörten mit Sicherheit ihm, denn keiner hatte es gewagt, dem Hierak den Ring vom Finger zu ziehen.

Volvana berichtete ihm: »Er wurde niedergehauen, als er uns beschützen wollte. Sie haben sich um seine Bitten ebensowenig wie um seine Zauberformeln gekümmert.« Mit Rücksicht auf Lithrans Gefühle brach sie ab.

Lithran erkannte, daß er doch noch seinem Vater vergeben hatte, weil er ihm so ähnlich war. Seine Trauer war echt und ohne jeden Haß.

Sie waren in Delvendal eine Woche, als die Botschaft von König Kyran eintraf, daß ›wenn Lithran su-Vannin sich bereit erklärte, ins Exil zu gehen, auch der König zufrieden sei, weil damit die Bedingungen des Urteils erfüllt seien.‹ Kyran hatte aus der Not eine Tugend gemacht. Talisman wurde nicht erwähnt.

Als der zweite Tag nach ihrer Abreise von Delvendal sich neigte und sie schon vierzig Meilen näher an der sicheren Grenze waren, drehte sich Talisman im Sattel plötzlich um und sagte lächelnd: »Wut. Man kann es ihm nicht übelnehmen.«

»Du nimmst es ihm nicht übel. Du haßt ihn«, sagte Lithran ruhig.

Der Wald bestand hier auf dieser Höhe fast ausschließlich aus Tannen. Es war wie in einem riesigen Kloster, kühl, dunkel und bedrückend. Das Dach aus dicht aneinandergenähten Tannennadeln hielt die Sonne ab. Die nackten Stämme huschten vorbei. Ihre eintönige Kahlheit war beinahe beunruhigender, als wenn sich dazwischen ein Feind versteckt gehalten hätte. Lithran wußte, daß sie sich dem entscheidenden Punkt ihrer Reise näherten, dem Ort, wo er vor anderthalb Jahren mit Davanna...

»Nein, meine Gefühle sind erkaltet, wie bei einer Schlange. Es stimmt nicht, wenn ich sage, daß ich es ihm nicht übelnehme: Ich bin ihm böse, aber auch nicht überrascht.«

Dann fügte sie hinzu: »Kosmion hat mich mehr überrascht. Da ist etwas, das ich schon immer wissen wollte. Sag mir, wozu brauchte er Künstler und Musiker? Er haßte doch Ironie und war sich selbst genug. Wart ihr lediglich seine zahmen Affen?«

»Das habe ich mich auch oft gefragt. Vielleicht hatte er so wenig Phantasie, daß er andere Monarchen nachahmen wollte. Vielleicht konnte er solche Leute auch nicht frei herumlaufen lassen, sondern mußte sie unter seinem Daumen halten. Sie könnten ja Dinge aussprechen, die die Leute erkennen – instinktiv, ohne genau zu wissen, was sie hören.«

»Ist da nicht noch mehr? Die Welt setzt uns alle auf etwas verschiedene Weise ein, und Künstler vermitteln den Leuten diese Unterschiede. Statt einer Farbe, viele. Gefährliches Völkchen für einen Seelenherrscher.«

»Manchmal«, sagte Lithran, »habe ich Angst, daß das nur Wunschdenken ist. Sind wir nicht lebenslänglich Gefangene, die die Gefühle und Gedanken der anderen nicht kennen? Um jeden von uns ist ein Kreis reflektierenden Glases. Ist das nicht die Quelle des Bösen? Wir projizieren die Abbilder von uns selbst auf andere Menschen. Was aber das Sehen betrifft – wirkliches Wahrnehmen –, wir können die Welt eines anderen nur von unserem Standpunkt aus verstehen.«

»Hm«, sagte Talisman und schaute ihn an. Sie waren ihrer Eskorte vorausgeritten. Der Wald um sie herum war still, unnatürlich still, als ob er eine Überraschung für sie vorbereitete. Sie waren aber so sehr in ihr Gespräch vertieft, daß sie ihrer Umgebung gar keine Aufmerksamkeit geschenkt hatten.

»Ich weiß, was du meinst«, sagte Lithran. »Es gibt verschiedene Grade der Isolation. Als ich im Gefängnis war, hatte ich schaurige Vorstellungen – im Gehirn wachsen häßliche Phantasien wie der Schimmel an den feuchten Wänden. Aber hier mit dir, ist die Wirklichkeit zurückgekommen. Eine Frau, Luft, Blätter, Unterschied.«

»Die Bücher der Erzpriester!« rief Talisman. »Sie sprechen von dem blauen Schleier des Meeres und des Himmels, der die Erde umgibt.«

»Der Horizont? Das ist keine Wand, nur eine Illusion. Du kannst darauf zusegeln, aber er weicht immer vor dir zurück.«

»Ja, eine Wand, die nie erreicht werden kann, kann auch nicht überstiegen werden. Es ist das Bild des Wissens, über das hinaus wir definitionsmäßig nichts wissen können.«

»Aber du stimmst mir ja zu!« sagte Lithran lachend. »Hör mal, du mußt doch den gegensätzlichen Standpunkt vertreten!«

Lächelnd schüttelte sie den Kopf. »Das ist nur, weil du dir selbst widersprichst.«

Sie schwiegen und schauten umher. Sie hatten den kühlen Schatten unter den Bäumen verlassen und ritten auf eine sonnenbeschienene Lichtung zu. Büschel von Afterkreuzkraut, zwei Pappeln lehnten aneinander, ein blühender, blauer Busch, ein angenehmes Fehlen jeglicher Symmetrie. Eine Seite der Lichtung spiegelte nicht mehr die andere. Lärche und Bergeiche bewunderten ihren Unterschied über dem welligen Boden.

»Lithran, sag, ist das nicht der gleiche Ort, wo...«

»Geschenk der Sonne!« sagte er und lachte wieder. »Woher weißt du das? Hast du das zweite Gesicht oder hat Kosmion etwas von seiner Magie herumliegen lassen?«

»Woher soll ich das wissen? Wahrscheinlich hast du mir davon erzählt.«

»Ich? Ich habe dir bestimmt gesagt, was passiert ist, aber dir nie den *Ort* beschrieben. Warum sollte ich auch? Er ist so gewöhnlich, daß man ihn gar nicht beschreiben kann.« Lithran betrachtete die

Bäume und Sträucher und freute sich darüber, daß gar nichts Merkwürdiges an ihnen war.

»Vielleicht bist du zusammengezuckt oder hast die Luft angehalten, als wir auf die Lichtung ritten. Siehst du, da hast du deine Antwort. Obwohl du nichts gesagt hast, brauchte ich nur neben dir zu sein, um es zu wissen.«

»Dann haben sich die Erzpriester geirrt?«

»Vielleicht nicht geirrt, aber sie hatten nicht in allem recht. Es ist wie das Märchen von der Prinzessin mit den Flügeln. Wo hinter einem Glas Licht ist, siehst du die anderen. Ist es aber dunkel dahinter, wird das Glas zu einem Spiegel, und du kannst nur dich selbst sehen.«

Lithran dachte an den Augenblick – die letzte Nacht in Delvendal –, als er im Schlaf von einem Geist heimgesucht wurde, so daß er beim Aufwachen Davannas Namen aussprach und sich daran erinnerte, wie weich sich ihre weiße Haut angefühlt hatte. Talisman hatte sich zu ihm herumgedreht und gesagt: »Sie ist hier.« Und da kam ihm doch noch die Erleuchtung – ja, das war der wahre Grund, warum Kosmion seinen Hof zu einem Gefängnis für Musiker gemacht hatte. Er rief sich Davannas Stimme ins Gedächtnis zurück – wie sie die Menschen mit den Gefühlen anderer so gerührt hatte, daß diese sie als ihre eigenen empfunden hatten. Solche Leute konnte Leuth wirklich nicht frei herumlaufen lassen, denn ihre Musik konnte die Barriere der Selbstsucht durchbrechen.

Er stieg vom Pferd und hob Talisman herunter. Sie küßten sich. Es war eine dieser Umarmungen, wo sich die Gliedmaßen nacheinander sehnen und sich eng zusammenschließen und wo die Kleidung nur noch als Versuchung für die nackte Haut gespürt wird.

»In solchen Augenblicken glaube ich beinahe, daß du recht damit hast, daß wir über die Grenzen unseres Horizonts hinausgehen können.«

»Sag mir, wie schön mein Horizont ist«, sagte sie und kitzelte ihn mit ihrem Atem an der Nase.

Sie ritten diesen und auch den nächsten Tag bergauf, immer

durch ein endloses Labyrinth von Koniferen. Manchmal waren sie ihrer Leibgarde eine oder zwei Meilen voraus. Manchmal fielen sie auch zurück, um sich unter die Gefährten zu mischen. Die Luft wurde kühler, als sie sich dem Paß näherten, und drang langsamer und widerwilliger in die Lungen ein. Am Morgen des dritten Tages teilten sich plötzlich die Bäume. Das rauhe Klima hatte die Baumgrenze so scharf gezogen, wie eine Sense die Schwaden eines Weizenfeldes ummäht. Rechts und links von ihnen lagen die dunkelgrünen Waldhänge. Zwischen ihnen und dem Horizont erstreckte sich die Flut windgepeitschten Marschgrases. Wie Schaumkronen tauchte hier und dort die weiße Sumpfbaumwolle auf.

Eine Meile entfernt bildete ein Paß eine tiefe Kerbe zwischen zwei Geröllhalden. Darüber erhob sich der Berg mit Schneeflekken auf seiner zerrissenen Haut.

Endlich erreichten sie die Paßhöhe und sahen vor sich die Berge von Westramond. Es waren endlose Reihen von Gipfeln, wie ein Gemälde, auf dem wilde Pferde mitten im Galopp zu Stein geworden sind. Jeder Gebirgszug bildete für die Menschen, die im Tal davor lebten, den Horizont. Aber hinter jedem stieg ein neuer Gebirgszug ins dunstige Sonnenlicht empor. Jede neue Kette war gespenstischer als die letzte, durchsichtiger, eher eine Fata Morgana, die die Wirklichkeit in Frage stellt. Diese Kette von Horizonten, die wie Wolken über dem Dunst in den Tälern lagen, trat nach Norden hin zurück, wo sich das Blau der Erde mit dem Blau des Himmels vermengte.

»Westramond«, sagte Talisman lächelnd. Ihre kleine braune Hand untermalte die Aussicht. »So viele Horizonte, wie du willst.«

»Weißt du, woran sie mich erinnern? Einer über dem anderen, hinauf und hinunter, wie die verschiedenen Stimmen einer Fuge, ein Aufeinanderprallen gegensätzlicher Melodien.«

»Aber manchmal erreichen sie wie zufällig eine Art Harmonie. Werden wir je zurückkehren?«

Lithran wollte schon den Kopf schütteln. Er zögerte aber und sagte nachdenklich: »Wenn Theorval oder Methven uns brauchen, wenn Kyran anfängt zu schwellen, wie der Frosch in der Fabel.«

Als sie wieder aufsaßen und noch einmal in die Runde blickten, hatte Essor mit ihnen gleichgezogen. Er fragte: »Kosmion hat immer behauptet, er sei unsterblich. Glaubt Ihr, daß er recht hatte?«

Lithran zögerte und griff mit einer instinktiven, abergläubischen Geste nach der leeren Öse des Amuletts. Dann hob er die Augen zum schneebedeckten Kegel des Valalfa empor. Er war eine natürliche Pyramide, von den Göttern als ein Mahnmal für beide Königreiche dorthin gesetzt. Er nickte.